Entre ciel *et* terre

ZAHRA OWENS

Entre ciel *et* terre

ZAHRA OWENS

DREAMSPINNER PRESS

Publié par
DREAMSPINNER PRESS

382 NE 191st Street #88329 Miami, FL 33179-3899, USA
http://www.dreamspinnerpress.com/

Entre Ciel et Terre
Copyright de l'édition française © 2015 Dreamspinner Press
Titre original : Earth & Sky
© 2011 by Zahra Owens
Traduit de l'anglais par Anne Solo.

Illustration de la couverture : © Anne Cain annecain.art@gmail.com
Conception graphique : Mara Mc Kennen
Les éléments de la couverture ne sont utilisés qu'à des fins d'illustration et toute personne qui y est représentée est un modèle.

Édition imprimée en français : 978-1-63476-512-1
Première édition française en papier : avril 2015
Édition ebook en français: 978-1-62380-268-4
Première édition française : avril 2015
Première édition : juin 2011

Édité aux États-Unis d'Amérique

À Emmet et Nicki,

Mes yin et yang,

Mes magiciens des mots, l'homme et la femme grâce auxquels je finis par trouver l'équilibre en toutes choses.

I

— JE T'ASSURE que nos chevaux disparaissent, annonça Hugh à son patron. Pas beaucoup à la fois, mais la semaine passée, j'ai demandé à Tim de refaire un décompte parce qu'il nous en manquait un et cette semaine, nous en avons perdu un autre.

Hugh et Hunter étaient à cheval, occupés à surveiller les clôtures[1]. Sur un ranch aussi important que le Blue River, cette tâche occupait quasiment toute la journée, surtout parce que les deux hommes devaient mettre pied à terre, de temps à autre, pour vérifier un détail ou exécuter une réparation. D'ordinaire, c'étaient aux employés de s'en charger, mais pas aujourd'hui. À cause de ses inquiétudes, Hugh, le régisseur, avait convaincu son patron de l'accompagner en cette matinée de printemps humide.

Les deux hommes, grands et bien bâtis, étaient quasiment nés à cheval. Hugh était le fils aîné du précédent régisseur, qui avait travaillé sous les ordres du père de Hunter, puis sous ceux d'Hunter lui-même. Son père ayant pris sa retraite, Hugh l'avait remplacé à son poste. Son plus jeune frère, Tim, travaillait avec lui, et le cadet, Jack, s'était spécialisé dans les soins dentaires des chevaux. Tous trois vivaient et respiraient dans le monde chevalin.

Hunter était également né sur le ranch. Autrefois, durant la récession, son père avait racheté la plupart des ranchs alentour – y compris celui que le père de Hugh avait possédé. Et le rancher s'en était très bien sorti jusqu'à sa mort prématurée. À l'époque, Hunter n'avait que quatorze ans, il n'aurait pas réussi à maintenir le ranch à flot sans l'aide du père de Hugh. Depuis, Hugh avait épousé Lisa Krause, la sœur aînée de Hunter et il faisait donc partie de la famille. Quant à Hunter, il avait surpassé son père en affaires et possédait davantage de chevaux nés sur la grande étendue du Blue River Ranch. Il les vendait, soit aux enchères, soit à d'autres ranchs à travers tous les États-Unis. Travailleur acharné, il appréciait bien plus l'activité physique que la paperasserie et les négociations que son métier lui imposait.

Malgré le souci des chevaux disparus, Hunter savourait à sa juste valeur le plaisir d'un jour comme celui-ci, sur le dos d'un cheval. Parfois, il souhaitait n'être qu'un rancher, sans avoir à gérer toutes les corvées d'une affaire florissante.

---

[1] Jeu de mots intraduisible en VF. 'To ride fences' signifie littéralement 'surveiller (à cheval) les clôtures', mais c'est aussi une métaphore 'être au boulot' quand la tâche n'est pas très drôle... (NdT)

Aujourd'hui, il se sentait en vacances, ce qui lui arrivait rarement. Il n'arrivait pas à se souvenir de la dernière fois où il avait quitté son ranch pour autre chose qu'une convention professionnelle ou des enchères loin de chez lui. Bien sûr, il ne s'en plaignait pas trop. Pourtant, dès qu'il avait à voyager, le mal du pays lui venait, à peine sorti des limites de sa propriété. Il s'agissait de *ses* terres, et si cela ne dépendait que de lui, Hunter y serait enterré, tout comme son père. Il espérait que cela n'arriverait qu'après une longue vie bien remplie – pas comme son père, emporté en pleine maturité. Mais peu importe, il ne se voyait vivre nulle part ailleurs que chez lui.

Après un long silence, Hunter demanda à son régisseur :

— Donc, que penses-tu au juste ? Nous avons affaire à un voleur ou à un prédateur ?

Il avait sa propre idée sur la question, mais Hugh ne passait pas son temps le nez dans des dossiers, aussi Hunter tenait à avoir son avis.

— Je pense que c'est un cougar, répondit Hugh avec calme, peut-être une femelle avec une portée… en tout cas, une bête manifestement affamée. Jusqu'ici, nous n'avons pas encore retrouvé de carcasse, ce qui semble désigner un voleur. Mais moi, si j'étais lui, je prendrais plutôt des bêtes entraînées, pas des poulains de l'année.

Hunter soupira. Ils n'avaient pas besoin de ça ! Ses hommes venaient juste, deux semaines plus tôt, de déplacer le troupeau dans ces prairies éloignées, afin que les chevaux profitent de l'herbe épaisse poussée durant l'hiver. Il y avait là plusieurs juments pleines qui mettraient bas plus tard dans l'année. Pour l'instant, elles étaient encore assez rapides pour échapper à un prédateur, mais si Hugh ne se trompait pas, il faudrait rapidement les ramener aux alentours du ranch, à l'abri du danger. Et dans ce cas, elles n'obtiendraient pas la bonne herbe dont elles auraient besoin pour nourrir leurs poulains. Cette perspective ne plaisait pas du tout à Hunter. Il détestait perdre ses chevaux, bien sûr, mais pas uniquement parce qu'il s'agissait d'une perte financière.

Il réfléchissait toujours lorsqu'il vit Hugh diriger son cheval vers une butte naturelle, d'où il sauta à terre.

— Si tu veux mon avis, grommela ce dernier, c'est bien un lion des montagnes aux aguets. Espérons qu'il ne s'attardera chez nous que le temps de nourrir sa portée, jusqu'au moment où ses proies habituelles resurgiront à la fin d'un hiver difficile. Sinon, s'il a été chassé de son habitat, quelle qu'en soit la raison, nous aurons des problèmes.

— Tu en es certain ? interrogea Hunter, toujours en selle.

Hugh s'était accroupi pour inspecter de plus près une trace de boue sur la butte.

— Oh oui. C'est bien un puma qui s'est tapi là, pour épier les alentours. Mais si nous ne trouvons pas de carcasse, nous ne pourrons être sûrs que cette femelle a tué. Par contre, je sais qu'elle est passée après la pluie, c'est-à-dire au cours des deux derniers jours.

D'un geste inconscient, Hunter vérifia la présence de son fusil dans les sacoches accrochées à sa selle. Il ne tenait pas du tout à voir un puma jaillir de sa cachette et se délecter de son régisseur. Bien que les lions des montagnes, en général, craignent les humains, celui-ci paraissait plus audacieux. Et il était difficile de prévoir ce qu'un puma affamé était prêt à faire pour obtenir de la nourriture.

— Tim t'a-t-il dit quels chevaux nous avons perdus ?

Hugh se releva en hochant la tête.

— Nous ne savons pas encore celui qui a disparu ces jours-ci, mais la semaine passée, c'était le dernier poulain d'Octobre.

— Et merde ! jura Hunter.

Il lui fallait prendre une décision rapide. Il ne pouvait pas se permettre de perdre d'autres poulains. Le ranch dépendait d'eux financièrement, et chaque bête manquante serait une perte sèche dans les livres comptables. Il n'avait pas le choix. Il devait rapprocher le troupeau du ranch.

— Avons-nous assez d'hommes disponibles pour encadrer les bêtes et les ramener ? se demanda-t-il, à voix haute.

Hugh remonta en selle.

— Pour dire la vérité, non. Nous venons d'engager un intérimaire attiré par le bouche-à-oreille. Je l'ai assigné aux écuries. Il travaille plutôt bien, mais je doute qu'il sache diriger un troupeau. Je ne l'ai pas encore vu en selle, mais d'après Tim, il s'occupe bien des chevaux. En cas d'urgence, je présume que nous pourrions lui donner sa chance, mais il nous manquerait encore deux hommes. Si ça ne tenait qu'à moi, je déplacerais les bêtes par petits groupes, comme nous les avons emmenées jusqu'ici. Dans ce cas, nous serions assez nombreux pour les encadrer. Dis-moi, Gabe n'a pas bénéficié par hasard d'une guérison miraculeuse ? Nous aurions bien besoin de lui.

Hunter soupira.

— Cet accident de l'an passé lui a laissé la jambe dans un sale état, c'est lui qui aura très prochainement besoin de *notre* aide. Mais je crois qu'il s'est déjà trouvé quelqu'un…

Il aurait voulu demander à Hugh comment son ami et voisin, qui gérait tout seul son ranch, avec un budget serré, avait réussi à se dégoter un employé, alors qu'eux, qui en avaient les moyens, ne trouvaient personne à engager. Pourtant, il ne dit rien. Gabe avait les pires difficultés à se maintenir à flot, Hunter ne pouvait lui tenir rigueur d'un coup de chance.

Les deux hommes trottaient côte à côte, à discuter des différents problèmes en suspens sur le ranch tout en scrutant les alentours à la recherche de la moindre anomalie. La pluie commença à tomber. Hunter remonta le col de son blouson imperméable et tira sur sa fermeture éclair pour rester au sec. Il savait bien que ses efforts seraient vains, il les tenta quand même. Au bout d'un moment, ils durent mettre pied à terre en remarquant une brèche dans la clôture. La réparation fut simple, avec un rouleau de fils de fer barbelé et des tenailles, mais Hugh désigna alors l'herbe piétinée au-delà de la clôture. Ils attachèrent leurs chevaux et Hunter s'empara de son fusil avant de suivre la piste. Ils ne se pressèrent pas, examinant les traces dans la boue et les brindilles arrachées aux buissons, mais ils ne trouvèrent aucune trace des chevaux disparus.

3

La pluie devenant plus forte, les deux hommes décidèrent de rentrer au ranch. De l'endroit où ils avaient attaché les chevaux, ils voyaient les juments et leurs jeunes de l'année, occupés à paître. Hunter savait qu'il ne pourrait les laisser plus longtemps ici, sous la menace d'un prédateur affamé.

— TU CROIS vraiment qu'un puma mange nos chevaux ? s'enquit Danny avec entrain.

Il parlait tout en avalant ce qui composait le menu du dîner : purée, petits pois, et rôti de bœuf.

Lisa, sa mère, intervint d'un ton sévère :

— Faut-il vraiment en parler à table ?

— Lise, il finira bien par l'apprendre, répondit Hunter à sa sœur. C'est dans l'ordre des choses. Plus tôt il le découvrira, mieux ce sera.

Il se tourna vers son neveu de neuf ans.

— Tu pourras nous aider samedi à déplacer le troupeau pour mettre les bêtes hors de danger.

— Je ne veux plus entendre un mot sur ce sujet pendant le repas, insista Lisa. Nous ne mangeons pas de cheval, nous ne parlerons que des plats consommés à cette table.

Le petit Danny se mit à rire, mais il s'interrompit vite en croisant le regard sévère que lui adressait sa grand-mère, manifestement du même avis que sa mère.

Même Hunter reprit son sérieux. Il adorait sa mère, mais ce n'était pas le genre de femme à contrarier.

— Alors, tu es décidé à ramener le troupeau ? demanda Beth Krause à son fils.

— Oui, maman. Nous ne pouvons pas nous permettre de perdre d'autres poulains, que ce soit à cause de ce puma ou d'un quelconque quidam ayant décidé que nous en avions trop. Bien sûr, l'herbe était parfaite dans ces lointaines pâtures, mais je ne peux pas organiser une surveillance vingt-quatre heures sur vingt-quatre pour protéger mes bêtes d'un prédateur qui les considère comme un buffet sur pattes. À dire vrai, j'ai à peine assez de main-d'œuvre pour déplacer le troupeau.

— Eh bien, ajouta Lisa, pas question que tu emmènes Danny si un gros chat traîne dans les environs.

— Maman ! protesta l'enfant.

Hunter tenta de la convaincre.

— Voyons, sœurette, il n'a plus l'âge d'être sur un poney, alors il pourra s'échapper en cas de mauvaise rencontre. Il a déjà monté Belle ici, au ranch, et tu sais combien elle est fiable. Nous l'avons achetée à Gabe, c'est une bête bien dressée, même avec une crevette comme Danny en guise de cavalier.

Il ébouriffa les cheveux bruns et bouclés de son neveu, et lui adressa un clin d'œil pour adoucir l'ironie de ses paroles.

— Tu sais, Lisa, enchaîna-t-il, nous manquons de main-d'œuvre, Danny peut vraiment nous aider. Il y aura toujours quelqu'un à proximité pour veiller sur lui. De plus, Hugh et moi nous occuperons bien de lui. Pas vrai, Hugh ?

À travers la table, Hunter croisa le regard de son régisseur qui jusqu'à présent, n'avait pas dit un mot. C'était toujours le cas lorsqu'il se trouvait avec sa femme et sa belle-mère. Inutile de discuter quand il était impossible d'imposer son point de vue. Hugh se contenta d'un haussement d'épaules.

— Nous verrons, offrit Lisa, en guise de compromis.

En silence, elle tendit la main pour réclamer l'assiette de Hunter afin de le resservir.

LE SAMEDI matin commença de bonne heure, les hommes sellant leurs chevaux à l'aube. La petite pluie qui n'avait pas cessé au cours des derniers jours s'était enfin interrompue et le soleil apparaissait à l'horizon.

— Un jour parfait pour déplacer des chevaux, annonça Hunter à voix haute.

Il venait d'entrer dans l'écurie et passait devant les stalles en direction de celle de Davenport, un hongre fougueux, à qui la castration n'avait rien fait perdre de son énergie. Hunter adorait le monter, c'était une incessante bataille de volonté entre le cheval et son cavalier. Hugh riait et secouait toujours la tête quand il constatait tout ce que Hunter acceptait de sa monture.

— Il est presque prêt, déclara une voix étrangère, derrière le cheval brun.

Hunter tapota l'encolure de Davenport avant de le contourner.

— Et vous êtes… Grant ? Qu'est-ce que tu fous là ?

Le cowboy, grand et absolument magnifique, se tourna pour lui faire face.

— Hugh m'a engagé la nuit dernière. J'ai entendu dire que vous manquiez de main-d'œuvre et comme j'étais dans les environs, j'ai pensé que je pouvais vous aider.

— C'est Hugh qui t'a engagé ?

Hunter n'attendit même pas la réponse ; il se dirigeait déjà d'un pas déterminé vers l'endroit où il pensait trouver Hugh : occupé à sceller sa propre monture.

— Qu'est-ce qui t'a pris d'engager Grant Jarreau ? hurla-t-il, sans se soucier de vérifier s'il y avait d'autres personnes dans l'écurie.

Hugh, toujours calme et placide, laissa son cheval remettre sabot à terre avant de se redresser.

— Il y a maintenant un an que nous cherchons de nouveaux employés, et tout ce que nous avons trouvé, c'est un lad à peu près efficace. La nuit dernière, Grant s'est présenté, il voulait du boulot, alors je l'ai engagé.

Hunter chercha à contenir la colère qui bouillonnait en lui.

— Et combien de temps compte-t-il rester ?

Hugh haussa les épaules.

— Comme tous les intérimaires : jusqu'à ce qu'il trouve un emploi plus intéressant, ce qui par ici, n'a pas beaucoup de chance de se réaliser. Alors j'imagine qu'il restera jusqu'à ce qu'il ait envie d'aller voir ailleurs.

— Il partira au beau milieu de la nuit, comme il l'a déjà fait chez Gabe. Nous ignorons même s'il n'est pas responsable de cet accident et s'il n'a pas filé en laissant Gabe pour mort. Je n'ai pas confiance en lui, Hugh. Il n'est pas fiable.

Toujours calme, le régisseur le toisa.

— Tout ce que je sais, c'est qu'il connaît bien son métier et qu'il n'hésite pas à se salir les mains. Il est comme nous, Hunter. Il a castré lui-même son cheval, il sait parler aux bêtes, il est capable de tout en obtenir. Et le pompon, c'est qu'il ne rechigne pas à vider le fumier ni à seller un cheval pour un autre. Si un jour il s'en va, tant pis. En attendant, nous avons un homme efficace pour nous aider. S'il n'est pas là vendredi pour toucher sa paye, je te devrai un verre.

Avec un sourire timide aux lèvres, Hugh ajouta :

— De plus, même Davenport ne fait pas le mariole avec lui. C'était un test. La nuit passée, j'ai laissé Grant s'occuper de cette grosse brute qui s'est laissé faire sans broncher. Je me suis dit que si ton prince l'acceptait, tu le ferais aussi.

Hunter lui jeta à un regard soupçonneux avant d'admettre :

— Très bien. Ce n'est pas pour autant que je l'apprécie. C'est de la mauvaise graine et un jour ou l'autre, il prouvera que j'avais raison. Je n'oublierai jamais ce qu'il a fait à Gabe – et à nous tous, par ricochet. C'est à cause de lui que nous avons cinquante chevaux supplémentaires à gérer.

— Mais oui, mais oui, répondit Hugh, avec un sourire. Tu n'as jamais refusé ton aide à Gabe, pas vrai ? Alors, je ne vois pas où est le problème.

Hunter lui jeta un regard mauvais, les yeux plissés, puis sans ajouter un mot de plus, il quitta la stalle. Il ralentit le pas en approchant de son cheval. Grant était là, le dos tourné. Penché en avant, il semblait vérifier le sabot de Davenport. Hunter parcourut des yeux le dos long et mince vêtu d'une chemise écossaise rouge, dont le pan était glissé dans un jean serré, légèrement délavé, qui mettait en valeur un cul agréablement bombé. Il sentit tout son sang se ruer dans son bas-ventre. Il ferma les yeux et quitta précipitamment la stalle pour ne pas heurter Grant.

Il ne pouvait pas faire ça ! Il ne pouvait ressentir un désir de ce genre ! Pas maintenant. Et certainement pas vis-à-vis de Grant. Il inspira profondément, plusieurs fois pour s'éclaircir l'esprit tout en s'ordonnant de se calmer. Ses fantasmes allaient disparaître. Comme toujours. Le soir même, Hunter se rendrait en ville pour trouver de la compagnie : il avait besoin de sexe. Plutôt beau gosse, il réussissait toujours à attirer l'attention des dames. Et sinon, il y avait Miranda. Hunter savait qu'elle oublierait vite le nombre de fois où il l'avait repoussée. Elle accepterait de coucher avec lui. Histoire de lui remettre les idées en place. Elle avait un don pour ça.

Inspirant une dernière fois, il se sentit prêt à revenir dans la stalle. Cette fois, il ne jeta pas un coup d'œil en direction de Grant, conscient malgré tout que ce dernier s'était écarté de son cheval. Hunter s'empara des rênes de Davenport et sauta en selle, avant de maîtriser la bête nerveuse qui encensait.

— Grant, prends Raven. Tu devrais le reconnaître, puisque je l'ai acheté à Gabe. Je te retrouverai, ainsi que Hugh et Danny, à la première barrière.

Sur ce, il s'éloigna au galop.

6

Maintenant qu'il devait se concentrer pour garder en main son hongre ombrageux, il se calmait peu à peu. Il était capable de faire ça, de travailler dur toute la journée, passer du temps en plein air, mener les chevaux, rester attentif au moindre signe de danger qui risquait de disperser son troupeau. Il pouvait le faire parmi ses hommes qui pour lui, représentaient quasiment sa famille. Tout se passerait bien, même avec Grant. Et puis, Hugh avait raison, Hunter le savait : Grant était efficace et travailleur, il connaissait son métier. Donc, Hunter comptait mettre de côté son ressentiment et ses objections, et travailler avec lui comme avec les autres hommes de son ranch. Et s'il soupçonnait Grant d'être gay, cela n'entrait pas en ligne de compte. Les autres l'ignoraient, Grant ayant toujours été discret, aussi rien ne le distinguerait du lot.

Hunter secoua la tête et se concentra sur le chemin qu'il parcourait. Impossible de faire confiance à Davenport qui se montrait trop souvent impatient de prendre le galop. Plusieurs fois déjà, Hunter avait été éjecté de sa selle parce que le hongre décidait, à l'improviste, de sauter une barrière ou une haie. Tirant sur les rênes, il arrêta sa monture juste avant la première barrière. Il fit faire volte-face au cheval et vit les autres arriver vers lui, au petit galop. Hugh et son frère, Tim, encadraient le petit Danny ; Grant était à côté d'eux, sur le cheval couleur d'ébène que Hunter lui avait ordonné de monter. Même à distance, Hunter remarqua l'aisance avec laquelle le cowboy se tenait en selle, dans une posture presque royale, due en partie à son naturel, mais aussi à sa haute silhouette, son dos droit et ses larges épaules. Hunter fit pivoter son cheval pour cesser de le dévisager. Il se pencha, ouvrit la barrière, et pénétra dans la prairie.

Le regroupement des bêtes se passa sans difficulté, grâce à l'expérience des quatre cavaliers. Quant au petit Danny, il fut chargé d'ouvrir et de refermer les barrières. De temps à autre, il galopait aussi à la poursuite d'un poulain qui s'écartait du troupeau, heureux de prouver qu'il en était capable. Bien dressée, sa jument semblait prendre à cœur de protéger son jeune cavalier. Hunter n'en était pas surpris : c'était pour cette raison qu'il l'avait achetée à Gabe, deux ans plus tôt. Hunter se souvint que son propre père lui avait offert son premier cheval pour marquer ses sept ans. Aussi, quand Danny, son filleul, avait atteint le même âge, Hunter avait vraiment tenu à lui offrir le même cadeau. Bien sûr, à l'époque, un cheval adulte aurait été trop haut pour le petit garçon. Mais maintenant, l'enfant avait grandi et Belle était pour lui la monture idéale.

Une fois la tâche accomplie, quand Hunter fut assuré que son troupeau était hors de danger dans les terres avoisinant le ranch, les hommes mirent pied à terre pour brosser leurs montures. Le ranch employait des lads capables d'effectuer un travail de ce genre, desseller les bêtes et les brosser, mais la règle générale était que chaque cavalier, s'il n'avait pas d'autres tâches à accomplir, se charge lui-même de son cheval.

Hugh et Tim aidant Danny, Hunter se retrouva à l'autre bout de l'écurie, devant une rangée de stalles, en compagnie de Grant. Par hasard, il effleura le cowboy lorsqu'il ôta la selle de Davenport.

— Apparemment, je peux rester ? demanda Grant, avec un sourire.

Hunter lui jeta un bref coup d'œil avant de s'éloigner pour ranger son matériel. Quand il revint, Grant attendait toujours une réponse.

— Tu connais bien ton boulot, répondit Hunter d'un ton sec. Et nous avons besoin d'hommes, alors je ne compte pas te jeter dehors. Je veux juste que tu saches une chose : je n'ai pas confiance en toi. Je n'oublierai jamais ce que tu as fait à Gabe.

Sur ce, il lui tourna le dos et commença à brosser Davenport.

Grant revint se mettre dans son champ de vision.

— Tu ne connais pas toute l'histoire.

Hunter soupira en détournant les yeux.

— Tout ce que je sais, c'est que tu as disparu le jour où il a été blessé. Si quelque chose avait été volé chez lui, le shérif aurait lancé un mandat contre toi. Ce n'était pas le cas. Ce qui n'a pas empêché les rumeurs de se répandre.

Il n'ajouta rien de plus. Et Grant ne lui donna aucune explication.

Pendant ce qui parut un très long moment, les deux hommes travaillèrent côte à côte, chacun sur son cheval. Puis Grant reprit :

— Personnellement, je n'ai jamais écouté les rumeurs. T'es-tu donné la peine d'interroger Gabe ?

Hunter ne répondit pas. D'ailleurs, Grant ne lui en laissa pas le temps. Il s'en alla. Tout avait été dit.

I I

LE DIMANCHE matin, Hunter se réveilla aux premières lueurs de l'aube, le crâne douloureux.

La nuit précédente, après le rassemblement du troupeau, la plupart des hommes s'étaient rendus en ville pour partager une bière, et Hunter avait été soulagé que Grant ne les accompagne pas. Il avait eu envie d'un moment de détente, ce qui, franchement, lui était bien plus facile avec ses acolytes habituels. Il y avait eu foule dans leur repaire préféré, un bar nommé 'Le Tonneau Rapide', et la bière avait coulé à flots. Ce soir-là, Jack, le frère cadet d'Hugh, se produisait avec sa bande. Et comme toujours, le régisseur du ranch avait oublié alors son impassibilité habituelle et s'était laissé aller : il avait rejoint son frère sur le podium pour quelques chansons.

Alors que le groupe avait pris une pause, Miranda avait rejoint Hunter à sa table. Elle avait libéré sur ses épaules la masse de ses cheveux blond-roux et portait, sur un jean taille basse, un chemisier brodé un peu trop ajusté. Elle avait posé sur la cuisse de Hunter une main possessive.

— Tu devrais venir plus souvent, avait-elle roucoulé.

Ces familiarités ne dérangeaient pas Hunter. Miranda, qui travaillait à l'école primaire, était l'institutrice de Danny depuis deux ans. Pour Hunter, elle représentait presque une 'petite amie', en tout cas, c'était sa relation la plus régulière, même si le couple se fréquentait peu, à dire vrai. Ils semblaient toujours se rencontrer par hasard, au bar, quand Hunter se rendait en ville. Le soir, Miranda portait des tenues bien plus provocantes que les chemisiers sages et les jupes qu'elle affichait à l'école, mais elle ne s'exhibait pas pour autant. C'était comme si elle restait toujours sur son quant-à-soi, consciente que les habitants de la ville lui confiaient l'éducation de leurs jeunes enfants.

Par contre, lorsqu'elle flirtait avec Hunter, elle ne montrait aucune inhibition. Par chance, elle n'avait pas insisté quand il avait refusé ses avances, ce qui arrivait souvent. Dans le cas contraire, Hunter se serait demandé si elle n'avait pas des vues sur son argent, mais non, elle ne cherchait que son attention.

À la fin de la seconde partie de sa prestation, les musiciens avaient rejoint la table commune. Ensuite, comme d'habitude, Miranda avait proposé à Hunter un dernier verre chez elle. Quand il acceptait, il se retrouvait toujours à coucher avec elle. Là, Miranda révélait sa vraie nature. Hunter appréciait qu'elle ait une maison indépendante, parce qu'elle était une vraie furie au lit, du genre qui n'hésite pas à hurler sa passion. Cela flattait son ego, mais jamais il ne s'attardait avec elle jusqu'au petit déjeuner. Il préférait dormir chez lui, dans son lit.

QUELQUES HEURES plus tard, Hunter ouvrit les yeux, heureux d'être seul. Ses ébats avec Miranda l'avaient en partie soulagé de sa tension – malgré la migraine qui lui restait – mais il souffrait d'une érection matinale. Et les rêves responsables de son état n'avaient, comme de coutume, rien à voir avec l'institutrice aux cheveux roux. Hunter passa la main entre ses jambes et resserra les doigts sur son sexe douloureux, qu'il caressa de haut en bas, d'un geste hésitant. C'était agréable. Il enfouit sa tête dans l'oreiller. Dès qu'il ferma les yeux, les images de son rêve lui revinrent de plein fouet. Il résista à la tentation d'y céder. Il ne voulait pas se souvenir de ce qui l'avait excité, il ne voulait pas voir apparaître sur son écran mental un Grant à poil. La veille, il ne l'avait vu qu'entièrement vêtu, mais il savait à quoi ressemblait le corps de cet homme solide, si beau.

Quelques années plus tôt, il l'avait vu dans toute sa gloire, alors que le cowboy se douchait derrière le ranch de Gabe. À l'époque, Grant avait fini par repérer sa présence, mais seulement après une exhibition en bonne et due forme. Et Hunter s'était enfui au moment où Grant lui avait démontré, sans équivoque, qu'il le savait là, caché dans les buissons. Les deux hommes n'avaient jamais évoqué cet incident. Si cela ne dépendait que de Hunter, ils ne le feraient jamais. Pourtant, il était un des rares à savoir la vérité : Grant avait été pour Gabe plus qu'un employé. Encore un squelette qui ne sortirait jamais du placard ! Le rancher ne pouvait l'évoquer, même en plaisantant, mais maintenant que le cowboy était revenu dans sa vie, ses fantasmes devenaient plus difficiles à maîtriser.

Hunter n'avait jamais cédé à ses pulsions, il s'était juré d'y résister, toujours. Pourtant, dans la solitude de son lit de célibataire, il se laissa emporter par le raz-de-marée. Il serra la base de son sexe d'une main et insinua les doigts de l'autre derrière ses bourses, là où la peau était si sensible. Il fit coulisser en force son membre dans l'étau de son poing serré et mordit l'oreiller pour étouffer ses cris de jouissance. Son plaisir solitaire fut bien plus intense que celui connu, quelques heures plus tôt, avec Miranda.

Lorsque ses spasmes commencèrent à se calmer, Hunter roula sur le dos le temps de reprendre son souffle. Il haletait bruyamment.

Pourquoi ? Pourquoi ressentait-il de tels désirs ?

D'accord, le ranch avait besoin de Grant, comme de tout homme disponible, mais Hunter comptait bien parler à Hugh au plus tôt. Il lui faudrait convaincre son beau-frère de mettre autant de distance possible entre lui et le cowboy. Le problème, c'était quels arguments pouvait-il donner ?

PENDANT QUE le reste de la maisonnée était à l'église, Hunter ressentit le besoin de s'aérer l'esprit, aussi se dirigea-t-il d'un pas ferme jusqu'à l'écurie où il s'activa à nettoyer la stalle de Davenport. Le cheval, sentant sa mauvaise humeur, s'opposa systématiquement au moindre de ses gestes. Hunter finit par le placer dans le manège, espérant que la bête cesserait enfin de le harceler pendant son travail.

Il reprit sa tâche avec rage, conscient que s'il travaillait assez dur, il finirait par occulter son obsession. Et il ne s'en sortait pas si mal, jusqu'à ce qu'une voix familière résonne juste derrière lui.

— Qu'est-ce qu'il a fait pour mériter le tapis de course un dimanche matin ?

Hunter n'eut pas besoin de lever les yeux pour savoir qu'il s'agissait de Grant. À dire la vérité, il ne *voulait pas* lever les yeux.

— Sa stalle avait besoin d'un nettoyage, répondit-il. Et c'est un hyperactif qui déteste rester attaché. J'ai préféré lui donner l'occasion de dépenser son énergie.

— Alors, j'imagine que vous vous méritez l'un l'autre.

Hunter s'appuya sur sa fourche tout en se retournant.

— Ce qui veut dire ?

— Juste que toi aussi, tu avais manifestement besoin de dépenser ton énergie.

Hunter décida que Grant avait l'air bien trop arrogant. D'un côté, il voulait retourner à son travail et ignorer la provocation, de l'autre, il n'avait jamais été homme à refuser un défi.

— Et alors ? Même si c'est le cas, qu'est-ce que ça peut faire ?

— D'après ce que j'ai entendu, tu n'as pas beaucoup dormi la nuit dernière.

— Et depuis quand ce que je fais te regarde ? répliqua Hunter, d'un ton rogue.

Grant leva les mains.

— Je me demandais juste si tu avais besoin d'un coup de main.

Après un haussement d'épaules, il ajouta :

— Et je voulais aussi papoter un moment pour apprendre à mieux connaître mon nouveau patron.

Cette fois, Hunter lui tourna bel et bien le dos.

— En ce qui me concerne, ton patron, c'est Hugh.

Il se remit à enlever le fumier à grands coups de fourche. Il espérait que Grant s'en aille et le laisse tranquille. Il n'avait pas du tout envie de 'papoter' avec lui. Il n'aimait ni le personnage ni son manque de loyauté. Aussi, moins il le verrait, mieux il se porterait.

Il travailla avec tant d'acharnement qu'il se retrouva en sueur. Il lui fallut prendre une douche avant le déjeuner dominical. En redescendant l'escalier, les cheveux encore humides, vêtu de sa chemise du dimanche et d'un jean neuf, il tomba sur sa jeune sœur.

Elle se moqua de lui :

— Je ne t'ai pas vu à l'église. Tu as passé une nuit fatigante ?

Hunter bougonna, mais il ne réussissait jamais à se mettre en colère contre Bernie.

— Je n'ai pas assez dormi, c'est certain, mais sinon…

Ensemble, ils pénétrèrent dans la cuisine. Bernie lui offrit une tasse de café, avant d'en prendre une autre pour elle-même.

— D'après ce que j'ai vu, Hugh a bon goût en ce qui concerne les hommes.

Hunter s'étouffa instantanément, la gorgée de café qu'il tentait d'avaler se trompant de chemin.

Bernie reprit :

— C'est bien celui qui travaillait autrefois chez Gabe ?

Elle pointait sa tasse en direction de la fenêtre. Hunter suivit des yeux son geste et vit Grant traverser l'allée en direction de la maison.

— Ouais, c'est lui qui a planté Gabe après son accident, répondit-il.

Il espérait sincèrement que Grant venait juste poser une question et qu'il ne comptait pas entrer.

Bernie haussa les épaules.

— Il est plutôt chou.

— Bernice, il est bien trop vieux pour toi !

Il avait utilisé le prénom officiel de sa sœur pour la provoquer. Elle ne réagit pas. Hunter soupira À nouveau, il regarda à l'extérieur, incapable de s'empêcher de suivre des yeux le cowboy.

Bernie lui envoya un coup de coude.

— Alors arrête aussi de le mater. De plus, il n'est pas si vieux… Et comme les garçons de mon âge pensent tous à la même chose, tu peux le garder.

Hunter espérait bien que les garçons de l'âge de sa sœur n'y toucheraient pas, parce qu'ils étaient à peine majeurs, mais il garda sa réflexion pour lui.

— Je suis certain que celui-ci y pense aussi, Bernie. Il a mauvaise réputation. Ne t'approche pas de lui.

Elle leva un sourcil, mais en silence. Quand on frappa à la porte d'entrée, elle quitta la cuisine pour aller ouvrir.

Hunter fut tenté de la suivre, mais il ne tenait pas à ce que Grant le voie. Alors il ouvrit le frigidaire et piocha dans les restes censés constituer leur déjeuner.

— Hunter, je croyais t'avoir mieux éduqué ! le sermonna sa mère.

À son habitude, elle s'était faufilée dans la cuisine sans que Hunter la remarque.

— Apporte ces plats sur la table. Il est plus poli d'attendre que tout le monde soit réuni pour commencer à manger. À te voir agir, on croirait un mendiant qui vit dans la rue.

Hunter se sentait pris en faute, et sa mère était la seule capable de lui infliger cette sensation. Il sortit du frigo les plats recouverts de film alimentaire et les déposa sur le comptoir, en essayant de dissimuler le fait qu'il avait encore la bouche pleine. Quand il se retourna, sa mère lui adressa un regard qui le renvoyait à l'époque de ses huit ans. Pire encore, il se sentait diminué d'un tiers de sa taille actuelle. Et pourtant, il surplombait ce petit tyran de la tête et des épaules.

— Tu n'étais pas à l'église, accusa-t-elle.

Hunter soupira, exaspéré.

— Mais qu'est-ce que vous avez toutes aujourd'hui ? Bernie me l'a déjà reproché tout à l'heure et maintenant toi ? Je ne vais pas tous les dimanches à l'église, maman, ce n'est pas nouveau.

— Eh bien, si aller en ville te met d'aussi mauvaise humeur, je te suggère de rester au ranch samedi prochain.

Sur ce, elle tourna les talons et quitta la cuisine, le laissant écumer.

Hunter arpenta la pièce de long en large, jusqu'à la fenêtre. Oui, il était de mauvaise humeur. Et il savait que ce n'était pas bien : le déjeuner dominical était un moment de détente et de joie. Hugh et lui parlaient boutique avec Izzie, puisque, des trois sœurs, c'était elle qui s'occupait le plus activement du ranch avec eux. Parfois, John Delco, l'actuel copain d'Izzie, se joignait à eux, mais ce ne serait pas le cas aujourd'hui, il participait au circuit-rodéo. Toute la famille prenait le repas ensemble, avant de se regrouper sur le porche pendant que les filles débarrassaient la table et faisaient la vaisselle. Au final, il s'agissait d'un très agréable moment.

Alors pourquoi était-il aussi tendu ? Était-ce parce qu'il ignorait si Grant comptait se joindre à eux ? Il lui fallait cesser de réagir aussi nerveusement en sa présence. Hugh l'avait engagé, non ? Il était rare que Hunter remette en question les décisions de son beau-frère.

Bernie passa la tête dans la cuisine.

— Alors, tu viens ? Nous t'attendons.

Elle désigna les plats posés sur le comptoir.

— Nous attendons aussi le repas, ajouta-t-elle avec entrain,

— Qu'est-ce que voulait Grant ?

— Un jour de congé. J'ai appelé Hugh pour qu'il lui réponde.

Hunter ramassa les plats et suivit sa sœur.

— Il a commencé à travailler ici hier ! Il a un sacré culot.

— Hé ! protesta-t-elle. Moi, je n'ai rien à y voir. Discutes-en avec Hugh.

Hunter jetait ses plats sur la table de la salle à manger lorsqu'il vit Grant parler avec Hugh… et il préféra sortir de la maison.

Il fila en ligne droite jusqu'à l'enclos où broutait Davenport. Il siffla pour attirer son attention. Le cheval revint vers lui à contrecœur. Hunter le ramena jusqu'à l'écurie pour le seller, puis il contourna la maison et s'éloigna.

Il chevauchait depuis une bonne demi-heure quand il vit approcher Izzie, sur le dos de son fidèle hongre isabelle. Hunter eut un sourire, en réalisant que sa sœur était toujours capable de le retrouver, où qu'il soit.

Il ralentit pour permettre à Izzie de le rejoindre. Au début, elle resta silencieuse, comme si elle sentait son humeur morose. Au moment où ils approchaient d'une zone boisée, elle se pencha pour fouiller dans ses sacoches de selle dont elle tira des sandwiches enveloppés de papier.

— J'ai pensé que tu aurais faim puisque tu n'as pas déjeuné, dit-elle, calmement. Et je ne pense pas que tu aies pris non plus de petit déjeuner. Pourquoi ne pas nous asseoir là ?

Elle désigna de la main une zone ombragée à proximité d'une auge. Ils laissèrent leurs chevaux brouter et s'installèrent, l'un près de l'autre, sur le rebord du bassin rouillé.

Izzie était sans doute sa sœur préférée, pensa Hunter, et pas seulement parce qu'elle abattait sa part de travail sur le ranch. C'était surtout parce qu'elle était capable de tenir sa langue. Du moins, la plupart du temps.

Elle lui tendit un sandwich bien garni et demanda, d'un ton léger :

— Alors, qu'est-ce qui ne va pas ?

Il haussa les épaules, sans répondre.

— C'est à cause de Grant ? insista-t-elle. D'après ce que j'ai entendu dire, il travaille dur.

— Tu te souviens qu'il a été employé chez Gabe, hein ?

Elle acquiesça en mordant dans son morceau de pain.

— Oui, je sais aussi qu'il est parti juste après l'accident. C'est ça qui te dérange ?

— Et ça t'étonne ? répondit Hunter, en levant les sourcils.

— Ou bien est-ce plutôt parce qu'il était *avec* Gabe ?

Hunter ne répondit pas tout de suite. Il aimait beaucoup Izzie, d'accord, mais il détestait cette façon qu'elle avait de toujours savoir ce qu'il pensait.

— Je ne suis pas homophobe, Izzie, tu le sais. Je n'ai jamais reproché à Gabe ses choix en ce domaine.

— Il ne s'agit pas vraiment de *choix*, tu ne crois pas ? rétorqua-t-elle.

Fidèle à elle-même, elle ne regardait pas Hunter, pas plus qu'elle n'insista pour obtenir une réponse. Elle continua à mastiquer son sandwich.

Hunter avait beau apprécier la compagnie de sa sœur, il craignait souvent de la voir découvrir son secret le mieux caché... ainsi que d'autres, plus évidents. C'était encore le cas aujourd'hui. Izzie avait-elle compris la véritable raison qui l'avait poussé à s'éloigner de Grant ?

Après un long silence, il reprit :

— Je ne peux pas faire confiance à un homme qui fiche le camp dès que la situation devient difficile. Franchement, tu ne crois pas qu'il aurait pu attendre un peu et continuer à faire son boulot le temps que Gabe soit guéri ?

— Tu le crois responsable de cet accident ? s'enquit Izzie, les sourcils levés.

— Non, pas vraiment, répondit Hunter, en toute franchise. C'est juste... je ne ferai jamais confiance à un homme capable de traiter ainsi un... ami.

— Un amant, rectifia sa sœur.

— Un am...

Mais il ne réussit pas à prononcer ce mot-là.

— Ouais, conclut-il.

— Hunter, personne ne sait ce qui s'est passé. Peut-être qu'ils se sont disputés juste avant l'accident. Il est possible qu'ils aient déjà été séparés au moment où c'est arrivé. Gabe n'en a jamais beaucoup parlé.

Hunter dut admettre que son jugement était trop hâtif. Izzie avait peut-être raison. Ils ne connaissaient-ils pas toute l'histoire.

— Si Grant avait déjà quitté le ranch, il n'a peut-être même pas su ce qui s'est passé ce jour-là, proposa-t-il.

— Peut-être, répondit Izzie.

Elle donna à son frère un coup d'épaule avant d'ajouter :

— Tu n'étais pas là au déjeuner. Tu sais, il a demandé à Hugh un jour de congé. Demain. Une urgence, d'après ce que j'ai compris. Hugh a accepté, ce sera retiré sur ses gages, bien entendu.

Izzie fit une pause, comme pour juger sa réaction, puis elle enchaîna :

— Au moins, il a pris la peine de nous en prévenir. Il ne s'est pas contenté de filer sans mot dire.

— C'est vrai.

Il se sentit tenu de l'admettre. Mentalement, il accorda à Grant un bon point.

— Dis-moi, et si Gabe découvre que j'emploie Grant ?

Izzie leva les yeux au ciel.

— Et alors ? Gabe est ton ami, d'accord, mais les affaires sont les affaires. Il sait combien c'est difficile à l'heure actuelle de trouver du personnel efficace et il est mieux placé que personne pour savoir que Grant connaît bien son métier. Si Grant veut travailler chez toi, pourquoi le refuserais-tu ?

— C'est peut-être ce que ferait un véritable ami, rétorqua Hunter.

— De plus, je te rappelle que Gabe a retrouvé quelqu'un pour l'aider. Un homme plus jeune et tout aussi mignon, renchérit Izzie, avec humour. Moi, bien sûr, je n'ai plus aucune chance. Surtout pas s'il 'travaille' pour Gabe.

Hunter secoua la tête.

— Pour une fille, tu as l'esprit le plus mal tourné que je connaisse !

Sa sœur répondit sur le même ton moqueur.

— Alors, tu n'as jamais vraiment discuté avec Miranda. Ah, bien sûr, j'oubliais : avec elle, tu ne fais que baiser.

— Izzie ! hurla Hunter.

Par jeu, il esquissa le geste d'étrangler sa petite sœur, mais il ne chercha pas à nier. Il préférait nettement les sous-entendus de ce genre : ça ne le gênait pas vraiment. Par contre, il s'était crispé quand elle avait évoqué son amitié partisane vis-à-vis de Gabe.

Elle éclata de rire, Hunter sentit son corps contracté perdre un peu de sa tension.

III

IL NE fallut pas longtemps à Grant pour se rendre indispensable au ranch. Il travaillait dur, il ne comptait pas ses heures, et il se montrait capable d'initiatives, sans toujours en référer à Hugh pour savoir ce qu'il devait faire. Les autres cowboys s'entendaient bien avec lui, les lads chantaient ses louanges. Hunter avait beau s'entêter dans sa méfiance, Hugh était très satisfait de son nouvel employé.

Par chance pour tous ceux qui, de près ou de loin, fréquentaient Hunter, la tension dangereuse entre lui et Grant semblait s'être un peu calmée. Chacun évitait l'autre avec soin, mais sans trop l'afficher, aussi cela ne dérangeait personne.

Et la seule qui aidait Hunter à atteindre son objectif, c'était Izzie. Elle s'était donné pour tâche d'expliquer à Grant comment les choses se passaient, au ranch. Tous deux riaient beaucoup ensemble, ils paraissaient s'amuser sans que cela les empêche de travailler. La rumeur d'une solide entente entre Grant et Izzie commençait à dépasser les barrières blanches délimitant les frontières du Blue River Ranch.

Un soir, après une longue journée – et la première vraie chaleur estivale – les hommes décidèrent de rafraîchir leurs montures en les aspergeant d'eau. Bien sûr, le tuyau de Grant 'dérapa' et Izzie s'en trouva trempée. Elle chercha aussitôt à se venger, comme toute fille élevée dans un ranch, parmi des hommes. Elle se jeta sur lui et le fit trébucher dans l'abreuvoir.

La plupart des hommes, lads et cowboys, assistaient à la scène, très amusés, et hurlaient à Izzie des encouragements

Un seul d'entre eux ne riait pas du tout.

— Ôte tes sales pattes de ma fiancée ! hurla-t-il.

— Delco ? s'étonna Izzie. Mais qu'est-ce que… ?

Il n'était qu'un copain, rien de plus, comme elle ne cessait de le lui rappeler chaque fois qu'il se faisait des idées. Il gagnait sa vie sur le circuit des rodéos. D'accord, financièrement parlant, il ne s'en tirait pas mal, mais il était souvent sur les routes, ne revenant chez lui que pour y passer l'hiver, la saison creuse. C'était un homme petit, contrairement à Hunter, Grant, ou Hugh, ce qu'il compensait par une jalousie explosive, surtout lorsqu'il voyait un supposé rival jeter à Izzie un regard un peu trop intéressé. Le couple s'était plusieurs fois disputé à ce sujet. Izzie, qui n'avait pas peur de lui, affirmait ne pas avoir besoin d'un chien de garde, surtout aussi souvent absent.

Mais sans se laisser déconcerter, Delco continuait à jouer au fiancé et à défendre Izzie au moindre soupçon de menace potentielle.

Il se jeta donc sur Grant, toujours étalé dans l'abreuvoir, et l'empoigna par l'avant de sa chemise pour le remettre sur pied.

— Ça suffit ! cria Izzie.

Elle savait mieux que personne que Delco ne craignait pas les coups bas, particulièrement quand son adversaire était plus grand et plus menaçant que lui. Elle devait aussi admettre qu'elle ignorait comment Grant allait régir. Elle ne voulait pour rien au monde le voir accuser de 'coups et blessures'. Ce ne serait pas la première fois que Delco irait porter plainte auprès du shérif après avoir perdu un combat.

Par chance, Grant ne se défendit pas. Il laissa Delco se ridiculiser en prenant la pose d'un boxeur sur un ring, les poings levés. Le cowboy se contenta de secouer la tête avec un ricanement. Il essora ses vêtements et tourna les talons.

Delco hésita un moment, puis réalisant qu'aucun homme du ranch ne se ruait à la rescousse, il suivit son adversaire dans l'écurie.

Grant commençait à peine à s'accoutumer à la baisse de luminosité, il se retourna pour lui faire face.

— Écoutez, Izzie et moi travaillons ensemble, rien de plus. Je n'ai pas l'intention de marcher sur vos plates-bandes. C'est une fille super, mais elle n'est pas mon type. Ne le prenez pas mal.

Tournant le dos, il sortait de son casier une serviette, lorsqu'il sentit Delco lui planter un doigt entre les omoplates.

— Pour qui vous prenez-vous ? Izzie est magnifique, tous les mecs ont du mal à s'empêcher de la peloter. Voilà pourquoi elle a besoin de moi pour la défendre.

Grant ricana.

— Croyez-moi, elle est parfaitement capable de se défendre toute seule.

— Vous la désirez, pas vrai ?

Malgré son air bravache, Delco avait tout d'un coq de basse-cour : dressé sur ses ergots, il roulait des épaules pour se préparer à se battre.

— Hé ? insista-t-il. Je parie que vous aimeriez bien vous la faire. Eh bien, ce n'est pas possible, parce qu'elle est à moi.

Une fois de plus, Grant secoua la tête avant de s'éloigner, laissant Delco mijoter dans son jus. D'un pas déterminé, le cowboy se dirigea vers les quartiers du personnel, où il comptait enfiler des vêtements secs et tenter de se calmer. Delco n'en valait pas la peine, mais cela n'avait pas été facile pour Grant de lutter contre son instinct – qui l'incitait à écrabouiller cet avorton. Pourtant, il n'avait pas menti, il aimait bien Izzie, sans la désirer. C'était une fille sympa, capable de travailler au ranch aussi dur qu'un homme, malgré sa longue crinière et sa féminité exacerbée. Elle avait aussi un sens de l'humour noir, ce qui enchantait Grant. Surtout qu'elle n'hésitait pas à blaguer ou à plaisanter. Mais il ne la désirait pas. S'il avait dû éprouver un sentiment de ce genre, il se serait plutôt adressé à son frère. Malheureusement, Hunter le détestait, c'était clair. D'ailleurs, Grant ne cherchait pas de partenaire. Il se trouvait au ranch pour y gagner un peu d'argent.

Une fois dans sa petite chambre, il se débarrassa de sa chemise et de son jean trempés, et sortit une tenue de rechange sèche. Il ne s'attarda pas. D'une part, parce qu'il devait retourner travailler, de l'autre, parce qu'il n'aimait pas se donner le temps de réfléchir. Il ne pourrait y échapper plus tard, cette nuit, quand il aurait du mal à s'endormir. En attendant, il préférait trouver d'autres façons d'occuper son esprit.

Il s'apprêtait à sortir du bâtiment lorsqu'il rencontra Izzie.

— Grant, écoute, je suis désolée pour cette histoire avec Delco.

Il haussa les épaules.

— Y'a pas de mal. Je ne risquais rien avec lui.

Izzie secoua la tête.

— En fait, si. Il devient vite vicieux quand il ne peut pas gagner, il trouve toujours une façon détournée de se venger.

— Comment ça ?

Grant s'inquiétait de ce qui allait suivre.

— Eh bien, répondit-elle, à contrecœur, il répand des rumeurs. L'année dernière, il a réussi à faire renvoyer un des cowboys au ranch de l'Espoir.

C'était l'un des plus grands domaines de la contrée, et probablement le plus solide compétiteur de Hunter.

— Le propriétaire est un fan de rodéo, alors il a suffi à Delco de prétendre que son adversaire s'était mal conduit vis-à-vis de moi.

Grant soupira.

— Ben dis donc ! Et pourquoi est-ce que tu fréquentes un mec pareil, Izzie ?

Elle haussa les épaules.

— Il vaut mieux un copain idiot que pas de copain du tout, tu ne crois pas ?

Il entoura ses frêles épaules de son bras.

— Non, tu mérites beaucoup mieux.

Elle eut un sourire timide.

— Tu sais, si Hugh n'avait pas fait un bébé à Lisa, je crois que toutes les filles Krause seraient encore célibataires.

Grant referma sur lui la porte du bâtiment, puis tous deux reprirent ensemble le chemin des écuries.

— Tu es presque toujours toute seule, de toute façon, Delco est sur les routes dix mois par an.

— Oui, répondit Izzie en riant. Et c'est ce qui me plaît le plus.

Elle se tourna pour regarder Grant droit dans les yeux.

— Tu te vois, toi, passer le reste de ta vie avec la même personne ?

Il eut une moue sceptique.

— Je n'ai jamais rencontré personne qui me donne envie de partager sa vie, encore moins *toute* sa vie !

— Pas même Gabe ? demanda-t-elle, calmement.

Il répondit avec franchise.

— Non, pas même lui. Bien sûr, nous étions compatibles sur certains plans, mais sur d'autres... Il n'est pas facile à vivre, Izzie. Et bien sûr, je suis loin d'être parfait, alors je ne veux pas utiliser sa complexité comme une excuse. Mais pour répondre à ta question : non, je ne crois pas à l'amour éternel.

Il accéléra le pas. Parler de sa vie privée le rendait mal à l'aise, surtout avec une femme. D'un côté, c'était plutôt agréable d'évoquer Gabe avec Izzie. De l'autre, il n'était toujours pas absolument certain de pouvoir lui faire confiance. Après tout, il travaillait sur un ranch qui appartenait à sa famille, elle pouvait très bien le faire virer. Même s'il la pensait déjà au courant de son orientation sexuelle, il n'oubliait pas le mal qu'il avait parfois à retrouver du travail. À l'heure actuelle, il avait besoin d'un salaire régulier, il ne pouvait courir de risque.

Ils étaient presque arrivés à l'écurie, quand Izzie lui prit la main et la serra gentiment.

— Merci d'avoir pris mon parti avec Delco.

— Je ne prends aucun parti, mais je ne perds pas mon temps à répondre à un avorton prétentieux à l'ego un peu boursouflé.

Izzie ricana sans distinction.

— Un peu ? Tu as raison, tu sais. Je devrais le larguer. Mais j'ai l'habitude de donner à un homme une seconde chance.

Elle se rapprocha de lui.

— Et merci aussi d'être resté calme. Une fois, Hugh s'est énervé contre Delco, il n'a fait qu'aggraver la situation.

— Hugh s'est énervé ?

Grant en fut très étonné, même s'il savait désormais d'expérience qu'il fallait beaucoup de self-control pour supporter Delco.

Izzie hocha la tête, très amusée.

Ils reprirent leur tâche avec les chevaux. Ensuite, le reste des troupes les rejoignit dans l'écurie et chacun se sépara. La famille Krause retourna dans la grande maison ; les garçons d'écurie, qui vivaient au ranch, se dirigèrent dans leurs propres quartiers, où les attendait un dîner roboratif – préparé par Lisa et sa mère – suivi d'une soirée de détente.

Après leur repas en commun, la plupart des hommes s'attardaient au salon, devant la télévision, sauf Grant, qui préférait rester tout seul. Il ne se sentait pas vraiment intégré dans le groupe qui, de toute évidence, s'était soudé au fil du temps. De plus, il préférait éviter les questions habituelles que tout nouveau venu devait endurer.

Les autres avaient cherché à en apprendre davantage sur son compte, mais Grant avait évité leurs questions, ou bien il s'en était tiré par une échappatoire fantaisiste, surtout quand cela concernait sa vie personnelle. On lui avait demandé s'il était marié, s'il avait des enfants. Il ne voyait pas pourquoi il partagerait ce genre de détails avec des gens qu'il connaissait à peine. D'ailleurs, s'il avait répondu sincèrement, il ne pensait pas que sa franchise aurait été bien reçue. Alors il préférait rester vague.

Le bâtiment qui abritait les quartiers du personnel était, tout comme la maison principale, doté d'une cuisine, de douches collectives, et d'un porche qui courait tout autour. Grant aimait s'y asseoir, à l'arrière. Certes, il manquait le coucher du soleil, mais au moins il pouvait lire tranquillement sans être dérangé. Avoir sous les yeux cette vaste étendue dégagée jusqu'à l'horizon où le ciel et la terre se rencontraient comptait davantage pour lui. D'abord, la vue était superbe, ensuite, de temps à l'autre, il voyait aussi passer Hunter sur son cheval fougueux, partant pour une promenade vespérale. Jamais, Grant le savait, il n'aurait dû laisser ce spectacle le troubler ainsi, mais chaque fois, il quittait des yeux les pages de son livre en entendant le rancher insulter son destrier. Il était obligé de se l'avouer

Grant s'était souvent dit que, si lui et Hunter s'étaient mieux entendus, il aurait proposé de dresser Davenport – et de lui apprendre qui était le patron. Malheureusement, il ne pensait pas que sa proposition serait bien reçue dans un contexte aussi tendu. Il ne comprenait pas du tout pourquoi Hunter restait aussi raide en sa présence. Il avait gardé de lui un autre souvenir…

Autrefois, le rancher rendait souvent visite à Gabe, parfois pour lui acheter des chevaux, et il se montrait jovial et souriant, bien loin de l'homme sombre et acariâtre qu'il était devenu.

Lorsque la lumière commença à décroître, Grant referma son livre et se leva, abandonnant le siège avachi qu'il utilisait de préférence. Il lui faudrait se lever à l'aube le lendemain, pour commencer son travail, parce qu'il tenait à éviter les heures les plus chaudes de la journée. Il espérait être ce soir assez fatigué pour s'endormir rapidement.

Pourvu également que ses rêves ne découlent pas de sa frustration !

IV

LE SAMEDI suivant, lorsque les hommes du Blue River Ranch décidèrent de sortir ensemble, Grant se joignit à eux. Tim et Hugh avaient longuement insisté, mais ce fut Hunter qui finit par le convaincre.

— Viens avec nous. C'est vraiment marrant de voir Hugh se ridiculiser sur scène avec un micro.

En son for intérieur, Hunter espérait surtout que Grant le voie avec Miranda : dans ce cas, il cesserait de le mater à la dérobée. Les deux hommes ne travaillaient pas ensemble – Izzie y veillait – mais il leur était difficile de ne pas se croiser, alors que leurs chevaux occupaient deux stalles adjacentes dans l'écurie. Après avoir pesé le pour et le contre, Hunter s'était convaincu qu'il serait exagéré de déplacer Raven à l'autre bout de la rangée pour mieux éviter le superbe cowboy.

Il ne pouvait cependant oublier ses soupçons : Grant le regardait différemment. Avec les autres, le cowboy riait et plaisantait, très à l'aise. En sa présence, il se montrait froid, réservé et poli à l'extrême. Hunter avait beau affirmer ne pas être le patron direct de Grant, il n'en restait pas moins le propriétaire du ranch. Donc, il pouvait le virer quand ça lui chantait. Et Grant le savait bien. Hunter, assez intelligent pour reconnaître un bon employé quand il en voyait un, n'avait pas la moindre intention de se passer de Grant, malgré ses demandes à répétition d'absence – sans solde – il disparaissait à intervalles réguliers, un jour ou deux, toutes les quelques semaines. Un comportement plutôt inhabituel.

Au bar, Grant demeura à l'écart, buvant sa bière en silence.

En général, Hunter faisait de même, mais ce soir, il craignait de rester au comptoir, parce qu'il ne voulait pas avoir à discuter avec Grant. Il partit donc à la recherche de Miranda. Quand il ne put la trouver, il demanda à une de ses amies quand elle devait arriver.

— Miranda n'est pas en ville ce soir. Elle m'a dit qu'elle allait voir un ami, je crois.

Hunter ne manqua pas de remarquer que la petite blonde flirtait avec lui. Pendant un moment, il envisagea d'accepter ses avances, mais il devina que, à peine serait-il rentré chez lui, elle téléphonerait à Miranda pour s'en vanter. Alors il se ravisa. Il hocha la tête pour la remercier et la laissa avec son groupe.

Quand il revint au bar, Grant se moqua de lui :

— Les filles t'ont envoyé bouler ?

— Ce sont des amies de Miranda, répondit-il. C'est plus ou moins ma copine.

Grant hocha la tête.

— Ah. Plus ou moins ?

— Nous ne sommes pas fiancés ni rien de la sorte, répliqua Hunter.

Il n'avait pas envie de s'attarder sur le sujet, et surtout pas de préciser que lui et Miranda ne partageaient que du sexe, rien d'autre. Grant était le dernier à qui il tenait à faire ce genre de confidences. Et puis, ça risquerait de nuire à la réputation de l'institutrice rousse.

Désireux de changer le sujet de la conversation, il demanda à Grant :

— Tu as déjà entendu Jack jouer ?

— Non, je l'ai vu uniquement avec la main dans la bouche d'un cheval, admit Grant, avec un petit rire. S'il est aussi bon musicien que dentiste, nous allons passer un très bon moment.

Hunter acquiesça, puis il leva sa bière pour saluer un homme à l'autre bout du comptoir.

— C'est le meilleur groupe de la ville. C'est une chance pour nous qu'il accepte de venir régulièrement ici, parce qu'il joue sur scène presque tous les vendredis et samedis. À mon avis, maintenant qu'il fait des tournées dans tout l'État, il gagne presque autant d'argent avec sa musique qu'avec son métier officiel.

Au même moment, Izzie les rejoignit. Hunter l'accueillit d'un :

— Salut, sœurette !

— Hunter. Grant.

Hunter s'inquiéta de la façon dont sa sœur prononçait le nom du cowboy : familièrement, avec ce sourire espiègle qu'elle avait toujours. Il n'avait pas oublié les sous-entendus dont Izzie agrémentait leurs conversations ces dernières semaines. Sa sœur pensait-elle que Grant et lui étaient ensemble ?

— D'après ce que j'ai entendu dire, Miranda est partie rendre visite aux Chippendale, annonça Izzie à Hunter. Dans ce cas, tu as de bonnes chances d'être capable de te lever à l'aube demain matin.

Il la frappa à l'arrière de la tête.

— Hé ! Surveille un peu tes paroles !

Il plaisantait, bien sûr, et il veilla à ce qu'elle le comprenne. Et pourtant, il préférait qu'elle ne s'attarde pas sur le sujet. Il savait qu'elle parlait librement devant Grant, et des paroles imprudentes pourraient pousser le cowboy à se méprendre quant à son intérêt pour lui.

Izzie ne poursuivit pas l'échange sur le même ton. Au contraire, son visage se rembrunit brusquement.

— Et merde ! marmonna-t-elle.

— Qu'est-ce que tu as ? demanda Hunter.

Au-delà du bar en ellipse, elle désigna du doigt la porte d'entrée.

— Je viens de rompre avec Delco. J'avais espéré qu'il remonterait dans son camion pour rentrer chez lui, mais apparemment, il n'en a pas fini avec moi.

Les deux hommes se retournèrent. Delco regarda autour de lui, puis il choisit une place assez éloignée d'eux, mais qui lui permettait de garder Izzie dans sa ligne de mire.

— Tu veux que je te ramène au ranch ? proposa Hunter.

Izzie secoua la tête.

— Non, je me suis promis de m'amuser ce soir. J'ai enfin trouvé le courage de me débarrasser de cette vermine. Je ne vais pas le laisser me gâcher ma soirée.

Hunter nota la résolution qui marquait le visage de sa sœur, mais il remarqua également qu'elle surveillait subrepticement le moindre mouvement de Delco. Et il comprenait sa prudence.

— Sœurette, nous pouvons te protéger, assura-t-il.

— Absolument, confirma Grant. Reste avec nous. Cette crevette n'osera pas te toucher avec deux malabars à tes côtés.

Izzie se mit à rire. Elle pressa ses fesses sur la hanche du cowboy lorsqu'elle s'installa entre lui et son frère.

— Tu as raison, dit-elle à Grant, d'un ton plus langoureux que d'ordinaire. Il est peut-être temps que nous le mettions vraiment en colère.

Sur scène, le groupe avait fini de se préparer. Jack s'empara du micro :

— Bonsoir, mesdames et messieurs. Un 'bon soir' tout particulier aux jolies dames présentes ici ce soir. Pour commencer, nous allons tenter de vous attirer sur la piste de danse. Voici *Shake a Tail Feather*.

Dès que lui et son groupe entonnèrent cette chanson de rock country, la piste de danse se remplit rapidement. La plupart des habitués connaissant bien les musiciens, l'ambiance chauffait dès les premières notes. Izzie, Hunter et Grant, toujours accoudés au bar, regardaient le spectacle sans plus se soucier de Delco.

Quand Hunter vit Hugh traverser en ligne droite la piste de danse pour les rejoindre, il nota que Delco n'était plus assis à sa place. Il se tourna vers ses compagnons, qui tous deux avaient les yeux braqués sur le groupe. Grant s'appuyait au bar, le bras placé derrière Izzie, mais sans la toucher.

Hunter n'eut pas le temps de réagir quand un poing lui passa sous le nez pour frapper Grant à la mâchoire.

Le cowboy vacilla, mais récupéra rapidement. Il affichait un visage stupéfait.

— Delco ! hurla Izzie.

Delco hésita le temps de vérifier si Grant allait ou non lui rendre son coup. Ensuite, il se tourna vers Izzie :

— Espèce de pute ! Tu pensais pouvoir lui sauter dessus à peine débarrassée de moi ? Ça ne se passera pas comme ça !

D'un doigt pointé, il désignait Grant. Celui-ci se frottait la mâchoire, le calme personnifié. Hunter comprit que c'était à lui d'intervenir.

— Si tu considères ma sœur comme une pute, tu devrais peut-être lui ficher la paix ?

Une voix enragée déclara dans son dos :

— Je ne laisserai personne traiter Izzie de pute !

23

C'était Hugh. Il empoigna Delco par l'épaule, le força à se retourner, et le frappa de son poing. Il avait une bonne tête de plus, son coup porta. Delco bascula contre Izzie et Grant, qui le repoussèrent prestement. Nullement calmé, Hugh l'empoigna par l'avant de sa chemise pour l'entraîner à l'extérieur.

L'altercation n'avait pas été repérée par tous les clients du bar, mais ceux qui virent Hugh sortir avec Delco le suivirent pour assister à la suite des événements, en particulier la plupart des employés du Blue River Ranch.

Il leur fallut se mettre à deux pour arracher Hugh à son adversaire. À ce moment-là, Delco saignait du nez et d'une lèvre fendue.

Le shérif se trouvait parmi les hommes agglutinés sur le parking.

— Bon, ça suffit, dit-il. Maintenant, les gars, vous vous calmez.

— Shérif, arrêtez-le ! cria Delco. C'est une brute ! Regardez ce qu'il m'a fait.

Grant intervint, très calmement, en pointant Delco du doigt :

— C'est lui qui a commencé. Il s'est jeté sur moi.

Le shérif étudia la situation. Il parvint sans doute à comprendre que la foule s'apprêtait à exploser pour défendre l'honneur d'Izzie. Il préféra donc calmer les choses.

— Suivez-moi au poste, nous allons régler ce différend. Hunter, je vous charge de m'amener tous ceux qui ont participé à cette affaire. Moi, je conduis celui-ci.

Il désignait Delco. Hunter donna son accord d'un signe de tête.

ENVIRON UNE heure plus tard, au poste de police, Delco se trouva isolé dans une pièce, Izzie et Hugh dans une autre. Quant à Hunter et Grant, ils étaient dans la salle d'attente, à l'avant du bâtiment.

— J'admire que tu aies pu garder ton calme, déclara Hunter, avec un soupir.

Grant haussa les épaules.

— C'est une crevette. Il y a dix ans, j'aurais réagi. J'ai failli tuer un homme, une fois, cela aurait pu me coûter cher. Je ne referai jamais plus la même erreur.

— Tu as failli tuer un homme ? répéta Hunter, comme un perroquet.

— Ouais. C'est une longue histoire.

Hunter sourit. Cela ne le regardait pas. Cependant, il appréciait le contrôle que Grant avait sur lui-même. Si le cowboy avait réagi comme Hugh, ils seraient tous dans une sale situation à l'heure actuelle.

Grant se pencha en avant, les yeux fixés sur le mur en face de lui.

— D'après ce qu'Izzie m'a raconté, ce n'était pas la première fois que Hugh doit la défendre contre Delco.

— C'est exact. Delco n'a jamais été correct vis-à-vis d'elle. Il la considère comme un objet, sa possession que personne n'a le droit de regarder, encore moins de toucher. Hugh est un vrai gentleman. À ses yeux, une femme est toujours un trésor.

— Il a raison, approuva Grant. Et c'est tout particulièrement vrai en ce qui concerne Izzie. C'est une femme parfaite, capable de seller un cheval et de nettoyer une stalle, et qui réussit en plus à être belle quand elle sort le soir.

Hunter se mit à rire avant de secouer la tête. Il se sentait bien plus à l'aise en compagnie de Grant, ce qui le surprenait.

— Alors, elle t'intéresse ?

— Non. C'est une fille superbe et une bonne amie, mais tu me connais. Izzie a besoin d'un homme qui l'aime pour ce qu'elle est. Et je ne peux lui offrir cela.

Hunter releva vivement les yeux pour l'examiner, mais il détourna la tête en croisant son regard. Cette déclaration venait de réveiller la tension entre eux.

Le shérif pénétra alors dans la salle d'attente, Hugh sur les talons.

— Grant, j'aimerais vous parler à présent.

Hugh prit le siège que Grant venait de libérer.

— Ça va ? lui demanda Hunter.

Son ami posa les deux coudes sur ses genoux avec un soupir.

— Je ne peux plus continuer, Hunter.

— Continuer quoi ?

Il avait un sinistre pressentiment. Il ne savait pas à quoi s'attendre, mais il se sentait très inquiet.

— Lisa et moi allons divorcer.

— Vous allez… *quoi* ?

Quand son beau-frère leva les yeux sur lui, Hunter ne put garder aucun doute : il ne plaisantait pas.

— Et tout ça, à cause d'une bagarre dans un bar ?

Hugh leva les yeux au ciel en esquissant un sourire penaud.

— Non. Ça fait déjà un moment que nous en parlons. Nous pensions attendre que Danny soit plus âgé, mais je ne peux pas continuer.

Hunter était tellement stupéfait qu'il en resta silencieux. Son regard passait de Hugh à la porte par laquelle Grant venait de disparaître, puis revenait sur son beau-frère.

— Tu sais bien que j'ai épousé Lisa uniquement parce qu'elle était enceinte, pas vrai ?

— Ouais, mais je croyais aussi que tu l'aimais.

Hugh ricana avec amertume.

— Non, j'étais amoureux d'Izzie, mais elle était trop jeune. Elle n'avait que quatorze ans. Je ne pouvais même pas m'approcher d'elle. Quand elle a eu dix-huit ans, elle avait d'autres copains, et Lisa commençait à me tourner autour. J'ai cru qu'Izzie ne s'intéressait pas à moi, alors j'ai pris celle qui était disponible, Lisa, mais je ne l'ai jamais véritablement aimée. Et pourtant, j'ai essayé, je te le jure.

Les deux hommes étaient assis côte à côte, chacun imitant la position de l'autre. Ils restèrent silencieux durant un long moment, chargé de tension.

— Tout à l'heure, pendant que nous étions tous les deux seuls dans la pièce d'à côté, j'ai avoué à Izzie que je l'aimais.

Sidéré de cet aveu, Hunter releva vivement les yeux sur lui.

— Tu veux dire qu'elle n'était pas au courant ?

— Bien sûr que non ! protesta Hugh. Je suis marié depuis dix ans à sa sœur aînée, voyons, Hunter !

— Et comment a-t-elle réagi ?

Hugh haussa les épaules.

— Elle a été sympa, mais elle m'a clairement indiqué que, à son avis, nous ne pouvions pas espérer d'avenir ensemble.

Hunter pencha la tête de côté, il comprenait.

— Alors, poursuivit Hugh, tu comprends bien que je ne peux pas rester. Je suis désolé, mais tu vas devoir trouver un autre régisseur. Parles-en à Grant. Il a du potentiel.

Hunter ne savait plus quoi dire. Bien sûr, le ranch manquait de main-d'œuvre et cela serait dur pour lui de ne plus avoir à ses côtés un homme de confiance, capable de tout gérer à sa place en cas d'urgence, mais il y avait bien pire à envisager. Le départ d'Hugh signifiait pour Danny de perdre son père et pour lui, son meilleur ami. Depuis l'école primaire, Hunter et Hugh avaient été aussi proches que possible… et pourtant, jamais il ne s'était douté de ses véritables sentiments envers Izzie.

Ils gardèrent le silence jusqu'au retour du shérif, avec Grant et Izzie.

— Voilà, tout est arrangé. Delco voulait porter plainte contre Hugh pour coups et blessures, mais Izzie l'a fait changer d'avis en lui promettant que, dans ce cas, elle aussi porterait plainte contre lui. De nombreux témoins l'ont vu se jeter sur Grant et le frapper sans provocation. À mon avis, il n'a aucun recours, mais il est parfaitement capable de trouver d'autres moyens de vous créer des ennuis, aussi, je vous conseille la prudence. Je ne peux pas le coffrer, mais nous savons tous qu'il a déjà tenté ce genre de manigances auparavant. Je crains fort que nous ne réussissions pas à nous débarrasser de lui aussi facilement.

Le reste du petit groupe marqua son accord d'un hochement de tête. Le shérif les raccompagna ensuite jusqu'à la porte.

— Je vais conduire, annonça Izzie, puisque je suis la seule à ne rien avoir bu ce soir.

Elle tendit la main en direction de son frère pour qu'il lui donne les clés.

— En selle, les garçons ! annonça-t-elle ensuite.

V

MAINTENANT QUE Hugh avait emballé ses affaires et disparu, Hunter n'appréciait plus autant son foyer. Il regrettait souvent que ses sœurs ne ressemblent pas aux autres femmes : de temps à autre, il aurait souhaité les voir pleurer un bon coup. Ce qu'elles ne faisaient jamais. Par contre, Lisa devenait de plus en plus sèche et autoritaire et leur mère semblait avoir perdu le sourire. Bien sûr, elle n'avait jamais été de nature particulièrement joviale, mais ces derniers temps, Hunter avait du mal à supporter de se trouver dans la même pièce que sa mère et sa sœur.

Et Izzie ressentait probablement la même chose, puisqu'elle trouvait toujours une excuse pour éviter les dîners en famille. Trois ou quatre fois par semaine, Hunter et sa sœur se retrouvaient dans la cuisine, tard dans la nuit, pour avaler les restes.

Il faut dire aussi que tous deux étaient bien occupés. Izzie avait pris en charge une partie du travail de Hugh et Hunter éprouvait également le besoin de se salir plus souvent les mains. Mais il n'était pas facile de remplacer un régisseur, la tâche était lourde. Le frère et la sœur savaient bien qu'une surcharge de travail leur serait moins pénible que l'ambiance actuelle de la maison.

Ils tentaient également d'occuper Danny le plus possible. L'enfant était le seul à verser parfois quelques larmes. Son père lui manquait infiniment. Hunter et Izzie savaient que jamais personne ne serait capable de le remplacer.

Pour couronner leurs ennuis, un autre poulain venait de disparaître. Et la pluie qui n'avait cessé de tomber ces derniers jours noyait les traces. En effectuant une ronde le long des pâturages à proximité du ranch, Hunter et Grant avaient découvert une brèche, dans un des coins les plus éloignés. La clôture était à terre et piétinée, ce qui accréditait la théorie d'un cougar. Pourtant, les deux hommes n'avaient découvert ni carcasse ni autre reste à demi dévoré. Ils réparèrent la clôture et envisagèrent de poster des sentinelles toute la nuit. Ils durent abandonner cette idée, parce qu'il n'y avait pas suffisamment d'hommes disponibles.

Maintenant qu'il était obligé de travailler en permanence avec Grant, Hunter réussissait mieux à se détendre en sa compagnie. Le cowboy ne lui faisait plus aucune avance et Hunter devait même s'avouer qu'il commençait à l'apprécier. Bien entendu, Izzie ne pouvait s'empêcher de le taquiner sur le sujet, mais ses plaisanteries égayaient plutôt la routine quotidienne.

Un soir, Hunter sortit Davenport. Il tenta de lui donner une leçon. Le cheval renâcla et l'éjecta de sa selle. Quand le rancher se redressa pour ôter la boue de son jean, il remarqua Grant, assis sur le porche derrière le bâtiment du personnel. Un livre à la main, il souriait en le regardant.

Hunter s'approcha et demanda :

— Qu'y a-t-il de si drôle ?

— Mon livre, mentit Grant.

— Tu rigoles parce que je suis tombé de cheval.

Le sourire de Grant s'élargit.

— Je n'oserais jamais faire ça ! Mais quand même, je ne comprends pas : tu es quasiment né sur un cheval, et tu laisses Davenport n'en faire qu'à sa tête. C'est lui qui décide où vous allez, toi, tu n'as jamais droit à la parole.

Hunter haussa les épaules, sans rien dire.

— Si tu veux mon avis, reprit Grant, ce cheval est aussi buté que son cavalier.

— Ouais, tu as peut-être raison.

Après cet aveu fait à contrecœur, Hunter se laissa tomber sur la plus haute marche du porche, tournant le dos au cowboy.

— Il fait bon, ce soir, remarqua Grant.

— Mmm, acquiesça Hunter. Pourtant, il ne va pas tarder à pleuvoir. Regarde un peu les nuages menaçants qui nous arrivent, là-bas.

Il désigna le ciel, au-delà de la ligne d'arbres.

— Ce noir est peut-être dû à la nuit qui tombe, rétorqua Grant.

— Non, il annonce la pluie, affirma Hunter, d'un ton déterminé. J'aime bien la vue qu'on a d'ici. C'est un des rares endroits où tu vois la terre rejoindre le ciel.

Quand il tourna la tête, il vit le regard étrange que lui jetait le cowboy, il ne sut pas comment le décrypter.

— Ce que je veux dire, insista-t-il, c'est que partout ailleurs, il y a des arbres ou des collines pour boucher l'horizon. Mais ici, il est pleinement accessible.

— Oui, je l'avais remarqué aussi, chuchota Grant.

Hunter ne savait pas trop où cette conversation allait les mener, mais il dut admettre qu'il l'appréciait. C'était le genre d'échanges qu'il avait autrefois avec Hugh, lorsque les deux amis se racontaient leur journée. Et ces bavardages sans importance concernant les chevaux ou le temps lui manquaient, presque autant que d'avoir un appui fiable à ses côtés pour l'épauler. Peut-être pouvait-il considérer Grant comme un ami ? Après tout, ce ne devait pas être facile pour lui d'être le dernier arrivé au ranch et… de devoir cacher sa vraie nature. Sauf en compagnie de Hunter et d'Izzie, bien entendu. Le sujet n'avait jamais été abordé, mais Grant était au courant, Hunter en était certain. Il savait que le frère et la sœur connaissaient son orientation sexuelle. Et que pour eux, ça n'avait aucune importance.

Mais une amitié entre eux deux était-elle possible ?

— Je vais devoir aller chercher Davenport avant qu'il soit trempé, dit Hunter, sinon j'aurai deux fois plus de travail avec lui.

Il se redressa.

— Je te souhaite bonne chance ! répliqua Grant. Et je vais assister au spectacle.

Un sourire moqueur étirait le coin de sa bouche. Il marqua un temps de pause avant d'ajouter :

— En y réfléchissant, je ferais mieux de te donner un coup de main. Cette sale bête va certainement tenter de s'échapper et dans ce cas-là, nous ne serons pas trop de deux.

Ils traversèrent ensemble le pré où Davenport broutait tranquillement l'herbe grasse. Le cheval se sauva dès qu'il les vit approcher.

— Non, ne lui cours pas derrière, chuchota Grant. Il considère que c'est un jeu. Attends.

Hunter resta donc immobile, à regarder le cowboy effectuer un grand cercle autour du cheval. Puis, tournant le dos, Grant s'accroupit, comme s'il regardait quelque chose dans l'herbe. Ensuite, il se redressa, fit quelques pas, et recommença son manège, un peu plus loin.

Du coin de l'œil, Hunter remarqua que Davenport avait levé la tête pour le regarder. Les oreilles pointées en avant, le cheval esquissa un pas prudent. Il se figea quand celui-ci se releva pour s'écarter de quelques mètres. Mais lorsque Grant s'accroupit une nouvelle fois, Davenport continua à avancer. Manifestement, il était curieux et tenait à voir lui aussi ce qui l'intéressait tant. Il fallut un moment, mais Davenport se trouva finalement tout contre l'homme agenouillé, sa grosse tête penchée par-dessus son épaule. Grant n'eut qu'à lever la main pour saisir sa bride.

— Bingo ! déclara-t-il, avec triomphe.

Tirant le cheval derrière lui, il revint tranquillement jusqu'à l'endroit où Hunter l'attendait.

— Tu es vraiment doué.

Il espérait que ce compliment suffirait.

— Non, c'est Gabe qui possède un véritable don. Il aurait pu rattraper cette tête de pioche bien plus vite, mais il m'a quand même appris un truc ou deux.

— Oui, il a fait la même chose avec nous, avoua Hunter. Sans lui, je ne pense pas que ce ranch aurait survécu.

Tous deux retournèrent en direction de l'écurie. Grant fit une tentative :

— Gabe m'a quelquefois parlé de ce qui s'est passé après la mort de ton père.

Hunter soupira.

— J'étais bien trop jeune pour endosser une telle responsabilité, mais j'y étais bien obligé, ma mère n'y connaissait rien. Elle a toujours été femme au foyer, à s'occuper de ses enfants, ce qui ne lui laissait pas beaucoup de temps libre. À l'époque, Bernie n'était encore qu'un bébé. Izzie et moi étions déjà des cavaliers émérites, mais nous ne savions pas du tout comment gérer une affaire. Et Lisa ressemblait à ma mère, elle savait à peine reconnaître la tête d'un cheval de sa queue. Elle ne rêvait que d'une chose : terminer ses études et se marier. Quant au père de Hugh, c'était un bon régisseur, mais pas vraiment un gestionnaire. Alors au début, quand je l'ai laissé faire, le ranch a commencé à perdre de l'argent. Et si Gabe n'était pas intervenu, par exemple, pour m'aider à gérer achats et ventes, et je ne parle pas seulement des chevaux, ce ranch n'existerait plus. Nous aurions fait faillite avant mes dix-huit ans.

C'était pour lui un soulagement d'en parler, surtout avec quelqu'un qui connaissait bien Gabe.

— Maintenant, tu es le patron, répliqua Grant. Et tu possèdes un ranch immense et très rentable.

Hunter soupira.

— Gabe n'a jamais voulu d'une grosse affaire, se souvint-il. Gagner de l'argent ne l'intéressait pas. Il ne tenait qu'à dresser ses chevaux, pour qu'ils soient le plus fiables possible. C'est pourquoi il ne les élevait pas.

— Il n'aurait jamais eu la patience d'attendre deux ans qu'un poulain puisse apprendre.

Sur ce, Grant se mit à rire et Hunter l'accompagna.

— Il avait quand même le don de sélectionner les meilleures bêtes.

— Oh que oui ! approuva Grant.

Ils avaient presque rejoint l'écurie quand, d'un seul coup, le ciel s'illumina d'un éclair zigzagant, suivi d'un violent coup de tonnerre. Immédiatement après, des trombes d'eau leur tombèrent sur la tête. Davenport, affolé, se rua en avant. Les deux hommes le suivirent en espérant éviter d'être trempés, en vain. Quand Hunter se tourna vers Grant, il ne put manquer de remarquer sa chemise qui lui collait à la peau, ne laissant aucun détail de son torse à l'imagination.

— Tu crois que ça va s'arrêter aussi vite que ça a commencé ? demanda Grant.

À l'abri, dans l'écurie, il se retourna pour regarder à l'extérieur.

— Je crains que non, répondit Hunter.

Il était incapable de quitter des yeux le jean trempé qui moulait les fesses de Grant et ses longues jambes. S'arrachant enfin à cette transe, il s'occupa à libérer Davenport de sa selle. Il l'emporta et la rangea sur son support, puis s'empara d'un linge propre pour essuyer le cheval.

— Laisse, je vais m'en occuper, proposa Grant.

Il conduisit Davenport dans sa stalle et le débarrassa de son mors et de sa bride. Hunter fut surpris de remarquer que le cheval se laissait faire, presque sans broncher. Grant avait une façon très ferme de l'approcher, à la fois douce et déterminée. Il termina sa tâche en un rien de temps.

— Bon, maintenant, il ne me reste qu'à courir, annonça le cowboy en guise d'adieu.

Il quitta l'écurie et se rua sous la pluie en direction de ses quartiers.

PLUS TARD dans la soirée, Hunter s'apprêtait à monter se coucher quand il entendit frapper à la porte principale, assez fort pour que le son s'entende malgré le fracas de l'orage. Il alla ouvrir et trouva Tim sur le perron, trempé comme une soupe malgré son épais manteau ciré.

— Grant m'a demandé de te prévenir ! cria-t-il. Danny a des ennuis. Et puisque tu ne peux pas monter Davenport par un temps pareil, je t'ai pris Raven, si tu veux venir avec moi.

Sans demander d'autres explications, Hunter courut dans l'antichambre enfiler son ciré et son chapeau, puis il suivit son ami à l'extérieur.

La nuit était noire, le sol, détrempé, la température excessivement fraîche pour cette époque de l'année. Au début, les deux hommes purent laisser leurs montures galoper, mais Hunter ralentit en voyant une clôture dont la porte semblait de guingois.

— Nous n'avons pas le temps ! cria Tim. Il faut que nous apportions au plus vite ces cordes à Grant. Nous reviendrons plus tard réparer cette barrière.

Hunter acquiesça et, d'un coup d'éperons, il remit Raven au galop pour rattraper Tim, qui venait de couper à travers les broussailles. Les chevaux ne cessant de déraper, Hunter se sentit vraiment soulagé que Tim n'ait pas choisi de lui seller Davenport. Raven se comportait de façon parfaite, sans renâcler devant le terrain boueux ni quand ses sabots s'enfonçaient dans la boue. De temps à autre, Tim sortait de son manteau un GPS pour vérifier leur position. Hunter se félicita d'avoir accepté, quelques mois plus tôt, l'achat de ces gadgets. Jusqu'à cette nuit, il n'en avait pas compris l'utilité.

— Nous y sommes presque, assura Tim.

Hunter entendit alors la rivière, malgré le bruit tambourinant de la pluie. Il sut que les flots rugissaient plus fort que d'habitude. Au début du printemps, la fonte des neiges gonflait généralement les eaux, mais durant l'été, il n'y avait plus qu'un courant régulier. Et jamais il ne faisait autant de bruit.

Les deux hommes pénétrèrent dans une zone dégagée. Instantanément, Hunter réalisa la nature du problème. La crue avait provoqué une inondation et, au milieu des terres immergées, il y avait un petit îlot. Et au centre de cet asile précaire et cerné par les remous, un petit garçon terrorisé se trouvait sur le dos d'une grande jument bai.

Depuis la berge, Grant hurlait à Danny de ne pas perdre son calme, parce que les secours n'allaient pas tarder.

Hunter comprit alors pourquoi les chevaux, le sien et celui de Tim, portaient des rouleaux de corde accrochés à leur selle. Ils en auraient besoin pour sauver son filleul.

Grant s'approcha de lui et déclara :

— Ça me fait vraiment plaisir de vous voir. Il y a là un arbre qui me paraît solide, ajouta-t-il, en pointant l'îlot du doigt. Nous allons devoir accrocher un filin à un arbre, ici, sur la berge, et je vais traverser avec Raven pour accrocher là-bas l'autre extrémité. Ensuite, je ramènerai Danny.

Hunter acquiesça, le plan lui paraissait réalisable.

— Je vais le faire.

— Tu es fou ? répliqua Grant, sévère. C'est dangereux. Je m'en charge.

— Il s'agit de mon filleul, protesta Hunter.

— Justement. Il a déjà perdu son père, il a besoin de toi. J'y vais. Fin de la discussion.

Grant prit le rouleau de corde sur la selle de Hunter. Il attacha une extrémité à la selle texane de Raven et l'autre autour de l'arbre, puis il monta sur la selle qu'Hunter venait de quitter. Il dirigea sa monture vers la rivière. Il lui fallut insister pour convaincre l'animal de se jeter à l'eau, mais il finit par réussir.

Hunter retenait son souffle, il avait presque aussi peur pour Grant que pour Danny. Si quelque chose leur arrivait... De ce côté-ci de l'îlot, le bras de rivière n'était ni très large ni très profond, mais le courant était violent. Raven dérapa plusieurs fois et faillit même renverser son cavalier. Tim était très occupé : il tenait à deux mains le rouleau de corde et donnait au fur et à mesure le mou dont Grant avait besoin. Hunter, lui, ne pouvait que regarder.

Grant finissait enfin sa traversée, Raven reprit pied sur la terre ferme. Le cowboy aida Danny à descendre de son cheval. Il vérifia rapidement que l'enfant ne souffrait d'aucune blessure avant de le lâcher pour attacher l'extrémité de sa corde autour de l'arbre. Il sécurisa Danny d'un autre filin et le relia à la corde principale devant servir de guide pour le trajet retour. Il plaça ensuite Danny sur le grand cheval foncé. Prenant les rênes de Belle dans une main, il se hissa sur Raven, devant l'enfant, qu'il attacha à sa propre taille avant de diriger sa monture vers la rivière, une fois de plus. Ce fut plus difficile encore, parce qu'il devait à la fois contrôler les deux chevaux et vérifier que Danny ne perde pas l'équilibre. Il semblait cependant parfaitement maîtriser la situation.

Hunter comptait chacun des pas que faisait Raven, étouffant un cri quand le cheval trébuchait. Il ne respira librement qu'en voyant le petit groupe progresser de plus en plus facilement. Ils finirent par atteindre la berge, enfin au sec. Grant détacha les cordes et laissa Danny glisser dans les bras que lui tendait son parrain.

Quand Hunter serra le petit garçon contre lui, il réalisa qu'il n'aurait pas été plus heureux s'il s'était agi de son propre fils. Il ne se serait jamais pardonné que quelque chose arrive à Danny. D'un signe de tête, il remercia silencieusement les deux secouristes.

Grant lui envoya une bourrade dans le dos.

— Prends Belle et ramène Danny à sa mère. Tim et moi allons voir si nous pouvons réparer la clôture sans attendre. Tim passera plus tard récupérer Belle et la ramener à l'écurie. Nous nous occuperons des chevaux.

Hunter fit de son mieux pour exprimer ses remerciements aux deux hommes pendant qu'ils aidaient le petit garçon à monter derrière lui, puis il éperonna sa monture, désireux de retourner le plus vite possible à la maison, en sécurité.

VI

IL PLEUVAIT toujours une heure plus tard, quand Hunter pénétra dans les douches communes. D'un geste machinal, il frotta l'eau qui maculait son ciré. Il ôta ensuite son chapeau, dont s'échappa une autre gerbe. Hunter se sentait nerveux au point qu'il avait du mal à respirer. Pourtant, il devait y passer. Il se souvint avoir ressenti la même chose autrefois, quand il revenait de l'école avec de mauvaises notes. Sa mère le forçait à attendre dans l'antichambre que son père rentre à la maison, une fois terminées ses tâches sur le ranch. Sauf que cette fois, Hunter ne recevrait pas de réprimande. Il devait simplement remercier Grant. Rien de plus.

Malheureusement, savoir que le cowboy était précisément occupé à se nettoyer après sa virée sous la pluie – et qu'il devait être cul nu sous le jet d'eau bouillante – lui donnait des bouffées de chaleur. D'un côté, il espérait que Grant n'avait pas complètement fermé la porte, ce qui lui permettrait de jeter un coup d'œil à sa superbe anatomie, laisser ses yeux s'attarder sur les épaules larges, les hanches minces… De l'autre, il savait que dans ce cas, jamais il ne réussirait à se libérer l'esprit de cette image à jamais incrustée.

Il arpenta le petit couloir qui menait aux cabines de douche, tenant à la main son chapeau qui dégouttait toujours, jusqu'à ce qu'il entende la douche s'arrêter. Il savait que Grant devrait utiliser ce couloir pour retourner au bâtiment principal, il lui suffisait donc d'être patient. Sauf que Hunter n'arrivait pas à rester immobile. Alors, il fit les cent pas.

Il venait juste de tourner le dos quand il entendit sa voix derrière lui :

— Hunter. Quel plaisir inattendu !

Il carra les épaules et se retourna.

— Grant, dit-il, avec un signe de tête.

Il n'arrivait pas à le regarder dans les yeux, inquiet de ne pas réussir à cacher son admiration pour les longs membres, la peau burinée encore un peu humide. Grant ne portait rien d'autre qu'une serviette autour de la taille, très bas sur les hanches. Tout à coup, Hunter fut soulagé que le cowboy ait aussi ses vêtements mouillés dans les bras. Dans le cas contraire, il aurait aperçu la fine toison de la poitrine ou le ventre plat dont il avait déjà rêvé. Si Hunter ne se rendait jamais dans les douches communes, c'était pour une bonne raison : il craignait que cela éveille en lui les désirs secrets qu'il tentait chaque jour de cacher.

Grant le fixait toujours, attendant manifestement qu'il prenne la parole.

— Je voulais… Je voulais te dire merci.

— De rien, répondit Grant, d'un signe de la tête. J'ai agi sans même réfléchir, pour te dire la vérité. J'ai vu Danny s'en aller, j'ai craint qu'il soit en danger avec ce temps, alors je l'ai suivi. Il est trop jeune pour sortir tout seul sous un orage pareil et sur un cheval qu'il maîtrise à peine. Manifestement, il n'avait pas demandé la permission de s'absenter. J'étais certain que tu n'aurais jamais accepté.

Hunter tenta d'excuser le comportement de son filleul :

— Depuis que son père est parti, Danny n'est pas dans son état normal. Il fait semblant de ne pas y penser, mais Hugh doit beaucoup lui manquer, j'imagine.

— Hugh manque à chacun de nous, répliqua, Grant d'un ton pensif. Et le gamin, il allait bien quand tu l'as laissé ?

Hunter répondit, toujours sans regarder Grant dans les yeux.

— Oui. Sauf qu'il n'arrêtait pas de frissonner et qu'il s'est pris une méchante engueulade de sa mère. Elle a quand même attendu pour hurler d'être certaine qu'il ne risquait rien de pire qu'un bon rhume. Il s'en sort très bien.

— Je suis heureux de l'apprendre. C'est un brave gosse.

— Oui, c'est vrai.

Il jouait toujours avec son chapeau.

— Au fait, que s'est-il passé avec la barrière ? ajouta-t-il.

Il était bien conscient qu'il devrait laisser Grant tranquille, mais il n'arrivait pas à se décider à partir.

— C'est l'orage qui l'a déglinguée. Et salement en plus ! Nous n'avons pas réussi à la réparer, alors, nous nous sommes contentés de l'attacher avec une corde. Nous y retournerons demain pour une remise en état en bonne et due forme.

Hunter acquiesça. Il continua à donner des coups d'œil furtifs, sans oser céder à sa fringale.

— Écoute, Grant, je… je ferais mieux de te laisser remonter et t'habiller, sinon tu vas aussi attraper un rhume. Et ce sera à cause de moi.

Grant répondit par un sourire. Hunter se retourna et s'apprêta à partir. Mais juste avant qu'il atteigne la porte, le cowboy jeta dans son dos :

— Je croyais que ça te plaisait de me voir à poil.

Hunter se figea sur place. Il dut faire un effort pour ne pas se retourner pour hurler à Grant qu'il était connard insolent. Il se contenta de se remettre en route, accélérant le pas à chaque foulée qui l'éloignait du bâtiment. En même temps, il était heureux de ne pas avoir donné champ libre à sa colère. Sa réaction, il le savait, n'aurait fait que pousser Grant à bout. Désormais, même si Hunter cédait un jour à son désir d'embrasser le cowboy, celui-ci le repousserait. Empêchant ainsi l'inévitable de se produire.

Voilà, c'était fait. Il venait de s'avouer son désir d'embrasser cet homme, de presser son corps contre le sien, de sentir les muscles durs jouer sous ses mains.

Il pleuvait toujours quand il passa devant les vestiaires, à côté de la maison principale. Il n'y entra pas. Non, il donna un violent coup de poing au panneau de bois buriné. Il n'avait aucune raison de croire que Grant le repousserait s'il retournait aux quartiers du personnel. Il avait bien vu la façon dont celui-ci l'avait regardé, avec des yeux brûlants d'un désir affiché. Il avait aussi remarqué plusieurs attouchements discrets ces derniers temps. Et Grant cherchait toujours à le rencontrer et à lui parler, malgré l'accueil mitigé de Hunter à son égard.

En vérité, Hunter venait à peine d'admettre avoir remarqué tous ces détails révélateurs. Sa poussée d'adrénaline, suite au sauvetage de Danny, commençait à refluer, mais son cœur battait encore très vite. Aussi fatigué et trempé jusqu'aux os qu'il soit, il ne pensait qu'à une chose : il avait besoin de faire baisser sa pression. La veuve Poignet ne suffirait pas. Plus maintenant.

Il tourna les talons et revint sur ses pas, vers les quartiers du personnel. Il fallait qu'il se sorte cette obsession de la tête. Qu'il goûte au fruit interdit, juste une fois. Ensuite, peut-être qu'il ne se poserait plus ce permanent : *et si... ?*

Il entra dans le bâtiment par la porte qu'il avait empruntée un peu plus tôt et monta l'escalier presque en courant. Ce fut alors qu'il se rendit compte d'un problème : il ignorait où se trouvait la chambre de Grant. Sa seule solution était de l'appeler à haute voix. Avec un peu de chance, les autres ne reconnaîtraient pas sa voix. Ou bien ils penseraient que le patron était venu faire passer à Grant un mauvais quart d'heure.

Au bout du couloir, une porte s'ouvrit et Grant passa la tête. Dès qu'il vit Hunter, il lui fit signe de pénétrer dans sa chambre.

— Tu es revenu drôlement vite, dit-il, en refermant derrière lui.

Il parlait doucement, comme s'il savait que les voix portaient facilement dans le bâtiment.

Hunter ne répondit pas. Qu'aurait-il pu dire ?

— J'imagine que je n'ai pas à te demander s'il pleut toujours.

Hunter leva les yeux et les plongea dans les prunelles sombres. Grant affichait un sourire moqueur et séducteur. Il était aussi dangereusement dénudé. Il avait échangé contre un boxer la serviette qui, peu de temps auparavant, lui enserrait la taille, mais sans rien de plus. Et Hunter dut à nouveau détourner les yeux.

— Pourquoi ne pas enlever ton manteau ? suggéra Grant. Tu es en train d'inonder mon plancher.

Hunter hésitait encore quand Grant alla ouvrir un placard, dont il sortit une bouteille de whisky.

— Je t'offre un verre ?

Hunter accepta d'un signe de tête. Il déposa son manteau sur le dossier d'un siège placé contre le mur, le temps que Grant prenne deux verres et verse dans chacun d'eux un doigt de liquide ambré. Il tendit à Hunter le sien.

— Tiens, prends ça. Ça va t'aider à te réchauffer, parce que tu dois commencer à avoir froid. Pas question de laisser le patron s'enrhumer alors que nous manquons déjà de main-d'œuvre !

Hunter accepta le verre dont il vida le contenu cul sec. Le liquide le brûla au passage, mais il en savoura la sensation. Il accorda à Grant le temps de siroter une gorgée avant de s'approcher de lui.

REMARQUANT SON attitude décidée, Grant posa son verre sur la table. Il souriait toujours quand il récupéra le verre vide que Hunter tenait toujours. Il réussit de justesse à le poser derrière lui avant que le rancher se jette sur lui. Grant fut brutalement pressé contre la fenêtre. Il écarta légèrement les jambes et Hunter se plaqua davantage à lui. Son baiser fut brutal et agressif, et Grant le rendit sans problème, même lorsqu'il sentit son cul heurter le rebord de la fenêtre. Il recula autant que possible, attirant Hunter avec lui. Celui-ci ne lui résista pas. En fait, il frottait son bas-ventre contre le sien, sans cacher son excitation. Grant sourit, tout en continuant à l'embrasser.

— Pourquoi tu souris ? murmura Hunter.

— Parce que tu es marrant.

Il plaça la main sur la nuque de Hunter pour l'attirer plus près et approfondir leur baiser. Cette fois, c'était lui l'agresseur. Il poussa sa langue dans la bouche de Hunter. Il dut lâcher sa prise sur sa hanche pour s'attaquer à la fermeture de son jean. Sans cesser de s'embrasser, les deux hommes luttèrent l'un contre l'autre, chacun voulant diriger les ébats… Du moins jusqu'à ce que Grant atteigne enfin son but : baisser la fermeture éclair de Hunter. Il inséra la main dans son caleçon et saisit son sexe turgescent.

Hunter recula légèrement, sans vraiment s'écarter. Il cessa également de lutter. Ses mouvements devenaient robotiques, comme s'ils échappaient à son contrôle. La façon dont il gémissait dans sa bouche rendait Grant à moitié fou. Lui aussi bandait comme un malade. Il résista à son désir de se toucher, pour ne pas faire peur à Hunter. Il caressa avec ferveur le membre dur qu'il tenait à deux mains. Et Hunter accentua la friction par de violents mouvements de hanches. Tout à coup, sans prévenir, le rancher jouit dans un gémissement sonore.

Grant fut très surpris de le voir ensuite s'éloigner. Et pour de bon, cette fois. Hunter rajusta à la hâte son jean humide et, sans un regard derrière lui, il récupéra son manteau et son chapeau. Il s'enfuit si vite qu'il n'eut pas le temps de les remettre.

Grant se retrouva assis tout seul sur le rebord de la fenêtre, le sexe engorgé et insatisfait. Au bout d'un moment, il se releva pour aller refermer sa porte. Il nettoya ses mains poisseuses au petit lavabo de sa chambre. Son bas-ventre devenant douloureux, il décida de se soulager, mais pour calmer son inconfort. Rien de plus.

Il tomba à la renverse sur son lit et passa les deux mains dans ses cheveux bouclés, coupés courts. Il tenta d'oublier sa frustration. Pourquoi Hunter avait-il agi ainsi ? Pourquoi n'avait-il pas renvoyé l'ascenseur ? Grant ne trouva aucune explication satisfaisante. Il n'avait pas fait d'avances à Hunter, parce que celui-ci était l'un des rares hommes à connaître sa véritable orientation sexuelle. Grant s'était dit qu'il n'avait pas besoin d'en rajouter. Si Hunter le désirait, il viendrait le trouver. Ce qu'il avait fait.

Et maintenant, Grant était plus troublé que jamais.

Sa prudence avait une autre raison : il avait besoin de ce boulot. Il s'était déjà fait renvoyer pour des motifs bien plus futiles que draguer son patron. Pour certains régisseurs, son homosexualité suffisait. Et les rumeurs se répandaient vite. Aussi, toute sa vie, il s'était appliqué à se fondre dans la masse, la plupart du temps en restant vague quand il évoquait sa vie sexuelle. D'autres fois, en groupe, il se vantait de ses conquêtes du samedi soir, comme les autres. Ça lui était étrangement facile de mentir en prétendant avoir levé une fêtarde aux gros seins. Après tout, il avait connu bon nombre de femmes, mais pas récemment. Au cours des dernières années, il n'avait couché qu'avec des hommes. La plupart du temps, des inconnus d'un soir, dont il ne retenait ni le nom ni le visage. Il n'y avait eu qu'une exception : Gabe.

Il était arrivé chez Gabe à la recherche d'un boulot. Bien que le salaire proposé soit modeste – bien moins que ce que Hunter le payait actuellement – il avait accepté le poste. Il ne lui avait pas fallu longtemps pour se rendre compte que Gabe était gay et très seul. Ils étaient vite devenus amants, mais Grant avait vite réalisé que Gabe ne se livrait pas vraiment. Ils n'étaient que partenaires sexuels, pas amis, du moins il ne le pensait pas. Et il se rendait souvent en ville pour noyer son chagrin dans l'alcool.

Dans son lit, il roula sur le côté et tenta de trouver une position plus confortable. Il allait devoir se débarrasser de ses démons s'il tenait à dormir un peu cette nuit. *Demain est un autre jour...* de travail. Hugh étant parti, il devrait encore travailler avec Hunter. D'un côté, il espérait le voir ignorer purement et simplement l'incident de ce soir ; de l'autre, il voulait aussi des réponses. Dans tous les cas, il tenait à garder son travail, alors il lui faudrait donner à Hunter une bonne raison de le garder parmi son personnel.

Il se lécha les lèvres, avec l'espoir d'y trouver le goût de cet homme. Ce ne fut pas le cas.

VII

QUAND HUNTER se réveilla, il pleuvait toujours des cordes. Et râler sur la météo lui parut inutile. La nuit précédente, la porte de la clôture avait été rafistolée, mais pour l'utiliser, il fallait envisager de grosses réparations. Le plus vite serait le mieux.

Dès qu'il pénétra dans son bureau, il comprit que ce serait à lui de se charger de ces travaux. L'orage avait déraciné plusieurs arbres, les hommes étaient tous occupés à les dégager et à vérifier que les branches n'avaient pas endommagé d'autres clôtures.

— Tu les as tous envoyés travailler là-bas ? demanda Hunter à Grant.

Manifestement, le cowboy s'était levé bien avant lui.

— Ce n'est pas moi, c'est Izzie. Et elle a bien précisé qu'elle préférait mourir que devenir le prochain régisseur – ou régisseuse ? Peu importe, elle ne veut pas du poste, précisa-t-il en ricanant.

Un autre jour, Hunter aurait probablement ri aussi, mais pas aujourd'hui. Après ce qui s'était passé la nuit précédente, il ne savait pas trop comment se comporter vis-à-vis de Grant. Il gardait des souvenirs bien trop vivaces. Il avait dépassé les bornes, de bien des façons. Il tenait absolument à ce que Grant comprenne bien une chose : il ne comptait pas recommencer. Jamais.

— Bien, il ne reste que nous deux pour aller réparer cette porte, dit Hunter.

— Si tu préfères, je peux trouver autre chose à faire et j'irai cet après-midi m'en occuper avec un des hommes. Je suis sûr que les dégâts provoqués par l'orage ne sont pas si terribles.

Hunter le regarda pour jauger son expression, qu'il ne sut interpréter. Grant voulait-il travailler avec lui ? Ou bien avait-il senti son malaise et trouvé une solution détournée ?

— D'après Hugh, tu es plutôt habile de tes mains, alors pourquoi ne pas nous débarrasser de cette corvée avant le retour des hommes ? De cette façon, nous n'obligerons personne à retourner là-bas.

— Comme tu veux, répondit Grant.

Son ton évasif ne répondait à aucune des questions que Hunter se posait.

— Je vais chercher les outils, enchaîna le cowboy. Tu as un loquet de secours ?

— Oui.

Hunter regarda ensuite Grant quitter la pièce.

Dix minutes plus tard, les deux hommes étaient à cheval, en route vers la clôture endommagée. Le sol était gorgé d'eau. Si cela ne paraissait pas gêner Raven, Davenport se montrait encore plus nerveux que d'ordinaire.

— Je vais te dire un truc, même si cela ne me regarde pas, commença Grant, d'une voix prudente. Tu devrais avoir abandonné depuis des lustres l'espoir de dompter ce foutu cheval. Il est buté et impossible, avec un vrai problème comportemental. Il te donne mauvaise image.

Hunter lui jeta un regard en biais, mais il ne répondit pas.

Grant haussa les épaules :

— Comme je te l'ai déjà dit, cela ne me regarde pas.

— Il n'y a pas de cheval impossible, marmonna Hunter, juste des cavaliers incapables de se faire obéir.

Grant éclata de rire.

— Voilà qui te donne encore plus mauvaise image ! Et tu parles exactement comme Gabe.

En réalisant que Grant n'avait pas tort, Hunter ne put retenir son sourire.

— Je sais. Mais Davenport est le premier cheval que j'ai acheté aux enchères, je ne peux pas renoncer.

Grant leva un sourcil sceptique en voyant le hongre glisser sur une touffe d'herbe mouillée, puis se mettre à hennir et ruer. Hunter eut un mal fou à reprendre le contrôle de sa monture.

— Tu n'as pas à le revendre, mets-le simplement quelques mois avec la horde. Les autres chevaux le mettront au pas. Si tu veux, je le monterai aussi de temps à autre. Je t'assure qu'il a besoin d'un dressage sévère.

Hunter soupira. Grant avait raison, il le savait, mais il ne voulait pas l'admettre. Parce que pour lui, ce serait reconnaître la défaite. Ce qu'il n'était pas prêt à faire, surtout pas devant Grant.

— Je pourrais sans doute acheter à Gabe un autre cheval. En renfort.

— En renfort ? répéta Grant, en retenant un fou rire. Non, sans blague.

Bien sûr, Hunter savait qu'il se fichait de lui, mais il apprécia le naturel de ses moqueries. Grant ne paraissait pas troublé par ce qui s'était passé la veille, ce qui permettait à Hunter de se détendre en sa compagnie. Peut-être qu'ils pourraient continuer comme avant : travailler ensemble et même devenir amis.

Arrivé à la barrière, Grant mit pied à terre. Le sol était boueux, ses bottes firent jaillir des gerbes d'eau. Et là, en pleine lumière du jour, Hunter réalisa enfin combien la porte était endommagée. Il se laissa glisser de son cheval, qu'il attacha, ainsi que Raven. Pendant ce temps, Grant tâtait le bois hâtivement rafistolé la nuit précédente.

Il fit ensuite son rapport.

— À mon avis, nous aurons besoin d'un nouveau poteau latéral. Celui-ci est complètement pourri. La serrure est cassée, ce que nous savions déjà, et il faut également remplacer la poutre de soutènement.

— Nous n'avons qu'à prendre les mesures du bois à scier, décida Hunter. Nous reviendrons cet après-midi pour ramener les poteaux, lorsque les autres n'auront plus besoin du camion.

Grant se chargeait déjà de prendre les mesures.

— Tu t'en sors très bien, ajouta Hunter.

Grant haussa les épaules.

— Je n'ai pas passé toute ma vie dans un ranch. Mon premier boulot, quand je travaillais encore en ville, c'était dans une fabrique de meubles. Je n'ai jamais trop apprécié l'école. Je voulais quitter le lycée, entrer dans la vie active et me faire de l'argent, mais sans diplôme, mes options étaient limitées. J'ai eu le choix entre truand ou apprenti en menuiserie. Heureusement pour moi, j'ai préféré la deuxième option.

Hunter était plus que surpris d'entendre Grant se confier de cette façon. Jamais il n'en avait autant appris le concernant.

— Tu as des mains en or !

Grant lui jeta un coup d'œil moqueur, Hunter se sentit rougir. Il regretta de ne pas pouvoir ravaler ses paroles. Il aurait dû faire une remarque moins sujette à interprétation. Soulagé de voir que Grant ne répliquait pas, Hunter savait que tous deux pensaient la même chose : ce qui s'était passé entre eux la veille, quand Grant lui avait démontré combien talentueuses étaient ses mains... quand Hunter avait joui sous leurs caresses.

En se souvenant de ce qu'il avait éprouvé quand Grant s'activait sur lui, il sentit son pantalon devenir trop serré.

Délibérément, Grant dissipa la tension : il se cogna à Hunter pour lui tendre une des extrémités de son mètre pliant.

— Tiens-moi ça, je veux prendre des mesures précises.

En général, c'était Hunter qui se chargeait de tout organiser, mais pas aujourd'hui. Il fut heureux de constater que Grant savait prendre des initiatives.

Celui-ci sortit de sa poche un morceau de papier et un crayon, et il nota quelques chiffres.

— Je crois avoir vu dans le hangar quelques poutres de bois qui feront l'affaire, déclara-t-il.

Hunter secoua la tête pour cesser de rêvasser, puis il leva les yeux sur Grant.

— Ouais, d'accord. Tu es l'homme de la situation. Je te fais confiance.

Il lui fallait absolument se ressaisir et reprendre son rôle de patron, avant que Grant ait l'idée de profiter de lui. Pour le moment, il se contenta de lui jeter un regard compréhensif. Très bien, mais il restait son employé.

Hunter savait qu'il allait bientôt devoir choisir un nouveau régisseur. Grant était capable de tenir ce rôle. Le problème, c'était qu'il venait d'être embauché : les autres pourraient mal prendre sa rapide promotion.

Et puis, il y avait cette fichue attraction que Hunter éprouvait pour lui. Ces sentiments influençaient-ils la partialité de son jugement ? Sans parler du fait qu'ils seraient obligés de travailler en étroite collaboration. Avec Hugh, cela n'avait jamais été un problème. Il n'était pas seulement son beau-frère, mais aussi un ami d'enfance.

Chacun des deux hommes réussissait sans peine à savoir ce que pensait l'autre. Mais maintenant, Hugh était parti…

Grant était-il véritablement la meilleure option possible ?

— Voilà, j'ai terminé. Avons-nous besoin de vérifier autre chose avant de retourner au ranch chercher le bois pour ces réparations ?

Hunter secoua la tête. Grant lui sourit et le rancher sentit une faiblesse dans les genoux. Il fallait vraiment qu'il se surveille et cesse d'agir comme une femmelette !

— D'accord, allons-y. On fait la course à la maison ?

Hunter se retourna, espérant voir Davenport qui l'attendait, mais un seul cheval broutait paisiblement à quelques pas de là. Raven.

— Apparemment, tu vas devoir rentrer à pied, dit Grant.

Il éclata de rire et enfourcha son cheval avant de lui faire faire demi-tour.

— Je vais voir où il est, ajouta-t-il.

Pour attendre, Hunter s'appuya contre le pilier le moins pourri de la barrière. Il secoua la tête. Il fallait qu'il fasse quelque chose, Davenport ne pouvait plus l'embarrasser de cette façon.

Grant mit une éternité à revenir, Hunter avait fini par s'asseoir sur un tronc d'arbre.

— Je suppose qu'il t'a donné du fil à retordre ?

Grant hocha la tête avant de hausser les épaules.

— Je maintiens ce que je t'ai déjà dit : ce cheval doit apprendre qui est le patron. En particulier, que ce n'est pas lui !

— D'accord, essaie de le dompter pendant ton temps libre. À partir de cet après-midi, je prendrai le cheval de Hugh.

Grant eut un petit rire.

— C'est ta meilleure décision de toute la journée, si tu veux mon avis.

Ils retournèrent à cheval jusqu'à la maison, laissèrent leurs chevaux à deux lads et se dirigèrent ensemble vers le hangar pour chercher le bois. Comme Grant l'avait prédit, ils trouvèrent sans difficulté ce qu'ils cherchaient. Hunter avait la sensation d'être un employé du ranch, parce qu'il suivait aveuglément les instructions de Grant pour savoir où poser le bois et comment le tenir. Ce fut Grant qui mit en route la grande scie circulaire pour découper un poteau d'assez grande taille. Malgré la tempête de la veille, la température extérieure commençait à monter. Le taux d'humidité de l'air était élevé, les deux hommes se retrouvèrent très vite en nage.

Une fois les plus grandes pièces sciées à la bonne taille, Grant opta pour une scie égoïne pour couper quelques petites planches. Comme il ne semblait pas avoir besoin d'aide, Hunter quitta le hangar. Il était assoiffé. Quand il revint, Grant avait enlevé sa chemise. Hunter eut du mal à déglutir : le spectacle lui donnait une grosse boule dans la gorge.

— Quelle vision paradisiaque ! s'écria Grant.

S'étant redressé, il tendait la main vers le gobelet d'eau que Hunter lui rapportait. Il s'en empara et le vida d'une seule gorgée. Hunter regarda sa pomme d'Adam monter et descendre pendant qu'il buvait. Tout comme la veille, le désir bouillonnait en lui. Il réalisa vouloir embrasser le cou de Grant.

Et pourtant, c'était impossible. Il ne pouvait pas recommencer la même erreur.

— Tu ne comptes pas boire le tien ? Tu sais, l'eau fraîche c'est vraiment très bon !

Grant pointait du doigt l'autre gobelet que Hunter tenait toujours dans ses mains crispées. Le rancher ne répondit pas… et Grant se rapprocha.

— Si je te le pique, tu comptes m'en empêcher ?

Hunter déglutit en le voyant aussi prêt de lui. Malgré ses instincts qui lui recommandaient de s'enfuir, il ne pouvait pas bouger, ses pieds avaient pris racine. Grant envahissait désormais son espace personnel, Hunter sentait l'odeur de sa sueur. À sa grande surprise, il n'en fut que plus excité.

— Tu devrais boire, tu sais, roucoula Grant. Tu risques de te déshydrater.

Hunter sentit son souffle s'accélérer. Grant ne cherchait pas à le piéger : d'un pas de côté, Hunter pouvait s'écarter de lui. Le problème, c'était qu'il ne voulait pas le faire. Au contraire. Il voulait que Grant s'approche plus encore.

— Ouais, c'est probable.

Il avait enfin réussi à retrouver sa voix.

Grant hocha la tête. Il prit le poignet de Hunter et le souleva.

— Alors, bois.

Quand Hunter hésita, Grant lui prit le gobelet des mains pour l'approcher lui-même de ses lèvres.

Leurs regards verrouillés l'un dans l'autre, Hunter avala le liquide frais jusqu'à ce qu'il n'arrive plus à suivre la rapidité avec laquelle Grant le lui versait dans la gorge et l'eau dégoulina sur son menton. Il n'eut pas le temps de réagir, Grant se pencha pour laper les gouttes. Hunter gémit au contact de la bouche chaude contre sa peau encore plus chaude. Le gobelet roula sur le sol lorsque Grant prit à deux mains la tête de Hunter et posa sa bouche sur la sienne. Dans le même mouvement, ses lèvres se mirent à le dévorer.

Hunter ne put que céder. Malgré ses doutes et sa réticence, c'était si bon, si bien. Il osa même laisser ses mains approcher des muscles du cowboy, au niveau de ses larges épaules. Il se contrôlait, parce qu'il avait presque peur de le toucher réellement. Grant le plaqua contre une poutre et Hunter sentit une masse durcir contre son bas-ventre. Il réalisa alors ne pas être le seul excité par ce qui se passait. Leur lutte l'un contre l'autre se fit plus passionnée encore que la nuit précédente. Cette fois, Hunter tenait à participer, à rendre les caresses. Il saisit l'arrière du jean de Grant pour l'attirer plus près encore, écrasant son sexe contre celui du cowboy, jouissant des gémissements que son geste provoquait.

Quand Grant déplaça ses lèvres jusqu'à la tempe de Hunter, il avait manifestement du mal à retrouver son souffle.

Sa bouche étant libérée, Hunter soupira.

— Nous ne devrions pas, souffla-t-il.

— Je sais, répondit Grant. Mais bon sang, j'en ai sacrément envie.

Les deux hommes ne se séparèrent pas, même si Hunter voyait ses propres hésitations se refléter sur le visage expressif de Grant.

Soudain, ils entendirent la porte d'entrée s'ouvrir et ils s'écartèrent rapidement l'un de l'autre.

— Mettez ici les petites branches et prenez la remorque pour déplacer les troncs d'arbres. Il y a aussi la place de les stocker. Le bois, ça sert toujours.

C'était la voix d'Izzie, elle donnait aux hommes ses instructions concernant le bois qu'ils venaient de récupérer après avoir scié les arbres abattus.

Elle réalisa soudain leur présence dans le hangar et cessa de parler.

— Nous avions besoin de bois pour réparer la barrière, dit Grant à Izzie.

Elle admira sa poitrine dénudée avec un sourire entendu. Hunter se sentit tenu d'intervenir.

— Grant a pris les mesures nécessaires, et nous avons trouvé ici ce qu'il nous fallait. Nous venons juste de terminer de scier les poteaux.

Il parlait plus pour les hommes que pour sa sœur, Izzie ayant sans doute déjà compris que les deux hommes avaient eu d'autres activités que la menuiserie.

Le regard d'Izzie passa à Hunter, ses yeux avaient perdu leur éclat de luxure, mais il se sentit néanmoins pris en flagrant délit.

— Alors, il va vous falloir le camion pour porter ces poutres et ces planches jusqu'à la barrière ?

Les deux hommes acquiescèrent d'un même mouvement.

— Vous avez besoin d'aide ?

Grant s'empressa de répondre :

— Non, nous nous en sortirons tous les deux.

— Mmm, c'est bien ce que je pensais.

Elle tourna les talons et quitta le hangar. Et Hunter aurait juré l'avoir entendue rire.

— Il ne faut absolument pas qu'elle soit au courant, chuchota-t-il à Grant. Crois-moi, nous n'avons pas besoin de ça.

— Si tu veux mon avis, c'est déjà trop tard.

Hunter lui jeta un coup d'œil furtif.

— En tout cas, si elle te pose des questions, tiens-t'en à cette version : nous étions occupés à scier des planches.

— Bien sûr, patron.

Grant esquissa le geste de soulever le chapeau… qu'il ne portait pas !

VIII

GRANT AVAIT apprécié faire de la menuiserie. En son for intérieur, il espérait qu'il y aurait d'autres travaux du même genre. Malheureusement, Hunter se comportait toujours de façon erratique vis-à-vis de lui, passant du chaud au froid d'un moment à l'autre. Parfois, le rancher semblait rechercher sa compagnie, à d'autres, il était injoignable. Grant avait la nette impression que Hunter l'évitait autant que possible. Lorsque les circonstances forçaient les deux hommes à être ensemble, c'est-à-dire quand aucun autre n'était disponible, il y avait vraiment de l'électricité dans l'air.

Grant n'oubliait pas la manière dont Hunter l'avait embrassé. Aucun doute : il le désirait. Grant ayant un certain amour propre, ça lui plaisait de mettre son patron dans un tel état et il n'était certainement pas contre la perspective de faire avancer les choses. Pourtant, il craignait de pousser sa chance. Manifestement, Hunter avait du mal à accepter cette attraction mutuelle, et lui ne pouvait se permettre de voir la situation tourner à l'aigre. Il venait de trouver cet emploi – et le meilleur salaire qu'il recevait depuis longtemps – et il s'était promis de tout faire pour le garder. S'il devait pour cela garder son sexe dans son pantalon, il n'hésiterait pas.

Sauf si Hunter se chargeait de le faire sortir, bien entendu.

Avec un sourire, il rangea ses outils dans son sac et vérifia que la porte de la grange était correctement fermée. Il passait beaucoup trop de temps à penser à son patron.

— Tu as un moment de libre ? J'aimerais que tu viennes avec moi regarder une porte qui a besoin d'être réparée.

En se retournant, il se trouva face à face avec Hunter. Dès que leurs regards se croisèrent, Hunter parut mal à l'aise. Comme d'habitude.

— Un des poteaux est pourri, comme sur la porte nous avons réparée la semaine dernière. J'ai déjà pris les mesures, comme tu l'avais fait, alors j'ai pensé que tu pourrais scier sur place un morceau de bois à la bonne longueur. Comme ça, nous n'aurions pas à faire deux fois le déplacement. Ce n'est pas loin de chez Gabe.

Grant le laissa s'embourber dans son discours en faisant de son mieux pour retenir son sourire : autant éviter que Hunter pense qu'il se moquait de lui.

— Fais voir ton croquis.

Hunter lui tendit un morceau de papier froissé.

— Je pense que nous avons ce qu'il nous faut dans le hangar.

— Je vais chercher le camion, nous y chargerons le bois.

Il tourna les talons et s'éloigna. Grant secoua la tête avant de se diriger vers le hangar où le bois avait été entassé. Comme prévu, il trouva une poutre ayant à peu près la longueur exigée. Grant n'aurait qu'à la scier un peu pour l'ajuster. Si Hunter ne s'était pas trompé dans ses mesures, bien sûr. Il sourit. Comment pouvait-il soupçonner le rancher, si pointilleux, de se tromper sur ce genre de détail ?

Il s'accroupit pour prendre la poutre à deux bras et la soulever. C'était vraiment trop lourd pour un seul homme, mais puisque Hunter n'était pas encore revenu, il tenta de la rapprocher de la porte.

Il y était presque quand il entendit le bruit d'un moteur de camion. Encore quelques pas et puis…

La porte du hangar s'ouvrit au moment où Grant trébuchait, ployant sous le poids de la poutre.

— Waouh ! cria Hunter. Tu vas t'esquinter.

Il le retint par les épaules pour lui éviter de tomber, son geste coinçant la poutre entre eux deux. Dès que Grant eut retrouvé son équilibre, Hunter le relâcha et prit l'autre extrémité du poteau

— On va l'emporter dans le camion. Plus tôt cette porte sera réparée, mieux ce sera.

Ils déposèrent le bois à l'arrière, puis montèrent sur le siège avant. Hunter se mit au volant. Après la pluie des derniers jours, la terre était encore imbibée d'eau et il dut contourner plusieurs ornières creusées dans le chemin pour ne pas être aspergé de boue. Aucun des deux hommes ne parla. Bien sûr, Grant n'était pas de nature bavarde, mais il savait que ce silence provenait surtout de la tension existant entre eux. Il se demandait pourquoi Hunter ne lui avait pas simplement expliqué où se trouvait la porte à réparer, avant de l'envoyer exécuter les travaux avec l'un des employés du ranch. Le rancher avait certainement des tâches plus importantes à faire que l'aider à réparer une porte.

Quand Hunter arrêta enfin de rouler, ils étaient dans l'un des coins les plus reculés du ranch et la route devenait trop difficile, même pour la robuste camionnette. Comme Hunter, Grant sortit du camion. Il regarda les nuages menaçants et pensa que la pluie reprendrait sans doute avant la fin de leurs réparations. Il garda pour lui son opinion. Manifestement, Hunter n'était pas d'humeur à bavarder.

Ils déchargèrent la lourde poutre, chacun l'empoignant à une extrémité, et Grant jeta son sac d'outils sur son épaule avant de se diriger vers la barrière. Il la reconnut alors, elle délimitait la frontière entre les terres du Blue River Ranch et celles de Gabe. Le verrou étant positionné de l'autre côté, Grant se demanda pourquoi ils réparaient une clôture qui n'était pas au ranch. Inutile cependant d'énoncer à haute voix une évidence que Hunter ne pouvait ignorer, il se contenta de jeter un regard au rancher avant de se mettre au travail.

Les mesures étaient exactes et, comme Grant avait prévu, il n'eut pas beaucoup à scier pour que la poutre soit à la bonne taille. Les deux hommes travaillaient en tandem et n'échangeaient que quelques mots, par exemple lorsque Grant demandait à

Hunter de lui passer tel ou tel outil ou bien de tenir droit un des montants de la porte pour lui permettre d'y visser les boulons nécessaires. Ils venaient à peine de terminer et vérifiaient une dernière fois que les gonds étaient bien en place et que la serrure fonctionnait lorsque l'orage éclata. Des trombes d'eau se déversèrent sur leurs têtes. Et le camion n'était pas tout près ! Il n'y avait aucun abri à proximité. Ils échangèrent un bref coup d'œil avant de se mettre à courir. Ils éclatèrent du même rire quand, dans leur précipitation, ils durent s'y prendre à deux fois pour ouvrir la porte. Au moment où ils se hissèrent enfin sur les sièges râpés du camion, ils étaient tous les deux trempés jusqu'aux os.

— J'aurais dû me douter que nous n'y échapperions pas, haleta Hunter, qui riait encore.

— C'est vrai, admit Grant. Il pleut sans arrêt depuis des semaines. Et puis les nuages étaient assez menaçants quand nous sommes arrivés.

— Oui, mais la température a monté aujourd'hui, alors j'espérais que nous aurions enfin une journée sèche.

Sa voix était devenue plus pensive. Grant tenta d'apercevoir les prairies, mais les vitres étaient toutes embuées. Il se retourna vers Hunter, qu'il surprit à le fixer.

— Ces vêtements mettront une éternité à sécher.

Grant essuya les gouttes qui perlaient sur sa chemise, mais le tissu trempé ne fit que se plaquer davantage à sa poitrine dure.

— Sauf si nous les enlevons, répondit Hunter, d'une voix à peine audible.

Avec une hésitation manifeste, il se pencha, comme pour l'embrasser… mais sans se rapprocher suffisamment. Grant comprit que ce serait à lui de combler la distance qui les séparait. Il se rapprocha jusqu'à ce que leurs lèvres se touchent. Lorsqu'il attrapa Hunter par le cou, il sentit battre son pouls sous sa paume, de plus en plus vite.

— Tout va bien, dit Grant pour le rassurer.

Le baiser, d'abord hésitant, se fit peu à peu plus passionné. Leurs langues entrèrent en jeu, chacune taquinant et dégustant les lèvres et la bouche de l'autre. Une des mains de Hunter se posa sur la cuisse de Grant qui sentit la chaleur qui en émanait lui remonter jusqu'à l'aine. Son jean commençait à le serrer.

Les deux hommes durent se séparer pour respirer.

— Je ne suis pas gay, déclara Hunter, sans regarder Grant. Je n'avais jamais embrassé un gars avant toi, encore moins…

Il ne termina pas sa phrase. Grant ne voulut pas répondre à cette déclaration. Lui-même avait vécu dans le déni pendant des années, même après sa première expérience avec un homme. Au temps où il vivait avec Gabe, il se répétait encore qu'il n'était pas gay, que les femmes l'intéressaient toujours, qu'il aimait juste baiser tout ce qui bougeait. Mais au fond, il savait la vérité. Comme Hunter la découvrirait aussi, un jour, quand il serait prêt à l'admettre.

En attendant, Grant appréciait leurs baisers – ce qu'il démontra certainement en les lui rendant. Les deux hommes se pressèrent l'un contre l'autre, autant que le leur permettait l'exiguïté de l'habitacle. Ils devenaient fébriles. Hunter accrocha son genou

46

sur la jambe de Grant, ce qui lui fit écarter les cuisses et donna à Grant accès à son sexe, durci par le désir. Dès que le cowboy y posa la main, Hunter gémit dans sa bouche et ondula contre ses doigts. Grant répondit à la demande muette par une pression plus accentuée.

Les deux hommes cessèrent un moment de s'embrasser.

— Recule, chuchota Grant. Appuie-toi contre le dossier.

Un peu surpris, Hunter obtempéra et reprit sa place, derrière le volant. Ses yeux s'ouvrirent très grands lorsqu'il vit Grant commencer à déboutonner son Levis.

— Grant… souffla-t-il.

Le cowboy leva les yeux avec un sourire espiègle.

— Quoi ? Tu veux que j'arrête ?

IX

HUNTER N'AVAIT pas réellement à répondre. Et Grant ne s'arrêta pas. Au contraire, il resserra les doigts sur le boxer que Hunter portait toujours, sur la bosse que formait son sexe caché dessous. Le rancher gémit encore.

— Et si nous libérions ce petit oiseau ?

Dès que Grant tira sur l'élastique, le sexe de Hunter jaillit du boxer. Lentement, le cowboy referma la main autour et fit coulisser la peau pour libérer le gland, déjà luisant de fluide.

— Je parie que ça te plairait si je te suçais.

Sa voix mêlait moquerie et séduction. Encore une fois, il n'attendit pas de confirmation, il pencha la tête pour lécher le sexe de Hunter. Celui-ci ne put retenir le gémissement qui s'échappa de sa gorge. Déjà, il lui était presque impossible de garder les mains sur le siège du camion. Il finit par céder à la tentation et posa la main sur la nuque de Grant. Sentir sa tête monter et descendre ajoutait à la sensation de la bouche chaude qui s'activait sur son érection. Il avait déjà reçu des fellations, bien sûr, mais aujourd'hui, c'était différent. Parce que Grant savait merveilleusement s'y prendre : il engloutissait la verge tout au fond de sa gorge, ses muscles pulsant sur la chair sensible, puis il reculait lentement et pressait sa langue sur la grosse veine qui courait tout le long du membre. Enfin, il jouait sur la fente, avec des petits bruits appréciatifs. Hunter aurait pu jurer que le cowboy aimait vraiment lui faire une pipe. Il admit également que c'était la meilleure qu'il ait reçue, même s'il n'avait même pas encore joui.

Il gémissait de plus en plus fort. Il ne pouvait s'en empêcher. De la main, il guida les mouvements de Grant, essayant de lui faire accélérer la cadence, parce que la tension de son bas-ventre devenait insupportable. Frustré par ces attouchements trop furtifs, il se mit à onduler des hanches, poussant profondément son sexe dans la bouche savante pour obtenir plus de friction. Grant avait enfoui une main dans son jean et Hunter apprécia d'y écraser ses bourses. C'était si bon qu'il ne savait plus ce qu'il préférait, ses sens perdant tout contrôle sous l'afflux du désir.

Il voulait désespérément jouir, mais il n'était pas encore prêt à le faire. Au même moment, Grant resserra les doigts sur ses testicules. Hunter fut traversé par un éclair électrique. Il eut à peine le temps de crier un avertissement :

— Ça vient !

Dans un réflexe instinctif, il s'enfonça dans la bouche de Grant et lui pressa en même temps la nuque, pour lui bloquer la tête. Il sentit alors son orgasme exploser. Très fort, plus fort que jamais.

Il était encore agité de spasmes lorsqu'il laissa ses fesses retomber sur le siège usé de son véhicule. Il ouvrit les yeux, son regard croisa celui de Grant, aux pupilles élargies de convoitise. Le cowboy ne lui accorda pas le temps de reprendre ses esprits. Il l'embrassa avec passion. Sa bouche avait un goût étrange, à la fois salé et acidulé. Hunter réalisa qu'il s'agissait de son sperme, dont cette bouche avait encore des traces. S'il avait été capable d'une pensée cohérente, il se serait écarté vivement, mais il ne le fit pas. Jamais il ne s'était senti aussi accepté. Grant l'avait laissé jouir dans sa bouche, il n'avait rien recraché ensuite.

Bien sûr, Hunter ne lui en avait guère donné le choix. Il s'écarta et tenta de s'excuser :

— J'ai été pris par surprise. Je ne t'ai peut-être pas averti suffisamment tôt.

Grant eut un grand sourire.

— Aucune importance. De toute façon, je voulais te goûter. Je voulais te voir jouir dans ma bouche.

— Tu es sérieux ?

Grant hocha la tête.

— Ouais. J'aime ça. J'aime sentir que tu t'abandonnes complètement entre mes mains.

Hunter déglutit. Grant avait repris sa place, à l'autre bout du siège. Le rancher lui jeta un coup d'œil, ses yeux s'attardant sur la grosse bosse, clairement visible sous le jean trempé. Pouvait-il faire pareil ? Pouvait-il faire jouir Grant ? Pouvait-il le prendre dans sa bouche jusqu'à l'orgasme ?

— Je n'ai jamais… commença-t-il. Tu sais…

Grant termina sa phrase pour lui :

— …sucé quelqu'un ?

Hunter soupira et hocha la tête à contrecœur.

— Ouais.

— Tu n'y es pas obligé, affirma Grant.

Il haussa les épaules et modifia la position de son siège.

— Mais ça te plairait ?

Grant éclata de rire.

— Je n'ai jamais rencontré un homme qui refuse une fellation. Je ne pense pas avoir à t'expliquer que c'est plutôt jouissif.

— Je ne saurais même pas par où commencer, admit Hunter.

— Il te suffit de faire ce qu'il te plairait de recevoir. Tu es un mec. Tu sais comment fonctionne le matos et nous avons tous le même équipement. À cet égard, nous sommes beaucoup plus faciles à comprendre que les femmes.

Hunter ne pouvait quitter des yeux le bas-ventre du cowboy. Grant avait raison. Que risquait-il ? Il savait ce qu'il appréciait, et s'il avait eu besoin d'une piqûre de rappel, Grant venait juste de lui faire une démonstration. Alors pourquoi se sentait-il aussi inquiet en se penchant vers la fermeture éclair du jean de Grant ? Il était mal à l'aise, mais il savait qu'il voulait le faire.

Une fois le pantalon du cowboy ouvert, l'ouverture de son caleçon céda sous la pression du sexe épais encore confiné sous le tissu. Grant gémit du plaisir d'être enfin libéré. Il déplaça ses hanches dans une position plus confortable. Pendant ce temps, Hunter suivait des doigts les contours du membre sous le coton. Bien sûr, il aurait facilement pu tirer sur le tissu pour mieux voir, mais il hésitait, écartelé entre son désir d'agir... et sa terreur d'être incapable de satisfaire cet homme, bien plus expérimenté que lui. La curiosité finit par vaincre la timidité. Hunter posa sa main sur la bosse en question et la fit rouler sous sa paume, de plus en plus lourde et engorgée. Jusqu'à ce jour, il n'avait jamais touché que sa propre verge. Bien que Grant et lui soient à peu près de la même taille, il trouvait très différent le contact du sexe du cowboy. Il commença à faire coulisser sa main de haut en bas et sentit immédiatement le rythme cardiaque de Grant s'accélérer.

Celui-ci avait les yeux fixés sur ce que Hunter lui faisait.

— C'est bon, Hunter, gémit-il. C'est vraiment bon. Ne t'arrête pas.

Hunter n'eut pas besoin d'autre encouragement. Il tenait tellement à le toucher, à passer les doigts dans ses poils pubiens, sombres et bouclés, à embrasser la fine toison qui remontait jusqu'à son nombril. Il releva le tee-shirt mouillé au-dessus de l'estomac de Grant et approcha la bouche de la peau douce, près de la hanche. Il continuait à caresser son sexe, de haut en bas.

Jamais il n'aurait imaginé que, dans cette position, il soit encore aussi excité. Au fond, il avait toujours été conscient de son attirance pour les hommes, bien sûr, mais il croyait qu'en réalisant son fantasme, s'il en avait un jour l'opportunité, il sentirait si mal que, au final, il ne se passerait rien. Il n'avait pas prévu que l'odeur musquée d'un corps masculin, nu et musclé, le ferait bander quelques minutes à peine après un premier orgasme explosif, ni que ça lui donnerait l'audace d'en vouloir davantage. Et de faire ce qu'il fallait pour l'obtenir.

Par-dessus tout, Hunter n'avait pas prévu se sentir aussi bien, ni que tout ça lui paraisse aussi naturel.

En levant les yeux, il vit le sourire aguicheur de Grant, qui lui effleura les cheveux avec un hochement de tête approbateur. Hunter ouvrit un peu la bouche, juste assez pour y faire pénétrer le gland. Celui-ci avait un goût étrange, unique, qui ne ressemblait en rien à ce que Hunter connaissait. Quant au contact, c'était lisse et doux contre sa langue. Plus étrange encore, ce sexe semblait parfaitement à sa place dans sa bouche, alors Hunter le laissa glisser un peu plus profondément. Il aurait voulu pouvoir regarder Grant et voir sa réaction, mais la cabine était trop exigüe, c'était impossible.

Grant laissa retomber sa tête en arrière.

— Tu sais, dit-il, sa voix un peu forcée, pour une bouche vierge, la tienne est vraiment géniale. Juste un truc... Attention à tes dents, s'il te plaît.

Hunter s'écarta aussitôt.

— Désolé.

Grant le regarda et caressa doucement ses cheveux courts.

— Continue. Tu t'en sors bien.

Il fit glisser sa main jusqu'au menton de Hunter pour l'attirer plus près et l'embrasser.

— N'arrête pas.

Hunter sourit. Il n'était pas encore tout à fait à son aise avec ce qu'il s'apprêtait à faire. D'un autre côté, il préférait ne pas penser qu'il aurait pu ne jamais connaître la tendresse cachée de Grant. Dire qu'il avait failli laisser son antipathie – surtout à cause de l'histoire de Grant avec Gabe – les séparer à jamais !

Il reprit ses caresses, de haut en bas, sur le sexe rigide. En même temps, il le reprit dans sa bouche. Du moins, le gland, parce que tout enfoncer l'inquiétait un peu. Avec lui, Grant l'avait fait, et Hunter n'oublierait jamais cette sensation divine, quand les muscles du fond de sa gorge s'étaient resserrés sur son membre. Il tenta donc d'aller un peu plus loin. Sa salive coulant abondamment, le sexe de Grant en était imbibé et coulissait facilement. Il heurta sa luette et là, Hunter sentit son estomac se révolter. Un spasme nauséeux le secoua, il faillit vomir. Il recula précipitamment.

Grant lui posa sur la joue une main apaisante.

— Doucement, doucement. Il faut de l'entraînement. Tu n'as pas à faire ça dès la première fois. Tu ne dois pas aller aussi profondément. J'aime sentir ta bouche sur le bout de ma queue.

Hunter hocha la tête. Il avala l'excès de sa salive tout en essayant de calmer les battements affolés de son cœur. Il essuya aussi les larmes que la nausée lui avait fait monter aux yeux, tout en tentant de cacher son geste : il se sentait une vraie mauviette.

Grant se pencha et prit sa bouche dans un doux baiser.

— Tout va bien. Tu en as peut-être assez pour aujourd'hui. Si tu veux, tu peux juste me branler.

Hunter secoua la tête.

— Non, tu m'as fait jouir dans ta bouche. Je veux faire pareil.

Grant sourit.

— Il ne s'agit pas d'une compétition.

Il embrassait toujours Hunter, lui tenant la tête de sa main en coupe sur sa mâchoire, à la fois possessive et rassurante. Il l'empêchait aussi de se baisser à nouveau sur lui.

D'instinct, Hunter frotta ses hanches contre la jambe de Grant. Dans sa main, le sexe palpita et il n'était pas difficile de voir que l'organe appréciait ses caresses. Hunter s'était suffisamment entraîné sur lui-même, après tout. Il tenta de tordre le poignet à un angle dont il connaissait l'efficacité. Il en fut récompensé quand Grant gémit dans sa bouche, poussant aussi son érection dans sa main. Hunter essaya de réfléchir, mais ces baisers lui troublaient l'esprit. Plus encore, l'idée que le cowboy n'avait toujours pas joui. Pourquoi ? Attendait-il davantage ? Quoi ? Accepterait-il que Hunter le baise ? Ou au contraire, avait-il l'intention de le prendre ?

Hunter recula, le souffle haletant. Et Grant laissa tomber sa tête en arrière sur le siège du véhicule. La main enfoncée dans son jean, il se caressait les bourses, tandis que Hunter continuait à faire coulisser son poing.

— C'est aussi très bon avec les mains, murmura Grant. Je te l'avais dit. J'y suis presque...

Il roulait des hanches, laissant son corps agir de lui-même. Hunter se lécha les lèvres. Il voulait goûter Grant, il en avait besoin, il voulait avoir sur la langue le désir de cet homme. Il frottait toujours son sexe dénudé au jean mouillé et rugueux. Cette friction étant bien agréable, il n'avait pas envie de s'en priver, mais il le faudrait bien s'il voulait reprendre Grant dans la bouche. Il se souvint de son aveu : *Je voulais te voir jouir dans ma bouche.* Il baissa les yeux. Du sperme commençait à perler sur la verge de Grant. Hunter ne put y résister. Sans cesser ses caresses, il se pencha pour le lécher.

Grant poussa un grognement sonore et projeta ses hanches en avant, ce qui enfonça son sexe dans la bouche de Hunter. Cette fois, le rancher n'eut aucun spasme. Simplement, par réflexe, il recula un peu la tête lorsqu'un jet tiède et salé coula sur sa langue et ses papilles. Immédiatement après, il se reprit. Pas question d'abandonner cette fois-ci ! Il déglutit et resserra les lèvres sur le sexe épais. Le goût était différent du sien, qu'il avait découvert dans la bouche de Grant. Ce n'était pas vraiment désagréable, mais Hunter ne pouvait dire non plus qu'il l'appréciait de prime abord. Peut-être fallait-il s'y habituer ? Il ne voulut pas cracher, comme Miranda l'avait fait, la seule fois où Hunter avait joui dans sa bouche.

Peut-être que c'était important pour lui ? Hunter éprouvait un sentiment de puissance – et de fierté – à sentir Grant perdre tout contrôle et jouir aussi fort au contact de sa bouche. Après avoir léché la dernière goutte de sperme, il sourit, très content de lui. Grant resta étalé sur son siège, l'air comblé.

Hunter n'eut pas à attendre longtemps avant qu'il ouvre les yeux et le regarde.

— Viens ici ! dit-il, d'une voix encore un peu instable.

Grant accompagna sa demande d'un geste de la main. Hunter se redressa et ajusta son corps au sien. Le cowboy, avec un grand sourire, examina son sexe nu et raidi. Il secoua la tête.

— Je n'arrive pas à croire que tu bandes déjà ! C'est très significatif, tu sais.

Il attira la tête de Hunter pour l'embrasser, puis glissa la main le long de la chemise humide, puis descendit et l'inséra dans le jean ouvert.

— Significatif, pourquoi ? demanda Hunter, en toute innocence.

Grant ne cessait de déposer des baisers taquins sur sa bouche de Hunter.

— Tu en as envie. Vraiment envie. Je parie que tu n'as jamais été baisé par un mec. À fond...

Le souffle de Hunter devint erratique quand il sentit un doigt s'insinuer entre ses fesses jusqu'à l'entrée de son corps. Le choc lui déroba toute chance de répondre. Il préféra embrasser Grant, évitant ainsi d'avoir à lui avouer qu'il ne se sentait pas prêt à ça.

Et il n'était pas certain de l'être un jour !

Pourtant, que c'était bon d'embrasser cet homme et de se plaquer contre son corps dur ! Et puis, ce doigt était divin. Même si Hunter avait du mal à réfléchir de façon cohérente, il réalisa qu'il ne s'y attendait pas. Lorsque Grant força l'anneau musculaire serré, ce geste provoqua chez Hunter un nouvel orgasme. La brutalité de sa jouissance bouleversa le monde qu'il connaissait. Au cours des quelques fantasmes homosexuels qu'il s'était autorisé, Hunter se voyait toujours dans le rôle actif, jamais l'inverse. Et encore, ces rêves n'étaient qu'un moyen de se masturber et d'atteindre une jouissance rapide – mais toujours, c'était lui le meneur.

Maintenant, il ne pouvait penser qu'à une chose : sentir Grant le pénétrer. Bien que le cowboy soit tout à fait son genre, Hunter ne s'était jamais imaginé dans ses bras, à l'embrasser langoureusement, à lui caresser le dos après l'orgasme le plus explosif qui soit. Le contact était si tendre qu'il fallut à Hunter un gros effort pour s'en écarter.

Dès qu'il reprit sa place derrière le volant, Grant devint silencieux. Après une brève période de tension, il demanda :

— Alors, qu'est-ce qui va se passer maintenant ?

— Nous avons fini ce que nous étions venus accomplir ici, répondit Hunter, d'un ton catégorique. Quand nous serons de retour au ranch, ce sera l'heure de dîner.

Grant hocha la tête. Hunter vit son mouvement du coin de l'œil. Pourtant, il n'arrivait pas à le regarder en face. Malgré ce qu'il venait de ressentir, il refusait de s'emballer. Il ne s'était que trop laissé mener par son sexe, aujourd'hui. En fin de compte, il lui fallait maintenant rentrer chez lui et affronter sa famille. Et si jamais les autres apprenaient ce qui s'était passé avec Grant, ils pourraient très bien refuser de lui adresser la parole.

Il espérait que Grant le comprendrait. Pas question qu'il le lui demande.

Il mit le moteur en route et Grant se pencha pour essuyer de la main la vitre embuée. Il avait cessé de pleuvoir. Hunter jeta un dernier regard à la porte réparée, puis il fit demi-tour avec son camion et reprit le chemin de la maison.

X

LA PLUIE avait enfin cessé, remplacée par un soleil d'été étonnamment vivace, qui sécha en un temps record ce qui restait des flaques d'eau et de boue.

Pour Grant, le brûlant intermède avec Hunter était un excellent souvenir. Il souhaitait ardemment avoir l'occasion de recommencer. Cependant, il perdit vite espoir en remarquant que le rancher multipliait les prétextes pour l'éviter. Naguère, il en avait voulu à Hugh de toujours se placer entre Hunter et lui. Mais là, le régisseur était parti, alors Grant dut ouvrir les yeux. Et admettre que Hunter ne voulait pas le voir.

Il essaya de ne pas se laisser abattre. C'était avant tout son patron, non ? Et puisqu'il était au ranch pour travailler et gagner de l'argent, coucher avec son employeur était une mauvaise idée.

Actuellement, sa seule satisfaction était son travail. Bien sûr, le Blue River Ranch était bien géré, mais la maintenance des infrastructures – aussi bien les écuries et clôtures que les diverses parties de la maison – n'avait pas été une priorité depuis bien longtemps, c'était clair. En embauchant Grant, Hugh lui avait signalé qu'un charpentier de la ville venait de temps à autre exécuter les réparations les plus urgentes. Malheureusement, cet artisan était en général trop occupé pour se déplacer s'il s'agissait de remplacer une gouttière percée ou de réparer une des marches du porche.

Comme Grant se sentait la cinquième roue du chariot en compagnie des autres, il s'était porté volontaire pour ces petites tâches de son ressort. Désormais, tout le monde avait pris l'habitude de s'en remettre à lui pour la menuiserie. Il n'en prenait pas ombrage, bien au contraire. Il gagnait ainsi le respect des résidents du ranch, en particulier celui des femmes de la famille Krause. Il lui restait largement le temps de monter, ce à quoi il n'aurait renoncé pour rien au monde. En fait, il avait trouvé le parfait équilibre.

Il commençait à se sentir chez lui au ranch.

HUNTER N'AVAIT toujours pas choisi son nouveau régisseur. Grant et Izzie se partageaient l'essentiel des tâches dont Hugh s'occupait autrefois. Izzie consultait volontiers le cowboy avant de prendre une décision, tous deux se comprenaient si bien qu'un simple regard ou un début de phrase leur suffisait parfois pour communiquer. Comme ils passaient beaucoup de temps ensemble, une rumeur se répandit, prétendant que Grant avait remplacé Delco dans le lit d'Izzie. Ni l'un ni l'autre ne confirmait ou démentait. Ils refusaient de commenter. En fait, Grant pensait qu'Izzie connaissait sa véritable orientation sexuelle, ce qui expliquait en partie pourquoi il s'entendait aussi bien avec elle.

Elle fit irruption dans la grange où Grant rangeait sa boîte à outils.

— Ça te dit de seller un cheval et de faire la course avec moi jusqu'aux clôtures au bout de la propriété ? proposa-t-elle.

— Bien sûr. Donne-moi cinq minutes.

Il lui en fallut vingt, car il trouva Davenport un peu perdu parmi les chevaux regroupés dans l'enclos, près de l'écurie. Il décida de tester sa théorie et voir s'il pouvait plier à sa volonté cette bête entêtée.

Izzie se moqua de lui en le voyant revenir vers elle.

— Tu es aussi maso que Hunter, ricana-t-elle.

Elle fit faire demi-tour à son bai fougueux et se retourna pour lui jeter un regard de pure provocation. Grant éperonna Davenport. À sa grande surprise, le cheval semblait d'humeur à lui donner une bonne chance de gagner. Izzie leur donna du fil à retordre. Dès que Grant l'eût rattrapée, elle planta les talons dans le flanc de son hongre et fila au galop, le laissant en arrière. Il la suivit une vingtaine de minutes, sautant les plus basses des clôtures.

Enfin, elle tira sur les rênes et fit pivoter son cheval. Elle haletait, mais elle semblait ravie.

— Waouh, il y a au moins trois ans que je n'avais pas fait ça ! Autrefois, Hunter et moi faisions la course de temps en temps, mais maintenant, il ne sait plus s'amuser. Et ça ne me fait pas le même effet avec les autres.

Grant sourit.

— Mais moi, je suis à la hauteur ?

— J'ai pensé que tu avais besoin de distraction, vu ta mine, répondit Izzie, d'un ton docte. Je n'aurais jamais cru que Davenport puisse suivre, mais Hugh avait raison, manifestement : tu sais t'y prendre avec ce fichu cheval.

— C'est un entêté. À mon avis, lui et Hunter sont incompatibles.

Izzie lui lança un regard moqueur.

— Ces derniers temps, Hunter semble incompatible avec tout le monde. J'ai cru un moment que vous aviez fini par vous entendre, mais je ne vous vois plus que très rarement ensemble. Et il est redevenu acariâtre !

Elle se laissa glisser à terre et autorisa son cheval à brouter.

— Vous vous êtes disputés ? demanda-t-elle.

Surpris par sa question, Grant mit également pied à terre, puis il avança vers elle, suivi par un Davenport étonnamment obéissant.

— Pourquoi dis-tu ça ?

Il préférait tester le terrain.

— Oh, je ne sais pas. Quand tu es arrivé, vous n'aviez pas du tout l'air de vous supporter, mon frère et toi. Ensuite, après cet incident au bar et le départ de Hugh, vous êtes restés un moment tout le temps ensemble. Et voilà que c'est à nouveau le froid polaire. Plus aucun amour entre vous.

Grant la connaissait assez pour savoir qu'elle était volontiers sarcastique, mais en ce moment, elle paraissait très sérieuse. Elle avait aussi employé le mot 'amour' en évoquant sa relation avec son frère. Ce qui donnait à réfléchir. Hunter et lui s'étaient-ils trahis ? Ou bien Izzie cherchait-elle seulement à obtenir des renseignements ?

— Je ne vois pas de quoi tu parles.

Il marchait à côté d'elle et gardait le regard fixé sur les vastes plaines d'herbe, afin qu'elle ne puisse voir son expression. Izzie s'immobilisa, forçant Grant à se retourner.

— Quoi ?

Elle secoua la tête.

— J'oublie toujours à quel point les hommes sont obtus. Pourtant, je devrais être habituée à présent !

Voyant qu'il ne mordait pas à l'hameçon, elle afficha une mine conspiratrice.

— Tu sais, Hunter n'a jamais eu de véritable petite amie. Il ne faisait que baiser Miranda. Il n'est jamais *sorti* avec elle ! Du moins, il ne l'a jamais emmenée dîner en tête-à-tête.

— Et alors ?

Il espérait un changement de sujet. Izzie soupira.

— Juste entre toi et moi… je sais ce qui s'est passé avec Gabe, la nature de ta relation avec lui. Je sais qu'il était davantage qu'un patron et toi, son employé au ranch. Je sais tout, Grant, et ça ne change rien pour moi.

Après un moment de silence plutôt tendu, elle reprit :

— Si tu veux mon avis, Hunter aimerait la même chose avec toi.

— Qu'est-ce qui te fait croire que… ?

Grant constata qu'il ne pouvait pas continuer. Il comprenait ce qu'Izzie voulait dire, mais l'exprimer à haute voix était tout à fait différent. Surtout parce qu'il n'était pas du tout certain de la véracité de ses spéculations. Était-elle vraiment capable de déchiffrer son frère ? Et lui, le pouvait-il ?

Elle termina sa phrase pour lui :

— … que Hunter est gay ? Je suis sa sœur, je le connais. Je sais. Bien sûr, il ne voudra jamais l'admettre devant nous.

— Je ne pense pas qu'il l'admette à lui-même, répondit Grant, d'un ton pensif.

Puis, en espérant ne pas s'être trop livré, il ajouta précipitamment :

— Si c'est vrai, bien sûr !

Izzie lui lança un regard furtif, tout en s'assurant qu'il comprenne bien à quel point elle le trouvait 'obtus'. Puis elle soupira de nouveau.

— Écoute… Je me fiche que Hunter soit gay ou hétéro, tout ce que je veux, c'est qu'il soit heureux et cesse d'être aussi acariâtre. À mon avis, Lisa, maman et

Bernie sont vraiment soulagée qu'il vienne rarement prendre un petit déjeuner ou un déjeuner avec elles. C'est bien assez de subir sa mauvaise humeur le soir au dîner.

— D'après ce que j'ai entendu dire, tu manges rarement avec elles, ces jours-ci.

Il faisait cette réflexion avec l'espoir que la conversation dévie de Hunter – et de son orientation sexuelle.

Izzie haussa les épaules.

— Je ne supporte plus cette tension quand nous sommes tous ensemble. Je prétends avoir beaucoup de travail, je suis en retard exprès au dîner, et je mange seule, plus tard, dans la cuisine. C'est bien plus reposant.

— Tu pourrais aussi venir manger avec le personnel. Nous t'accueillerions volontiers

— Pourquoi pas ? Mais je préférerais voir Hunter plus heureux. J'aimerais vraiment que vous vous réconciliiez tous les deux.

Grant sourit. D'un côté, il aurait voulu se confier à elle, de l'autre, il savait que Hunter ne le lui pardonnerait jamais.

— Ce n'est pas si simple, Izz.

Elle lui jeta le bras autour des épaules pour lui serrer le cou. Elle n'ajouta rien, et il en fut heureux. Il espérait bien que la conversation était close. Définitivement.

— Alors, tu as définitivement rompu avec Delco ? demanda-t-il, pour changer de sujet.

— Oui, et tu n'imagines pas à quel point je suis soulagée d'en être débarrassée, avoua Izzie. J'ai toujours su qu'il pouvait être pénible, mais quand nous étions seuls, il était plutôt sympa. Prévenant, même.

Il lui jeta un regard sceptique. Elle le remarqua et insista :

— Je t'assure !

— Il est taré, Izzie.

Elle haussa les épaules.

— Je sais. Tant mieux s'il me laisse tranquille à présent.

Ils marchaient tranquillement, entre les chevaux, Izzie accrochée à lui, la tête sur son épaule.

— Tu sais, ça m'a flanqué un choc d'entendre la confession de Hugh.

— C'est tout à fait normal, répondit Grant. Je croyais vraiment que lui et Lisa s'entendaient bien.

Elle s'écarta un peu pour lui saisir le bras, au niveau du coude.

— Non, je sentais bien qu'il y avait des tensions entre eux. Lisa passait son temps à lui crier dessus. Et tu connais Hugh ? Je ne l'avais pas entendu élever la voix jusqu'au soir où il a affronté Delco. Je t'assure qu'il ne s'en est jamais pris à Lisa.

— Je n'oserai pas le faire non plus, déclara Grant, moqueur.

Elle se mit à rire, avant de redevenir sérieuse.

— Hugh méritait mieux.

— Tu l'aimes bien, pas vrai ?

Elle soupira.

— Je ne suis pas *censée* l'aimer, Grant. C'est mon beau-frère, le père de Danny, et moi, je suis sa tante. Si je prenais le parti de Hugh, Lisa et maman me jetteraient dehors.

— Dommage qu'il faille toujours prendre un parti, hein ?

Il vit le parallèle entre Izzie et Hunter. Ces deux-là avaient toutes les raisons de s'entendre, outre le fait d'être frère et sœur.

Ils remontèrent ensuite à cheval et retournèrent au ranch. Ni l'un ni l'autre ne reparla de vérifier les clôtures. Grant avait déjà compris que c'était probablement une excuse pour discuter. Il savait qu'il lui faudrait parler à Hunter, au moins pour l'avertir qu'Izzie n'était pas aveugle. Malheureusement, il n'avait aucune idée de comment s'y prendre.

MOINS D'UNE semaine après cette conversation, Grant trouva enfin l'opportunité qu'il lui fallait. D'ailleurs, ce fut Hunter qui l'approcha, en fin de matinée, dans l'écurie.

— Je vais chez Gabe pour acheter des chevaux.

La monture d'un des employés boitait, aussi Grant avait-il suggéré au rancher d'y jeter un coup d'œil avant d'appeler le vétérinaire.

— Tu vas aussi acheter celui qui remplacera Davenport ?

Il avait parlé sans lever les yeux du sabot qu'il inspectait.

— C'est possible, répondit Hunter, évasivement. Je t'aurais bien demandé de m'accompagner, mais je ne pense pas que ce soit une bonne idée de vous remettre face à face, Gabe et toi.

Cette fois, il regarda Hunter, il lut l'insécurité sur son visage.

— C'est très attentionné de ta part. Gabe sait-il que je travaille ici ?

Hunter secoua la tête.

— Non. J'aimerais ton avis sur les chevaux quand on les ramènera.

— D'accord, je serai là, affirma Grant. Tu y vas avec Tim ?

— Oui, sans doute.

Grant approuva d'un hochement de tête.

— Il a un bon œil, tout comme son frère aîné.

Il sentait à quel point Hunter regrettait toujours le départ de Hugh.

Le rancher s'attarda un moment pendant que Grant examinait le membre postérieur du cheval. Enfin, il tourna les talons pour quitter l'écurie. Il était à la porte quand Grant le rappela :

— Hunter ?

— Oui ?

Appuyé contre le cheval, il regardait Hunter – tout illuminé par soleil de midi qui brillait derrière son dos. Pendant un moment, il resta silencieux, à admirer le spectacle de son amant d'un jour version angélique. Puis, échappant à sa rêverie, il revint à la réalité.

— Je voulais juste te demander de saluer à Gabe pour moi, mais ce serait peut-être mieux de n'en rien faire. Dis-moi seulement comment il va, d'accord ?

Hunter effleura son chapeau avant de sortir.

XI

HUNTER AIMAIT se rendre chez Gabe. Son ranch était tellement différent qu'il avait l'impression de pénétrer dans un autre monde. Alors que lui-même possédait des chevaux de tous les âges, depuis les poulains nouveau-nés jusqu'aux vieux bons pour la retraite, les bêtes de Gabe avaient toutes entre deux et quatre ans. En général, il achetait ses poulains aux enchères, peu après qu'ils eurent quitté leurs mères, une fois sevrés. Ensuite, il passait deux ans à les entraîner, pour les transformer en chevaux fiables et solides, capables d'obéir aux ordres des cavaliers les plus novices.

Gabe ne recherchait pas de chevaux exceptionnels : ni pur-sang ni poneys capricieux destinés au manège. L'essentiel de son troupeau était des quarter-horses. Parfois, il ne pouvait résister à un demi-sang Appaloosa ou Paint horse. Mais peu importe le cheval qu'il achetait, il réussissait toujours à en faire une monture fidèle, apte à satisfaire un rancher ou un cowboy.

Le ranch de Gabe avait besoin de deux hommes pour fonctionner. Et Hunter savait combien il était difficile de dénicher un bon employé. Dans le passé, chaque fois que Gabe s'était retrouvé tout seul, son ranch prenait un air d'abandon. Les chevaux passant en priorité, ils étaient toujours bien soignés, mais les mauvaises herbes envahissaient vite le jardin, tout autour du ranch.

Ce n'était pas le cas actuellement. D'après ce que Hunter avait entendu dire, Gabe avait quelqu'un pour l'aider. Et tant mieux pour lui, après cet accident de l'année précédente où il s'était gravement blessé à la jambe. Pendant un certain temps, durant sa convalescence, Hunter avait envoyé ses hommes se charger d'une partie du travail de Gabe, mais cela n'avait pas duré. Même si son ami boitait encore, il avait refusé d'être aidé plus longtemps. Il avait repris son poste.

Au ranch de Gabe, il vit un jeune homme qui travaillait là. Il se présenta sous le nom de Flynn. Tout était en ordre dans la grange et la maison semblait bien entretenue. Même le vieux camion déglingué de Gabe paraissait avoir été lavé.

— Gabe est par là ? demanda Hunter.

— Il ne devrait pas tarder, il est allé faire un tour sur les terres. Je peux vous aider ?

Hunter sourit au fringant jeune homme. Il pensa brièvement que Gabe l'avait sans doute engagé autant pour son physique que pour ses qualités professionnelles.

— J'ai pris rendez-vous pour acheter des chevaux. Je suis sûr que vous pouvez commencer à me les présenter.

Flynn sourit et plissa les yeux pour se protéger de la lumière du soleil.

— Je ne suis qu'un employé ici. Gabe ne va pas tarder. C'est lui qui gère la vente de ses chevaux.

Hunter le regarda s'éloigner pour prendre un seau et le remplir au tuyau d'arrosage. Flynn n'était pas son genre, pourtant il se surprit à mater Ses fesses, bien moulées dans un jean serré.

Il essaya d'engager la conversation :

— Gabe est un bon ami à moi. Nous nous connaissons depuis très longtemps. Il ne m'en voudra pas si je jette un coup d'œil avant son retour.

Flynn leva les yeux.

— Je préfère que vous l'attendiez, monsieur. Il sera là très bientôt.

Comme à point nommé, un cheval arriva et s'immobilisa dans une glissade près des deux hommes. Gabe sauta à terre, grimaçant dès que sa mauvaise jambe encaissa le choc. Il se reprit très vite et avança vers Hunter, la main tendue.

— Salut, mon pote. Comment va ? Tu es prêt à admirer mes chevaux ?

Il se tourna Flynn.

— Tu peux me seller TJ pour que Hunter m'accompagne ?

Hunter devina que Flynn était loin d'être enchanté par cette demande, mais déjà Gabe l'entraînait vers la maison, alors il ne dit rien.

Son ami paraissait de très bonne humeur.

— Qu'est-ce que tu cherches au juste ?

— Plusieurs chevaux, certains pour la revente, d'autres pour les garder, et enfin, un pour moi.

Hunter ôta son chapeau en pénétrant dans la cuisine. Gabe lui fit signe de s'asseoir et versa une tasse de café pour chacun d'eux. Sans faire de manières, il posa un bol de sucre sur la table. Pendant ce temps, Hunter jeta un œil discret autour de lui : la cuisine, autrefois en désordre, était maintenant impeccable.

— Tu as fini par te débarrasser de cette sale bête que tu montais ces derniers temps ? s'exclama Gabe.

Il arborait un sourire d'une oreille à l'autre, mais Hunter commençait à se lasser de cette sempiternelle plaisanterie. Le ton de sa réponse l'indiqua clairement :

— Ouais, ouais,

— Admets quand même que c'est ton pire achat !

— Tu dis ça parce que je ne l'ai pas acheté chez toi, rétorqua Hunter.

— Je ne t'aurais jamais vendu une bête pareille. En fait, je ne l'aurais jamais achetée non plus. Ce cheval n'est bon à rien, sauf à être transformé en colle. Vends-le un industriel !

— Gabe !

Hunter ne cachait pas son dégoût, ce qui poussa Gabe à éclater de rire. Le rancher avait l'habitude de ces piques amicales, il les appréciait même. Il n'avait que quatorze ans lorsque Gabe était devenu son ami, sans se soucier de leurs dix ans

61

d'écart. La même année, les deux hommes avaient perdu leurs pères et dû apprendre à gérer leurs ranchs par eux-mêmes. Hunter étant trop jeune pour endosser une telle responsabilité, Gabe lui avait été d'un grand soutien. Maintenant, chacun d'eux vivait de son côté, mais lorsque Hunter cherchait de nouveaux chevaux, le ranch de Gabe restait sa première étape.

— Donc, tu veux un cheval pour toi ?

— Ouais.

— Une jument, un étalon ou un hongre ? insista Gabe.

Hunter haussa les épaules.

— Je veux juste être obéi.

Gabe prit une grande gorgée de café.

— Pour ça, tu devrais te chercher une femme, Hunter.

— Non, merci.

S'il avait répondu d'instinct, il réalisa que son refus était définitif. Malheureusement, il ne pouvait pas parler de Grant à Gabe, il craignait que ce soit trop difficile pour lui.

Pour changer de sujet, il désigna de la tête l'avant de la maison.

— Apparemment, tu t'es trouvé quelqu'un ?

Gabe faillit s'étouffer avec son café.

— Tu parles de Flynn ? Il sait y faire au ranch. En plus, c'est un sacré cuisinier !

— Tel que je te connais, il a d'autres talents, pas vrai ?

Gabe le fusilla d'un regard faussement féroce. Il ne chercha pas à nier ou à confirmer ses soupçons.

— Allons voir ces chevaux, d'accord ?

Les deux hommes partirent à cheval vers les prairies où se trouvait le troupeau. Gabe pointa du doigt les chevaux prêts à être vendus et Hunter leur jeta un premier regard appréciateur. La plupart lui plaisant, il voulut les monter. Gabe les marqua d'un ruban jaune à l'encolure. Il fut convenu que Hunter reviendrait dans l'après-midi, avec un de ses cowboys et deux chevaux, pour séparer les bêtes sélectionnées du gros du troupeau.

AVEC TIM et Flynn en plus de Hunter et Gabe, une vingtaine de chevaux furent rassemblés et dirigés vers un petit enclos à côté du corral. Hunter ne put s'empêcher de surveiller la façon dont Gabe et Flynn se comportaient l'un envers l'autre. Si le matin même, leur relation semblait tendue, cet après-midi, c'était le grand beau : ils semblaient bien s'entendre. Hunter pensa même les voir flirter et se lorgner mutuellement. Serait-ce possible ? Parfois, il aurait aimé avoir un ranch comme celui de Gabe, où il aurait droit à son intimité. Chez lui, non seulement sa mère et ses sœurs épiaient le moindre de ses mouvements, mais il subissait également la pression d'être le patron, responsable d'un bon nombre d'employés. Jamais il ne pourrait flirter avec Grant dans un tel contexte.

— Flynn va te présenter les chevaux, si tu es d'accord.

La voix de Gabe l'arracha à sa rêverie. Son ami approcha son cheval du sien avant d'ajouter, avec un clin d'œil :

— De cette façon, nous pourrons aussi parler de lui sans qu'il nous entende.

Hunter sourit. Il avait dans l'idée que Gabe n'irait pas plus loin dans ses confidences, mais, à sa façon, il venait d'avouer ce qu'il éprouvait pour Flynn. Hunter espérait être un jour capable de dire à Gabe que Grant travaillait pour lui. Par contre, il ne pourrait pas envisager d'évoquer devant lui son béguin pour son ex.

Il est vrai qu'il n'avait pas fait son coming-out devant Gabe.

Il sentit que son ami attendait une réponse.

— Bonne idée, grommela-t-il.

Il approuva presque tous les chevaux que Flynn leur présenta. À strictement parler, il n'avait pas besoin d'en acheter vingt, mais il savait qu'il pourrait revendre en toute confiance ces bêtes bien dressés. Il savait aussi qu'il rendait à Gabe un grand service financier. Les deux amis sortiraient bénéficiaires de cette transaction.

Soudain, Gabe lui donna un coup d'épaule.

— Maintenant, voilà une petite que tu seras sans doute capable de faire obéir, plaisanta-t-il.

Hunter secoua la tête, pour oublier ses rêveries. Il lui fallait se concentrer sur la conversation. C'était la seconde fois qu'il mettait du temps à répondre à une pique.

— Je suis né en selle, Gabe. Je sais me faire obéir d'un cheval. N'importe lequel.

— N'importe lequel, à condition que ce soit *moi* qui l'ai sélectionné pour toi. Si tu veux mon avis, tu es incapable de choisir sans mon aide.

Gabe était probablement le seul de qui Hunter accepterait une telle provocation. Et Tim était du même avis, s'il devait en juger par le regard qu'il posait sur les deux amis après cette dernière réflexion. Hunter eut un soupir résigné : c'était un combat qu'il ne pouvait pas gagner.

— En quoi cette jument est-elle particulière ?

— Elle est très douce et docile. C'est la première bête que j'ai dressée après mon accident. Elle s'est merveilleusement comportée, elle est à la fois obéissante et désireuse de plaire. Après t'avoir vu sur Davenport, c'est exactement ce que la Faculté te conseillerait.

— On dirait un poney destiné à une gamine, intervint Tim. Mais Hunter, c'est toi le patron.

Hunter lui jeta un coup d'œil. Quand il reporta son attention sur Gabe, il le vit redresser la tête.

— C'est un demi-sang, voilà pourquoi elle est un peu plus petite que les autres, mais elle a beaucoup d'endurance et de détermination, en plus d'un excellent caractère.

— Génial ! ricana Tim. Ça te ferait un bon changement

Hunter arracha son chapeau et en frappa Tim, qu'il éjecta de la clôture où il était assis. Pourtant, il était d'accord avec ses deux amis : il méritait un bon cheval.

— Je peux la monter ?

Gabe agita le bras.

— Bien sûr. Vas-y.

Flynn se laissa glisser de sa selle et s'approcha d'eux. Il tint la jument pendant que Hunter prenait sa place. Plus petite que les bêtes dont le rancher avait l'habitude, la jument supportait aisément son poids sans rien perdre de son agilité. Hunter la fit trotter un moment, puis d'un signe, il demanda à Flynn de lui ouvrir le corral afin d'avoir davantage d'espace pour galoper. Comme Gabe l'avait promis, la jument était parfaite. Hunter apprécia de laisser son esprit vagabonder pendant qu'il chevauchait à travers les prairies à une vitesse surprenante.

Dès qu'il revint au corral, il déclara :

— Je l'achète.

Gabe attendit qu'une poignée de main scelle leur marché pour déclarer :

— En fait, elle s'appelle Petite Abeille

Hunter remarqua les efforts que faisait son ami pour retenir un fou rire. Ni Flynn ni Tim ne possédaient autant de self-control.

XII

— ALORS, COMMENT s'en sort Gabe ? demanda Grant.

Il tenait son chapeau à la main, ses doigts en tripotant nerveusement le rebord.

— Plutôt bien, répondit Hunter.

Il flattait la docile petite jument couleur miel qu'il venait de faire descendre du van.

— Je pense qu'il souffre toujours un peu de sa jambe blessée, ajouta-t-il, mais le ranch est superbe. Son nouvel employé s'appelle Flynn. Il paraît très jeune, mais il travaille pour deux.

— Sont-ils…?

Grant ne termina pas sa phrase.

— Je n'en sais rien, Grant, jeta Hunter, d'un ton sévère.

Après un moment de silence tendu, il soupira. Il devinait ce que Grant voulait savoir. Il réalisa aussi être jaloux de cette question. Pas seulement à cause des paroles en elles-mêmes, plutôt du changement d'attitude de son vis-à-vis. Le grand cowboy paraissait rapetissé tout d'un coup, avec ses épaules voûtées et son regard baissé. À coups de pieds, il envoyait voltiger les brins de paille qui traînaient sur le sol. Hunter se reprit, mécontent de lui. Il ne pouvait tenir rigueur à Grant, alors, pour sauver les apparences, il lui sourit.

— Je lui ai acheté une belle petite jument…

Il se retourna pour regarder Grant bien en face avant d'ajouter :

— Je te présente Petite Abeille.

Grant gloussa d'abord, puis il explosa de rire. Il avait retrouvé le moral lorsqu'il s'excusa.

— Désolé. C'est elle qui est censée remplacer Davenport ?

— Oui. Ça te pose un problème ?

Hunter refusait d'admettre que cette image était plutôt comique. Grant riait toujours.

— Je t'avais recommandé de prendre un cheval obéissant, pas un poney.

— Ce n'est pas un poney !

Grant émit un autre petit rire amusé.

— Tu as raison, admit-il. Mais je parie que tes pieds touchent le sol lorsque tu la montes.

Pendant un moment, Hunter ne sut comment prendre cette réflexion. Il fixa le visage moqueur, puis la jolie bête docile aux longs cils qui se tenait près de lui. Il décida que la plaisanterie avait assez duré. Il ôta son chapeau et frappa Grant avec. Il rata son coup, mais seulement parce que le cowboy s'écarta vivement. Hunter n'eut qu'un pas à faire pour acculer sa proie dans une stalle de l'écurie.

Les deux hommes réalisèrent en même temps qu'ils étaient seuls à l'intérieur. Devant cette intimité soudaine, Grant reprit son sérieux. Il n'eut qu'à acquiescer imperceptiblement pour que Hunter se jette sur sa bouche.

Le rancher sentit son self-control lui échapper lorsque Grant lui rendit son baiser, une main fermement pressée sur sa nuque. Son excitation s'enflamma en sentant durcir la bosse du jean de Grant. Il s'apprêtait à y glisser la main lorsqu'un bruit le fit retomber de son bienheureux nuage. Ils cessèrent de s'embrasser, mais ils n'osèrent pas bouger. Ils tournèrent juste la tête vers la porte entrebâillée, qui séparait la stalle de l'écurie. Ils virent passer un lad, qui regardait autour de lui comme s'il avait perdu quelque chose. Remarquant sans doute la porte ouverte, le garçon la referma d'un coup de pied avant de s'éloigner sans les repérer. Ce fut seulement lorsque l'écho de ses pas disparut que les deux hommes se détendirent en poussant un grand soupir.

— On a failli se faire choper ! dit Hunter.

Il se penchait déjà vers son compagnon. Grant lui vola un baiser rapide avant de lui ébouriffer les cheveux.

— Même s'il nous avait vus, que ce serait-il passé ?

Hunter s'écarta.

— Je ne veux pas y penser, grogna-t-il.

— Tu crois que ce serait vraiment terrible ?

Hunter n'hésita pas à lui répondre :

— C'est toi qui me poses cette question, alors que tu as toujours nié ton homosexualité ?

— Tu n'es pas vraiment prêt non plus à sortir du placard.

— Parce que je ne suis pas...

Il ne termina pas sa phrase. Tout d'un coup, il ne pouvait plus nier être gay, du moins pas devant Grant. Il lui tourna le dos et se mit à jouer avec le licol de Petite Abeille pour s'occuper les mains. Ce qui s'était passé entre lui et Grant suffisait à *prouver* qu'il était gay. Il le savait bien. En fait, pour lui, c'était moins les actes proprement dits que le ressenti. Il avait toujours été attiré par les hommes, mais jusque-là, il n'avait jamais cédé à la tentation, parce que c'était tellement plus facile de coucher avec une femme. Plutôt beau garçon et propriétaire d'un ranch florissant, les femmes se jetaient quasiment sur lui. Il n'avait qu'à choisir. Et avec elles, il n'avait pas à se cacher.

Lorsque Grant était arrivé au ranch, Hunter avait réalisé que ses fantasmes les plus secrets devenaient possibles. Et cette fois, il ne pouvait plus leur résister. Bien au contraire. Chaque fois qu'il se trouvait à proximité de Grant, les étincelles crépitaient.

Hunter avait évité le cowboy parce qu'il craignait que tout le monde détecte la vérité à vue. Au bout de quelques jours de tension insupportable, il avait à nouveau cédé.

— J'ai déjà couché avec une femme, Hunter, admit Grant. C'est déroutant, mais au moins, je sais ce que je veux vraiment.

Hunter déglutit. Était-ce vraiment aussi facile ? Bon sang, Grant et lui n'avaient même pas été jusqu'au bout. Ils s'étaient juste embrassés et caressés, et… ah, comment oublier cette extraordinaire fellation dans le camion pendant l'averse ? D'un côté, il était heureux que Grant lui offre la possibilité d'explorer ces nouvelles sensations sans aller trop vite. De l'autre, il en voulait davantage.

— Nous n'avons aucun endroit où aller. Je ne peux pas t'emmener chez moi, pas avec quatre femmes dans la maison. Je pourrais jurer qu'elles ont des yeux derrière la tête et une ouïe plus fine que les chauves-souris ! Et nous ne pouvons rien faire dans les quartiers du personnel parce que je suis le patron et que je ne devrais même pas y venir. Si l'un des hommes me trouvait là, je ne serais pas en mesure de lui expliquer pourquoi j'envahis son territoire.

Grant lui passa les mains le long des flancs, sur l'estomac. Le rancher se pencha légèrement, s'offrant à la caresse. Il sentit le menton de Grant s'appuyer sur son épaule et son souffle chaud près de son oreille. Il se sentait bien dans ce cocon, entre le corps solide de Grant et le flanc tiède de la jument. C'était si agréable qu'il aurait voulu y rester éternellement.

— Nous pourrions prendre une chambre à l'hôtel dans le comté voisin, suggéra Grant.

— Il nous faudrait aller loin pour que je sois certain qu'on ne me reconnaisse pas. Ma famille vit dans la région depuis des générations, Grant.

— Alors, viens en ville avec moi la prochaine fois.

— Je ne peux pas.

Il tenta faiblement de s'éloigner de Grant, qui refusa de le laisser faire. Au contraire, il resserra son étreinte et attira Hunter plus près de lui.

— Tu ne *peux* pas ou tu ne *veux* pas ?

— Je ne peux pas, murmura Hunter.

Il espérait que Grant le comprendrait à demi-mot : c'était sa façon de dire qu'il aurait vraiment voulu céder, si c'était possible.

Grant le fit se retourner, sa main descendit lentement le long de son corps. Hunter rentra le ventre pour lui donner accès sous sa ceinture. Grant ne put que frotter un peu, aussi Hunter desserra-t-il sa ceinture d'un cran et ouvrit-il le premier bouton de son jean.

— Tu bandes, grogna Grant, à son oreille. Apparemment, tu as envie de moi.

Hunter hocha la tête, sans voix, car Grant venait de refermer la main sur sa verge. Pour rester debout, le rancher dut s'accrocher à la jument docile. Derrière lui, Grant frottait son bas-ventre contre ses fesses. Et son érection y trouvait parfaitement sa place. Hunter libéra une main de Petite Abeille pour desserrer davantage sa ceinture et ouvrir complètement son jean, libérant son sexe. Dès qu'il sentit la fraîcheur de l'air sur sa peau brûlante, il tendit la main derrière lui pour toucher Grant.

Et il s'entendit dire :

— Baise-moi.

Il n'en crut pas ses propres oreilles. Pourtant, il réalisa qu'en ce moment, il était prêt à n'importe quoi, à accepter tout ce que Grant lui demanderait. En particulier s'il s'agissait de le baiser.

Grant lâcha son sexe le temps d'ouvrir son propre pantalon. Ensuite, il baissa le jean et le caleçon de Hunter, exposant ses fesses. Il en caressa la courbe ferme avec un ronronnement d'appréciation.

— Superbe.

Hunter ne savait pas trop comment tout ceci allait se terminer, mais il faisait confiance à Grant pour le guider. Il tenta d'écarter les jambes et découvrit qu'il ne pouvait pas, à cause de son jean coincé à mi-cuisses. Il voulut le descendre, mais Grant l'en empêcha.

— Laisse. Ce sera plus facile à remettre si nous devons filer rapidement.

Hunter déglutit, écartelé entre son désir d'arrêter immédiatement – parce qu'il avait peur d'être découvert – et son désir de continuer parce qu'il ne pensait qu'à ça. Grant trancha pour lui, en glissant son sexe épais entre ses cuisses.

— Merde, c'est serré, gémit-il.

Une fois de plus, Hunter tenta d'écarter les jambes et Grant donna un coup de reins.

— Non, c'est parfait, assura-t-il. Ne bouge pas !

Hunter sentit son bas-ventre s'électriser. C'était si étrange de sentir une verge lui heurter l'arrière des bourses et frotter la zone sensible, au-delà, entre ses fesses. Dans le camion, Grant avait fait la même chose avec ses doigts pendant qu'il le suçait. Lorsqu'il prit ses testicules dans le creux de sa paume, Hunter ne résista plus, il referma son poing sur son sexe. Grant accéléra le rythme et lui fut emporté par un tourbillon, si rapide qu'il en eut le vertige. Il aurait voulu davantage, il aurait voulu se faire baiser pour de bon, mais Grant continua à s'enfoncer frénétiquement entre ses jambes. Sous ses coups de butoir, Hunter perdit l'équilibre et s'écrasa contre Petite Abeille, qui fit un pas de côté. Heureusement, elle ne s'effrayait pas facilement, parce que Grant continua à s'activer jusqu'à jouir dans un grognement rauque. Hunter sentit un liquide chaud et visqueux couler entre ses jambes.

Le souffle court, Grant posa la main sur le sexe de Hunter, ce qui déclencha son orgasme.

Dès qu'il retrouva sa respiration, il protesta :

— Tu ne m'as pas baisé !

Grant était encore accroché à lui, le souffle erratique.

— Nous n'avions ni préservatif ni lubrifiant. Pour ta première fois, pas question que je te fasse mal.

— Je m'en fiche ! affirma Hunter.

— Fais-moi confiance, pour une initiation, tu as besoin d'intimité et de temps. Et aussi d'une lubrification abondante.

À contrecœur, Grant lâcha Hunter, qui lâcha Petite Abeille, mais pas avant de lui avoir accordé de petites tapes reconnaissantes. Maintenant, il lui fallait tout nettoyer : non seulement lui, mais aussi le flanc de la jument qu'il avait aspergée de son sperme. Tout vacillant, il tenait à s'occuper les mains, parce qu'avoir quelque chose à faire l'aiderait à oublier sa gêne... maintenant que lui et Grant s'étaient décollé l'un de l'autre.

Ensemble, ils se lavèrent au robinet, derrière les stalles. Puis Grant se rajusta et s'essuya les mains sur son jean. Mais Hunter avait besoin d'un nettoyage plus complet.

— Mon offre d'aller quelque part tient toujours, déclara Grant. Si ça te dit.

Il étudia une dernière fois le corps à moitié nu de Hunter avant de ramasser son chapeau et de quitter l'écurie.

Hunter se hâta de terminer sa toilette, terrorisé à l'idée de se faire surprendre dans une position aussi compromettante. Il savait désormais que Grant était partant, ce qui l'inquiétait. Parce que la balle était dans son camp. C'était à lui de trouver un endroit tranquille. Il allait devoir mentir à sa famille et peut-être aussi à certains employés. Est-ce que ça valait le coup ? Mentir pour quelques moments d'extase ? Pour une gratification sexuelle ?

Il frotta le flanc de Petite Abeille en étudiant ses différentes options. S'il voulait sauver les apparences, Miranda était prête à l'épouser et à porter ses enfants. Était-ce ce qu'il voulait ? Un mariage de complaisance, sans amour ? Merde quoi ! Avec Miranda, seul le sexe l'intéressait et encore, à condition qu'il soit bien imbibé au préalable. Chaque fois que la jolie rousse tentait d'engager la conversation, elle et Hunter finissaient par se disputer, la plupart du temps pour des détails. Sans doute n'étaient-ils pas sur la même longueur d'onde...

Par ailleurs, Grant et lui n'en étaient pas encore à envisager un avenir commun. Ils étaient amis, au mieux. Hunter ne connaissait rien de Grant, sauf qu'il était l'ex de Gabe et qu'il l'avait abandonné après son accident. Quel genre d'homme était Grant ? Hunter n'en savait rien. En y réfléchissant, il pouvait être un tueur en série. À plusieurs reprises, il avait demandé des congés personnels sans justifier ses absences répétées. Il disparaissait plusieurs jours avant de reprendre son travail, fatigué, sinon épuisé. Hunter n'avait aucune idée de ce qu'il faisait durant ces week-ends prolongés. Et il avait peur de poser des questions. Pas question de se mettre à dos l'un de ses meilleurs employés – et l'homme capable de lui faire connaître l'extase chaque fois qu'il posait les mains sur lui.

D'un autre côté, il refusait de sacrifier tout ce qui lui était cher pour un mystérieux inconnu. Il allait devoir être patient et avancer avec prudence. Pour l'instant.

Satisfait que tout soit enfin en ordre, l'écurie, sa nouvelle jument, et ses décisions, Hunter quitta le bâtiment et émergea au soleil de l'après-midi.

XIII

— JE VAIS voir ce que je peux faire, déclara Grant. Je te rappellerai.

Il referma son téléphone portable avec un profond soupir et se dirigea vers la maison principale. Il y avait beaucoup de travail actuellement au ranch, il fallait rassembler les chevaux pour le déparasitage annuel, mais parfois, la vie privée d'un homme passait en priorité. Et aujourd'hui, c'était le cas pour lui.

Il s'apprêtait à sonner à la porte quand Bernie apparut.

— Salut ! s'exclama-t-elle, avec l'enthousiasme de la jeunesse. Vous êtes venu voir Hunter ?

Il hocha la tête.

— Ouais.

— Il est à l'arrière. Pourquoi ne pas venir avec moi ? Voulez-vous de la limonade ? Je viens d'en faire un pichet tout frais.

Il n'aimait pas trop la limonade, mais Bernice était si adorable qu'il n'eut pas le cœur de refuser.

— Volontiers.

Pendant qu'elle disparaissait dans la cuisine, il contourna la maison et trouva Hunter assis sur un banc, à l'ombre du porche, penché sur un amoncellement de papiers pleins de chiffres.

— Un problème avec la comptabilité ?

En entendant sa voix, Hunter leva les yeux avec un sourire.

— Nous nous en sortons bien. Les temps sont durs, mais nous réussissons toujours, d'une manière ou d'une autre, à garder la tête hors de l'eau.

Grant s'assit à côté de lui.

— C'est parce que tu es bon gestionnaire. Ce doit être plus dur depuis le départ de ton régisseur.

— Ouais, je préférais nettement n'avoir que mon travail à faire. Mais Izzie et toi prenez en charge beaucoup de ses tâches. Merci.

— Je présume qu'il était plus simple pour toi de t'entendre avec Hugh ?

— Ouais, je l'avoue. Après toutes ces années ensemble, nous nous comprenions presque sans avoir à parler. Maintenant, avec Izzie et toi, je dois faire un effort de communication. De plus, il faut que je me décide au sujet du nouveau régisseur, soit j'offre une promotion à un employé du ranch, soit j'engage un étranger. Et pour être franc, cette dernière option ne m'enthousiasme pas.

Grant connaissait la rumeur : Hunter allait le nommer régisseur. Il savait avoir de fervents partisans et de fermes opposants. Il était à peu près certain d'être capable de tenir ce poste, même si ce serait un challenge de remplacer un homme de la stature de Hugh, mais il n'était pas certain d'être en position de poser sa candidature, surtout après ce qu'il s'apprêtait à demander. Il apprécierait une augmentation de salaire, mais à l'heure actuelle, sa vie privée ne lui permettait aucun sacrifice. De plus, si la relation qui se développait entre lui et son patron était découverte, il perdrait toute crédibilité auprès des autres.

Il ne voulait pas influencer la décision de Hunter. Il préférait se laisser porter au gré des évènements.

Le rancher continuait à prendre des notes, en silence. Le regard de Grant tomba sur son verre, rempli de limonade.

— Bernie ?

Hunter déglutit en faisant la grimace.

— Oui, c'est beaucoup trop sucré. Tu n'as pas accepté d'en boire, j'espère ?

Grant eut un petit rire.

— Impossible de résister, avoua-t-il.

— Impossible de résister à quoi ? demanda une voix féminine.

Bernie remit à Grant un grand verre rempli de liquide mousseux.

— Impossible de résister à votre offre d'une délicieuse limonade, répondit Grant, très vite.

Il vida d'un trait la moitié de son verre. C'était tellement acide qu'il en eut les larmes aux yeux. Il avala très vite, en espérant que le goût se dissiperait bientôt.

— Je me demande s'il ne faudrait pas un peu plus de sucre, dit Bernie, l'air inquiet.

— Peut-être, répondit Grant. Mais c'est bon !

— Vous croyez ? insista-t-elle, les yeux écarquillés.

— Bien sûr, mon chou.

— Il vaut mieux que je vous laisse parler affaires, tous les deux.

Elle sourit et tourna les talons. Elle retourna à l'intérieur en sautillant comme un cabri. Hunter était toujours plongé dans ses journaux comptables

— Merci d'avoir été aussi gentil avec elle, déclara-t-il, avec un demi-sourire.

Grant lui donna un coup d'épaule.

— Merci de ta mise en garde. Trop sucré ? Ce fichu breuvage est assez acide pour trouer du métal. Je l'ai senti descendre jusqu'à mon estomac.

Hunter se mit à rire.

— Désolé. Elle est nulle en cuisine, mais maman ne cesse de lui répéter que si elle n'apprend pas, elle ne trouvera jamais de mari.

— Elle est probablement comme Izzie et toi. Plus apte au travail du ranch qu'aux tâches ménagères.

Hunter hocha la tête.

— Ouais, mais Izzie a toujours été un garçon manqué. Bernie est une vraie fille. Elle monte bien, mais elle préfère tresser la crinière de son cheval que se salir les mains.

— Eh bien, elle rencontrera peut-être un pro du rodéo et partira en tournée avec lui.

— Ouais, peut-être.

Tout à coup, Hunter paraissait mélancolique. Grant se demanda si c'était le bon moment pour lui balancer la nouvelle concernant son congé personnel. Peut-être pas. Peut-être ferait-il mieux de manifester un peu plus d'empathie.

— On dirait que toi aussi, tu aimerais bien t'en aller.

Hunter lui jeta un regard suspicieux, suivi d'un sourire timide.

— Ici, c'est ma terre. Je veux y être enterré, comme mon père et son père avant lui. J'ai le mal du pays dès que je quitte le comté.

Grant hocha la tête. Né gitan, il n'avait jamais ressenti une telle appartenance, mais sur le plan intellectuel, il pouvait comprendre Hunter.

Après une longue pause, le rancher ajouta :

— Pourtant, j'aimerais d'avoir un endroit bien à moi. Bien sûr, c'est agréable de revenir le soir à la maison pour mettre les pieds sous la table et me voir servir un repas excellent, mais j'adorerais être en mesure de vivre sans avoir quatre paires d'yeux qui surveillent le moindre de mes mouvements.

Grant acquiesça, marquant qu'il comprenait. La main de Hunter lui effleura la cuisse d'un geste inconscient. Il en eut des frissons qui remontèrent le long de sa jambe, jusqu'à son sexe. Il commença à bander. Il savait bien que Hunter et lui ne pourraient pas aller plus loin. Pas avec Bernie à l'intérieur, pas avec Beth et Lisa, la mère et l'autre sœur de Hunter, également dans la maison. Avec le même naturel, Hunter posa la main sur son genou pour se pencher et ramasser un rouleau plutôt épais.

— J'ai toujours rêvé de construire ma propre maison, dit Hunter.

Il déroula les plans de ce qui ressemblait à une version plus petite de la maison principale, devant laquelle ils se trouvaient. Manifestement, le rancher envisageait davantage d'intimité depuis longtemps, bien avant leur conversation de ce jour.

Grant se pencha pour étudier les plans étalés devant lui.

— Et où voudrais-tu construire ceci ?

— Juste là.

D'un doigt pointé, il désigna la grande étendue déserte dans devant eux. Grant fit pivoter le plan pour mieux voir.

— Je te suggère, dans ce cas, de placer la chambre principale à l'extrémité opposée du ranch actuel. Et la porte d'entrée pourrait se trouver sur le côté ou à l'arrière. De cette façon, ta famille ne verra pas tout ce qui se passe chez toi.

Hunter lui jeta un sourire amusé.

— C'est une excellente idée. Je veillerai à faire rectifier ces plans.

Le voyant de meilleure humeur, Grant trouva enfin le courage de faire sa demande.

— En fait, j'étais venu te demander quelques jours de congé, j'aimerais partir dès demain.

Hunter perdit son sourire.

— C'est la période la plus active de l'année, Grant. Nous avons besoin de toi au ranch.

— Je sais, soupira Grant. Je ne te le demanderais pas si ce n'était pas important.

— Est-ce que tu peux au moins me dire pourquoi il est si urgent que tu t'en ailles ce week-end ? Pourquoi ça ne peut pas attendre ?

Grant détourna le regard vers les grandes plaines étalées devant eux.

— Comme je l'ai dit, s'il m'était possible d'agir différemment…

Il ne pouvait évoquer son obligation de s'en aller. Pas sans une explication longue et compliquée. Quand il vit Hunter se mordre l'intérieur de la lèvre, Grant comprit qu'il pesait sa décision.

— Quand reviendras-tu ?

— Mardi, au plus tard.

Hunter hocha la tête, accordant ainsi une permission silencieuse, mais pas vraiment de bon cœur. Grant se leva, conscient de ne pas être dans les meilleurs termes avec son patron après cette faveur.

Il hésita un moment, puis commença à s'éloigner.

— Un jour, je voudrai savoir ce que tu fais durant ces absences, Grant.

La voix de Hunter résonnait fort sous le porche. Grant regarda autour de lui pour vérifier que personne n'avait entendu. Mais peut-être était-ce justement la raison de cet éclat. Hunter trouvait sans doute qu'il avait cédé trop facilement, alors il voulait réaffirmer son autorité en demandant des explications.

— Je te le dirai, déclara Grant.

Il était sincère. Il quitta le porche en réfléchissant. Un jour, quand son patron et lui auraient solidifié leur relation, il serait prêt à tout lui expliquer.

Il espérait juste que Hunter comprendrait.

XIV

IL PLEUVAIT des cordes quand le groupe rentra à l'écurie. Izzie paraissait épuisée et Tim ne disait pas grand-chose non plus tandis que tous deux prenaient soin de leurs chevaux et nettoyaient la boue qui les couvrait. Danny étant avec eux, Hunter tenait en priorité à ramener l'enfant à la maison pour le plonger dans un bain chaud avant que sa mère lui tombe dessus à bras raccourcis.

— Je m'occupe de Belle et de Petite Abeille, proposa Izzie.

— Tu ne préfères pas ramener Danny ? suggéra Hunter.

— Certainement pas ! répondit sa sœur, avec un sourire taquin. Je suis peut-être une femme, mais je préfère de loin nettoyer toutes les stalles de l'écurie plutôt qu'expliquer à Lisa pourquoi nous avons exposé son précieux rejeton à un temps pareil.

— Elle sait que nous manquons de personnel. En fait, il nous manque un homme et un régisseur.

Hunter remit à Izzie les rênes de sa jument. Il remarqua alors Danny à l'embrasure de la porte. À son air effondré, il sut que l'enfant avait surpris leur conversation. Passant le bras autour du garçon, il l'entraîna vers la porte de l'écurie.

— Viens avec moi, bonhomme. Je veux parler à ta maman de mon futur régisseur.

Les yeux de Danny se mirent à briller.

— C'est qui ? Grant ?

— Non, je pensais plutôt à toi.

Hunter serra l'enfant contre lui. Tous deux quittèrent l'écurie et se dirigèrent vers la maison.

— Je suis trop petit, répondit Danny.

À nouveau, il semblait tout triste.

— C'est vrai, mais tu vas grandir. Et tu as fait un sacré boulot aujourd'hui. Je vais dire à ta maman que je suis très content de toi.

Danny sourit.

— Tu es sûr que je peux garder Petite Abeille ? Elle est vraiment gentille ! Et avec elle, je n'ai pas peur de tomber. Belle était trop grande pour moi, admit-il.

— Eh bien, je garderai Belle jusqu'à ce que tu grandisses. En attendant, tu peux continuer à monter cette petite jument dorée. Elle est rapide, tu ne trouves pas ?

Danny hocha la tête avec ferveur. Ils étaient presque arrivés à la maison.

— Tu crois que je pourrais l'entraîner pour la course de barils[2] ?

— C'est une bonne idée ! Elle serait parfaite.

Hunter sourit. Après les railleries de Grant concernant la taille de sa nouvelle acquisition, il avait chanté à Danny ses louanges. Il savait bien que l'enfant, malgré son courage de façade, était inquiet chaque fois qu'il montait Belle. À dire vrai, même pour un cavalier émérite, la jument était imposante. Hunter avait proposé un échange de monture et son neveu avait sauté sur l'occasion. Toute la matinée, Hunter l'avait observé sur le dos de Petite Abeille. L'enfant et la petite jument s'accordaient parfaitement. De plus, il ne lui avait pas échappé que Danny apprenait vite : il obtenait de sa monture une obéissance immédiate et une réaction rapide lorsqu'un des chevaux rassemblés cherchait à s'écarter du troupeau. Hunter voyait très bien Danny et la jument participer aux compétitions juniors des courses de baril, en ville, aux périodes de rodéo. Quant à lui, il devait admettre que Belle lui convenait parfaitement. C'était un cheval calme et obéissant, qui suivait les instructions de son cavalier. Hunter n'avait eu aucun mal à la diriger seulement avec ses cuisses, une spécificité que Gabe enseignait à tous les chevaux qu'il dressait, pour laisser les mains libres au cavalier. Dans l'ensemble, c'était un très bon échange.

Juste avant que Hunter ouvre la porte menant à l'antichambre de la maison, Danny s'exclama avec effronterie :

— Tu sais, maman va te manger tout cru !

— Allons vite te mettre dans un bain chaud, avant qu'elle te voie. D'accord ?

L'enfant ôta précipitamment ses bottes et accrocha au porte-manteau son ciré couvert de boue.

— J'ai vraiment aimé ce que nous avons fait aujourd'hui.

Hunter lui fit un clin d'œil.

— Dans ce cas, n'oublie pas de le dire à ta mère !

Tous deux se précipitèrent dans l'escalier. À l'étage, Danny disparut dans sa chambre tandis que Hunter lui faisait couler un bain. Le petit garçon était à peine entré dedans quand Lisa rejoignit son frère.

— Tout va bien ? demanda-t-elle, d'un ton bourru.

— Très bien. Nous avons ramené tous les chevaux et Danny a accompli le travail d'un adulte.

— C'est bien ce qui m'inquiète, déclara Lisa, sans sourire. Ce n'est qu'un enfant, Hunter. Tu ne peux pas le laisser travailler aussi dur sous le prétexte que son père nous a abandonnés.

Hunter lui jeta un regard d'avertissement avant de refermer la porte. Il entraîna Lisa dans le couloir.

— Écoute, je sais que Hugh t'a fait du mal, mais ne t'en prends pas à Danny pour autant. C'est un enfant merveilleux, il s'est bien amusé avec nous aujourd'hui. Il

---

[2] Épreuve de vitesse du circuit de rodéo américain, qui consiste à courir autour de trois barils placés en trèfle

est vraiment doué avec les chevaux et il aime travailler au ranch. Je n'ai rien d'un esclavagiste, Lise.

— Il ne devrait pas travailler. Il devrait jouer avec ses amis.

Hunter soupira.

— Je ne lui demande qu'un jour par semaine. Quand j'avais son âge, je travaillais au ranch tous les jours après l'école, et je ne m'en suis pas si mal sorti, hein ? En fait, je suis même heureux de cet apprentissage, parce que, après la mort de papa, il a bien fallu que je reprenne les rênes.

Lisa gardait la mine sombre. Par contre, sa colère ne semblait pas vraiment dirigée contre Hunter. Il s'apprêtait à frapper à la porte de la salle quand il vit sa sœur hésiter : elle semblait avoir quelque chose à lui dire.

— Qu'est-ce qui ne va pas, sœurette ?

— Tu pourrais… Est-ce que tu viens avec nous au Tonneau Rapide ce soir ?

Hunter réfléchit. Il n'avait pas envie d'y aller ni de rencontrer Miranda au bar. Un samedi soir, elle y serait certainement.

— Je n'y ai pas vraiment pensé, admit-il. Mais je crois que je n'ai pas l'intention de sortir.

Cette fois, Lisa sourit.

— Moi j'y vais, aussi je me demandais si tu pourrais t'occuper de Danny. J'aimerais aussi aller dîner avec mes amis.

Hunter fut un peu surpris de la voir si désireuse de sortir, mais il était également heureux qu'elle ne s'étiole pas au ranch. Elle méritait bien de s'amuser de temps en temps. Depuis son mariage, elle n'avait fait que rester à la maison ! D'ailleurs, il se demandait où elle avait bien pu trouver si rapidement lesdits 'amis'. Il réalisa cependant que prendre soin de son neveu serait une excellente excuse pour ne pas sortir durant un certain temps. D'ici là, peut-être que Miranda oublierait tout faux espoir conçu à son sujet.

— Tu peux compter sur moi, dit-il, avec un sourire.

Elle lui sourit en retour. Pour la première fois depuis des années, Hunter retrouva la Lisa timide mais amusante avec laquelle il avait grandi.

— Sors et amuse-toi bien, lui conseilla-t-il.

— D'accord.

Il retourna dans la salle de bain, où il trouva Danny toujours dans son bain, avec des bulles jusqu'à ses oreilles. L'excès de mousse coulait sur le côté de la baignoire.

— Tu as peut-être abusé du produit moussant, non ? demanda Hunter, très amusé.

Danny hocha la tête avec un gloussement ravi.

— Ça ne moussait pas au début, alors j'en ai remis. Plein !

Hunter lui montra le flacon où il était écrit : 'parfum lilas'.

— Tu vas sentir comme une fille, se moqua-t-il.

L'enfant se redressa d'un bond, affolé.

— Oh, non !

Son oncle se mit à rire.

— C'est trop tard, maintenant. Tu n'arriveras jamais à te débarrasser de cette odeur.

Danny agita les bulles en tentant de les faire disparaître. Hunter l'aida en tapant dessus pour les faire éclater. Tous deux finirent par renoncer à ce combat impossible. Hunter prit le shampoing et demanda :

— Tu veux que je te lave les cheveux ?

Le petit garçon se rassit dans l'eau chaude, manifestement ravi de se faire dorloter par son oncle.

— Alors, est-ce que tu vas demander à Grant d'être régisseur ? demanda-t-il.

— Je ne sais pas. Qu'en penses-tu ?

Il était sincèrement désireux d'avoir l'avis de Danny. D'ailleurs, il voulait davantage, il voulait son opinion concernant l'homme, pas seulement le régisseur. Bien entendu, il ne pouvait expliquer à l'enfant la nature de sa relation avec Grant, mais il tenait malgré tout à son approbation.

Le petit haussa les épaules.

— Je l'aime bien. Il est gentil.

— La gentillesse n'est pas ce que je recherche chez un régisseur.

En son for intérieur, il était heureux que Danny apprécie Grant.

— Tu le crois apte à accomplir ce travail ? insista-t-il.

— C'est quoi au juste, ce travail ?

Hunter prit la pomme de douche pour rincer la mousse de ses cheveux.

— Tu le sais très bien, c'est ce que faisait ton père.

Danny perdit tout son entrain.

— Papa ne reviendra jamais, hein ?

Hunter essora d'une serviette les cheveux de Danny avant de poser la main sur sa fragile épaule.

— Je ne sais pas, Danny. J'aimerais vraiment qu'il revienne, mais je ne pense pas qu'il puisse se remettre avec ta mère.

L'enfant hocha la tête, l'air attristé. Mais d'après Hunter, il comprenait la situation.

— À mon avis, reprit Danny, d'un ton décidé, si quelqu'un peut faire le travail de papa, c'est Grant.

Hunter lui serra l'épaule pour le remercier.

— Je vais en parler à Grant dès qu'il reviendra.

— Il est parti où ?

Son oncle haussa les épaules.

— Aucune idée. Il m'a demandé quelques jours de congé. Il m'a aussi dit qu'il reviendrait mardi.

À sa grande surprise, Danny lui prit la main et s'y accrocha.

— Il te manque, hein ?

Hunter se sentit pris en faute. Était-il transparent au point qu'un enfant de neuf ans déchiffre ce qui se passait entre Grant et lui ? Il haussa à nouveau les épaules pour cacher sa gêne, ne sachant pas vraiment quoi dire.

— Quand l'école est fermée, mes amis me manquent aussi. Ils habitent tous de l'autre côté de la ville, c'est trop loin pour que j'y aille en vélo. D'ailleurs, maman ne veut pas que j'aille tout seul sur la route. Quand je ne vais pas à l'école, je n'ai pas d'amis. C'est pareil pour toi, je crois, puisque tu ne vas plus à l'école.

Hunter ne put s'empêcher de rire devant cette logique toute simple. L'explication de l'enfant lui causa aussi un grand soulagement.

— Tu as raison, bonhomme. Grant est mon ami et il me manque quand il n'est pas là.

C'était la vérité. Hunter était heureux de pouvoir exprimer ce qu'il ressentait.

— Moi aussi, j'aime bien Grant. Il est vraiment bon avec les chevaux. Il m'a promis de me faire une niche si je réussis à convaincre maman de me laisser avoir un chien.

Hunter eut un sourire de conspirateur.

— Je pense que tu mérites d'avoir un chien. Maintenant, tu es assez âgé pour en prendre soin.

— C'est vrai ?

— Oui. Et tu travailles vraiment dur, il te faut une récompense.

Les yeux de Danny devinrent tout tristes.

— Maman ne voudra pas. Elle dit que les chiens ne sont pas faits pour vivre dans une maison. Ils doivent rester dehors et travailler avec les chevaux, pas vivre avec nous, parce qu'ils ont des *microbes*.

Il prononça ce dernier mot comme s'il ne savait pas trop sa signification, mais répétait simplement le discours de sa mère.

Hunter lui fit un clin d'œil.

— Je me charge de ta mère, déclara-t-il, résolument. Maintenant, sors de l'eau et sèche-toi, sinon tu vas finir ridé comme un pruneau. Nous devons descendre dîner.

Il tendit au petit garçon une grande serviette de bain. Se souvenant de son embarras, à l'âge de Danny, à l'idée d'exposer son corps maigre, il lui tourna le dos pour le laisser sortir de la baignoire. Une fois l'enfant enveloppé dans la serviette, Hunter le serra une dernière fois contre lui.

— Tu es capable de te débrouiller tout seul maintenant ? Fais bien attention de te sécher derrière les oreilles et entre les orteils, d'accord ?

Danny sourit et hocha la tête en levant les yeux au ciel.

— Oui, oui, je sais.

En sortant de la salle de bain, Hunter s'attrista à l'idée qu'il n'aurait sans doute jamais d'enfant. Danny et lui avaient toujours été proches, mais tant que Hugh était à la maison, il était avant tout le fils de son père. Maintenant, Hugh avait disparu et Hunter se rendait compte que Danny commençait à le regarder comme un père de substitution. Même s'il ne remplacerait jamais son ami, il aimait beaucoup s'occuper de l'enfant.

Toujours plongé dans ses pensées, il tourna un peu vite dans le couloir et se heurta à Izzie.

— Hé, mon grand. Regarde un peu où tu vas !

Il examina sa sœur. Elle portait ses longs cheveux noirs attachés en une longue tresse qui lui pendait dans le dos, mais quelques mèches encore humides de pluie s'étaient libérées et lui encadraient le visage. Il se rendit alors compte que lui aussi était trempé.

— Danny est dans la salle de bain, il a presque terminé. Tu veux prendre sa place ? Moi, je vais aller me doucher chez le personnel. Nous serons tous les deux propres et à l'heure pour dîner.

Izzie parut surprise.

— Mais Grant a dit qu'il ne serait pas de retour avant mardi.

Hunter lui jeta un regard étréci.

— Je sais. J'ai juste pensé que ça nous ferait gagner du temps si nous ne passions pas l'un après l'autre dans la salle de bain. Tu sais que maman déteste nous voir arriver en retard à table.

— Oh oui, *je sais* ! répondit Izzie, avec un sarcasme appuyé.

— Si tu préfères prendre ta douche là-bas, surtout, n'hésite pas.

— Non. Ta proposition me convient.

Elle lui donna un coup d'épaule avant d'ajouter :

— Ne sois pas si désagréable parce que j'ai parlé de Grant. Je sais que tu détestes le voir partir sans raison, avec un préavis aussi court, mais je n'y peux rien. Toi et moi savons très bien que, sans ces absences répétées, tu l'aurais nommé régisseur dès le départ de Hugh.

Hunter secoua la tête.

— Non. Ce n'est pas si facile de promouvoir un presque étranger en le faisant passer avant Tim et les autres.

— Peuh ! Ils savent tous que Grant est le candidat idéal, capable de prendre des initiatives à tous les niveaux. Il est bon avec les chevaux, excellent menuisier, et il sait y faire avec les autres cowboys et les lads de l'écurie. Si tu lui confies ce poste, il les mènera avec poigne, j'en suis certaine. Ce grand gaillard n'est pas du genre à se laisser marcher sur les pieds. Et si tu posais la question à Tim, il te dirait que son boulot actuel lui convient très bien, il ne cherche pas de nouvelles responsabilités.

À cette dernière phrase, elle cligna de l'œil, lui demandant en silence de garder le secret.

Aussi heureux qu'il soit de l'approbation de sa sœur, Hunter savait que la situation était plus compliquée. Parce qu'il existait quand même une relation personnelle entre Grant et lui, son patron.

— Mais que penses-tu… commença-t-il.

Elle termina sa phrase lorsqu'il s'interrompit :

— … de ce qui se passe entre vous deux ?

Il hocha la tête, presque imperceptiblement.

— Je ne vois pas où est le problème, à moins que vous n'alliez crier la nouvelle sur les toits.

Hunter aimait l'ouverture d'esprit de sa petite sœur, mais à son avis, tout le monde ne serait pas aussi indulgent. Elle lui offrit son sourire le plus compatissant.

— Mon chou, tant que vous resterez discrets, personne ne s'en apercevra. Ce n'est pas écrit sur ton visage, je t'assure.

Il se mordit la lèvre.

— Pourtant, tu l'as repéré très vite.

— Aucun des autres n'a partagé une chambre universitaire avec deux colocs gays aux mains baladeuses, rétorqua Izzie, impassible.

— Tu as vécu avec…?

Elle hocha la tête, sans cacher son amusement.

— Ouais.

— Ce sont les deux garçons qui t'aidaient à déménager quand je suis venu te chercher après ton diplôme ?

Izzie acquiesça de nouveau, et son sourire s'accentua.

— Je n'ai jamais… commença Hunter.

— Tu ne vivais pas avec eux. Devant des étrangers, ils se comportaient comme de bons petits étudiants, mais quand il n'y avait que moi…

Elle sourit comme si elle se souvenait de jours heureux. Son frère se sentit tenu de vérifier :

— Maman ne l'a jamais su ?

— Tu plaisantes, j'espère ? Elle m'aurait sortie de là si vite que j'en aurais eu le vertige. Pourquoi crois-tu que j'ai toujours tellement apprécié qu'elle n'aime pas se déplacer ? Ça m'allait très bien que Hugh et toi veniez me chercher à la fin de mes études. Maman et Lisa auraient été furieuses de savoir que mes deux colocs étaient des hommes, et qui plus est, des gays.

Izzie lui caressa gentiment le visage et ajouta :

— Il faudra que tu leur parles en douceur.

Il secoua résolument la tête.

— Non. Je ne le leur dirai jamais.

Elle pressa la main sur le côté de son cou.

— Tu ne peux pas garder un tel secret, Hunter. Il fait partie de toi. Tout comme tes mystérieux yeux ambrés et ta cicatrice sur le front. C'est ce que tu es.

— J'ai comme un doute.

Sa voix était lourde des émotions qu'il essayait de maintenir à distance. Izzie se souleva sur la pointe des pieds pour l'embrasser tendrement.

— Cela ne me pose aucun problème d'avoir un frère gay. Et je suis sûre que Lisa et maman finiront par s'y faire. Avec Bernie, ce sera plus facile. Elle sera ravie d'apprendre que Grant est là pour rester.

— Je n'en suis pas si sûr.

— Voyons, tu connais Bernie, elle est douce et naïve. Elle vénère le sol sur lequel tu marches et elle adore Grant, qui flirte gentiment avec elle à la moindre occasion, tout en ne lui cachant pas que ce n'est pas sérieux.

— Je ne suis pas sûr que Grant soit là pour rester, précisa Hunter.

— Eh bien, donne-lui une bonne raison de le faire. Dis-lui que tu le veux. Commence par le nommer régisseur, mais en lui faisant bien comprendre que sa présence ne compte pas pour toi uniquement à cause du ranch.

Il attira Izzie dans les bras, il la serra très fort. Si fort qu'elle finit par le repousser.

— Lâche-moi, grosse brute !

Elle prit son visage dans ses mains pour ajouter :

— Tu sais que je t'aime, pas vrai ? Je t'aimerais encore plus si tu es heureux avec Grant.

— Je ne le connais même pas.

— Et tu t'inquiètes de ce que Gabe en pensera.

Ce n'était pas une question.

— Oui. Grant l'a quitté après son accident. Il a disparu sans laisser de traces.

— Tu lui as demandé ce qui s'était passé ?

— Non, admit Hunter. Mais chaque fois que j'aborde le sujet, même indirectement, il se renferme. Il ne veut pas me donner d'explications.

— Donne-lui du temps. Il se sent probablement coupable. Je le comprends.

— Mais qui pourrait quitter son…

Izzie compléta sa phrase :

— … amant ?

— Ouais… Quel genre d'homme ferait ça à un blessé ?

— Nous ne savons pas ce qui s'est passé entre eux avant l'accident, Hunter.

La voix de Lisa, qui les appelait d'en bas, fit intrusion dans leur conversation :

— Le dîner est prêt dans dix minutes, jeunes gens !

— Je ferais mieux de me dépêcher d'aller prendre ma douche, déclara Hunter.

Izzie hocha la tête.

— Ouais, moi aussi.

Elle jeta à son frère un regard intense avant d'insister :

— Penses-y, Hunter. N'attends pas que Grant fasse le premier pas. Parle-lui.

Elle ne lui donna aucune chance de protester, parce qu'elle se retourna et disparut dans sa chambre. Hunter saisit rapidement une serviette et du savon, il récupéra aussi un jean propre et une chemise avant de courir jusqu'au bâtiment du personnel. Il fut soulagé de trouver les douches communes désertes, la plupart des hommes étant déjà à table. Il se dévêtit rapidement et passa sous l'eau chaude. Il savait ne pas avoir beaucoup de temps, alors il fit mousser son savon et passa les mains sur sa peau humide pour se nettoyer.

Il trouvait agréable de se sentir propre, mais il ne pouvait oublier Grant… il l'évoqua juste avant leur premier baiser. Il tenta d'ignorer sa verge qui devenait de plus en plus lourde, mais alors, des images lui revinrent d'un corps superbe qui ne portait qu'une serviette dans ces mêmes douches mal éclairées… et ce qui s'était passé ensuite, dans la chambre à l'étage. Hunter se mit à bander comme un malade. Resserrant la main autour de son érection, il pompa plusieurs fois. Il aurait préféré avoir la main de Grant sur lui, sa bouche autour de son sexe, sa langue qui le suçait et le titillait. Il frotta sa main libre sur ses fesses et laissa un de ses doigts s'y glisser. Il déglutit en effleurant l'entrée de son corps, où il sentit ses muscles se contracter involontairement. Pourrait-il laisser Grant le pénétrer… là ? Il pressa son doigt et testa la résistance. Jamais Grant ne pourrait entrer. Hunter avait déjà eu du mal à prendre le sexe épais dans sa bouche. Alors là… Ça ne marcherait jamais. Dans ce cas, pourquoi en avait-il aussi envie tout à coup ? Et pourquoi était-il certain que, si Grant le lui proposait la prochaine fois, il accepterait de faire un essai ?

Il se souvint de leur intermède dans l'écurie : il avait été si excité, si désireux de se faire baiser. Il l'avait demandé, à haute voix, en toute sincérité. Ses doutes revenaient quand il était seul, quand il doutait de pouvoir supporter la pénétration. Grant avait parlé de temps et d'intimité… Izzie avait raison. C'était à Hunter de faire le premier pas. En particulier, il devait trouver un moyen de partir avec Grant, seuls tous les deux, loin des yeux indiscrets de sa famille et des employés du ranch.

Hunter sentit la chaleur monter tandis qu'il continuait à se masturber de son poing. À l'idée de se faire baiser, son sexe était devenu rigide. Il leva les yeux et laissa le jet d'eau chaude couler sur son visage. En même temps, il imagina Grant derrière lui, contre son dos, pousser contre lui et le pénétrer… bien plus profondément que la dernière fois, dans la grange. Il réalisa qu'il ne pouvait plus se retenir et enfonça le doigt dans son étroit canal. Il vit des éclairs blancs apparaître sur l'écran de ses paupières closes. Il se cabra dans sa main crispée et un jet de sperme s'écrasa contre le carrelage de la douche.

Ses jambes faillirent lâcher et il laissa tomber sa tête en avant, contre la paroi vitrée, pour se soutenir. Il haletait pour reprendre son souffle. Il comprit alors qu'il ne pouvait plus refuser la vérité. Même s'il prétendait ne pas être gay – même s'il ne se sentait pas gay – il désirait Grant, c'était indéniable. Il avait bandé en imaginant ses grandes mains sur sa peau nue. Il se l'avouait enfin.

Et Izzie l'avait compris depuis longtemps.

— DESOLE D'ETRE en retard.

Hunter s'excusa en s'asseyant à table, devant son assiette, les cheveux encore mouillés et ébouriffés, car il avait oublié d'emporter son peigne. Lisa et sa mère le regardaient sévèrement, mais Bernie et Izzie lui souriaient, comme d'habitude. Il ne put s'empêcher de leur rendre leur sourire. Il tendit ensuite son assiette à sa mère pour se faire servir. C'était la règle générale à la maison. Beth Krause gérait tout. C'était elle le patron.

Hunter planait encore de son fabuleux orgasme. Il espérait que ni sa mère ni ses sœurs ne comprendraient ce qui le mettait d'aussi bonne humeur. Il dut faire un effort pour ne pas annoncer prématurément qu'il comptait prendre un week-end de congé dans un proche avenir. Bien sûr, il ne pouvait avouer qu'il le passerait avec Grant, mais il ne tarderait pas à faire ses préparatifs.

Dès que Grant reviendrait, Hunter lui demanderait son avis. Ensemble, ils trouveraient bien un endroit où aller.

XV

GRANT S'ASSIT sur le banc et tenta de rester éveillé. Après avoir quitté le ranch sur sa moto, il avait dû conduire toute la nuit et toute la journée pour arriver jusqu'ici. Et maintenant, la porte qu'il fixait restait fermée. Ce qui n'avait rien d'inhabituel, bien sûr, mais après avoir été appelé, il était venu aussi vite que possible. Et il se sentait trahi, une fois de plus. Il leva les yeux vers la fenêtre. Les lampes étaient allumées, les rideaux encore ouverts, mais il ne voyait rien de ce qui se passait à l'intérieur.

C'était l'heure du dîner, ils s'apprêtaient sans doute à manger, assis tous ensemble autour de la grande table pour partager un repas. Grant sentit son estomac grommeler, mais il l'ignora, sachant qu'il ne pouvait encore s'en aller. Pas tant qu'il lui restait une chance de voir la porte s'ouvrir pour le laisser entrer, juste pour un échange de bonjour. Il avait cessé depuis longtemps d'espérer davantage, mais pas question de gâcher ses dernières chances. Encore quelques heures et il serait trop tard, pour aujourd'hui. Il reviendrait demain matin s'asseoir sur ce banc. D'ici il ne pouvait être vu de la fenêtre, mais il repérait le moindre mouvement à l'intérieur. D'ici, il les verrait également quitter la maison.

Il resserra son manteau autour de lui pour tenter d'avoir plus chaud. Il espérait… non, il *voulait* désespérément les voir, sans savoir s'il en aurait l'occasion cette fois.

Il passait des nuits agitées dans un motel minable, le cœur rempli de nostalgie – pas seulement pour ce qu'il était venu chercher au bout de ce long trajet, mais aussi pour Hunter. Jamais il n'avait rencontré un homme pareil, si grand et fort, si sûr de lui. Même si Hunter avait des doutes sur ce qu'il attendait d'un partenaire, il trouverait peu à peu sa voie, Grant en était certain, comme lui-même l'avait fait, après des années d'insécurité. Jadis, Gabe l'avait aidé à s'accepter, et Grant lui en était reconnaissant. Non pas que Gabe ait été l'amour de sa vie. Loin de là. C'était un homme trop calme, introspectif, et renfermé à son goût. Leur relation n'avait rien eu d'idéal, mais ils s'entendaient bien pour travailler ensemble. Pour la première fois de sa vie, Grant avait envisagé un avenir à deux. Voilà une des rares choses qu'il avait apprises de Gabe : la possibilité d'un futur, sans compromis.

Après un week-end de frustration et d'opportunités manquées, Grant prit le chemin du retour. Au bout de plusieurs heures de conduite, il s'arrêta mettre de l'essence et découvrit un appel manqué. Lorsqu'il rappela son interlocutrice, il comprit que Hunter devrait l'attendre un peu plus longtemps.

Il ne s'agissait pas vraiment d'un détour, l'hôpital était pratiquement sur sa route. Bon sang, qu'il détestait ces endroits-là ! Il les haïssait depuis l'âge de huit ans, depuis qu'il avait dû dire adieu à sa mère – qui avait promis de ne jamais le quitter. Du coup, il n'avait jamais vraiment accepté d'être orphelin. Plus tard, sa haine des hôpitaux lui avait coûté un amant. En apprenant l'accident de Gabe, il n'avait pas été en mesure d'oublier son aversion pour tout ce blanc à l'odeur antiseptique, il avait quitté la ville au lieu d'être là pour le soutenir. Il s'était bercé de l'illusion que Gabe retournerait chez lui en quelques jours. Malheureusement, en voyant qu'il ne se remettait pas, Grant avait eu tellement honte qu'il s'était enfui. Beaucoup plus tard, il avait appris par Calley, l'amie de Gabe, la vérité concernant la gravité de la blessure et leurs énormes difficultés pour garder le ranch à flot.

Aujourd'hui, il avait une chance de faire amende honorable, en quelque sorte. Il savait que Gabe ne voudrait pas le voir, ce dont il ne pouvait le blâmer, mais il séjournait à nouveau à l'hôpital. D'après Calley, il avait bien failli y rester.

Les mains moites, Grant grelottait d'une peur irrationnelle lorsqu'il pénétra dans le bâtiment blanc aux lumières trop vives. Après avoir demandé son chemin, il trouva finalement la salle d'attente des Soins Intensifs où Calley avait dit que Gabe se trouvait. La pièce était déserte. Sur un panonceau extérieur, il était conseillé de ne pas s'attarder auprès des malades. D'ailleurs, l'heure n'était pas encore aux visites. Pour calmer sa nervosité, Grant prit une profonde inspiration et jeta un regard autour de lui. Il était tellement troublé qu'il lui fallut quelques instants pour reconnaître la femme, grande et mince, assise dans un coin de la salle d'attente.

— Calley ?

Elle leva les yeux avec un sourire lumineux. Elle paraissait fatiguée. Sans doute n'avait-elle pas beaucoup dormi, tout comme lui.

— Grant, chéri…

Elle quitta son siège en plastique, manifestement inconfortable, et avant qu'il ait le temps de réagir, elle vint le serrer dans ses bras. Il trouva son contact apaisant. À sa grande surprise, cela lui permit même de se détendre.

— C'est grave pour Gabe ?

Calley perdit le sourire.

— Ils ne savent toujours pas s'il va s'en sortir. Flynn et moi avons dû prendre la décision de le faire amputer du pied. Et maintenant, nous ne savons même pas si ça valait le coup. Heureusement, il n'est pas encore au courant.

— Il n'a pas repris conscience ? demanda Grant.

Malgré tout ce qui c'était passé, il s'inquiétait toujours pour Gabe.

Elle secoua la tête.

— Non. Il a eu un empoisonnement du sang et tous ses organes internes ont été atteints. Il est sous respiration artificielle. Ils essaient de le ranimer, mais ce n'est pas facile après tout ce temps.

Grant soupira. Il avait vraiment besoin de voir Gabe, même s'il savait qu'il serait mal accueilli.

— Est-ce que... Flynn est avec lui ?

— Oui. Ils le laissent rester à son chevet aussi longtemps qu'il veut.

— Ils savent qu'il est... l'amant de Gabe ?

Elle eut d'un petit sourire.

— Flynn n'est pas du genre à s'en cacher. Il est même plutôt agressif, si tu vois ce que je veux dire.

— Tant mieux.

Il s'accrochait toujours à la main de Calley, comme s'il s'agissait d'une bouée de sauvetage. Il était heureux que Gabe ait trouvé un homme qui n'hésitait pas à exprimer ses sentiments.

— C'est bien que Gabe soit avec Flynn, insista-t-il. Il mérite d'être heureux.

Calley lui serra la main.

— Ne te sous-estime pas pour autant, Grant. Tu as commis une erreur, c'est tout.

— Une erreur pour laquelle tout le monde semble prêt à me crucifier.

Calley pencha la tête de côté.

— Ils te jugent sans connaître toute l'histoire. Moi, je sais ce qui s'est passé et je ne compte pas te blâmer.

Il lui sourit.

— Tu es trop indulgente. Tu as toujours pris mon parti.

Il regarda autour de lui pour s'assurer qu'ils étaient seuls, puis attira Calley dans ses bras. Elle ne protesta pas. Ils restèrent ainsi pendant un certain temps. Quand ils se séparèrent, elle avait le visage empourpré.

— Et si j'allais nous chercher quelque chose à boire ? offrit-elle.

— Je peux...

Elle le coupa en secouant la tête.

— Non. J'ai besoin de me dégourdir les jambes. Je suis restée assise ici bien trop longtemps.

Elle le laissa seul dans la salle d'attente. Il prit un siège. Il y avait des magazines sur une table voisine, mais il s'agissait de journaux féminins. De toute façon, il ne pensait pas être capable de se concentrer suffisamment pour lire. Il se contenta de rester assis, à regarder les carreaux tachetés sur le sol. Une porte s'ouvrit dans le couloir, il vit qu'elle menait aux chambres des patients. Il se leva et réussit à l'atteindre avant qu'elle se referme automatiquement. Il savait que Gabe était là, quelque part, dans ce couloir. Il tenait à le voir une dernière fois, avant qu'il soit trop tard.

Au début, personne ne lui prêta attention, même quand il regarda à travers chacune des vitres qui, du sol au plafond, séparait les chambres.

— Je peux vous aider, monsieur ? demanda enfin un jeune homme en blouse blanche.

Un infirmier, sans doute, pensa Grant.

— Je cherche Gabe Sutton.

— Vous êtes de sa famille ?

Il haussa les épaules.

— En quelque sorte. Nous ne sommes pas liés par le sang.

— Je vois, dit l'homme, avec un gentil sourire. Je vais devoir demander à son ami.

Il désignait du doigt l'une des chambres. Grant y vit un jeune homme aux cheveux courts et bouclés, assis à côté d'un lit ; il tenait la main d'un homme étendu, maigre et émacié. Tout à coup, les yeux du patient s'ouvrirent et Grant réalisa qu'il s'agissait de Gabe. Il avait failli ne pas le reconnaître !

Du coin de l'œil, il vit Flynn se lever, l'air contrarié, mais lui ne regardait que Gabe. Il lut dans ses yeux le moment exact où il fut reconnu. Son regard exprima la panique qu'il ressentait. Au même moment, toutes les alarmes se déclenchèrent.

Grant sentit son cœur s'accélérer brusquement et il sut qu'il devait s'éloigner. Il tourna les talons et reprit le couloir vers la porte qu'il venait de franchir. Il s'énerva lorsqu'elle refusa de s'ouvrir et lui donna un coup de pied. Il remarqua ensuite un gros bouton sur le mur. Dès qu'il appuya, la porte s'actionna. Il retourna en courant dans la salle d'attente. Il y trouva Calley, le visage marqué d'inquiétude.

— En ne te voyant plus, j'ai pensé que tu étais parti, dit-elle. J'ai tenté de te téléphoner, mais je présume que tu l'avais éteint, puisque nous sommes à l'hôp…

Il lui coupa la parole :

— J'étais… J'ai vu Gabe.

Avec un soupir, elle lui caressa le bras pour le calmer.

— Il n'a pas l'air très en forme, hein ?

— Non. Et il m'a vu. Il a paniqué.

La ride qu'elle portait au front se creusa.

— Tu sais, Grant, il faudrait vraiment que vous vous expliquiez tous les deux.

— Je ne pense pas que ce soit possible actuellement. Gabe est trop mal et je ne suis pas sûr de vouloir affronter la colère de Flynn.

— Il se montre très protecteur envers Gabe, admit Calley.

Comme à point nommé, la porte des soins intensifs s'ouvrit et Flynn fit éruption dans la salle d'attente.

— Vous êtes Grant, je crois ?

Celui-ci n'eut pas le temps de répondre. Même si Flynn était plus petit que lui, il possédait un crochet étonnamment puissant. Grant encaissa son coup de poing et entendit un craquement. Il recula sous l'impact, réussissant de justesse à ne pas s'écrouler.

Les yeux de Flynn brûlaient de rage.

— Je ne veux plus jamais que vous vous approchiez de Gabe !

Grant secoua la tête.

— Je ne comptais pas le bouleverser. Je voulais juste…

Il ne termina pas sa phrase. Il se frotta la mâchoire et promena sa langue dans sa bouche et sentit le goût du sang. Flynn se frottait les jointures et semblait aussi se calmer. Il remarqua alors la présence de Calley. Ce fut à elle qu'il s'adressa :

— Il va mieux. Il respire de façon autonome à présent.

Grant s'excusa à nouveau :

— Je suis désolé.

Flynn se retourna vers lui.

— Gabe n'est pas en état de vous parler, Grant. Peut-être ne le sera-t-il jamais. Ne recommencez pas un truc pareil. Surtout quand il n'a pas le choix de décider s'il tient ou pas à vous revoir.

— D'accord, convint Grant. Je travaille au ranch de Hunter s'il veut un jour me voir. Et s'il refuse, je comprendrai.

Flynn hocha la tête.

— Je dois retourner auprès de lui.

Il s'adressait davantage à Calley qu'à Grant.

— Prends bien soin de lui, chéri, dit-elle, en le regardant s'éloigner.

Grant prit une profonde inspiration, tandis que sa décharge d'adrénaline s'évaporait peu à peu.

— C'est un homme meilleur que je ne le serai jamais.

— Je t'avais bien dit que Gabe avait touché le gros lot, cette fois.

Calley le regardait, le visage marqué d'anxiété.

— Ainsi, ajouta-t-elle, tu travailles maintenant chez Hunter ?

— Oui. Lui et moi...

Il s'interrompit, incapable de croire qu'il s'apprêtait à divulguer son secret le mieux gardé.

— Je ne savais pas que Hunter était gay, remarqua calmement Calley.

Elle allait droit au but, sans mâcher ses mots, comme à son habitude

— Il vient juste de le découvrir, répondit Grant. Mais garde-le pour toi, d'accord ? Personne n'est au courant.

Elle lui adressa un clin d'œil.

— J'ai peut-être la réputation d'être la pire commère de la ville parce que mon magasin est un point de rencontre, mais je sais aussi garder un secret.

Il hocha la tête. Il avait confiance en elle. Autrefois, Calley avait gardé plusieurs de ses secrets. C'était peut-être la raison qui l'avait poussé à lui en confier un nouveau. Il trouvait agréable d'en parler. En quelque sorte, cela rendait la situation plus réelle, même s'il craignait toujours que Hunter change d'avis.

— Nous ne sommes pas... Rien n'est établi ou définitif. Hunter commence à peine à s'habituer à cette idée, expliqua-t-il.

— Apparemment, tu te fais aussi à l'idée que tu préfères les hommes.

Grant hocha la tête.

— J'ai été ridicule de le nier si longtemps, je suppose. Mais jusqu'ici, je ne m'étais jamais imaginé vivre avec un homme. Pas même avec Gabe. Lui et moi n'avions pas de véritable relation, Calley.

Elle serra son bras et acquiesça.

— Je sais.

— Par contre, avec Hunter, je désire davantage que…

— … du sexe ?

Il sourit de l'entendre prononcer ce mot aussi facilement. Il secoua la tête, parce que pour lui, c'était difficile à dire à haute voix. Il ne pouvait oublier si aisément ses années à problèmes.

— Et bien entendu, au moment où je rencontre celui avec qui je veux passer le reste de ma vie, c'est précisément un homme qui a du mal à admettre son orientation.

Calley lui serra à nouveau le bras.

— Il y viendra. Il te faut juste être patient.

XVI

IL ETAIT tard, mais Hunter travaillait toujours. Sur son ranch, il préférerait le travail physique, qui était d'autant plus urgent que Grant était absent, mais la paperasserie s'était accumulée sur son bureau et il détestait l'idée d'avoir du retard à rattraper. Aussi, après une journée en selle, il s'était attelé à la tâche à peine rentré chez lui.

Son bureau se trouvait au rez-de-chaussée de la grande maison, à côté de l'antichambre où toute la famille déposait manteaux, bottes, et autres. Il faisait presque nuit et Hunter dut allumer sa lampe de bureau pour voir ce qu'il faisait. La maison était silencieuse.

Hunter sursauta quand on frappa vivement à la porte. Il hésita, sans trop savoir s'il avait rêvé ou non

— Entrez, répondit-il, au bout de quelques secondes

Grant pénétra dans la pièce.

— Bonsoir.

Hunter ne put retenir un sourire. Même si Grant avait l'air mort de fatigue, il était beau à tomber.

— Tu es revenu plus tôt que prévu.

— J'ai pensé qu'il valait mieux que je passe faire le point avant d'aller me coucher. Comme ça, je pourrai me mettre au travail sans perdre de temps, demain matin.

Avec un hochement de tête, Hunter se dressa derrière son bureau. Il cherchait une raison valable pour garder Grant un peu plus longtemps. D'un autre côté, il voyait les cernes que le cowboy avait sous les yeux. Il ferait nettement mieux de laisser aller se coucher.

Tout à coup, il se souvint de quelque chose.

— Il nous manque un autre cheval. C'est peut-être encore le cougar. J'allais demander à Tim de m'accompagner demain faire le tour des clôtures à la recherche d'indices, mais il risque d'être occupé, beaucoup de nos juments sont en chaleur, donc si ça ne te gêne pas, nous pourrions y aller tous les deux ?

— Bien sûr. Voilà qui me paraît une partie de plaisir !

Quand Grant se rapprocha de quelques pas, Hunter s'assit sur le coin de son bureau.

— Comment s'est passé ton congé ?

Grant haussa les épaules.

— C'était fatigant. Je ferais mieux d'aller me coucher parce que nous partirons tôt demain, non ?

— Oui, confirma Hunter, en hochant lentement la tête.

Pourtant, Grant s'attardait, il paraissait réticent à s'en aller. Hunter fit un dernier effort pour le garder un peu plus.

— J'ai changé de monture avec Danny. Samedi, il a pris Petite Abeille et moi, Belle.

Grant fit un autre pas vers lui.

— Belle correspond bien mieux à ta stature que Petite Abeille. Danny n'a pas protesté ?

Hunter ne manqua pas de remarquer que la voix du cowboy s'était faite plus douce, plus séductrice, malgré le sujet assez banal de leur conversation.

— Non, au contraire. Je pense qu'il apprécie cet échange. Il paraît bien plus à son aise sur un cheval plus petit.

Il devait faire un effort pour ne pas se pencher vers Grant, si proche qu'il sentait le parfum légèrement musqué de sa sueur : l'odeur d'un homme ayant été sur la route quelques jours. Hunter réalisa que son jean commençait à le comprimer au niveau du bas-ventre. Il aurait voulu attirer Grant contre lui pour l'embrasser et caresser son corps dur à pleines mains. Il aurait voulu lui sauter dessus, mais il n'osait pas. Il se contenta de fixer les grands yeux sombres.

Grant posa les mains sur les cuisses de Hunter. Presque sans réfléchir, le rancher ouvrit les jambes pour lui laisser la place de s'y introduire. Et Grant le fit, se plaquant à lui. À nouveau, Hunter le regarda dans les yeux.

Grant s'empara de sa bouche. Hunter lui rendit son baiser avec ardeur, désireux de lui communiquer de cette façon combien il lui avait manqué. En quelques instants, leur baiser devint farouche et passionné. Grant frottait la bosse de son jean contre Hunter et gémissait dans sa bouche.

Les deux hommes finirent par se séparer pour respirer. Le front de Grant était toujours contre celui de Hunter.

— Merde, qu'est-ce que c'est bon ! grogna Grant.

— Tu m'as manqué.

En réponse à cette déclaration, le cowboy émit un autre gémissement de désir, suivi d'un rapide baiser.

— Et si nous partions ensemble le week-end prochain ? chuchota Hunter. Nous pourrions trouver une chambre d'hôtel quelque part où personne ne nous connaît.

Grant hocha la tête et l'embrassa de nouveau. Hunter fut surpris de sa tendresse. Pendant un moment, la présence de Grant à ses côtés lui suffit, ainsi que ses paumes possessives sur ses hanches, sa bouche vorace. Mais alors, Grant bougea et plaça la main en coupe entre ses jambes, sur son sexe, à travers son jean. Hunter sentit son désir se ranimer, comme chaque fois qu'il était près du cowboy. Il réalisa n'avoir jamais ressenti de passion aussi vive et brûlante, surtout pas pour une femme. Quand il tenta de comprendre pourquoi Grant était capable de transformer ses jambes en gelée et d'accélérer son rythme cardiaque, son cerveau ne lui offrit aucune réponse. C'était probablement dû à ses mains habiles, à ses initiatives audacieuses qui pimentaient chacune de leurs rencontres. Pourtant, Hunter ne réussissait toujours pas à comprendre pourquoi il désirait tant se livrer alors qu'il s'était toujours considéré comme un mâle dominant.

Il décida qu'il ne pouvait pas abandonner tout contrôle.

— Je veux que tu me baises, murmura-t-il.

— Je te l'ai déjà dit, je veux faire ça bien, parce que ce sera ta première fois. Il ne faut pas précipiter une initiation, Hunter.

Hunter le comprenait, mais il avait désespérément envie de consommer leur union. Il n'aimait pas retarder les choses, en particulier celles qu'il redoutait. Sachant que l'acte serait douloureux, il voulait y passer le plus tôt possible. Excité comme il l'était actuellement, il se sentait capable de faire le grand saut.

Grant s'écarta pour le regarder dans les yeux.

— Et si on se fait surprendre ? demanda-t-il.

— Nous ne pouvons rien faire ici, décida Hunter. C'est une vieille maison, les sons portent.

— Je te veux confortablement installé dans un lit, pas penché sur un bureau, admit Grant. Nous ne serions pas mieux dans les quartiers du personnel. Les murs sont trop minces là-bas aussi.

Tout à coup, il sourit, comme s'il avait trouvé une solution. Il fit quelques pas en tirant Hunter par la main pour le forcer à se remettre debout.

— Tu me fais confiance ?

Hunter hocha la tête et le suivit, le sexe de plus en plus douloureux. Les deux hommes sortirent de la maison et avancèrent jusqu'à la camionnette de Hunter.

— Tu as tes clés ? demanda Grant.

Hunter lui jeta son trousseau, Grant le récupérera au vol et s'installa derrière le volant.

— Où allons-nous ? demanda Hunter.

Grant ne répondit pas. Il s'arrêta près du bâtiment où dormait le personnel et déclara :

— Je reviens tout de suite.

Quelques instants plus tard, il remonta dans le camion avec deux couvertures et un sac en plastique. Hunter n'osa pas demander ce qu'il y avait à l'intérieur. À dire la vérité, il s'en doutait.

— Il fait trop froid pour dormir dehors, protesta-t-il, sans conviction.

— Nous serons à l'abri, affirma Grant.

Il ne fallut pas longtemps à Hunter pour comprendre qu'ils prenaient la direction du ranch de Gabe.

— Mais enfin, on va se faire surprendre là-bas aussi !

Grant sourit.

— Non. Il n'y a personne.

Il se gara sous un arbre, hors de vue de la maison principale, et descendit. Hunter le suivit, après une brève hésitation.

— Là-haut.

Grant désignait d'un doigt pointé une échelle, dans l'ombre de l'écurie obscure. Hunter entendit les chevaux s'agiter dans leurs stalles, le claquement de leurs sabots. À part ça, il n'y avait aucun bruit.

— Une culbute à l'ancienne, dans le foin ?

Grant hocha la tête d'un air espiègle.

— Oui. Nous serons bien tranquilles. Il y a assez de paille pour faire un matelas confortable. Et je sais que tu n'es pas allergique au foin.

Pour un moment, Hunter ressentit un bref élan de jalousie : Grant savait probablement *d'expérience* que c'était un bon endroit pour baiser. Le désir étouffa très vite ses doutes. Il avait rêvé de cette initiation, fantasmant sur ce qui se passerait. Grant et lui étant tous deux des cavaliers émérites, un grenier à foin était pour eux le parfait endroit.

Sans plus faire de manières, il se dépouilla de ses vêtements pendant que Grant déployait les couvertures sur une épaisse couche de paille. Son excitation s'était un peu calmée durant le trajet en voiture, mais voir Grant se déshabiller à son tour, avec un sourire taquin, réveilla très rapidement l'attention de 'Petit Hunter'.

Le rancher n'eut pas eu le temps de réagir, il vit Grant tomber à genoux devant lui.

— Merde, tu es à tomber !

Sans plus attendre, le cowboy prit son érection dans la bouche. En heurtant le fond de sa gorge, Hunter faillit jouir sur-le-champ.

— Grant ! cria-t-il. Je ne veux pas que ça se termine aussi vite !

Grant ne se troubla pas. Il continua ses caresses, léchant et titillant le sexe rigide avec l'avidité d'un affamé. Devant un tel spectacle, Hunter recula d'un pas et s'appuya contre une poutre pour rester debout.

— Écarte les jambes !

Il parlait comme s'il attendait une objection. Grâce à son appui, Hunter réussit à obtempérer. Grant abandonna son sexe le temps d'enduire ses doigts de salive. Puis il replongea sur lui, bouche ouverte, il caressa en même temps les bourses de Hunter. Très vite, ses doigts s'aventurèrent plus loin, jusqu'à l'entrée de son corps. Hunter tressaillit quand un doigt épais le pénétra, puis il se souvint de son l'orgasme lorsqu'il avait fait la même chose, la nuit, dans les douches communes. Il se détendit. Malgré tout, quand Grant poussa, Hunter se tortilla et grimaça.

— Tu as le cul serré d'un puceau, déclara Grant, avec un sourire séducteur.

Hunter réussit à croasser :

— Ne te fiche pas de moi !

— Je ne le fais pas. Je pense juste au pied que ce sera de sentir ton cul convulser autour de ma queue. Maintenant que nous avons un matelas improvisé, je vais te baiser à fond.

Au moment où il prononça ces paroles sexuellement explicites, il enfonça ses doigts et atteignit l'endroit magique.

— Merde ! Qu'est-ce que tu fais ?

Grant sourit en répétant son geste. Hunter se tordait de plaisir, au point qu'il craignit de voir ses jambes lâcher. Il était prêt à jouir, depuis déjà pas mal de temps, et pourtant, quelque chose le retenait. Était-ce la curieuse sensation du doigt de Grant au plus profond de lui ? Hunter n'avait jamais rien éprouvé de pareil. Chaque fois que Grant pliait le doigt, il devenait de plus en plus dingue. Alors, pourquoi ne pas jouir ?

Il se sentit horriblement vide quand Grant se retira. Il faillit crier 'non !', mais il se contenta de gémir sa protestation. Il espérait aussi une fellation. Il roula des hanches et agita son sexe devant son visage.

Grant se moqua de lui :

— Tu essaies de me crever l'œil ? Ou bien tu as l'intention de baiser ma bouche ?

— Enculé ! marmonna Hunter.

C'était plus un juron qu'une indication de son désir. Bien sûr, Grant n'aimerait pas s'étrangler sur sa verge et lui n'était pas du tout certain d'avoir assez de self-control pour se maîtriser. Sans paraître inquiet, Grant referma les lèvres autour du membre déjà luisant de fluides.

Grant le rendait fou, mais Hunter ne pouvait rien dire. Son esprit ayant buggé, sa bouche était incapable de former des mots cohérents. Le voyant dans cet état, Grant en profita pour introduire deux doigts dans son sphincter. C'était délicieusement bon, et pourtant, ça brûlait. Involontairement, Hunter sentit ses muscles se crisper contre l'intrusion.

Grant interrompit ses caresses pour l'apaiser.

— Détends-toi. Roule des hanches et enfonce-toi dans ma bouche. Tu penseras moins à ce que font mes doigts.

— Je ne peux pas... oublier... tes doigts.

Grant lui prouva le contraire en suçant son sexe de toutes ses forces. Surpris, Hunter donna un coup de reins en avant.

— Voilà, comme ça, l'encouragea Grant.

Ses doigts allaient et venaient, accordés aux mouvements de Hunter. Peu à peu, Grant élargissait son amant. Quant à Hunter, il lui fallait faire attention de ne pas trop pousser son membre dans la gorge offerte. Pour garder l'équilibre, il posa la main sur la tête penchée. Grant lui sourit, sans lâcher son sexe. Enflammé, Hunter resserra le poing sur ses cheveux et donna une violente poussée. Grant en gémit de plaisir.

Hunter remarqua que Grant se caressait en même temps, le poing de sa main libre serré sur sa propre verge, ses va-et-vient en rythme avec ceux de Hunter. Une fois encore, Grant replia les doigts en lui, déclenchant son orgasme. Avec un cri étranglé, il se vida dans sa gorge, si vite et si violemment qu'il ne put même pas l'avertir. Grant ne s'en plaignit pas, il avala tout et resserra les lèvres autour du gland, accentuant sa jouissance.

Ensuite, Grant posa ses deux mains sur les hanches du rancher pour l'empêcher de tomber. Hunter ressentit comme un grand vide en lui.

— Je ne voulais pas jouir si vite, soupira-t-il.

Grant l'attira lentement jusqu'au sol et lui écarta les cheveux du visage d'un geste tendre.

— Je le voulais, pour te détendre. Si tu veux toujours que je te prenne, ce sera plus facile maintenant. D'accord ?

Incapable de parler, Hunter hocha la tête. Il se sentait très bien dans les bras de Grant, blotti contre lui sous la couverture qui formait leur lit de fortune.

— Tu fais un sacré boucan quand tu jouis, annonça Grant, à mi-voix. Une chance que nous soyons tous seuls ici. Il faudra que je tienne compte de tes cris quand nous serons dans une chambre d'hôtel, le week-end prochain.

— J'avais la même idée. Je comptais te demander de me rejoindre quelque part.

— Ah, voilà le patron qui reprend le dessus ? plaisanta Grant.

— Je *suis* ton patron, déclara Hunter, d'un ton neutre.

— Non, pas ce soir. Je te rappelle que n'ai pas travaillé aujourd'hui, tu ne m'as pas payé.

Hunter sentait revenir son énergie et il caressa sur toute sa longueur le sexe encore rigide de son amant. Et Grant l'embrassa, en prenant cette fois le temps d'explorer sa bouche.

— Dis-moi, quand as-tu décidé que tu voulais te faire baiser ?

— C'était entre notre intermède dans le camion, pendant la tempête, et une douche particulièrement torride que j'ai prise dans les quartiers du personnel.

— Tu as pris une douche là-bas ? Est-ce que je dois être jaloux et te demander qui se trouvait avec toi ?

Hunter lut sur son visage un mélange de moquerie et d'appréhension.

— J'étais tout seul, avec la veuve Poignet, répondit-il, un peu gêné. Izzie occupait la salle de bain de la maison et j'avais passé toute la journée à travailler sous la pluie. J'étais trempé et je n'avais que dix minutes pour me préparer avant le dîner.

— Et pas question d'être en retard, bien entendu.

— Eh bien, je l'ai quand même été, ce soir-là.

— Oh, j'adorerais entendre tous les détails.

Depuis le premier jour, Hunter était incapable de résister au sourire de Grant, même si le réaliser l'inquiétait beaucoup. Il voulait être sincère et lui expliquer ce qu'il avait éprouvé sous la douche.

— Je me suis souvenu de ta façon de me branler, l'autre nuit. Je bande dès que je pense à toi, tu sais. J'ai essayé aussi d'imaginer ce que tu me ferais si tu me surprenais sous le jet, ma queue à la main.

— Et tu as pensé que je baiserai ton petit cul serré ?

— Oui, parce que je te voyais mal accepter l'inverse.

Grant lui adressa ce même sourire, lumineux et taquin.

— Je dirai peut-être oui, si tu me le demandes gentiment.

Hunter ne cacha pas sa surprise. Sans attendre de réponse, Grant l'embrassa violemment. La passion flamba entre les deux hommes. Hunter bandait de plus en plus. Et la main plaquée entre ses jambes n'arrangeait rien. Éperdu, il ouvrit les genoux pour donner à Grant meilleur accès. Mais soudain, le cowboy s'écarta et Hunter sentit le froid de la nuit sur sa peau échauffée. Très vite, Grant revint se coller à lui, tenant à la main du lubrifiant et un préservatif. Il roula avec soin le latex sur son érection.

— Mets-toi sur le côté, chuchota-t-il.

— Non, protesta Hunter. Je veux te voir

Grant lui embrassa tendrement l'épaule.

— Je sais. Ce sera pour la prochaine fois. Ça te fera moins mal dans cette position. Et si tout va bien, nous pourrons changer, d'accord ?

Hunter hocha la tête. Il se sentait terriblement nerveux. Au lit, il avait l'habitude d'être aux commandes : c'était lui qui décidait où et comment baiser. Bien sûr, il avait confiance en Grant, mais ce n'était pas facile pour lui de rester passif. Surtout qu'il prévoyait une situation plutôt délicate.

— Détends-toi, ronronna Grant, à son oreille. Tu es tendu comme un ressort et en ce moment, ce n'est pas à ton avantage.

Il lui caressa doucement les muscles de l'estomac. S'il tentait de le relaxer, c'était un échec. Au contraire, le rancher sentit des frissons d'anticipation le traverser. Enfin, il allait réaliser son rêve. Enfin, il allait découvrir ce que c'était d'être baisé par un homme. Pourtant, il n'arrivait pas à se concentrer. La main de Grant jouait avec ses mamelons – beaucoup plus sensibles, tout à coup, que Hunter ne l'aurait cru possible. Et à son oreille, les murmures sensuels s'intercalaient avec les coups de langue humide. Tout ceci lui fit presque oublier le membre humecté qui commençait à presser sur son anus. Il en ressentait la pression, cependant.

— Pousse en arrière, ordonna Grant. Empale-toi sur ma queue.

Hunter obtempéra et sentit la brûlure s'accentuer. Il s'écarta, mais sans se désengager complètement.

— C'est ça, ondule d'avant en arrière. Vas-y peu à peu.

Hunter obéit. En même temps, il serrait son érection dans son poing. Il n'était pas certain que Grant pourrait rentrer. Sa verge était grosse et longue, et il se souvenait de son poids dans sa main. Pour se changer les idées, il se concentra plutôt sur ce qu'il avait ressenti quand les doigts de Grant l'avaient pénétré, trouvant en lui cet endroit qui créait des étincelles électriques dans sa colonne vertébrale. Son sexe serait bien meilleur que ses doigts, non ?

Il poussa plus fort et sentit enfin céder l'anneau de ses muscles.

— Ouais, c'est ça. Doucement maintenant. Habitue-toi à me sentir en toi. Vois comme c'est bon d'être comblé.

Hunter gémit, mais pas à cause de la brûlure, non, c'était pour la complétude qu'il ressentait. Cette pénétration était si étrange et parfaite à la fois. Grant le baisait et la douleur commençait à s'apaiser. Hunter voulut retrouver la sensation électrique.

Il réussit à prononcer :

— Bouge !

— Tu es sûr ? Pourquoi ne pas d'abord remuer sur ma queue ? Pour voir à quoi ça ressemble.

— Pas question que je fasse tout le boulot ! grogna Hunter, les dents serrées.

Il n'avait pas eu l'intention d'être aussi brutal, mais il ne pouvait rattraper ses paroles. Grant lui tira la tête en arrière pour l'embrasser.

— Je pensais que ça te plairait d'être aux commandes.

Il fut heureux que Grant n'ait pas mal pris la réflexion. Il sourit, un peu penaud, et admit :

— Tu me connais bien

— Et si nous nous partagions la tâche ?

Grant le pénétra davantage, Hunter poussa contre lui. La brûlure avait presque disparu, mais il ne pouvait quand même pas prétendre se sentir très à l'aise. Il ne fallut pas longtemps aux deux hommes pour trouver leur rythme. Grant posa la main sur celle de Hunter, toujours sur son sexe, pour que tous les deux puissent le masturber ensemble.

— Est-ce que ça te plaît ?

Il hocha la tête. Grant poussa plus fort et Hunter se mit à gémir. Une petite voix lancinante dans sa tête se moquait de lui : *tu es ridicule, à crier comme une fille*. Mais il s'en fichait. Ça lui paraissait normal de crier. Chaque fois que Grant s'enfonçait en lui, l'air était comme expulsé de ses poumons vers ses cordes vocales, ce qui provoquait un gémissement. Hunter n'y exerçait aucun contrôle, surtout pas maintenant qu'il commençait à se sentir vraiment mieux. Cette sensation d'avoir un tisonnier rougi planté dans le cul ne ressemblait à rien de ce qu'il avait connu, mais il ne voulait pas que ça s'arrête. Sa main glissa sur son sexe, humide des fluides qui suintaient de sa fente. Il savait qu'il n'allait pas tarder à jouir

— Tu es tellement serré, bébé, haleta Grant, à son oreille. C'est si bon. Ça te plaît ?

Au lieu de répondre, il se cambra en tordant le cou pour embrasser Grant. Son geste changea l'angle de la pénétration, et soudain, il sentit des étincelles jaillir de sa colonne vertébrale. Il gémit si fort que Grant se figea.

— Est-ce que ça va ?

Sa préoccupation s'entendait dans sa voix.

— Ne t'arrête pas ! Surtout ne t'arrête pas maintenant, grommela Hunter.

Grant accéléra la cadence, Hunter ponctuant de gémissements chacun de ces coups de reins. Il n'arrivait pas à croire que cette étrange sensation lui offre un autre orgasme moins d'une demi-heure après le premier, mais si Grant continuait, il n'allait pas tarder à exploser.

— Je vais jouir… jouir… entonna-t-il, comme une litanie. J'y suis presque. Baise-moi, Grant.

Il n'eut pas à le dire deux fois. Grant tenta de viser l'interrupteur qui le faisait réagir et accéléra ses va-et-vient sur son sexe. Hunter avait depuis longtemps cessé de se masturber, trop pris par le tourbillon de ses sensations. Il avait les ongles plantés dans la hanche de Grant, pour l'attirer plus près de lui. Il poussa un cri en jouissant, des jets de sperme laiteux se répandant sur les doigts de Grant et le ventre de Hunter. Les spasmes musculaires de son sphincter provoquèrent également l'orgasme de Grant.

Les deux hommes avaient le souffle coupé. Au bout d'un moment, Grant passa la main entre leurs deux corps en sueur pour tenir le préservatif pendant qu'il commençait à se retirer du corps de son amant.

— Ne fais pas ça ! hurla Hunter, avec ce qui lui restait de souffle

Ses spasmes reprenaient. Grant le fit taire.

— Chut. Qu'est-ce qui ne va pas ? Je vais aller doucement. Je ne te ferais pas mal, fais-moi confiance.

Hunter grogna, certain que Grant se fichait lui. Il laissa tomber sa tête sur la couverture. Grant sourit contre son cou.

— Je suis là, bébé. Je n'ai pas l'intention de t'abandonner.

Il saisit son tee-shirt et se frotta le ventre, pour s'essuyer.

— Je vais d'abord te nettoyer un peu, continua-t-il. Nous nous envelopperons ensuite dans une couverture pour ne pas avoir froid.

Hunter leva les yeux et frissonna, d'une part à cause de l'air qui caressait sa peau humide, de l'autre pour la vacuité qu'il ressentait, maintenant que Grant n'était plus là. C'était un peu douloureux, d'accord, mais il voulait quand même recommencer le plus tôt possible. Dès que Grant serait prêt. Était-il trop exigeant ? Serait-ce trop – et trop tôt ? Il se laissa retomber sur le dos et essaya de ne pas regarder son amant avec des yeux de merlan frit.

Grant revint s'étendre sur leur lit de fortune, à côté de Hunter, posant sur eux deux une couverture polaire.

Hunter se sentait fatigué et à moitié endormi, mais quand Grant l'embrassa tendrement, il réalisa que leur relation avait pris un nouveau tournant. Il caressa le corps sculpté jusqu'à son cul ferme sur lequel il referma les mains. C'était tellement mieux que ce qu'il avait imaginé !

— Dis-moi, as-tu eu aussi mal que tu le pensais ? demanda Grant.

— Non, rien n'était comme je l'avais imaginé. J'ai eu un peu mal, mais c'était tellement bon !

— C'est ce que j'ai cru entendre, dit Grant, en riant.

— On peut recommencer ?

Grant rit de plus belle.

— J'ai créé un monstre, on dirait.

Hunter fixa les yeux sombres et hocha gravement la tête.

— Je n'avais jamais imaginé…

Il détourna la tête avant de poursuivre ses aveux.

— J'ai toujours été attiré par les hommes, mais je n'arrivais pas à comprendre comment le sexe était possible dans ces conditions. Pourquoi certains acceptaient-ils de se faire baiser ? Et vu que j'étais attiré par les malabars, manifestement des dominants, je n'ai jamais voulu aller plus loin… j'avais peur qu'ils veulent me baiser.

— Mais tu m'as laissé faire ?

— Oui…

Hunter osa à nouveau le regarder, furtivement.

— Je ne voulais pas te perdre, admit-il.

— Et tu as cru que si tu refusais, je n'aurais pas voulu aller plus loin ?

Hunter haussa les épaules.

— Je n'en sais rien. Qu'aurions-nous fait si aucun de nous n'avait voulu offrir son cul ?

Grant parut intimidé.

— Je me suis déjà laissé prendre, quand les conditions s'y prêtaient, avoua-t-il. Ça ne m'est pas arrivé souvent, parce que j'ai rencontré peu d'hommes qui m'en aient donné envie. Mais pour toi, je suis disposé à être plus polyvalent que d'habitude.

— J'aime bien que tu me baises.

Cette fois, il regardait Grant droit dans les yeux. Pour rire, le cowboy montra les dents et rugit, puis il s'étendit sur son amant.

— Tant mieux, bébé, parce que j'aurais vraiment du mal à ne pas te toucher.

— Arrête de m'appeler *bébé*, d'accord ? Je te signale que c'est moi qui signe tes chèques à la fin du mois.

Grant se mit à rire.

— Ne m'en parle pas !

XVII

GRANT N'AVAIT aucun problème à chevaucher quelques mètres derrière son patron – surtout quand celui-ci avait des difficultés à trouver une position confortable sur sa selle. Hunter était superbe sur cette grande jument, Belle. Grant souriait toujours en l'évoquant sur Petite Abeille, la minuscule pouliche qu'il avait achetée à Gabe quelques semaines plus tôt.

Les deux hommes étaient partis vérifier qu'il n'y ait pas de brèche dans les clôtures et chercher des indices indiquant le passage d'un cougar. Ils avaient perdu un nouveau poulain, un peu plus âgé que les derniers disparus.

Si voir Hunter à cheval, les cuisses largement ouvertes et le cul nerveux dès que son cheval changeait de direction, n'avait pas suffi à ranimer le désir de Grant, les souvenirs qu'il gardait de leur nuit passionnée dans la grange de Gabe auraient certainement réussi.

Aussi épuisés l'un que l'autre, ils avaient dormi un petit moment. Peu avant l'aube, Hunter l'avait réveillé pour un second round. Ils avaient fait l'amour face à face et ce fut encore meilleur que la première fois, un peu chaotique à cause de l'inexpérience de Hunter. Ils s'étaient rendormis comme des masses, jambes et bras enchevêtrés, avant d'être réveillés par l'agitation croissante des chevaux à l'arrivée du matin. Craignant d'être surpris si Flynn passait nourrir les bêtes, ils s'étaient habillés rapidement avant de retourner au bâtiment du personnel. Là, ils s'étaient fait des adieux furtifs. Malgré leur peur d'être découverts, ils avaient eu du mal à ne pas se caresser mutuellement.

Garder secrète leur relation serait certainement difficile. Pourtant, Grant n'était pas du genre à crier sur les toits les détails de sa vie privée. Même si ses sentiments pour Hunter étaient assez inhabituels, il était discret de nature, se souvenant trop bien d'avoir longtemps dû cacher son goût pour les hommes. En fait, il n'avait jamais été très communicatif. La plupart de ses compagnons ignoraient la véritable nature de ses préférences sexuelles. Il préférait ne rien y changer. Du moins, pas avant que Hunter soit prêt à faire son coming-out auprès de sa famille. Ce qui pourrait bien ne jamais arriver.

Il poussa son cheval en avant pour coller au flanc de Belle.

— Mal au cul ? demanda-t-il, d'un ton désinvolte.

Hunter lui lança un regard furtif, mais il ne répondit pas.

— Ça ira mieux avec la pratique, tu sais, insista Grant.

Il trouvait la situation très drôle et avait du mal à cacher son hilarité.

— Et tu le saurais comment ? grommela Hunter, bourru.

Grant posa la main sur la croupe de Belle, ce qui l'incita à ralentir.

— D'accord, je dois t'avouer que ce n'est pas par expérience personnelle, mais Gabe...

Il ne termina pas sa phrase en voyant sur le visage de Hunter une expression qui indiquait : *je ne veux rien savoir !* Il garda donc le silence. Mais en voyant qu'il ne poursuivait pas, Hunter demanda :

— Quoi, Gabe ?

— Tu n'as probablement pas envie d'entendre parler de lui, je ferais mieux de me taire. Je comprends.

Il se sentit tout d'un coup très mal à l'aise. Ça lui paraissait déplacé d'évoquer sa relation avec Gabe, surtout que son nouvel amant était l'ami de son ex.

Hunter arrêta son cheval et fit demi-tour.

— Non, vas-y. En fait, je voulais te parler de Gabe.

— Vraiment ?

Le rancher hocha la tête avec détermination.

— Oui. Il y a un truc que je n'arrive pas comprendre.

Il soupira, ce qui aggrava le malaise de Grant.

— Quoi ?

— Quand tu travaillais chez lui, je ne te connaissais pas vraiment. Ensuite, quand j'ai entendu dire que tu l'avais abandonné après son accident, je t'en ai voulu. En fait, ça ne m'a pas plu que Hugh t'ait embauché. Si nous avions eu assez de main-d'œuvre, je t'aurais viré dès le premier matin. Mais nous étions désespérément à court et Hugh m'a convaincu de te garder. Je suis heureux de l'avoir fait... parce que j'ai eu l'occasion de mieux te connaître.

Il lui adressa un petit sourire avant de le fixer droit dans les yeux. Grant s'émut sous le regard de ses prunelles brun clair. Hunter enchaîna :

— J'ai du mal à relier le Grant d'autrefois et celui que j'ai découvert ces dernières semaines.

— Tu crois que j'ai une double personnalité ?

Il cherchait à plaisanter, parce qu'il ne savait vraiment pas comment répondre.

— Grant ! le supplia Hunter.

Grant soupira et cessa de faire le pitre.

— Je n'étais pas le même homme qu'aujourd'hui...

C'était la meilleure explication qu'il pouvait offrir. Hunter dirigea Belle à côté de Raven pour mieux se rapprocher de lui. Il posa sa main sur sa cuisse.

— D'accord, ça me suffit pour le moment. J'espère que tu me diras un jour ce qui t'a poussé à changer. Plus tard...

Grant hocha la tête. Il avait beaucoup à dire, mais ses aveux attendraient que leur relation avance un peu plus. Actuellement, tout était encore nouveau et passionnant, mais il savait d'expérience que tenir la distance n'avait rien de garanti, donc il préférait ne pas montrer son jeu.

Hunter fit pivoter Belle et d'un gentil coup d'éperon, la fit accélérer le pas. Pas trop cependant, parce qu'il grimaçait à chaque mouvement un peu brusque.

Les deux hommes avaient certainement envie de passer du temps ensemble, mais ils savaient que le travail n'attendait pas. De plus, ce serait suspect s'ils mettaient toute la journée à inspecter les clôtures, cela attirerait l'attention.

Ils chevauchèrent en silence pendant un certain temps, mettant parfois pied à terre pour une vérification quelconque. Lorsqu'ils trouvèrent une brèche dans la barrière, ils la réparèrent ensemble avec du fil barbelé. À ce moment, Grant enfin trouva enfin le courage de parler.

— Je suis allé voir Gabe à l'hôpital, le week-end dernier.

— Ah ?

Hunter avait sursauté, mais il fit un effort manifeste pour se reprendre.

— Oui, expliqua Grant. J'avais un message sur ma boîte vocale disant qu'il venait d'être admis aux soins intensifs. Il n'allait pas bien du tout, alors j'ai préféré passer le voir pour m'assurer qu'il n'allait pas mourir.

Aucun des deux ne regardait l'autre, Grant n'osait pas vérifier la réaction de Hunter.

— C'est là que tu as passé ces quatre jours ?

— Non. Je me suis arrêté à l'hôpital en rentrant à la maison. Au ranch, corrigea-t-il.

Il préférait ne pas y penser comme à son foyer. Ce serait prématuré.

— Effectivement, dit Hunter. Flynn m'a dit qu'ils avaient dû emmener Gabe en urgence à l'hôpital. Comment va-t-il ?

Grant haussa les épaules.

— Il est toujours en soins intensifs.

Le rancher ôta son chapeau pour se gratter les cheveux.

— Merde ! Je ne le pensais pas en si mauvais état. Il va falloir que nous gardions un œil sur ses chevaux.

— Flynn semble penser que Gabe se remettra un jour, mais quand même, il s'inquiète beaucoup.

— Tu lui as parlé ? s'étonna Hunter

Il cessa de travailler pour le regarder.

— Pour commencer, il m'a envoyé un crochet. Je ne peux pas lui en vouloir. Je parie que Gabe lui a raconté des horreurs à mon sujet.

Grant parlait gravement. D'un geste machinal, il se frottait la mâchoire en se remémorant cet incident. Hunter alla chercher dans sa sacoche une thermos de café. Il s'assit sur un tronc d'arbre renversé et se servit une tasse. D'un geste, il invita Grant à se joindre à lui.

Puis il demanda, d'un ton hésitant :

— Alors, que s'est-il passé entre Gabe et toi ?

— Nous n'avons pas vécu d'amour torride, Hunter.

— Je sais.

— Nous étions tous les deux seuls et disponibles, nous avons baisé parce que c'était facile, mais nous n'étions pas amoureux. Du moins, c'est ce que je pensais à l'époque. Maintenant, je me pose des questions.

— Il a été très malheureux. Je pense qu'il t'aimait, chuchota Hunter.

Grant remarqua qu'il n'y avait aucun reproche dans sa voix. Il en fut soulagé.

— Il était très renfermé. Pas du genre à parler de ses sentiments. Je te jure que j'ignorais ce qu'il éprouvait. Je pensais que c'était juste un désir passager.

Hunter lui remit une tasse de café, puis il posa sa main chaude sur sa cuisse. Il n'eut pas besoin de parler. Ce simple contact était réconfortant. Les deux hommes restèrent assis un moment à partager leur café, sans mot dire. Grant réalisa que parfois, même le silence était convivial.

Une fois la thermos vidée, Hunter se releva.

— Ce doit être une tare des gars de la campagne, hein ? Nous ne sommes pas fichus d'exprimer nos sentiments.

Grant le dévisagea, puis il examina rapidement les alentours, afin de s'assurer qu'ils étaient seuls. Quand il en fut convaincu, il fit un pas vers Hunter, qui ne recula pas. Grant le prit par la nuque pour l'attirer et l'embrasser. Un baiser qui n'eut rien d'hésitant.

Au moment où ils se séparèrent, Grant était tellement excité qu'il s'apprêtait à arracher la chemise de Hunter. En fait, il remarqua qu'il en avait déjà délogé un pan hors du jean du rancher. Il le désigna du doigt et sourit. Hunter lui rendit son sourire et se rajusta.

— Il faut vraiment que nous partions ce week-end, déclara Grant.

— J'aimerais bien, admit Hunter.

Il lui tourna le dos et remonta à cheval. À contrecœur.

Ils prirent en silence le chemin du retour. Une fois à l'écurie, ils s'occupèrent de leurs chevaux avant de se séparer. Hunter avait de la comptabilité à faire. Quant à Grant, il devait aider à récolter le foin des prés pour nourrir les chevaux pendant l'hiver.

Il ne revit pas Hunter jusqu'au vendredi soir, au moment de la paie. Ce qu'il avait attendu toute la semaine, brûlant d'anticipation en pensant au week-end à venir. Il se souvenait de la promesse de Hunter : se libérer le samedi pour aller quelque part ensemble. Pourtant, quand il se trouva enfin devant son beau patron, celui-ci resta impassible. Grant s'attarda dans son bureau.

Une fois tous les autres partis, il chuchota :

— Aurons-nous les tâches courantes à accomplir demain avant de quitter le ranch ou bien as-tu chargé quelqu'un de le faire à notre place ?

— Il vaut mieux que nous fassions acte de présence, répondit Hunter avec un sourire. Ce sera moins suspect, mais je pense que nous serons libres à 14 heures.

Grant sentit son rythme cardiaque s'accélérer.

— Je connais un endroit où nous pouvons aller. On prendra ton camion, d'accord ? Ma moto est trop…

Hunter se mit à rire.

— Pas question que je grimpe derrière toi ! Tu me vois accroché à ta taille comme une fille ? Merci bien !

Grant pencha la tête et sourit.

— De toute façon, ils annoncent à nouveau des orages pour demain. Nous serons bien mieux au sec avec un toit sur la tête.

Hunter marqua son accord d'un hochement de tête. Grant crut voir de l'anticipation sur son visage. Ou alors il se souvenait de leur dernière fois ensemble dans un camion sous l'orage. Bon sang, il bandait rien que d'y penser !

Il fit un pas vers le rancher, qui recula en disant, d'un ton sévère :

— Demain.

— Ouais, concéda Grant.

Il fut un peu déçu de ne même pas recevoir un baiser après plusieurs jours de séparation. Pourtant, il n'insista pas, parce que se trouver dans la grande maison l'intimidait. Le lendemain soir, Hunter et lui seraient seuls, dans une chambre de motel, quelque part. Sans personne pour les voir ou les entendre. Ils seraient en mesure de libérer la passion qui les poussait l'un vers l'autre. Ensuite, ils auraient le temps de discuter.

Il s'apprêtait à quitter la maison lorsqu'il rencontra un Tim très nerveux.

— Il faut que je parle à Hunter.

Grant pointa la porte encore ouverte.

— Il est dans le bureau.

Curieux de connaître le motif d'une telle agitation, il suivit Tim et revint sur ses pas.

— Nous avons perdu deux chevaux cette fois, Hunter. Un des poulains du printemps dernier et un autre, de l'année précédente.

Derrière son bureau, Hunter venait de se redresser

— Tu as vu des signes du cougar ?

Tim secoua frénétiquement la tête.

— Non. Dave pense l'avoir repéré hier, mais il n'en est pas certain.

— Y a-t-il des traces de lutte près des champs où se trouvaient les chevaux ? insista Hunter.

Grant lut l'inquiétude dans ses yeux, mais il remarqua aussi que, malgré l'anxiété de Tim, le rancher restait calme et composé. Manifestement, il pesait ses options avant de décider la meilleure marche à suivre.

— Je comptais y aller, répondit Tim. J'ai pensé qu'il fallait d'abord te tenir au courant. Tu es le patron.

Hunter tapota le jeune homme de sa grosse main.

— Je viens avec toi.

— Moi aussi, dit Grant.

Les deux autres se tournèrent pour le regarder. Il se sentit tenu de se justifier :

— Si un cougar affamé est en vadrouille, l'union fait la force.

Peu après, Tim s'élança en courant vers l'écurie, Hunter et Grant suivirent plus lentement.

— Tu penses vraiment qu'il s'agit d'un cougar ? demanda Grant.

Hunter secoua la tête.

— Non. S'il nous manquait seulement un ou deux poulains, alors oui, d'accord, je parierais sur une femelle affamée devant nourrir une portée de petits, mais deux chevaux en même temps, dont un ayant plus d'un an ? Les cougars sont juste des gros chats, mais je vois mal l'un d'entre eux s'en prendre à un cheval presque adulte et tirer ensuite son cadavre dans les bois. Maintenant, si nous trouvons une carcasse à moitié dévorée, je réviserai mon opinion.

Grant acquiesça. Ils arrivaient déjà devant les stalles où se trouvaient leurs montures, Raven et Belle. Ils les sellèrent en un temps record et sortirent côté Sud. Hunter emporta un fusil dans la sacoche de sa selle.

Grant savait bien que leur week-end était en péril, à moins qu'ils trouvent des preuves formelles désignant un cougar… ou des voleurs !

XVIII

APRES UNE longue recherche infructueuse, il était plus de minuit quand Hunter se laissa tomber sur son lit, mort de fatigue. Logique d'ailleurs, il n'avait pas beaucoup dormi depuis sa presque nuit blanche dans la grange, ce qui expliquait en partie son état. Mais il souriait toujours quand il évoquait ce qui l'avait poussé à tant s'activer. Il n'avait guère besoin d'efforts pour se souvenir des mains rudes et calleuses de Grant partout sur lui, de sa barbe râpeuse dans son cou, de sa bouche chaude et humide suçant ses mamelons, son ventre, son sexe ou ses bourses. En se glissant sous la couette, Hunter ne put résister au désir de se caresser : il toucha son érection en imaginant que Grant était là, avec lui.

Merde ! Qui aurait cru que les fantasmes nés de son imagination – et qu'il avait toujours cru impossibles – seraient encore meilleurs en réalité ? À présent qu'il avait eu le temps de réfléchir aux événements des derniers jours, Hunter en avait tiré quelques conclusions. Il avait toujours choisi ses compagnes petites et délicates, Miranda, par exemple, était menue, même si c'était une ogresse au lit. Des filles sans rien de spécial, mais très… très féminines. L'exact opposé de ce qui l'excitait et qu'il avait toujours évité comme la peste. Il pensait que céder à ses pulsions lui apporterait mise à l'écart et humiliation. Il en avait été certain. Jusqu'à sa rencontre avec Grant.

Maintenant, rien qu'au souvenir de toucher ce corps dur, sentir ces muscles puissants onduler sous ses mains, savourer la sueur salée de cette peau, et éprouver la sensation incroyable de ce sexe énorme qui le labourait en profondeur, Hunter était à nouveau au bord de l'orgasme. Ah, pourquoi était-ce si bon ? Pourquoi n'avait-il pas éprouvé douleur ou malaise ?

Il savait qu'il n'y avait plus de retour en arrière possible. L'après-midi même, pendant qu'il préparait les chèques pour payer ses employés, il avait essayé d'évoquer ses ébats avec Miranda. Ce fut un échec lamentable : aucune excitation, rien. D'accord, il n'avait jamais eu de problème à bander, mais il lui fallait toujours s'imbiber avant d'aller au lit avec une fille. Avec Grant, la première fois, il avait été parfaitement sobre et il se souvenait du moindre détail. Cet intermède était à l'opposé de sa toute première expérience sexuelle.

Il avait perdu sa virginité avec une prostituée. Pour son dix-huitième anniversaire, le père de Hugh – alors régisseur – l'avait emmené à Bunny Ranch, un bordel situé à une trentaine de kilomètres de la frontière du comté. Hunter, ayant à choisir parmi plusieurs filles, avait opté pour une jolie blonde à l'air angélique, qui avait joué à l'ingénue jusqu'à la fin. Comme il se montrait passif et intimidé, elle l'avait fait boire en cachette, tout en lui faisant promettre de ne rien dire à personne une fois sorti de la chambre. L'acte en lui-même avait été conclu presque avant d'avoir commencé, mais Hunter était censé être devenu 'un homme, un vrai'.

Par la suite, toutes ses conquêtes avaient ressemblé à cette première fille. Des petites choses mignonnes qui roucoulaient pour le séduire et devaient en général l'enivrer pour qu'il accepte de coucher avec elles. Elles avaient assouvi ses appétits en surface, jamais en profondeur. D'accord, Hunter les préféraient à la veuve Poignet, mais sans plus.

Maintenant, sa main évoquait le souvenir de celle de Grant posée sur lui, tout en le ramenant aussi à un autre évènement de son passé.

Il se souvint de la première fois où le contact d'un homme l'avait fait bander. Il avait quatorze ans alors, et la douleur d'avoir brutalement perdu son père le terrassait. Il s'était enfui dans la grange de Gabe, pour échapper aux responsabilités qui retombaient sur lui. Désormais, il était l'homme de la famille, il allait devoir prendre les décisions et garantir la survie d'un ranch qui élevait des chevaux sur huit cents hectares de terres. Il se sentait trop jeune pour une telle tâche, aussi il s'était enfui vers celui qu'il avait toujours considéré comme un tuteur.

À l'époque, Gabe avait deux fois son âge, mais Hunter savait pouvoir compter sur lui. Durant les funérailles, Gabe avait soutenu toute la famille Krause, lui, sa mère, et ses sœurs, de sa présence silencieuse et de son calme apaisant. Les voisins étaient de vrais amis : Gabe et son père, tout comme auparavant le vieux Sutton, le père de Gabe, avant son décès survenu plus tôt cette même année.

Cette nuit-là, après que Hunter eut rejoint la grange, le rancher l'avait serré dans ses bras en lui caressant les cheveux pendant qu'il pleurait. Jusque-là, Hunter avait fait acte de courage, mais il s'était effondré en déversant tout ce qu'il avait sur le cœur. Gabe s'était contenté de l'écouter, sans lui offrir de solutions immédiates ou de paroles banales. Il lui avait simplement assuré que tout s'arrangerait.

Hunter l'avait cru, parce qu'il *voulait* le croire. Et se trouver là, dans les bras d'un homme au corps durci par le travail, l'avait enfin calmé. Le poids de ces membres vigoureux autour de ses épaules, la sensation de la flanelle contre sa joue, de cette main sur ses cheveux, ajoutée à l'odeur de cuir, de sueur et de cheval, avaient provoqué chez l'adolescent d'autres réactions. Au fur et à mesure que sa terreur et son chagrin s'atténuaient, son corps s'était échauffé d'un curieux mélange de tendresse et de force. Constater que son pantalon devenait trop serré à l'entrejambe avait fait naître en lui une autre sorte de panique : il était trahi par son propre corps ! Il ne comprenait pas ce qui se passait, mais il crut que ce qu'il ressentait était interdit. Il ne pouvait pas bander, pas maintenant, pas en présence d'un autre homme. Il s'était écarté, comme si les mains du rancher le brûlaient. Gabe n'avait pas cherché à le retenir.

À quatorze ans, Hunter ignorait les préférences sexuelles de Gabe. Ce n'était pas le genre de choses dont on parlait chez lui.

Ils étaient restés en contact. Gabe devenant pour Hunter un père de substitution, il se tournait vers lui quand il avait besoin de conseils. Il finit par remarquer le rapide défilé des employés et, en grandissant, il réalisa aussi que Gabe traitait certains hommes de façon différente. Ce fut seulement lorsque Grant commença à travailler pour Gabe que ses soupçons se confirmèrent. Il surprit le couple un jour en arrivant à l'improviste : ils étaient nus, sous la douche extérieure, à se caresser. À l'époque, la haie nouvellement plantée pour donner un peu d'intimité n'était pas encore bien épaisse, contrairement à aujourd'hui. Hunter avait été bien trop gêné pour s'attarder, mais il savait désormais deux choses : d'abord, Gabe était gay, ensuite, Grant était son amant. Pendant un temps, il s'était senti mal à l'aise en leur présence, avant de se rendre compte que Gabe n'avait pas changé, c'était toujours le même homme.

Et voilà qu'aujourd'hui, Grant était son amant à lui.

Il roula sur le dos dans son lit. Il bandait toujours, c'était douloureux, mais il ne pouvait cesser de ressasser son ressenti vis-à-vis de Grant. Pendant plus d'un an, il avait été furieux contre lui pour avoir abandonné Gabe au moment où celui-ci avait plus que jamais besoin de son partenaire. À ce propos, Hunter gardait une certaine amertume. Grant avait prétendu qu'entre Gabe et lui ce n'était que du sexe, pas de l'amour, avec tout ce qui s'ensuit, mais Hunter n'était pas d'accord. Même si les deux hommes avaient rompu juste avant l'accident, il considérait que Grant avait failli à sa responsabilité de veiller sur le ranch. Après tout, il aurait tout aussi bien pu s'en aller une fois Gabe sorti de l'hôpital, non ?

Il tourna sur le côté et se recroquevilla sur lui-même. Une fois en position fœtale, il mit la main entre ses jambes et se caressa, davantage pour se débarrasser de la douleur que pour jouir. De toute façon, il ne parvint à rien. *Merde !* jura-t-il intérieurement. Ce soir, il n'arrivait même pas à se masturber ? Pourquoi lui était-il si facile d'apprécier Grant quand celui-ci se trouvait avec lui ? Qu'est-ce qui rendait cet homme si irrésistible ? Hunter n'avait aucune réponse, parce que dès qu'il était seul, ses doutes lui revenaient. Peut-être était-ce une erreur de partir avec lui le lendemain ? Peut-être devrait-il rester au ranch en cas de nouvelle attaque sur le troupeau ? De cette façon, il n'aurait pas à affronter ses arrière-pensées. D'un autre côté, il désirait éloigner Grant du ranch pour l'interroger en terrain neutre. Il voulait des réponses, même si cette exigence poussait son amant à se détourner de lui.

Hunter devait au moins ça à Gabe.

XIX

GRANT N'AVAIT aucun problème à se lever tôt. Il trouvait le lever du soleil presque aussi magique que son coucher et c'était un plaisir sans pareil d'être seul à profiter d'une telle vue. Il aimait également le calme du petit matin, sans les plaisanteries des garçons d'écurie. Seul le renâclement d'un cheval, à l'occasion, troublait le silence. De plus, une bonne et saine matinée de travail l'aiderait à s'éclaircir l'esprit.

Au moment où Hunter pénétra dans l'écurie, l'essentiel des tâches du samedi matin était effectué. Grant sentit son cœur faire un bond lorsque le rancher aux cheveux sombres avança d'un pas tranquille vers la stalle de Davenport.

— Tu crois qu'il a appris sa leçon ? demanda Grant.

Il était près du box de Raven. Hunter ne l'avais pas vu. Il eut un bref sursaut et se retourna avec un sourire ironique.

— Suggèrerais-tu que je recommence à le monter ?

Grant haussa les épaules.

— Il semble avoir perdu un peu de son mauvais caractère. Tim le sort de temps en temps. D'après lui, il se comporte de façon presque impeccable.

— Ouais, mais Tim a un don avec les chevaux, tout comme Hugh.

Grant sourit. Il ne gagnerait pas ce différend.

— En tout cas, c'est une bonne chose que Davenport fasse un peu d'exercice, le manège ne suffit pas toujours.

Hunter hocha la tête. Grant ne put s'empêcher de penser que quelque chose n'allait pas. La veille au soir, son amant s'était montré chaleureux et passionné. Aujourd'hui, il semblait indifférent. Grant se rapprocha un peu. Ils étaient seuls dans l'écurie, mais il valait mieux être prudent et s'assurer que personne ne surprendrait leur conversation.

— Tu as changé d'avis ?

Hunter secoua la tête.

— Non, mais nous devrions peut-être reporter notre départ d'une semaine. Que se passera-t-il si un autre cheval disparaît pendant mon absence ?

— Tu n'es pas indispensable, Hunter. Je sais que tu es le patron, le responsable, l'homme de la famille et tout, et tout, mais Izzie peut gérer le ranch pour une nuit. Tu mérites un break. Et ce n'est pas comme si tu allais faire une semaine de fiesta à Las Vegas. C'est juste quelques heures, comme pour assister à une vente aux enchères ou à la foire du comté.

Grant fit une pause pour vérifier sa réaction, mais le visage de Hunter demeura impassible. Aussi il ajouta :

— À moins que tu n'aies pas envie de passer du temps seul avec moi ?

Hunter esquissa un sourire sceptique, comme s'il avait autre chose en tête.

— Très bien, allons-y. Mais à une condition.

— Je t'écoute, répliqua Grant, plutôt inquiet.

— Je veux des réponses.

Grant haussa les épaules.

— Bien sûr. Que veux-tu savoir ?

— Je veux savoir ce qui s'est passé le jour où Gabe a eu son accident. Je veux savoir pourquoi tu es parti. Et je veux la vérité, cette fois.

— Tu penses que j'ai menti ?

Hunter secoua la tête.

— Non. Je ne sais pas. En fait, si, je sais que je ne veux pas me lier à un homme capable de ficher le camp à la première difficulté. Et si quelque chose m'arrivait, Grant ? Et si je tombais d'un tracteur ou d'un cheval et que mon atterrissage se passait mal ? Et si j'étais blessé au point d'avoir besoin qu'on s'occupe de moi ? Serais-tu capable de le faire ?

Grant sentit la colère bouillonner en lui. Il avait déjà tenté de s'expliquer, non ? Manifestement, il n'avait pas été assez clair. Comment pouvait-il expliquer ce qui s'était passé alors que lui-même n'était pas certain d'avoir tout compris ?

— Tu n'as pas confiance en moi, c'est ça ? Eh bien, c'est ton problème, je ne peux pas t'y obliger.

Il leva les mains en signe de défaite. Il devait s'éloigner avant de ne plus pouvoir cacher son bouleversement. Il quitta l'écurie en direction du soleil automnal. Il y avait des nuages à l'horizon. *L'orage arrive*, pensa-t-il. Et il ne parlait pas seulement du climat.

Il avait attendu avec impatience de passer quelque temps avec Hunter, loin du ranch, d'abord parce que baiser le patron était un peu difficile quand tant de gens se trouvaient alentour, ensuite parce que devoir se cacher lui devenait pénible. La discrétion, c'était très bien, mais n'avoir aucun endroit pour partager un moment d'intimité s'avérait plus dur qu'il l'avait pensé.

Une fois à l'extérieur, il se sentit perdu. Tout le travail était terminé et partir pour un petit galop était impossible, puisque les chevaux étaient de retour dans leurs stalles, à l'écurie. Il ne tenait pas à revoir Hunter pour le moment. Il lui restait l'atelier de menuiserie. Il pourrait y commencer ce qu'il avait prévu de faire dès qu'il aurait du temps libre : trier le bois entre morceaux utiles et ceux destinés à être brûlés.

Habituellement, travailler dur l'aidait à s'éclaircir l'esprit, mais aujourd'hui, ce fut insuffisant. Était-il temps pour lui de partir à la recherche d'un autre emploi ? Il pourrait retourner à Portland, ce qui lui éviterait d'avoir à conduire des heures durant un week-end sur deux. Il avait bien envie de dormir davantage. Peut-être gagnerait-il même plus de visites…

Il essuya la sueur de son front et ôta sa fourrure polaire qu'il fit passer par-dessus sa tête.

— Tu veux un coup de main ?

Relevant les yeux, il vit Hunter à l'embrasure de la porte. Celui-ci paraissait mal à l'aise. Désireux d'avoir un prétexte pour ne pas le regarder, Grant consulta sa montre. Il fut surpris de constater que plus d'une heure s'était écoulée.

— Ou bien tu préfères d'abord prendre ton petit déjeuner ? insista le rancher.

Grant sourit. Hunter avait raison. Il avait assez faim pour manger un cheval. Rien d'étonnant d'ailleurs : depuis son réveil, quatre heures plus tôt, il avait travaillé constamment.

Grant se décida.

— Donne-moi dix minutes pour me nettoyer et je t'emmène chez Barnaby.

Il vit un sourire s'étendre sur le visage de Hunter. Il ferait n'importe quoi pour un tel résultat. Il ramassa sa polaire et contourna Hunter, qui sourit encore plus et se tourna pour continuer à le regarder s'éloigner vers les quartiers du personnel.

Grant n'avait pas le temps de prendre une douche, mais il échangea ses vêtements poussiéreux contre un jean et une chemise propre, avant de s'asperger le visage d'eau. Il se lava aussi les aisselles et le cou. Pour le moment, ça suffirait. Pas question de s'attarder à des frivolités, sinon Hunter risquait encore de changer d'avis.

Une fois descendu et sorti, il trouva son patron appuyé contre son camion, un vague sourire aux lèvres.

— J'ai dit à Bernie que je t'emmenais à Billings voir des juments poulinières. Et je lui ai aussi dit que je ne savais pas si nous serions de retour avant demain.

Grant sourit largement.

— J'aurais dû prendre un sac et des vêtements de rechange !

Hunter se pencha vers Grant quand il lui passa devant.

— Je n'ai pas l'intention de te laisser très longtemps vêtu, donc tes vêtements seront encore propres demain.

Grant haussa les sourcils et protesta :

— J'ai faim !

Hunter sourit davantage.

— Eh bien, tu as intérêt à profiter de ton petit déjeuner alors. Faut-il avertir Barnaby de remplir ses stocks avant notre arrivée ?

— Si nous allons en voiture jusqu'à Billings, nous pourrons lui prendre un menu à emporter.

Les yeux de Hunter se mirent à briller.

— J'aime la façon dont tu raisonnes, mais je suis sérieux en disant que nous aurons besoin d'un petit déjeuner consistant.

Peu après, le camion démarrait. Grant s'accrocha à la poignée intérieure de la cabine du camion quand Hunter appuya sur le champignon, ce qui fit gicler sous les roues les gravillons de l'allée qui menait au ranch.

Environ une heure plus tard, après avoir englouti un petit déjeuner complet, Grant se rendit compte qu'ils ne roulaient pas en direction de Billings, au Montana. Il s'en fichait. L'endroit où ils allaient n'avait aucune importance.

Il ne leur fallut pas longtemps pour prendre une chambre dans un motel peu avant Idaho Falls. Grant bandait depuis que Hunter l'avait violemment embrassé dans les toilettes du restaurant. Très nerveux, il eut du mal à faire rentrer sa clé magnétique dans la serrure de sa chambre.

— Merde ! jura-t-il.

— Donne-moi ça, suggéra Hunter.

Il glissa les bras autour de Grant pour récupérer la carte. En même temps, il le plaqua à la porte.

— Et tu penses que ça va mieux marcher dans cette position ? demanda Grant. Bon sang, je sens ta queue, même à travers ton jean.

Il posa les deux mains sur la porte avant d'ajouter :

— Pas question de baiser ici, attends au moins que nous soyons à l'intérieur !

Baissant les yeux, il arracha la carte des doigts de Hunter et tenta d'ignorer la façon dont celui-ci se frottait contre lui. Il lui fallut trois essais, mais il réussit à faire clignoter la serrure en vert, ce qui permit au couple de se ruer dans la chambre.

— Et maintenant, je peux te baiser ici ? demanda Hunter, toujours plaqué contre Grant, qu'il n'avait pas lâché.

Grant laissa retomber sa tête en arrière, sur l'épaule de Hunter qui lui embrassa le cou. Il y avait bien longtemps qu'il n'avait pas été passif. En fait, il se souvenait à peine de la sensation. Pourtant, si Hunter y tenait, il n'aurait pas le courage de refuser. Il se contenta d'un grognement évasif, le temps de peser sa réponse. Pour le moment, il savourait la bouche de son amant sur sa peau et l'étau de ses mains sur lui. Il décida qu'il aimait ce côté autoritaire. Cet homme capable de diriger une entreprise prospère n'était pas du genre à accepter qu'on lui marche sur les pieds – et pas davantage un refus. C'était le type d'amant qui avait du répondant.

Grant ouvrit son jean, pour aider Hunter qui tentait de glisser la main dedans sans cesser de l'embrasser dans le cou.

— Tu bandes vraiment, marmonna Hunter.

— Je ne vois pas en quoi ça te surprend. Tu bandes aussi.

— C'est tellement bon !

Hunter lui malaxa doucement les bourses, avant de serrer le poing sur son sexe à travers le tissu de son caleçon.

— Laisse-moi te baiser, insista Hunter, d'une voix pressante. S'il te plaît... ? J'aimerais te rendre ce que tu m'as donné.

Grant hocha la tête. Avec Gabe, il n'en avait jamais été question, mais il n'était pas surpris que Hunter tienne à inverser les rôles. Et s'il était vraiment sincère envers lui-même, il était impatient de le laisser prendre les rênes.

— Tu as apporté le matériel ? s'affola Grant.

Il venait de se souvenir que lui-même n'avait rien préparé et merde quoi, il ne se promenait pas avec lubrifiant et des préservatifs dans les poches !

Hunter recula le temps de sortir de sa veste un sac en plastique.

— Cela devrait nous durer jusqu'à demain.

Il en déversa le contenu sur le lit. Grant vit au moins dix préservatifs et un flacon de lubrifiant. Il laissa échapper un petit rire.

— Ne me dis pas que Calley vend de l'Astroglyde[3] !

— Elle n'a même pas de préservatifs, répondit Hunter.

— Bien sûr que si, ricana Grant. Il faut juste les lui demander. Ils sont sous le comptoir.

Hunter cessa de l'embrasser pour étudier son expression. Il le fit même se retourner afin de l'avoir face à face.

— Hein ?

— Elle est obligée d'en avoir, parce que certains de ses clients n'ont pas Internet ni l'option de commander en ligne. D'après elle, ils n'ont même pas besoin de lui poser la question : leurs mines constipées suffisent.

Hunter le regarda, très amusé.

— Et tu le sais comment ?

— Il arrive à tout le monde d'avoir un besoin urgent de préservatifs, répondit Grant, énigmatique.

— J'ignorais que tu étais intime avec Calley.

Il haussa les épaules.

— Elle et moi nous connaissons depuis très longtemps.

Il n'avait pas envie d'en dire davantage. Calley – la seule épicière à des kilomètres à la ronde – était un autre des secrets qu'il préférait garder pour lui, pour l'instant. Il savait que Hunter ne cesserait pas de lui poser des questions et qu'un jour ou l'autre, il lui dirait tout. Mais pour le moment, ils étaient seuls dans une chambre anonyme. Ses mains le démangeaient de toucher son amant. Alors il agrippa sa nuque et l'attira vers lui dans un baiser brûlant. En même temps, il commença à tirer sur sa chemise de flanelle, il la souleva, avide de trouver la peau nue. Il tomba sur un autre vêtement ! Il arracha le tee-shirt du jean de Hunter.

Leurs mouvements, trop précipités et maladroits, manquaient de coordination tandis qu'ils essayaient de s'arracher mutuellement leurs vêtements. Hunter réussit à glisser ses mains dans le pantalon de Grant, dont il malaxa les fesses. En même temps, il tira son amant à lui pour que leurs bas-ventres ondulent l'un contre l'autre. C'était divin, d'accord, mais cela ne simplifiait pas le déshabillage. Grant n'arrivait plus à pousser la chemise au-delà des épaules de Hunter. Il abandonna et lui caressa plutôt le dos sous le doux coton de son tee-shirt. De son autre main, il lui maintenait la tête, parce que leur baiser continuait, ainsi que le duel de leurs langues, pour savoir laquelle dominerait l'autre.

Hunter s'écarta enfin, les lèvres rouges et gonflées, et fit passer sa chemise et son tee-shirt par-dessus sa tête. Grant fit pareil, se débarrassant aussi de son jean et de son slip blanc et moulant. Il surprit le regard appréciateur de Hunter.

---

[3] Lubrifiant américain.

— Quoi ? demanda-t-il.

— Je pensais que de nos jours, tout le monde portait des boxers.

Grant haussa les épaules, conscient d'être un peu intimidé.

— Je suis bien plus libre comme ça.

Il rit pour se détendre. Ce lui fut encore plus facile quand Hunter se rapprocha.

— Ce n'est pas la première fois que tu me mates à poil, chuchota Grant.

— Je sais. Mais jusque-là, je ne me sentais pas le droit de te regarder.

À nouveau, ils s'embrassèrent, cette fois plus lentement, mais tout aussi passionnément.

— Tu étais sérieux en disant que tu allais me laisser te baiser ?

Grant hocha la tête.

— Ouais. Sauf que ça fait un bail. Il faudra que tu me prépares bien.

Hunter le poussa doucement vers le lit, sans jamais cesser de l'embrasser. Dès que Grant sentit le matelas heurter ses jambes, il se retourna et se pencha en avant, les mains posées sur le lit.

— Merde, tu es incroyable ! s'exclama Hunter.

En regardant par-dessus son épaule, Grant le vit derrière lui : le jean déboutonné, la tête légèrement inclinée, il se caressait. S'il n'avait pas déjà bandé, cette image l'aurait certainement mis au garde-à-vous. Il se rendit compte qu'il aimait voir Hunter sans cette aura d'incertitude qui apparaissait souvent dès qu'ils étaient seuls. Grant l'avait toujours regretté. Maintenant, il ne lisait plus que du désir dans les yeux noisette. Et cela aussi le faisait bander.

— Cesse de me mater le cul et prépare-moi avant de te faire sauter une soupape, dit-il, avec un sourire taquin.

Il saisit le lubrifiant toujours sur le lit et le lança à Hunter, qui le rattrapa au vol. Son incertitude réapparut.

— Vas-y, cowboy !

Grant décida que Hunter préférerait ce surnom au précédent, '*bébé*'

— Je te veux. Maintenant ! insista-t-il.

Il se délecta de la facilité avec laquelle quelques mots bien choisis étaient capables d'éperonner Hunter. Qu'ils soient en plus vrais était un bonus. Il feula quand le rancher frotta ses doigts humidifiés à son anus exposé.

— Argh !

— Désolé. J'aurais dû réchauffer le lubrifiant.

Grant tendit la main vers lui.

— Surtout ne t'arrête pas. Je te veux, cowboy.

Il allait devoir se répéter pour que Hunter reste confiant, mais il le voulait vraiment, maintenant qu'il s'était auto-convaincu de sauter le pas. Hunter continua ses préparatifs, un peu maladroitement. Grant essaya de se détendre et d'accepter l'invasion de son doigt.

— Tu te rappelles comment je t'ai préparé ? C'est ta chance de me rendre la pareille. Ouvre-moi bien, puis pousse très fort pour entrer. Tu verras, tu seras étonné de voir combien je serai resserré sur ta queue.

Derrière lui, Hunter laissa échapper un grognement torride. Grant recula les reins, s'empalant plus profondément sur le doigt qui le distendait. Le rancher plia une jointure et heurta sa prostate. À son tour, il gémit.

— Ah ouais ! C'est jouissif ! Ne me fais pas attendre trop longtemps.

— Tu es loin d'être prêt, protesta Hunter. Tu es tellement étroit que je ne pourrai jamais y mettre ma queue.

Grant entendit dans sa voix une pointe d'amusement, mêlée à une certaine appréhension.

— Tu te flattes, cowboy.

Quand il sentit s'introduire en lui un autre doigt, il se contracta légèrement, puis il se délecta de la brûlure. Celle-ci s'atténua très vite, dès que Hunter accéléra ses mouvements. Grant comprit alors qu'il n'avait pas perdu le goût de cette position, après tout. Il mourait d'envie de sentir la lourde verge pousser en lui. Il imaginait déjà les cris que pousserait son amant lorsqu'il forcerait la chaleur brulante de son sphincter. Cette pensée l'enflamma encore plus. Soudain, il se rendit compte que les sons en question n'existaient pas seulement dans son esprit. Il les produisait lui-même.

Hunter se pencha près de lui, ronronnant à son oreille.

— Bon Dieu, j'adore la façon dont tu gémis !

— Merde, ça suffit ! Vas-y ! Enfile un préservatif et baise-moi, cowboy.

Il bandait comme un forcené. Il n'avait pas besoin de se toucher pour le vérifier. Ses sens exacerbés étaient concentrés sur son bas-ventre et cet endroit sur sa hanche où Hunter frottait son érection. Hâtivement, il poussa le paquet de préservatifs, espérant être compris. À sa grande déception, Hunter dut enlever ses doigts pour rouler un préservatif sur son sexe. Nerveux, il tâtonna un peu, avant de réussir. Il enduisit ensuite son préservatif de lubrifiant. Son anticipation étant à son comble, Grant se déplaça légèrement pour se pencher au coin du lit et non à l'arrière.

— Vite, cowboy !

Hunter le saisit par les hanches et se positionna à l'entrée de son corps. Sans trop de précaution, il poussa. Fort. L'anneau de muscles céda presque instantanément. Sous l'intrusion, Grant geignit.

Hunter tenta aussitôt de reculer.

— Désolé. Perdu le contrôle.

— Non ! Reste. Laisse-moi juste… une minute… Ne bouge pas.

Si Hunter se retirait, lui-même n'accepterait sans doute pas de recommencer l'expérience, parce que la seconde pénétration serait aussi douloureuse. Il avait juste besoin de temps pour s'adapter à cette plénitude.

— C'est comme si tu m'aspirais de l'intérieur, grogna Hunter, d'une voix entrecoupée par l'effort de se retenir. C'est tellement serré !

— Ouais.

Il ne put rien ajouter. Il se balança lentement d'avant en arrière. La brûlure se calmait, remplacée par cette incroyable sensation qu'il n'avait pas connue depuis longtemps.

— Bouge, ordonna-t-il.

Il ajouta aussitôt :

— Doucement !

Hunter rit, ce que Grant sentit tout au long de son corps. La connexion entre eux était plus que physique, surtout quand son amant se pencha sur lui et enroula le bras autour de sa poitrine. Leur union devint de plus en plus passionnée.

— Ça va ? demanda Hunter. Je ne peux plus me retenir.

— Alors, ne le fais pas. C'est sublime.

Avec un grognement, le rancher commença ses va-et-vient. Et au rythme de ses coups de reins, il marmonnait :

— C'est si serré… si chaud. Peux plus m'arrêter.

Grant n'éprouvait plus aucun inconfort, au contraire, il aimait ça, presque autant que quand il était dans le rôle actif, celui qui prenait, qui s'enfonçait dans le conduit en feu. Plus Hunter poussait fort en lui, plus Grant écartait les genoux pour mieux s'offrir. Il sentit soudain son sexe effleurer le couvre-lit rugueux et réalisa qu'il n'éprouvait même pas le besoin de se caresser. L'intensité de Hunter lui suffisait. Chaque fois que son amant se plantait en lui jusqu'à la garde, Grant en ressentait un choc électrique, qui s'associait au massage de sa prostate. Il n'allait pas durer très longtemps, il en était certain. Et comme Hunter commençait à perdre sa cadence, lui aussi devait être prêt à jouir.

— Baise-moi, cowboy ! Ne retiens rien ! Vas-y à fond !

Hunter le lécha au niveau du cou, puis derrière l'oreille. Grant se cambra sous la caresse. Ce qui changea l'angle de la pénétration. Il n'allait pas être en mesure de retenir son orgasme.

— Merde ! Ne t'arrête pas, cowboy !

Il voulait désespérément se toucher pour basculer, mais il ne pouvait pas. Il se laissa couler sur le matelas, épuisé, le souffle court. Son orgasme le secoua des pieds à la tête.

Il était encore agité de spasmes quand Hunter s'effondra sur lui de tout son poids.

— Putain, c'était dément ! Presque aussi bon que quand tu m'as baisé.

Hunter en était encore à reprendre son souffle lorsqu'il se souleva un peu, libérant Grant. Il retira son préservatif et se leva pour aller le jeter. Grant roula sur le dos, toujours haletant. Il regarda son amant se dandiner vers la salle de bain, le jean toujours à mi-cuisses. Il était dingue de lui, pensa-t-il. *Son cowboy.*

Quand il revint, Grant s'était blotti sous les couvertures.

— Nous sommes à la mi-journée, déclara Hunter, avec un sourire moqueur.

— Je sais. Enlève juste ton jean et viens ici.

Il ne dit rien de plus, se contentant de repousser les couvertures. Hunter ôta son jean et son boxer avant de le rejoindre au lit. Il s'enveloppa presque autour de lui.

— Tu as honte d'être au lit à cette heure ? demanda Grant, amusé.

Hunter haussa les épaules.

— Je ne l'avais encore jamais tenté. Ça me fait bizarre.

Il se blottit plus près, cependant, puis regarda Grant droit dans les yeux.

— Merci d'avoir accepté que…

Grant termina sa phrase lorsqu'il ne montra aucune intention de le faire lui-même.

— … que tu me baises ?

Hunter hocha la tête.

— Le problème, reprit son amant, c'est que maintenant, je ne sais plus ce que je préfère.

Grant eut un petit rire.

— On alternera. Ça ne me dérange pas de faire les deux.

XX

ILS RESTERENT pendant quelques heures au lit, à s'embrasser et se câliner, se lécher et jouer à se mordre l'un l'autre, tout simplement à profiter du contact et du corps de l'autre. Ensuite, ils se levèrent et s'habillèrent pour prendre la voiture et se rendre au restaurant le plus proche : ils avaient besoin de se sustenter.

Hunter fut surpris de voir combien tout était facile : il trouvait si naturel d'être en compagnie de Grant. Il ne s'était jamais senti aussi à l'aise avec une maîtresse. Il repoussa certains de ses doutes. Il trouverait le moyen de découvrir la vérité sur les questions qui le harcelait toujours. Un jour, mais pas maintenant. Il préférait savourer ce repas.

De temps à autre, sans pouvoir s'en empêcher, il jetait un coup d'œil autour de lui, dans la salle de restaurant, afin de vérifier si les autres clients les regardaient d'un air bizarre. Il craignait que leurs ébats se discernent sur leurs visages, à un kilomètre à la ronde. Mais non, ils étaient traités tout à fait normalement. D'une part, il espérait qu'on les voyait juste comme deux cowboys dînant ensemble, de l'autre, il aurait voulu que leur couple soit reconnu. Il ne serait jamais en mesure de crier la vérité sur les toits. Son amour pour Grant resterait éternellement secret.

Soudain, Hunter sentit une chaussure frotter l'intérieur de sa jambe.

— Qu'est-ce qui ne va pas ?

Il haussa les épaules.

— Rien.

Grant lui lança un regard sceptique.

— Je vois bien que tu rumines.

Son pied remontait le long de sa jambe. Hunter sentit son bas-ventre durcir et soupira. Il voulait être seul avec Grant. Peut-être pour parler, peut-être pour autre chose. N'était-ce pas la raison pour laquelle ils avaient quitté le ranch ?

— Tu veux un dessert ? Parce que moi, je tiens surtout à me barrer d'ici.

— Nous pouvons leur demander de nous emballer quelques parts de tarte, suggéra Grant.

— Excellente idée !

Sur le chemin du motel, il commença à pleuvoir. Hunter voulait retourner dans leur chambre et recommencer à baiser, mais son humeur s'assombrirait dès qu'il aurait le temps de réfléchir. Il voulait d'abord parler à Grant, et sachant qu'il ne pourrait pas le faire dans l'intimité de leur chambre, il quitta la rue principale pour se garer dans un parking désert. Celui-ci offrait un point de vue dégagé sur la vallée où s'étendaient les champs arrosés de trombes d'eau. Pour une raison étrange, Hunter trouva le spectacle apaisant. Il coupa le moteur et se tourna vers Grant. Il n'eut pas besoin d'être devin pour décrypter son expression : son compagnon n'était pas certain de ce qui se passait.

Après quelques instants de silence, Hunter soupira.

— J'aimerais éclaircir quelques points entre nous.

Grant tenait encore à la main le carton des tartes, il détourna les yeux sans dire un mot et regarda le paysage balayé par la pluie. Hunter sentit un poids de plomb lui tomber sur le cœur, mais il savait qu'il ne pouvait pas revenir en arrière, plus maintenant. Il posa sa main sur sa cuisse.

— Ce matin, j'étais en colère contre toi parce que tu ne me confiais aucun de tes secrets. Tu pourrais être un tueur en série et je n'en saurais rien.

Grant lui jeta un coup d'œil, mais très vite, il se détourna à nouveau.

— J'ai fait le grand plongeon, Grant. J'ai vraiment quitté ma zone de confort, et ça me fiche la trouille. En même temps, je sais enfin qui je suis vraiment.

Il resserra les doigts sur Grant avant d'insister :

— Tu m'as ouvert les yeux. Je ne te nierai pas que j'en veux davantage. J'en ai vraiment besoin.

Il s'arrêta pour rassembler ses pensées. Au bout de quelques secondes, il reprit :

— Durant notre première fois ensemble, je ne pensais qu'à une chose : quoi qu'il arrive, il nous faudrait garder le secret. Plus maintenant. Je vais essayer de trouver le moyen de le dire à mes sœurs et ma mère, parce que je n'accepterais jamais de vivre dans le mensonge le reste de ma vie. Je viens de le réaliser.

Cette fois, lorsque Grant se tourna vers lui, ses yeux étaient sombres et tristes. Cette expression fissura le cœur de Hunter. Il glissa sur le siège pour se rapprocher et entourer de ses bras les larges épaules. Il entendit le carton à gâteau glisser sur le sol lorsque Grant lui rendit son étreinte et enfouit le visage dans le creux de son cou.

Quand ils s'écartèrent l'un de l'autre, Grant demanda doucement :

— Que veux-tu savoir ?

La pluie martelait le toit du camion, ce qui empêchait Hunter de réfléchir. Il avait tant de questions à poser ! Mais jusqu'ici, ses demandes n'avaient fait que creuser un fossé entre eux. Il devait peser ses mots avec soin.

— Je t'ai déjà demandé où tu allais quand tu demandais un congé, et tu n'as pas voulu me répondre, donc je ne vais pas répéter ma question. Dis-moi un truc…

Il s'arrêta pour prendre une profonde respiration avant de jeter :

— Y a-t-il quelqu'un d'autre dans ta vie ?

Grant soupira.

— Si tu t'inquiètes que j'aie un autre amant, la réponse est non. Il n'y a eu personne depuis Gabe.

La réponse n'était que partielle. Hunter mourait toujours d'envie de savoir pourquoi Grant s'absentait aussi souvent, mais le sujet était tabou. Appréciant ce qu'il avait, il ne tenait pas à risquer de le perdre.

— Quand tu étais avec Gabe, c'était pareil, au début ?

À peine la question avait-elle franchi ses lèvres, qu'il la regretta. Grant inhala pour pouvoir y répondre. Hunter leva la main pour l'arrêter.

— Je n'arrive pas à croire que je viens de te demander ça. C'est digne de Miranda. Elle veut toujours savoir si c'est meilleur avec elle qu'avec les autres.

Grant sourit timidement.

— Ce n'est pas grave. Je t'ai déjà dit que nous n'étions pas amoureux. Ce n'était que du sexe. Et de la compagnie, je suppose. La solitude devient vite insupportable sur un petit ranch comme celui de Gabe, tu sais. Avant que j'arrive, il était tout seul depuis un certain temps. Il avait besoin d'une main tendue. Nous ne parlions jamais, contrairement à toi et moi. Ou du moins, quand nous le faisions, cela concernait le travail, la maison, les chevaux. Je n'étais qu'un employé pour lui, sauf au pieu.

Hunter hocha la tête pour indiquer qu'il avait compris. Il voulait toujours en savoir plus, cependant.

— Nous nous sommes disputés un jour, enchaîna Grant. Et je suis parti, en pensant ne jamais revenir.

— Vous vous étiez disputés à quel sujet ?

Grant haussa les épaules.

— Je ne m'en souviens même pas. Une bêtise, sans doute. Nous n'évoquions jamais rien d'important, comme je te l'ai déjà dit.

— Donc, tu n'étais pas au courant pour son accident ?

— Non. Calley a fini par m'avoir au téléphone, une semaine plus tard environ, c'est elle qui me l'a dit. Elle m'a aussi parlé d'une rumeur qui circulait en ville, comme quoi j'étais plus ou moins responsable de cet accident et que je m'étais enfui pour cette raison. Après ça, il m'était difficile de revenir. Je ne voulais pas être lynché.

Hunter écarquilla les yeux.

— C'est ce qu'elle t'a dit ?

— Non, répondit Grant, en riant. Mais c'était l'idée générale. En tout cas, j'ai essayé de rendre visite à Gabe, mais je déteste les hôpitaux. J'étais à peine entré que j'étouffais déjà. Alors, j'ai tourné les talons. Je ne suis revenu dans le coin que quand Calley m'a dit que Gabe s'en sortait bien.

— Pourtant, l'autre jour, tu es bien allé le voir à l'hôpital ?

Grant hocha la tête.

— Ouais. Je suppose que c'était pour faire amende honorable.

Ils restèrent assis en silence pendant un certain temps.

— J'ai d'horribles souvenirs des hôpitaux, poursuivit Grant. Ma mère y a passé ses six derniers mois.

Hunter lui serra la cuisse pour le réconforter.

— Je suis désolé.

— Tu vois, nous avons quelque chose en commun. J'avais huit ans quand elle est morte. Elle était tout pour moi. Elle avait quitté son second mari, mon beau-père, parce qu'il passait son temps à me gifler. Nous n'avions plus rien, pas un sou ni un endroit où vivre, mais elle a pris trois emplois pour nous sortir de cette misère. Au moment où les choses s'arrangeaient, elle est tombée malade. Il a fallu un certain temps aux toubibs pour savoir ce qu'elle avait, mais elle est morte de toute façon. J'étais orphelin, je suis resté dans le système fédéral jusqu'à mes quinze ans, passant d'un foyer d'accueil à l'autre. Ils étaient tous assez merdiques, alors je m'enfuyais. Chaque fois que je dois entrer dans un hôpital, je deviens tout moite et anxieux, parce que je me souviens de la mort de ma mère et de la façon dont on m'a forcé à vivre chez des étrangers.

— Tu te débrouilles tout seul depuis tes quinze ans ?

— Oui, à peu près, reconnut Grant. J'ai vécu un certain temps dans la rue, et c'était difficile. Ensuite, j'ai retrouvé un ami de ma mère qui m'a appris le travail du bois, il construisait des meubles. Il m'a proposé une chambre chez lui, donc je n'étais pas complètement seul.

— Comment as-tu rencontré Calley ? demanda Hunter, un peu timidement.

Il avait le sentiment que la situation se dénouait, mais il craignait toujours de poser une question interdite. Pourtant, Grant sourit, ce qui soulagea ses inquiétudes.

— C'était il y a environ trois ans, quand je conduisais un camion de livraison, je lui apportais des fruits et autres produits à l'épicerie. Un jour, je me suis plaint de mon travail, en disant que je voulais retourner dans un ranch, loin de la ville, elle m'a suggéré d'aller voir son ami, Gabe, qui avait besoin de quelqu'un pour l'aider.

— Tu as vraiment tâté à tout, pas vrai ?

— Plus ou moins, répondit Grant. La routine et l'oisiveté m'ennuient vite. C'est pour ça que j'aime travailler sur un ranch. Ça change tout le temps. Et il y a toujours à faire.

— Tu es bon menuisier, tu es également doué avec les chevaux. Cela fait de toi un atout certain, admit Hunter.

Il était heureux de pouvoir évoquer la vie de tous les jours de manière détendue. Il avait beaucoup appris concernant son amant, même s'il était sûr que celui-ci n'avait pas encore livré tous ses secrets. Peu importait, il se sentait plus détendu. Se penchant davantage, il attendit que Grant tourne la tête pour pouvoir l'embrasser. Le baiser commença doucement, chacun d'eux hésitant entre l'approfondir ou bien s'écarter. C'était à la fois très intime et affectueux.

Quand ils se séparèrent, Grant se pencha en avant pour essuyer la buée sur les vitres.

— Il fait nuit.

— Nous devrions peut-être envisager de rentrer à la maison.

— À la maison ? répéta Grant, qui paraissait surpris.

— Eh bien, la maison, c'est notre chambre, pour le moment. Nous rentrerons demain au ranch, mais ce soir, je te veux rien qu'à moi.

Avec un sourire, Grant l'attira près de lui…

121

Soudain, un coup sec frappé sur la vitre de côté les fit tous les deux sursauter. Hunter reprit vite sa place derrière le volant et Grant rajusta sa chemise avant de baisser la vitre.

— Monsieur l'agent.

Hunter salua d'un hochement de tête le policier en ciré qui se trouvait à l'extérieur.

— Il est interdit de se garer ici, monsieur. Je vais vous dresser un procès-verbal, puisque vous n'avez pas tenu compte du panneau.

Grant ouvrit la portière et sortit. Le flic, manifestement inquiet, mit la main sur son arme de service.

— Je ne vous ai pas demandé de sortir de la voiture !

Grant leva les bras et s'écarta d'un pas.

— Du calme, je voulais juste vous parler. Je n'avais pas l'intention d'aggraver la situation.

— Retournez-vous et placez vos mains sur le capot de la voiture, ordonna sèchement le flic.

Grant obtempéra, écartant même les jambes pour faire bonne mesure. Malgré la tension ambiante, Hunter ne put s'empêcher de sourire. Voir son amant ainsi penché en avant, les mains sur le capot du camion, lui rappelait sa posture, sur le lit, pendant qu'il le baisait durant l'après-midi. Il se mit à bander, son jean devint trop serré à l'entrejambe. Il jeta un bref regard au policier et décida que celui-ci ne voyait pas la situation du même œil, ce qui était tout aussi bien. Se peloter sur la voie publique devait également être interdit.

— Écoutez, déclara Grant, d'une voix étonnamment calme. Ce gars derrière le volant, c'est mon patron. Il m'a entraîné jusqu'ici pour m'en passer une, je craignais déjà de me faire virer. Si vous lui collez un PV, je n'y couperai pas. J'essayais justement de le convaincre de me garder. Alors, s'il vous plaît, ne pourriez-vous laisser tomber cette petite infraction de stationnement ?

Le flic prit le temps de réfléchir. Il regarda Hunter, puis revint à Grant.

— Bon, d'accord. Mais filez maintenant, ne vous attardez pas.

Grant se redressa, s'étira, et le salua d'un signe.

— Merci, je vous dois beaucoup.

Il reprit sa place dans la cabine du camion. Hunter démarra aussitôt.

— Fichons le camp d'ici, murmura Grant.

Tous deux riaient déjà en quittant le parking.

— S'il vous plaît, monsieur l'agent, le méchant monsieur va me virer si vous lui donnez un PV, plaisanta Hunter, en caricaturant la voix de Grant.

Celui-ci lui envoya un coup de coude dans les côtes.

— Il fallait bien que j'invente quelque chose. Je ne pouvais pas lui expliquer que nous avions embué les vitres, mon mec et moi, parce que nous nous tripotions dans la voiture.

— Ton mec ? répéta Hunter, qui riait toujours.

— Tu préfères 'mon amant' ?

Hunter ricana.

— Je ne préfère rien du tout. Et ne me donne pas de nom tordu, sauf quand tu cherches à séduire un flic pour nous éviter un PV.

Grant se pencha et lui murmura à l'oreille :

— Et quand nous sommes seuls, comment dois-je t'appeler ?

Hunter lui adressa un sourire timide.

— J'ai bien aimé t'entendre dire 'cowboy'.

— Ah !

Amusé et ravi, Grant lui posa la main sur l'entrejambe, puis il resserra sa prise.

— Tu pourrais me baiser dès que nous serons dans la chambre ? demanda Hunter, sans même cligner des yeux. Je veux te sentir en moi.

À son tour, il saisit le sexe de Grant pour lui rendre ses caresses, appréciant la dureté et la fermeté du membre à travers la toile du jean.

— Si tu continues, je ne suis pas certain de pouvoir attendre notre retour au motel !

Hunter se mit à rire.

— Eh bien, tant pis pour toi, il le faudra bien, parce que je ne veux pas courir le risque d'être arrêté parce que nous baisons sur le bas-côté. D'ailleurs, je te veux nu et étalé sur le lit pour te chevaucher comme un vrai cowboy monte son étalon.

Grant étouffa un rire.

— Putain, Hunter ! cria-t-il. J'aurais dû savoir que même en position passive, tu aimerais tenir les rênes.

XXI

LE LUNDI matin, en rentrant dans son bureau, Hunter avait une énergie nouvelle dans la démarche. Le week-end lui laissait des douleurs localisées – assez intenses pour qu'il n'ait pas envie, pour le moment, de monter à cheval. Cette petite escapade l'avait fatigué, certes, mais il se sentait surtout exalté. Il était même prêt à s'enfermer quelques heures dans son bureau, pour vérifier ses stocks et passer ses commandes.

— Salut, frangin, dit Izzie.

Elle venait d'entrer dans le bureau sans frapper. Comme la plupart de ceux que Hunter avait croisés ce matin, elle était en tenue de travail : ciré, jean, jambières, bottes et chapeau.

— Il pleut toujours ?

Elle hocha la tête.

— Ouais. Les chevaux sont tous serrés les uns contre les autres, sous les abris. Le sol est affreusement détrempé. Alors, comment s'est passé ton week-end ?

Hunter ne broncha pas, malgré ce passage du coq à l'âne. S'il devait en juger l'expression d'Izzie, elle savait à peu près ce qu'il avait fait. D'accord, pas dans le détail. Du moins, il espérait.

— Sympa, répondit-il, évasivement.

Il s'attendait à la voir insister, ou même le taquiner de l'avoir laissée gérer le ranch, mais elle ne le fit pas. Elle se tourna juste vers le tableau d'affichage, où chacun écrivait de petites notes concernant les allées et venues au ranch et les commandes à effectuer auprès des fournisseurs.

Hunter quitta son bureau pour venir à côté d'elle.

— Apparemment, je ne suis pas le seul en forme ce matin.

— Apparemment.

Elle avait un regard énigmatique. Il pensa que lui et sa cadette se ressemblaient beaucoup.

— Toi aussi, tu as passé un bon week-end ? insista-t-il.

Il était heureux qu'elle trouve d'autres intérêts, au-delà de sa profession.

— On peut dire ça, répondit-elle.

Hunter marcha jusqu'à la porte qu'il referma, avant de s'appuyer contre le panneau pour empêcher toute irruption inopportune.

— Allez, sœurette, avoue-moi tout !

Elle eut un sourire timide qui ne lui ressemblait pas.

— Disons que samedi soir, je n'ai pas dormi à la maison.

— Dans ce cas, nous sommes deux, avoua Hunter.

Ce n'était pas vraiment une confession. Il admettait ne pas avoir dormi dans son lit, rien de plus. Comme il avait demandé à sa sœur de se charger du ranch durant le week-end, il avait bien dû lui parler de son absence. Elle n'avait posé aucune question. Et tant mieux, puisque Hunter n'était pas certain qu'il aurait pu y répondre. Mais ce matin, il mourait d'envie de parler et Izzie était peut-être la seule capable de l'entendre, puisqu'elle l'avait encouragé à partir, en premier lieu.

— Je sais, répondit-elle doucement.

Elle se pencha davantage, envahissant son espace personnel. Il posa un bras fraternel autour d'elle, ignorant l'humidité de son ciré.

Soudain, elle leva les yeux.

— Est-ce que c'était bien ? Avec Grant... ?

Elle semblait hésiter à en dire davantage. Il lui sourit.

— Mieux que j'aurais pu l'espérer.

Elle lui offrit un grand sourire sincère et chaleureux.

— Je suis tellement heureuse pour toi !

— D'après ton expression, je devrais moi aussi être heureux pour toi. Aurais-tu rencontré quelqu'un ?

Elle haussa les épaules, sans perdre son sourire. Et ses yeux brillaient.

— Je parlerai plutôt d'une récidive.

— Par pitié, ne me dis pas que c'est Delco !

Elle se mit à rire.

— Sûrement pas ! Plus loin il restera de moi, mieux ce sera !

Hunter laissa échapper un soupir.

— Ouf, tu me rassures.

Elle redevint sérieuse.

— Je ne peux pas encore te dire qui c'est, alors, ne me le demande pas. Je suis très heureuse avec lui.

Hunter acquiesça.

— J'espère qu'un jour tu pourras nous le présenter.

Elle haussa les épaules.

— Eh bien, soit nous filons ensemble tous les quatre, soit nous sortons du placard.

— Ça dépendra, plaisanta Hunter.

— De quoi ?

— Si je m'entends bien avec lui ou pas.

Elle s'écarta de lui et le repoussa de la porte.

— Oh, tu l'aimeras !

Sur ce, elle sortit, le laissant se demander ce qu'elle avait voulu dire. Il n'eut pas le temps d'y réfléchir, puisque son portable sonna. Il reconnut le numéro de Calley.

— Salut, Calley.

— *C'est... Flynn,* répondit une voix masculine hésitante.

— Du ranch de Gabe ?

— *Bien sûr.*

Il prit un moment pour remettre de l'ordre dans ses idées. Pourquoi Flynn appelait-il sur le portable de Calley ? Et pourquoi lui, Hunter ?

— Comment va Gabe ?

Il faillit ajouter : *Grant m'a dit qu'il allait de mieux en mieux,* mais au dernier moment, il se mordit la langue, se souvenant qu'il valait mieux éviter de mentionner Grant devant Gabe... et probablement devant Flynn. Hunter se souvenait vaguement que Grant lui avait parlé d'un coup de poing reçu au cours d'une rencontre orageuse. Donc, Gabe avait parlé à Flynn de sa relation avec Grant.

Flynn soupira profondément.

— *Il est... Écoutez, je ne peux pas le faire au téléphone. Puis-je passer vous voir ?*

— Bien sûr. Vous savez comment nous trouver ?

— *Ouais, Calley m'a donné les indications.*

La voix hésitante de Flynn l'inquiéta. Gabe avait-il fait une rechute et laissé à son jeune amant la responsabilité d'en informer ses amis ?

— Est-ce que ça va, Flynn ?

— *Oui et non. Je vous expliquerai tout en tête-à-tête.*

Il mit fin à l'appel, laissant à Hunter un poids nauséeux au creux de l'estomac. Flynn n'allait pas tarder à arriver, aussi son suspens ne durerait pas, mais son malaise ne cessa d'augmenter. Et s'il était arrivé à Gabe quelque chose de grave ? À cause de ses sentiments envers Grant, Hunter n'avait guère eu de temps disponible ces derniers jours. Il se sentit soudain coupable : il n'avait même pas rendu visite à Gabe à l'hôpital. Quel genre d'ami était-il ?

— Je pensais te trouver tout sourire et voilà que tu tires une mine bien longue.

Levant les yeux, Hunter vit Grant devant la porte. Il retrouva aussitôt le sourire. Il se redressa et se dirigea vers lui. D'un même mouvement, il claqua la porte et épingla son amant contre la paroi d'à côté, pour l'embrasser avec ferveur.

— Bonjour à toi aussi, cowboy, déclara Grant, une fois libéré.

Hunter lui caressa le cou de son nez, humant son parfum.

— Tu m'as manqué et j'aimerais que nous ayons plus de temps, mais je vais devoir te demander de partir.

— Tu me brises le cœur, répondit Grant, avec un regard faussement indigné.

Hunter sourit timidement, le corps toujours plaqué au sien, contre le mur.

— Flynn doit passer. Il n'avait pas l'air en grande forme. Je crains qu'il ait de mauvaises nouvelles à m'annoncer sur Gabe, donc il vaut peut-être mieux que tu ne sois pas là.

Grant le prit par les cheveux et l'embrassa rapidement avant de le repousser.

— Tu as sans doute raison. Tiens-moi au courant, d'accord ?

Il paraissait mal à l'aise tout d'un coup, comme si lui aussi avait de mauvaises nouvelles à transmettre. Hunter hocha la tête.

— Bien sûr. Dès qu'il s'en ira, je viendrai te chercher.

Grant sourit.

— Je serai dans la remise, à finir ce que j'ai commencé samedi. Je rangeais le bois quand tu m'as kidnappé pour m'entraîner dans ce motel au milieu de nulle part, tu te souviens ?

— Tu ne t'es pas beaucoup débattu, ricana Hunter. Je m'attendais à mieux chez un homme aussi grand.

Il l'embrassa rapidement avant de le laisser partir. Mais lorsque Grant ouvrit la porte pour sortir, il trouva Flynn sur le seuil. Hunter remarqua son sursaut surpris. Grant se contenta de hocher la tête et d'effleurer un chapeau inexistant, puis il contourna le jeune homme et s'éloigna dans le couloir.

Espérant dissiper la tension, Hunter appela Flynn :

— Entrez. Puis-je vous offrir quelque chose à boire ?

— Non, merci. Je ne vous retiendrai pas longtemps.

— Asseyez-vous.

Il résista à son envie de se verser une tasse à la cafetière dans son bureau. Il ne savait pas trop comment aider Flynn à se libérer le plus vite possible de son fardeau, mais il sentait que sa patience allait être mise à rude épreuve. Il préféra ne pas retourner s'asseoir à son bureau, alors il posa les fesses sur un des angles.

— Pourquoi avez-vous demandé à me rencontrer ?

Flynn prit une profonde inspiration.

— J'ai une proposition à vous faire.

Surpris, Hunter haussa les sourcils. *Une proposition ?*

— Je vous écoute.

— Gabe me disait que vous aviez toujours voulu Brenner, son étalon ?

Hunter sourit.

— C'est un magnifique animal et très bien dressé. La combinaison est rare.

Flynn hocha la tête, mais il ne sourit pas. Il semblait avoir du mal à former les mots dont il avait besoin. Hunter voulut l'aider.

— Votre proposition concerne-t-elle cet étalon ? Vous voulez me le vendre ?

Flynn réagit aussitôt.

— Oh, non ! Gabe me dépècerait vif si je le tentais.

— Sans oublier que vous n'avez pas sa procuration pour procéder à une vente en son nom, je présume ?

Flynn secoua la tête.

— Mon offre est un peu différente.

Hunter hocha la tête, essayant de ne pas le presser.

— Je vous écoute.

— Voilà… Nous avons quelques jeunes juments en chaleur, et j'ai pensé les faire monter par Brenner pour engendrer quelques poulains.

Hunter remarqua que le jeune homme ne le regardait pas, comme s'il avait peur de sa réaction.

— Et vous voulez me vendre les poulains de Brenner ?

Flynn hocha la tête. Sans répondre

— Comment savoir qu'ils seront aussi bons que Brenner ? insista Hunter.

Il ne voulait pas repousser l'idée d'emblée, mais il était prudent de nature, surtout en affaires. Il ne laissait jamais ses émotions prendre le dessus sur sa raison. En toute honnêteté, il tuerait pour mettre la main sur Brenner, mais puisque cela ne risquait pas d'arriver, il était prêt à s'intéresser à sa progéniture.

— Il n'y a aucune garantie, répondit honnêtement Flynn. Je sais juste que les juments sont solides, bien dressées et dociles. Je vous vendrais les poulains quinze mille dollars chacun.

Hunter gloussa. C'était beaucoup d'argent, mais il soupçonnait que Flynn n'était pas venu à des fins personnelles.

— Gabe dresse des poulains, Flynn, il ne s'intéresse pas à la reproduction. Il m'a toujours dit que c'était trop compliqué et trop risqué, sans même mentionner que les factures de vétérinaire s'accumulent vite en cas de problème.

— C'est Bill, le mari de Calley, qui est notre vétérinaire et celui de Gabe. Il m'a assuré que je pouvais toujours faire appel à lui en cas d'urgence. C'est sa façon de nous aider.

Hunter réfléchit un moment. Apparemment, tout le monde faisait un effort pour Gabe, comme la première fois, après son accident, quand son ranch avait bien failli péricliter. Calley et Bill avaient alors beaucoup aidé Gabe. Comme tous ses amis. Pour sa part, Hunter avait envoyé tous les jours un lad prendre soin des chevaux. Pas cette fois, parce qu'il avait pensé Flynn en mesure de gérer. Autrefois, Gabe était peu resté à l'hôpital. Mais son état de santé semblait s'être aggravé.

— Gabe a-t-il besoin de l'argent ? demanda Hunter, avant d'ajouter : Oui, de toute évidence.

Flynn releva la tête, le dos raidi d'une fierté innée.

— Je ne suis pas venu mendier. Je suis venu vous proposer une vente.

— Vous voulez un prêt en offrant les poulains à titre de garantie.

Flynn secoua la tête.

— C'est vrai que nous avons besoin d'argent frais, mais si vous acceptez de nous le verser, les poulains sont à vous. Sans discussion. C'est donc une vente, et non un prêt.

— De mon point de vue, il s'agit d'un prêt très risqué. Je ne sais pas si vous serez en mesure de me rembourser l'an prochain. Et c'est le cas, je n'ai aucune garantie que ce paiement correspondra à mes vœux.

Flynn soupira profondément et se leva.

— D'accord, laissez tomber.

Il commença à se retourner. Hunter l'en empêcha en l'attrapant par le bras.

— Restez.

Dès que Flynn obéit, Hunter le lâcha.

— Je suis plus que disposé à vous aider. Que ce soit au niveau financier, logistique ou les deux. Je vous donnerai volontiers cet argent, même sans garantie, mais…

— … mais Gabe n'acceptera jamais la charité, interrompit Flynn.

Hunter lui sourit, en réalisant qu'ils étaient sur la même longueur d'onde.

— Exactement. Je suis prêt à prendre le risque des poulains, si cela aide Gabe à accepter cet argent.

— Il n'est pas au courant, avoua Flynn. Calley et moi sommes tombés d'accord pour ne pas lui dire à quel point il est endetté.

Hunter leva un sourcil. Flynn se tordit les mains.

— J'ai failli le perdre, Hunter. Il n'est toujours pas en forme et les médecins ignorent s'il va se remettre complètement. Le ranch est toute sa vie. Même s'il ne peut plus y travailler, je veux que l'affaire perdure.

Hunter prit un moment pour le regarder.

— C'est un gros sacrifice que vous faites là, de tant vous lier à ce ranch.

Hunter savait que Flynn travaillait chez Gabe depuis à peine six mois. S'était-il en si peu de temps autant attaché à son employeur ? Hunter n'avait jamais vu un tel dévouement entre deux hommes. D'un autre côté, jusqu'à récemment, il n'avait pas trop prêté attention à ce genre de relation – il s'était même acharné *à ne pas* regarder.

— Je vais vous donner cinquante mille, décida-t-il, tout à coup.

Flynn le regarda, surpris.

— C'est…

— C'est trente mille pour deux poulains et vingt de plus pour en prendre soin.

— Ils ne sont pas encore nés, protesta faiblement Flynn. Et pour les juments, nous comptions les nourrir, de toute façon.

— Vous aurez besoin d'avoine et de granulés supplémentaires pour les juments une fois qu'elles sont pleines, sans compter les vaccins.

— Elles le sont déjà, avoua Flynn. J'ai sorti Brenner, il a monté trois juments. Bill m'a confirmé que deux d'entre elles étaient fécondées.

Hunter sourit.

— J'aurais aimé voir ça !

Flynn lui lança un regard offusqué, comme s'il avait envie de le traiter de pervers mais il tint sa langue. Il hocha juste la tête.

— Je vais faire préparer un contrat, ajouta Hunter. Croyez-vous que Gabe le signera ?

Flynn secoua la tête.

— Non, mais Calley le fera. Elle a la procuration de Gabe chez son avocat.

Hunter acquiesça.

— D'accord, dans ce cas, téléphonez-lui. Elle est dans le secret, j'espère ?

— Ouais, admit Flynn. En fait, c'est en partie son idée.

Il fit quelques pas vers la porte. Hunter le retint encore une fois :

— Aurez-vous assez d'argent pour passer l'hiver ? Je sais que vous n'avez pas eu le temps de dresser vos chevaux, et comme j'ai acheté tous ceux que Gabe avait de disponibles, il ne vous en reste aucun à vendre en ce moment.

— Nous n'en avons pas acquis non plus, la horde est au minimum. Je pense m'en sortir.

— Si vous avez besoin d'un coup de main, je vous aiderai volontiers. N'hésitez pas à m'appeler.

Avec un dernier salut, Flynn s'en alla. Le rancher le suivit peu après, décidé à retrouver Grant.

XXII

COMME IZZIE l'avait annoncé, il pleuvait toujours, mais c'était plutôt du crachin désormais. Hunter voulait avoir le temps de parler à Grant, de préférence en tête-à-tête. Bien que l'idée de monter ne l'enchante guère en ce moment, ce serait le moyen le plus sûr d'être tranquille une heure ou deux.

Après avoir sellé Raven et Belle, il alla jusqu'à la remise. Il descendit de cheval, attacha les bêtes à l'extérieur. Il ne put s'empêcher de s'attarder un moment à l'entrée, pour admirer la scène.

L'endroit, faiblement éclairé par un puits de lumière au plafond, était poussiéreux. D'un côté, il y avait des piles de bois scié, de l'autre, les troncs d'arbres entiers. Un peu partout, des monticules de sciure et quelques débris de planches. Et au beau milieu de la pièce, se tenait Grant. Il portait son jean et ses bottes, sans chemise ni chapeau. Ses cheveux noirs étaient couverts de copeaux, sa peau était jaunie de sciure.

Le hangar, comme quelques autres endroits du ranch, évoquait pour Hunter un souvenir sensuel. Ceci, combiné à la vue en face de lui, le fit bander presque immédiatement. Il devait pourtant se contrôler.

— Tu as fini ?

Grant leva les yeux et sourit.

— C'est déjà mieux, tu ne trouves pas ?

Hunter n'en était pas certain. Tout lui paraissait encore en désordre. D'un autre côté, cet espace de travail n'était pas destiné à l'ordre et au rangement.

— Ça te dit de venir faire un tour ?

Grant se gratta les cheveux, perplexe.

— J'ai encore beaucoup à faire ici, désolé.

Quand il leva la main, Hunter aperçut la touffe de poils de son aisselle, il en eut pratiquement l'eau à la bouche. Il n'arrivait pas à croire que son self-control lui échappe à ce point dès qu'il se trouvait à proximité de son amant.

— Tu finiras plus tard. Je viens te sauver d'une mort prématurée due à une trop importante inhalation de poussière.

Tout d'abord, Grant ne bougea pas, comme s'il réfléchissait à cette proposition.

— Je t'ai déjà sellé Raven, insista Hunter.

Grant sourit et sembla céder.

— D'accord, mais laisse-moi le temps de me nettoyer un peu. Sinon, avec le frottement et toute cette sciure, je vais m'esquinter la peau.

Tant qu'à faire, Hunter préférait esquinter la peau de Grant contre le tronc d'un arbre pendant qu'il le baisait, mais il se mordit la langue et retint ses paroles.

Une chance, vu que Tim entra au même moment dans le hangar.

— Hé, Grant, tu aurais une planche en stock pour réparer un des appentis de la prairie nord ? De cette taille-là à peu près...

Il écarta les mains d'une soixantaine de centimètres, avant d'ajouter :

— J'irai arranger ça cet après-midi. Une des poutres est pourrie et avec ce temps, les chevaux ont besoin d'un abri.

Grant jeta à Hunter un bref coup d'œil, puis il reporta son attention sur Tim.

— Hunter et moi comptions y aller à cheval. Je vais emporter une planche et des clous, je me charge de la réparation.

Même sans se tourner vers Tim, Hunter devina que celui-ci était plutôt étonné. Grant se hâta d'expliquer :

— Nous comptions revérifier s'il y avait des traces de cougar. Tu m'as bien dit la semaine dernière que Dave en avait repéré un là-haut, non ?

— C'est exact, répondit Tim, qui hocha la tête.

— Donc, nous allons prendre un fusil et jeter un œil. Quant à toi, pourquoi ne pas pousser jusqu'aux pâtures ouest avec Dave pour vérifier si les chevaux ont suffisamment d'herbe ? Le cas échéant, vous n'aurez qu'à les déplacer.

— Bien sûr, patron.

Tim toucha son chapeau en saluant Grant. Quand il se retourna, il réalisa que son véritable patron se trouvait là aussi. Il s'enquit, d'un ton hésitant :

— Tu es d'accord, Hunter ?

Celui-ci sourit.

— Bien sûr. Ça me paraît sensé. Nous réparerons l'appentis nord.

Hunter attendit d'être seul pour s'approcher de Grant et lui chuchoter, afin que Tim n'ait aucune chance de l'entendre :

— J'aime ta façon de raisonner. Je devrais peut-être te nommer régisseur ? Manifestement, les hommes te considèrent déjà en droit de leur donner des ordres.

Grant haussa les épaules.

— Désolé. Je ne voulais pas...

Hunter l'interrompit en le prenant par la nuque. Il l'attira plus près, mais au dernier moment, il se figea sans l'embrasser.

— Tu n'as pas à t'excuser, se contenta-t-il de dire avant de le lâcher. Je te retrouve devant le bâtiment du personnel dans dix minutes ?

— D'accord.

Il bruinait quand les deux hommes remontèrent à cheval, mais ni l'un ni l'autre ne s'en souciait. Après avoir galopé une bonne vingtaine de minutes, Hunter ralentit. Grant se rapprocha de lui. Leurs chevaux avançaient côte à côte.

— Alors, comment ça s'est passé avec Flynn ?

Hunter se mit à rire.

— Tu as mis du temps à le demander.

Grant sourit timidement.

— J'y ai pensé pendant que je travaillais, mais alors, tu es entré dans le hangar et je n'ai plus vu que toi.

— Gabe a de grosses factures d'hôpital à payer, Calley et Flynn tentent de trouver un moyen pour garder son ranch à flot.

Grant hocha la tête d'un air pensif.

— Gabe n'acceptera jamais la charité, reprit Hunter, et ils n'ont plus de chevaux à vendre. La solution n'est pas facile.

— Ils auront besoin d'avoine et de foin pour passer l'hiver. Gabe n'a pas assez de terres de pâturage pour que les chevaux subsistent toute la mauvaise saison. Je suppose que tu pourrais les laisser paître chez toi et leur donner une partie de ton fourrage ?

— Ou je pourrais acheter deux poulains de Brenner, déclara Hunter, avec un grand sourire.

— Brenner ? Des poulains ? s'étonna Grant.

La pluie recommençant à tomber dru, il avait dû élever la voix pour se faire entendre. En fait, très vite, l'averse se transforma en cataracte, au point que les deux hommes ne s'entendaient même plus penser. Ils mirent pied à terre et menèrent leurs chevaux jusqu'à un appentis non loin de là. L'abri était déjà bien encombré. Heureusement, les chevaux se montrèrent conciliants et se serrèrent pour leur faire de la place, ainsi qu'à Raven et Belle.

Hunter ôta son chapeau et essuya l'eau de son visage.

— Apparemment, Brenner vient de monter plusieurs juments. Et il est en grande forme. Le vétérinaire est passé, deux au moins sont pleines.

Grant se mit à rire.

— Tu veux dire qu'il y a enfin un male 100 % hétéro chez Gabe ?

— Il semble que oui.

— Je ne comprends pas, reprit Grant, qui avait retrouvé son sérieux. Gabe ne s'est jamais intéressé à la reproduction. Sait-il au moins que son précieux Brenner va être père ?

Ils s'assirent sur une botte de foin que Tim avait dû laisser là quand il avait repéré les dommages causés à la vieille cabane. Un des chevaux, sans doute offusqué de voir l'accès à son repas bloqué, donna un petit coup de tête à Hunter. Les deux hommes arrachèrent des poignées de foin pour les offrir à l'affamé, qui les mastiqua, satisfait.

— Non, Flynn et Calley n'ont pas révélé à Gabe que ses finances étaient dans un état désastreux.

— C'est une très mauvaise idée, déclara Grant. Il sera furieux quand il découvrira qu'ils lui ont caché un truc pareil.

Hunter acquiesça. Ils restèrent assis en silence pendant un moment, à regarder les chevaux en écoutant la pluie qui tombait toujours en abondance.

— Au fait, comment va Gabe ? demanda Grant. Est-ce que Flynn t'a donné de ses nouvelles ?

Hunter trouva qu'il paraissait peu sûr de lui. Il lui prit la main et la pressa, tentant de lui faire comprendre par ce geste que son intérêt concernant la santé de Gabe était tout à fait naturel.

— Oui. Les médecins ne sont pas certains qu'il se rétablira complètement. D'après Flynn, sa vie n'est pas en jeu, par contre, Gabe risque de ne plus être en mesure de travailler.

— Et merde ! Ça le tuerait de ne plus pouvoir être avec ses chevaux.

Hunter ne put s'empêcher de ressentir une certaine jalousie, il se rassura en se souvenant que la relation entre Grant et Gabe était terminée depuis longtemps. D'ailleurs, même si son amant avait voulu récupérer son ex, Flynn serait là pour l'en empêcher.

— Flynn est prêt à faire n'importe quoi pour sauver le ranch de la faillite, reprit Hunter. Même si Gabe ne peut plus travailler, il vivra encore parmi ses chevaux.

Grant se pencha vers lui.

— Je suis vraiment heureux que Gabe ait Flynn avec lui.

— Ouais, ils semblent très amoureux.

Grant haussa les épaules et se redressa, s'éloignant par là même de Hunter.

— Ça dépend de la définition que tu donnes à l'amour.

Hunter leva un sourcil et lui jeta un coup d'œil interrogateur, mais Grant ne le remarqua pas. Il regardait droit devant lui, en direction de la prairie, ou du moins ce qu'il pouvait en apercevoir à travers les corps des chevaux pressés les uns contre les autres. Hunter ignorait ce que pensait son amant en ce moment. Il aurait presque pu croire que Grant avait gardé de tendres sentiments vis-à-vis de Gabe. Le monstre vert de la jalousie revint en force, créant en lui des ravages.

Grant se leva.

— Et si nous réparions cette baraque afin de pouvoir rentrer à la maison ?

Ce n'était pas véritablement une question. Hunter décida d'oublier ses doutes et d'aider Grant accomplir cette tâche. Au moins, ils formaient une bonne équipe de travail.

Grant restant silencieux, Hunter se sentit de plus en plus abandonné. Après avoir cloué la nouvelle planche pour consolider la structure, Grant vérifia que tout était désormais solide. Puis, sans attendre que la pluie se calme, les deux hommes lancèrent leurs montures au galop pour rentrer au ranch.

Une fois à l'écurie, ils essuyèrent leurs chevaux et s'assurèrent qu'ils avaient de la nourriture et de l'eau. Ensuite, ils se séparèrent, chacun d'eux retournant dans ses quartiers : Hunter se dirigea vers la maison principale, Grant vers le bâtiment du personnel.

Hunter se cacha dans son bureau, espérant que sa famille le laisserait tranquille. S'il avait su à l'avance que parler de Gabe mettrait son amant de si sombre humeur, il aurait soigneusement évité le sujet. Maintenant, il était trop tard.

Son amant.

Il joua avec le mot dans sa tête. Il le chuchota même plusieurs fois, avide de l'entendre. Le week-end avait été tellement incroyable, tellement mieux qu'il avait jamais osé l'imaginer. Faire l'amour à Grant lui avait paru si naturel ! Désormais, il crevait d'envie de le toucher en permanence, d'avoir sur lui ses mains, sa bouche, ses lèvres. Il sentit son sexe se ranimer, simplement en évoquant ce qu'il allait faire à Grant à la première occasion où ils se retrouveraient seuls, ensemble. Pourrait-il à nouveau s'en aller tout un week-end ? Comment expliquer à sa mère une absence si rapprochée de la première ? Après tout, il n'y avait pas tant d'expositions ou de ventes aux enchères au cours de l'année. De plus, il n'avait pas la réputation de s'y rendre régulièrement.

Hunter secoua la tête. Inutile de se faire du souci à l'avance. Inutile d'envisager un coming-out devant sa mère et ses sœurs alors qu'il n'était même pas certain que sa relation avec Grant allait durer. Et si celui-ci n'y voyait qu'une aventure sans lendemain, un agréable moyen de passer le temps ? Une satisfaction rapide mais sans conséquence ? Et s'il avait prévu de repartir bientôt ? Grant n'avait-il pas été le premier à dire que sa liaison avec Gabe n'était rien d'autre que du sexe ? Peut-être était-ce tout ce qui l'intéressait, cette fois encore ?

Non, impossible. Hunter refusait d'y croire, surtout après le week-end dernier. Grant avait parlé de lui comme étant 'son mec', mais c'était peut-être une façon de parler.

— Le dîner est prêt ! cria Bernie du fond de la maison.

Hunter regarda autour de lui, le bureau vide. Il se plaqua au visage son plus beau sourire et sortit, prêt à affronter les femmes de sa famille.

XXIII

GRANT PRIT une assiette de viande et de purée et l'emporta pour manger devant le match de football. Il ne voulait surtout pas subir de conversation banale pendant son dîner. Une fois sa faim assouvie, il ramena son assiette dans la cuisine commune et monta dans sa chambre, à l'étage.

Quelle étrange journée il venait de passer ! À son réveil, il avait découvert que Hunter lui manquait beaucoup, donc une fois ses tâches matinales accomplies, il s'était rendu au bureau du rancher pour lui dire bonjour. Ils n'avaient pas couché ensemble, non parce qu'ils n'en avaient pas eu envie, mais parce qu'ici, au ranch, ils ne bénéficiaient d'aucun endroit tranquille. Et pourtant, en voyant Hunter, Grant avait eu terriblement envie de le toucher.

Ces sentiments lui étaient étrangers. Il n'avait jamais ressenti pour un de ses précédents amants ce qu'il ressentait pour Hunter. Le rancher emplissait tout son univers. Il ne représentait pas juste du sexe, mais aussi des conversations stimulantes et des goûts en commun sur de nombreux points : bonne nourriture, chevaux, motos, football. Que demander de plus ?

Grant savait qu'il ne méritait pas Hunter. Pourquoi le riche propriétaire d'un ranch florissant accepterait de vivre avec un vagabond dans son genre ? Il ne possédait dans la vie que le maigre bagage qu'il pouvait emporter sur sa moto. En fait, son seul bien de valeur était précisément cette moto. S'il la vendait, il en tirerait peut-être cinq cents dollars. Merde quoi ! Il n'avait même pas de compte bancaire à son nom ou de carte de crédit. Il avait si peu d'argent disponible qu'il le gardait dans une chaussette, dans son placard. Une cagnotte de quelques centaines de dollars pour les éventuels coups durs ou les périodes creuses entre deux emplois.

Si Hunter décidait de faire son coming-out devant sa famille, tous penseraient que Grant en avait après son argent. Et bien entendu, il serait aussi accusé d'avoir corrompu le précieux garçon de la famille – un gay tellement refoulé qu'il s'était exclusivement intéressé aux filles jusqu'à ce jour.

Devait-il rompre avant de risquer de tout perdre ?

Il se laissa tomber sur le lit. Couché sur le dos, il regarda le plafond et pensa aux deux jours passés avec Hunter, à leur nuit surtout, à leur passion mutuelle. Et comment le rancher, d'abord si timide et mal à l'aise, s'était vite transformé en amant exceptionnel. Grant s'était même offert à lui. Ce qu'il n'avait encore jamais fait, depuis ses toutes premières expériences sexuelles entre hommes. Il avait encore mal au cul, mais ça en valait vraiment la peine. Il comprenait à présent pourquoi Gabe en était tellement friand et pourquoi Hunter, après l'avoir baisé à le faire hurler, avait accepté un retournement de situation chaque fois qu'ils avaient remis le couvert. Comment pourrait-il y renoncer ? Comment cesser de désirer Hunter ?

Même maintenant, penser à lui le faisait bander presque jusqu'à la douleur. Il détacha sa ceinture et libéra son sexe de son jean pour se caresser avec impatience. Ce n'était pas assez. Ce qu'il voulait, c'était les mains de Hunter sur son sexe. Et peut-être aussi sa bouche. Ouais, ça serait génial. Pour un novice, Hunter était naturellement doué dans le noble art de la fellation. Ce qui lui manquait en technique, il le compensait en enthousiasme.

Grant roula sur le ventre en agitant fébrilement la main dans son pantalon. Ouais, c'était bien. Mais ce n'était qu'un pauvre substitut du corps mince et musclé qu'il tenait entre les mains à peine vingt-quatre heures plus tôt. Pour le moment, il lui faudrait bien s'en satisfaire. Mais il refusait l'idée de renoncer à Hunter. Il devait le posséder, encore et encore. Ils trouveraient le moyen de se voir. Ils seraient obligés de se cacher, bien sûr, mais Grant avait l'habitude de toujours dissimuler ses vrais sentiments, sans personne à qui se confier.

Un secret de plus à garder ? Aucun problème.

Il se remit sur le dos et grogna, exaspéré. Il n'arrivait pas à jouir. Était-ce parce qu'il pensait trop ? Ou parce qu'il s'inquiétait de ce que l'avenir lui réservait ? Merde. Il lâcha son sexe et quitta son lit pour ôter son jean humide et son boxer.

Il se positionna à quatre pattes sur le lit et reprit sa verge en main. Il évoqua le souvenir de Hunter le baisant pendant qu'il se masturbait avec frénésie. Puis il réalisa qu'il lui manquait une sensation. Il baissa les épaules, les fesses bien en l'air, se lécha les doigts et passa la main derrière lui, entre ses fesses. Il tâtonna avec prudence, l'anneau de ses muscles lui semblait encore à vif. Il pressa quand même… C'était si jouissif que ses testicules se crispèrent. Il n'eut aucun mal à imaginer les doigts de Hunter en lui, son sexe.

C'était lui que Grant voulait : son homme, son cowboy.

— Putain, Hunter !

Après quelques cercles hésitants, il poussa deux de ses doigts à l'intérieur. Aussitôt, il se cabra et jouit dans son autre main, laissant des jets de sperme blanc se répandre sur les draps.

Après son orgasme, toujours haletant, Grant réalisa une évidence : il ne serait pas capable de quitter de Hunter comme il avait quitté Gabe et d'innombrables autres amants. Cette fois, c'était différent.

Et cela lui foutait une trouille de tous les diables.

XXIV

LA RECHERCHE du cougar n'avait donné aucun résultat, et bien qu'il y ait un net écrasement de la clôture chaque fois qu'un poulain disparaissait, celui-ci ne semblait pas provenir d'une main humaine. Le mystère restait entier.

Après quelques semaines sans nouvelle perte, les hommes commencèrent à répartir les bêtes entre les différentes prairies et à les ramener peu à peu près de la ferme, où elles devaient passer l'hiver. C'était plus facile de les nourrir ainsi, en leur fournissant du foin en complément. De plus, la vallée étant mieux protégée du froid, les chevaux risquaient moins de voir leur point d'eau geler pendant les nuits d'hiver.

La pluie avait enfin cessé, permettant la récolte du foin pour l'hiver. Tout le monde avait été très occupé pendant la fenaison : couper l'herbe, la laisser sécher, et l'engranger.

Hunter et Grant continuaient à garder leur relation secrète. Seule Izzie était au courant, elle les taquinait discrètement à chaque opportunité. Le rancher était souvent tenté de lui rendre la pareille concernant sa liaison en cours, mais il n'avait toujours pas découvert le nom de l'heureux élu, donc il avait tenu sa langue.

De temps en temps, Hunter et Grant trouvaient une occasion de quitter le ranch, mais la plupart de leurs rencontres avaient lieu dans une des granges désertes réparties sur le territoire du ranch. Parfois ils se retrouvaient aussi dans l'écurie de Gabe, quand il pleuvait dehors et qu'ils étaient sûrs que ni Flynn ni Bridget, le chien de Gabe, ne risquait de les surprendre. Ce n'était pas parfait, loin de là, mais ils faisaient avec. Et Hunter sentait moins la pression de sa famille.

GRANT AVAIT travaillé toute la journée dans la remise, sciant du bois afin de créer des haies d'obstacles pour Bernie : la jeune fille entraînait son cheval à sauter. Grant avait toujours considéré que la plus jeune sœur de Hunter n'était pas une cavalière de rodéo : elle préférait l'équitation au sens plus traditionnel du terme. Pourtant, elle s'était inscrite à une triple compétition qui aurait lieu sur trois jours. Hunter lui avait acheté un bon cheval, capable de participer à chacune des épreuves : dressage, saut d'obstacles et cross-country. Depuis lors, Bernie s'entraînait tous les jours en rentrant de l'école.

Travailler le bois donnait à Grant le temps de réfléchir. Il décida de demander à Hunter quelques jours de congé, une fois de plus. Il y avait plusieurs semaines qu'il n'était pas retourné chez lui, il ne voulait même pas compter tout ce temps passé. En dépit de son inquiétude concernant cette demande qu'il n'était pas prêt à expliquer, il ne pouvait pas reculer davantage.

Une fois qu'il eut terminé de couper les longues poutres et traverses pour les barrières, il chargea le tout sur le camion et conduisit jusqu'au manège d'entraînement organisé pour Bernie. Les places des obstacles ayant été balisées, Grant n'eut qu'à décharger son bois au fur et à mesure. C'était un travail physique, mais il avait la force nécessaire pour l'accomplir seul. Par contre, pour monter les obstacles, il aurait besoin de quelqu'un pour l'aider.

— Besoin d'un coup de main ? demanda Hunter.

— Je pensais justement faire appel à un des hommes, plus tard.

Il ne voulait pas affronter Hunter ici, sachant que la conversation risquait de devenir difficile. Il avait prévu de lui parler dans son bureau lorsqu'il aurait terminé dans le paddock, de sorte que ni l'un ni l'autre ne perdrait leur calme en public. Inutile de hurler ce qui n'était pas destiné à toutes les oreilles.

— Je peux t'aider, proposa Hunter, avec entrain. J'ai quasiment fini tout mon travail de la semaine. Et puis, c'est vendredi, je pensais que nous pourrions discuter de nos projets du week-end.

Grant regarda autour de lui pour voir si quelqu'un se trouvait à portée de voix. Hunter devenait de plus en plus insouciant, pensa-t-il.

— Jack et son groupe jouent demain au Tonneau Rapide. Et ce soir, il y a un grand match de football. J'ai entendu certains des gars dire qu'ils allaient tous le regarder ensemble chez Dave, nous aurons le bâtiment du personnel pour nous deux soirs de suite.

Le rancher agita les sourcils de manière suggestive. Grant se redressa de toute sa taille.

— Écoute, Hunter, j'allais justement te demander quelques jours de congé au début de la semaine prochaine. Peut-être lundi et mardi… Il faudrait que je parte ce soir. Je serai de retour aussi vite que possible.

Il était rare que la maison du personnel soit déserte. Les deux hommes auraient pu être tranquilles dans sa chambre sans avoir à s'inquiéter qu'on les voie ou les entende. Grant fut tenté de reporter son déplacement, mais tous les week-ends, Hunter semblait trouver de nouvelles propositions alléchantes. Chaque fois, il devenait plus difficile à Grant de refuser, aussi il préférait ne pas céder une fois de plus.

Même s'il devait assister à la déception manifeste de son amant.

— Je suis désolé, Hunter.

— Tu n'as toujours pas prévu de me donner une explication, à ce que je vois.

Grant secoua la tête.

— Je ne ferai rien que tu n'aimerais pas, tu peux me croire.

Hunter pinça les lèvres.

— C'est un peu difficile de te faire confiance alors que tu disparais sans préavis et que tu as plus important à faire que de passer du temps avec ton *amant*.

Il chuchota le dernier mot, comme s'il tenait à s'assurer de n'être entendu que par Grant. Avant que celui-ci ait le temps de réagir, Hunter tourna les talons et quitta le paddock d'un pas résolu.

Grant fut tenté de le suivre, de lui prendre le bras et de le ramener, mais dans quel but ? Hunter refuserait de rester avec lui à moins qu'il annule son projet de départ. Avec une sourde douleur à l'estomac, il laissa donc son cowboy s'en aller et poussa un profond soupir.

Il avait fait tout ce qu'il pouvait pour aider Bernie. Il étudia du regard le paddock de terre battue, en espérant qu'elle aimerait son terrain d'entraînement.

Il retourna au quartier du personnel, espérant plus ou moins rencontrer Hunter en chemin, mais il ne le vit nulle part.

Après une douche rapide, il enfila des vêtements de cuir et se prépara un sac avec des vêtements de rechange. Il l'attacha sur sa moto et quitta le ranch. Il décida de dîner en chemin, avant de poursuivre sa route vers l'ouest, vers Portland. En ce moment, il voulait mettre autant de distance possible entre lui et le ranch – et Hunter. Il espérait que ce qui l'attendait en vaudrait la peine et qu'il serait capable d'avoir l'esprit clair et de tirer le meilleur de son déplacement.

La route était longue et ennuyeuse. Grant l'avait si souvent accomplie au cours des dernières années qu'il était presque en pilotage automatique. Il s'arrêta le temps de manger un hamburger, mais sans s'attarder. En roulant bien, il arriverait en banlieue de Portland au point du jour et piquerait un petit roupillon dans le parc avant de se rendre à l'endroit habituel. Il ne faisait pas encore froid, le temps était plutôt sec, il pourrait dormir en plein air durant quelques heures.

Après environ six heures de route, Grant quitta la voie rapide, à la fois fatigué et démoralisé. Il avait besoin d'une pause-pipi. Quand il vit les néons d'un bar en bord de route, à distance, il décida de se reposer un moment. Il s'offrirait même une bière, une seule, ce qui ne compromettrait pas la sécurité de sa conduite, mais lui donnerait un coup de fouet. Il lui fallait rester éveillé et alerte pour le reste de la route.

Bien qu'il ait emprunté le même itinéraire à de nombreuses reprises, il ne s'était encore jamais arrêté dans ce bar. À l'intérieur, il trouva la clientèle habituelle d'un vendredi soir : quelques buveurs de bière quadragénaires traînaient près du comptoir ; dans un coin, un homme plus âgé était attablé avec une jolie femme ; enfin, un groupe de jeunes s'agglutinait près des flippers. Grant traversa la salle en direction des toilettes. Quand il revint, il commanda une bière au bar et se surprit à lorgner le cul du barman, un jeune tatoué aux longs cheveux. Peu après, il fut accosté par une habituée très éméchée.

— Salut, bel étranger.

— Bonsoir, répondit Grant, poliment.

Il ne cherchait surtout pas l'encourager. Elle paraissait à peine majeure et il ne tenait pas à finir en prison. D'un autre côté, elle semblait vraiment ivre, comme si elle buvait depuis des années sans avoir pris le temps de faire plus d'un jour ou deux une pause sobriété. Grant s'inquiétait à l'idée qu'elle tente de lui soutirer de l'argent.

Le musculeux barman lui rapporta sa bière et lança à la fille un regard inquiet.

— Je pense que t'as assez bu, Jewel.

— Argh, allez, Stevie ! Je suis sûre que ce brave monsieur va me payer un ou deux verres.

Elle tenta de passer le bras autour de Grant. Celui-ci jeta un coup d'œil appuyé à Stevie, pour lui transmettre qu'il n'en était pas question. À sa grande surprise, son message fut reçu cinq sur cinq.

— Allez, Jewel, ça suffit. Je vais téléphoner à ton vieux pour qu'il vienne te chercher.

— Non, Stevie ! S'il te plaît, fais pas ça, gémit-elle. Je veux pas rentrer à la maison. Al fait rien que rester assis devant la télé, et ce soir, y'a du football.

— Très bien, concéda Stevie. Mais alors, tu restes tranquillement assise dans un coin et tu fiches la paix à mes clients.

Elle s'éloigna aussitôt. Grant remercia le barman d'un signe de la tête, avant de siroter une gorgée de sa bière. La jeune femme quitta tout à coup son vieux, au coin de la salle, et vint s'asseoir au bar. Elle demanda au barman :

— Une autre tournée, s'il te plaît, Steve !

Se retournant, elle examina Grant de haut en bas, la mine gourmande.

— On ne voit pas souvent des gens comme vous par ici, remarqua-t-elle.

Il la regarda et sourit. Elle était jolie, la trentaine environ, élégamment vêtue, avec un peu trop maquillage et de bijoux à son goût, mais ce n'est pas pour autant qu'il était dur de la regarder.

— Des gens comme moi ? répéta-t-il, avec un peu d'appréhension.

Un moment, il se demanda s'il ne venait pas de rencontrer une femme avec un gaydar[4] exceptionnel.

— Un bel étranger.

Elle lui offrit un sourire chargé de séduction.

— Ah. Je pensais que la beauté n'était pas réservée aux étrangers. Vous avez certainement tout ce qu'il vous faut ici.

— Peut-être, dit-elle, avec un accent chantant. Mais je connais tous les gens d'ici. Vous n'êtes pas du coin, pas vrai ?

— Non.

Il s'attaqua à sa bière. Il n'avait pas envie de fournir d'autres informations. S'il avait voulu se laisser séduire, il se serait davantage livré, mais il voulait juste boire un verre tranquille. Il n'avait vraiment pas besoin de complication sentimentale, surtout pas avec une femme. Et celle-ci le draguait manifestement, à en juger par la façon dont elle envahissait son espace personnel.

---

[4] Néologisme formé de 'gay' et 'radar', désignant la capacité intuitive de quelqu'un à deviner l'homosexualité chez autrui.

Il se retourna pour voir ce que pensait de la situation l'amant en titre, mais le vieillard s'était endormi, la tête appuyée contre la paroi. Grant ne remarqua pas un autre homme qui le fixait, caché dans l'ombre de la grande salle mal éclairée.

XXV

HUNTER N'AIMAIT pas voir Grant au bar, occupé à flirter avec cette femme. Ils semblaient bien s'entendre, mais d'après lui, ils ne se connaissaient pas. Grant souriait, cependant, avec des yeux à la fois taquins et séducteurs.

Elle se pencha sur le bar, adressa au barman un clin d'œil, et récupéra un bol d'arachides, caché sous le comptoir. Elle en offrit à Grant, qui accepta une poignée et se mit à les grignoter, tout en lui parlant.

Hunter fut tenté de se découvrir, de marcher jusqu'à son amant et poser un bras possessif autour de ses épaules, histoire de bien préciser à cette bonne femme que Grant n'était pas disponible. Le problème était qu'un tel geste aurait deux conséquences qu'il n'était pas encore prêt à accepter. La première, ce serait sortir du placard tout en révélant également l'homosexualité de Grant et ce, dans un bar rempli d'étrangers, au milieu de nulle part ; la seconde, il lui faudrait admettre à Grant qu'il l'avait suivi depuis des heures, depuis son départ du ranch.

HUNTER AVAIT regardé Grant quitter le paddock pour retourner au bâtiment du personnel. Il avait attendu de le voir ressortir, déterminé à le suivre pour enfin comprendre où diable son amant passait ses jours de congé. Après l'avoir vu enfourcher sa moto, il avait sauté dans son camion et quitté le ranch le premier. Il avait attendu au carrefour de la voie d'accès, sachant que Grant prendrait la direction de l'autoroute. Dès que la moto était passée devant lui, il l'avait suivie.

La filature n'avait pas toujours été facile. Sur les tronçons déserts, il avait dû garder ses distances pour ne pas que Grant le repère. Dès qu'il y avait de la circulation, la moto zigzaguait parmi les voitures et Hunter se faisait vite distancer, vu que son camion n'avait pas autant de mobilité. Quelques fois, il avait cru perdre définitivement la piste, mais il s'était accroché et avait finalement rattrapé la moto.

Quand Grant avait quitté l'autoroute, Hunter avait failli rater la sortie, mais juste après, sur une longue ligne droite déserte, il s'était rendu compte qu'il ne voyait plus la moto, alors il avait fait demi-tour pour revenir à la sortie précédente. Il avait alors eu de la chance : il avait trouvé la moto arrêtée devant le bar.

143

Il s'était discrètement glissé à l'intérieur, en essayant de rester tapi dans l'ombre. Il ne voulait être aperçu ni de Grant ni du barman.

Qu'est-ce que fabriquait Grant au juste ? Était-ce ainsi qu'il occupait son temps libre : en draguant les femmes dans les bars ? Hunter sentait la colère bouillonner en lui. La colère et la jalousie. Il n'arrivait pas à associer son amant avec une femme, surtout après tous leurs ébats torrides. N'avait-il été pour Grant qu'une opportunité ? Juste une passade avant qu'il retourne vers une autre ?

Hunter connaissait la sensation d'un corps féminin sous ses mains. Mais maintenant qu'il avait découvert l'amour avec un homme, il ne serait jamais capable de désirer à nouveau une femme. Son expérience avec Grant l'avait enivré, corps et âme, il avait enfin découvert qui il était vraiment. Et constater que Grant ne partageait pas ses sentiments était une brutale retombée sur terre.

Au moment où il s'était convaincu de sortir discrètement et rentrer chez lui, Grant se débarrassa de la femme, jeta de l'argent sur le comptoir, et sortit.

Hunter décida de lui parler. À présent, il se fichait complètement que Grant découvre sa filature. Il voulait l'affronter et lui donner le choix : soit il crachait le morceau, soit il était inutile qu'il revienne au ranch.

La nuit était tombée quand il quitta le bar et il aperçut les feux arrière de la moto qui s'en allait. Grant fit crisser le gravier du parking pour reprendre sa route. Hunter courut jusqu'à son camion et lui fila le train, sans se donner la peine de maintenir une distance de sécurité. Au contraire, il essaya de rester aussi près que possible : pas question de le perdre une fois de plus.

Grant sembla remarquer qu'il était suivi. Il accéléra jusqu'à dépasser largement la vitesse autorisée. Hunter dut vraiment pousser le moteur de son camion pour ne pas se faire distancer. Il savait bien que ni l'un ni l'autre ne pourrait garder longtemps une telle allure. Dès qu'il trouva une ligne droite, il essaya de remonter à côté de Grant. Au début, celui-ci ignora sa présence, mais tout à coup, il tourna la tête pour lui jeter un regard furieux. Hunter remarqua son changement d'expression au moment où le motard le reconnut. Au même moment, un violent coup de klaxon attira leur attention : un énorme camion arrivait en sens inverse.

L'accident se produisit en une fraction de seconde. Et pourtant, le temps sembla passer au ralenti, s'étendre à l'infini. La moto se mit à zigzaguer, le poids-lourd la heurta et la catapulta en l'air. Elle retomba sur la plate-forme arrière du camion de Hunter, rebondit, et disparut de sa vue. Le rancher freina immédiatement, son véhicule faisant plusieurs embardées. Le poids-lourd continua sa route sans même ralentir. Hunter avait déjà jailli de son pick-up sans se donner la peine de couper le moteur. Il courut vers l'endroit où il pensait que Grant avait atterri et tenta de le repérer dans l'obscurité. Il entendit enfin une respiration laborieuse.

— Merde, Grant ! Je suis désolé.

Il s'accroupit à côté de lui dans la poussière. Il faisait trop sombre pour voir s'il était blessé, plus encore pour déchiffrer son expression. Hunter ne put que promener frénétiquement ses mains sur le corps étendu, à la recherche de sang ou de fracture. De temps en temps, Grant poussait un glapissement de douleur quand Hunter tâtonnait un bras ou une jambe.

— Dis-moi que tu vas bien ? tenta Hunter.

Grant se contenta de grogner, puis déglutit difficilement.

— Je t'en prie, Grant. Par pitié, amour, dis-moi que tu n'as rien. S'il te plaît ?

N'obtenant toujours aucune réponse, il lui enleva son casque et aperçut des taches sombres sur le côté de sa tête. En plus, le blessé avait les yeux fermés. Sans réfléchir, Hunter saisit le corps abandonné dans ses bras.

— Parle-moi, mon amour, s'il te plaît, dis-moi que tu n'as rien !

Il se balançait d'avant en arrière, Grant serré dans les bras, faisant de son mieux pour le soutenir. Il se pencha pour embrasser ce visage tant aimé, sans se soucier du sang qui le recouvrait. La seule chose qui l'intéressait, c'était de savoir que Grant était bien vivant, qu'il ne risquait pas de mourir. Il ne le laisserait jamais mourir.

— Est-ce que ça va, mec ?

Surpris, Hunter leva les yeux vers une lampe de poche qui venait d'apparaître.

— Quoi ?

— Nous avons vu un camion arrêté sur la route, et puis vous, penché sur lui.

Le jeune inconnu braqua sa lampe sur Grant et descendit le long de son corps.

— Ah, merde ! hurla-t-il. Sandy, appelle une ambulance !

Hunter se sentait étourdi, aussi bien à cause de ce qui venait de se passer que de la vive lumière qui l'aveuglait.

Grant grogna.

— Non. Pas d'ambulance.

Hunter baissa les yeux pour le regarder.

— Écoute…

— Non, cowboy. Pas. D'hôpital.

Le rancher ne réussit pas à le faire changer d'avis. Bien sûr, il comprenait sa position, mais il savait aussi que son amant était grièvement blessé et qu'il lui fallait absolument un médecin. Le problème, c'était que Hunter n'arrivait plus à réfléchir, ni à déterminer ce qu'il devait faire.

Il traversa la suite des événements dans un état second. Il fallut attendre une éternité l'arrivée de l'ambulance. Ensuite, les urgentistes soulevèrent Grant sur une civière qu'ils placèrent à l'arrière de leur véhicule, pour repartir à toute vitesse, sirène en route, gyrophare allumé. Hunter garda le vague souvenir d'un flic qui lui demandait si le camion sur la route était bien à lui, puis le raccompagnait jusque-là, le poussait sur le siège passager, et s'installait derrière le volant.

Quand ils finirent par arriver à l'hôpital, il entendit le policier indiquer à une infirmière qu'il ne pensait pas Hunter impliqué dans l'accident, mais qu'il semblait en état de choc et devait également être placé sous observation.

Sans aucune idée du temps écoulé, Hunter se retrouva dans une salle d'attente, avec une petite dame en uniforme blanc qui lui tendait une tasse de café.

Elle s'installa à côté de lui.

— Le docteur qui vous a examiné a dit que vous n'aviez rien, physiquement parlant. Vous êtes inquiet pour votre ami, cependant, c'est ça ? Avez-vous assisté à son accident ?

Hunter ignora sa question.

— Amant, corrigea-t-il.

— L'homme qu'ils ont amené est votre amant ?

Il hocha la tête en silence.

— Ne bougez pas, dit-elle.

Il la regarda partir et revenir quelques minutes plus tard avec un bloc-notes.

— Dans ce cas, vous allez m'aider à compléter son dossier, d'accord ?

Il réalisa alors qu'il venait de faire son coming-out devant une parfaite étrangère qui n'avait même pas cligné des yeux à son aveu.

— Comment s'appelle-t-il ?

— Grant Jarreau.

— Date de naissance ?

Hunter eut un vague sourire, l'esprit toujours aussi en déroute.

— Je ne sais pas.

C'était la vérité. Et il la trouvait choquante ! Il ne connaissait même pas la date d'anniversaire de Grant, son amant ? C'était Hugh qui l'avait engagé, qui avait rempli la paperasserie nécessaire.

La jeune infirmière ne parut pas troublée par sa déclaration.

— Écoutez, je vais vous laisser le formulaire, remplissez ce que vous pouvez, d'accord ?

— Oui.

Il hocha la tête. Elle lui serra doucement le bras et se releva.

— Je vais voir si les médecins ont fini avec lui. Si c'est le cas, vous pourrez aller le voir.

Il sentit son cœur bondir. Oui, il voulait voir Grant. Une fraction de seconde plus tard, il réalisa que le blessé ne voudrait peut-être pas le voir. Après tout, il était la cause de l'accident, même indirectement. S'il ne s'était pas placé au niveau de la moto, Grant n'aurait pas eu son attention détournée, et alors, il aurait vu le poids-lourd arriver…

Hunter quitta son siège d'un bond, abandonnant le formulaire sur la table à côté de lui. L'infirmière revenait déjà avec une autre tasse de café.

— Sauriez-vous si M. Jarreau est couvert par une assurance maladie ? demanda-t-elle.

— Oui, répondit Hunter, de façon automatique. Eh bien, en fait, non, je ne pense pas qu'il ait une assurance, mais je payerai la facture.

Elle écarquilla les yeux. Sans lui laisser le temps de parler, il expliqua :

— Il travaille pour moi. Je possède un haras près de St. Anthony, en Idaho. C'est l'un de mes meilleurs hommes. J'allais le nommer régisseur après le week-end.

Elle lui offrit un sourire de compassion. Hunter se rendit compte qu'il parlait trop : elle n'avait pas besoin de ces informations pour son dossier. D'un autre côté, il s'était déjà confié à elle bien plus qu'à quiconque, donc ce n'était pas trop grave.

— Je suis sûre que M. Jarreau sera très rassuré de savoir qu'il n'a pas de souci à se faire concernant la facture.

Hunter hocha la tête.

— Je peux le voir maintenant ?

— Le médecin ne va pas tarder à quitter son chevet, il voudra vous parler.

Il la regarda d'un air interrogateur, mais elle ne répondit pas à sa question muette. Du coup, il sentit son estomac se nouer. Quelques minutes plus tôt, elle lui avait promis de le laisser bientôt voir Grant, et maintenant, Hunter devait d'abord rencontrer le médecin ?

Ça ne lui paraissait pas de bon augure.

Elle lui serra à nouveau le bras avant de l'abandonner, encore.

Hunter avait à peu près retrouvé ses esprits, à présent, mais son anxiété était à son comble. Il arpenta la salle d'attente, soulagé qu'il n'y ait personne pour voir son appréhension. Quand l'infirmière était sortie, il avait aperçu une autre salle d'attente, remplie de gens. Certains semblaient malades ou blessés. Pourquoi l'avait-on séparé des autres ?

Il n'eut pas eu beaucoup de temps pour y réfléchir, car la porte s'ouvrit et un homme roux en blouse blanche entra.

— M. Krause ? Vous êtes venu avec M. Jarreau ?

— Oui.

Il essaya de contrôler sa voix pour ne pas trahir son anxiété, et échoua lamentablement.

— Je suis désolé que vous ayez dû attendre aussi longtemps, mais M. Jarreau a fait une chute très violente, et nous avons dû vérifier qu'il n'avait pas de blessure interne risquant de lui causer un préjudice fatal.

— Est-ce qu'il… va bien ?

— Il est couvert d'entailles et de meurtrissures, donc, nous le garderons en observation une ou deux nuits pour surveiller une éventuelle commotion cérébrale, mais il semble s'en être sorti avec des blessures mineures.

— Mineures… c'est-à-dire ?

— Il a un saignement modéré au niveau de la rate, ce qui est la raison essentielle de sa mise en observation. Pour le moment, le saignement n'est pas assez important pour une opération. De plus, il a trois côtes cassées et quelques fêlures au bassin. Ce sera extrêmement douloureux au cours des prochains jours, certes, mais ce n'est rien de grave.

— Puis-je le voir ? demanda Hunter à mi-voix.

— Vous être bien Hunter ?

— Oui.

— Il a demandé après vous. À plusieurs reprises.

— Ah.

Hunter déglutit pour oublier sa peur.

— Je dois vous avertir : vous risquez d'avoir un choc en le voyant, mais je vous assure que nous l'avons ausculté avec soin, intérieurement et extérieurement. Il va être transféré aux soins intensifs dès cette nuit, ou plutôt, dès ce matin, puisque l'aube ne va pas tarder. Voulez-vous que je vous conduise à sa chambre ?

Hunter hocha la tête. Il sentait qu'il n'allait pas tarder à vomir.

XXVI

Si Hunter pensait que son anxiété se calmerait une fois dans la chambre de Grant, il se trompait. Au contraire, en voyant son amant, il s'affola.

Grant était couché, les yeux fermés. Ses cheveux courts et presque noirs étaient tout hérissés aux endroits où les médecins avaient tenté d'ôter le sang coagulé. Il avait plusieurs ecchymoses sur le côté du visage et les yeux tellement enflés qu'il en était presque méconnaissable. Un de ses bras était dans une attelle, l'autre planté de tuyaux intraveineux. Son torse nu était également marbré de meurtrissures noires et bleues, avec des sortes de pansements carrés surmontés de clips et reliés par des fils électriques à des appareils. En fait, Grant était connecté à plusieurs machines, l'une d'elles faisant un '*bip-bip*' régulier, assez sourd, mais vite crispant.

C'était son battement cardiaque, bien plus lent que le pouls de Hunter qu'il sentait battre dans sa propre gorge.

Il regarda autour de lui, dans la chambre, et réalisa que le médecin l'avait laissé seul. Il ne savait pas quoi faire. Il ne voulait pas surprendre Grant, aussi s'approcha-t-il jusqu'au pied du lit et attendit-il ce qui lui parut être une éternité.

Enfin, le blessé ouvrit un œil.

— Tu ne préfères pas t'asseoir ? Tu me stresses en restant debout comme ça, penché sur mon lit. Tu ressembles à un ange de la mort.

Hunter se sentit un peu rassuré, maintenant qu'il avait entendu sa voix.

— D'après le toubib, tu n'es pas encore mort, répondit-il. Mais je dois avouer que tu as une sale tronche.

— Merci, cowboy. Je comptais sur toi pour me remonter le moral.

Hunter s'approcha pour pouvoir le toucher. Il effleura le dos de sa main avant de tirer près du lit un petit tabouret, sur lequel il s'installa.

— D'après le docteur, tu as besoin de repos. Tu seras comme neuf d'ici quelques semaines.

Grant haussa légèrement les épaules et grimaça, le geste semblant réveiller sa douleur. Il garda le silence.

— Il dit que tu as eu beaucoup de chance, insista Hunter.

— Ouais.

Il tenta d'inspirer profondément, mais ses cotes brisées l'en empêchèrent.

— Que faisais-tu au juste sur cette route si loin de chez toi, Hunter ?

Le rancher ne put le regarder directement, mais il remarqua quand même que la main posée sur le lit se retournait, lui offrant sa paume, doigts écartés. Après une hésitation, il posa doucement sa main sur celle de Grant, qui referma les doigts pour serrer les siens.

Hunter sentit des larmes lui monter aux yeux. Il renifla et se frotta vite le visage.

— Quand je t'ai vu comme ça, sur le bas-côté, j'ai cru que je t'avais perdu.

— Non, tu ne te débarrasseras pas de moi aussi facilement.

En comprenant la portée de ces paroles, Hunter sentit enfin tout son corps se réchauffer. Il leva la main de Grant qu'il tenait toujours, et la porta à ses lèvres pour embrasser ses jointures meurtries.

Leur moment d'intimité fut interrompu par une infirmière venant s'assurer des fonctions vitales du blessé. Cependant, Hunter ne lui lâcha pas la main, du moins, pas avant que l'infirmière fasse le tour du lit pour mettre la lumière de sa lampe dans les yeux de Grant. Elle ne semblait pas troublée de voir deux hommes se tenir la main.

— Je vais vous chercher un siège plus confortable, monsieur, dit-elle seulement avant de les laisser à nouveau seuls.

Une fois la porte refermée, Grant dit :

— Nous aurions aussi besoin de sommeil, tous les deux.

— Tu es fatigué ?

— Pas toi ?

Hunter hocha la tête.

— Si. Nous avons passé une nuit blanche, l'aube ne va pas tarder à se lever.

L'infirmière revint avec le siège promis, Hunter s'y installa et se mit à l'aise. Il reprit aussi la main de Grant.

— Qu'est-il arrivé, cowboy ? demanda celui-ci, tout à coup.

— Tu ne t'en souviens pas ?

Le blessé secoua lentement la tête sur son oreiller blanc.

— Je sais juste que je roulais plein ouest… ensuite, je me suis réveillé avec des douleurs partout.

Hunter déglutit. Si Grant n'avait gardé aucun souvenir de l'accident, il devait réfléchir à la version qu'il allait lui donner. Devait-il avouer qu'il l'avait suivi ? Devait-il avouer qu'il avait été la cause de l'accident ?

— Je t'ai suivi quand tu as quitté le ranch, commença-t-il. Je voulais savoir où tu allais chaque fois que tu disparaissais plusieurs jours durant.

Il attendit de voir comment Grant prenait ses aveux, mais il ne sut décrypter son expression.

— J'ai vu ta moto garée devant un bar, je t'ai suivi à l'intérieur.

— Je me souviens de ce bar. J'y ai rencontré une femme plutôt insistante. Sans elle, je me serais attardé plus longtemps devant ma bière.

Hunter le scruta, mais son visage était si enflé qu'il était impossible à lire.

150

— Alors, tu étais là aussi ? demanda Grant. Tu as vu comme elle était collante ? Je parie que c'était une prostituée. Ou alors une femme au foyer qui s'ennuyait vraiment beaucoup. Elle était là avec son mari ou son compagnon, je n'en sais rien, un vieux qui s'était endormi dans un coin de la salle.

Hunter sourit. Ainsi, Grant ne s'était pas arrêté pour draguer. Il en fut soulagé. Manifestement, le blessé ne se souvenait pas du tout de l'accident, peut-être avait-il intérêt à rester vague concernant ce qui s'était passé.

— Eh bien, je t'ai vu sortir. Ensuite, tu as pris de la vitesse. Je t'ai suivi tant bien que mal. Tu as été heurté par un gigantesque poids-lourd, qui t'a catapulté dans le fossé, avec ta moto. J'ai assisté à l'accident. J'ai cru t'avoir perdu.

Grant sourit autant que le lui permettait son visage meurtri.

— Oui, ces camions multi-tonnes sont mortels sur les routes.

Il soupira profondément et se figea tout à coup, immobile. Hunter s'inquiéta avant de réaliser que le rythme cardiaque indiqué par la machine n'avait pas changé. Il comprit que Grant venait de s'endormir.

Il ne tarda pas à le suivre, sans doute, parce qu'il se réveilla en sursaut un peu plus tard, tout courbaturé d'être resté longtemps dans un fauteuil. Grant dormait toujours. Une nouvelle infirmière se tenait prêt de son lit, vérifiant son intraveineuse et les différentes indications des appareils.

— Tout va bien ? demanda Hunter.

Elle hocha la tête.

— Oui. Il se repose, il en a besoin. Si vous vous voulez, vous pouvez aller manger et vous dégourdir les jambes. S'il se réveille durant votre absence, je lui dirai que vous ne tarderez pas à revenir. Avec les analgésiques, il va passer l'essentiel de son temps à dormir, de toute façon.

Hunter hocha la tête. Ensuite, il s'étira pour tenter d'atténuer ses crampes musculaires. La suggestion de l'infirmière le tentait. D'abord, il avait faim, ensuite, un peu d'air frais lui ferait du bien. Il n'avait pas envie de quitter Grant, mais celui-ci était en de bonnes mains. De plus, comme Hunter était bien déterminé à ramener son amant à la maison dès que l'hôpital le laisserait sortir, il lui fallait être en forme pour pouvoir s'occuper du blessé.

Il prit la main inerte et la serra doucement.

— Je reviens très vite.

Il quitta le service des soins intensifs sans regarder en arrière et tenta de retrouver son chemin dans le labyrinthe de l'hôpital. Il découvrit une cafétéria qui vendait des sandwichs et du café, puis il sortit afin de profiter du soleil de l'après-midi, dont il apprécia la caresse sur son visage. De toute façon, il aimait vivre au grand air. Assis là, à manger son sandwich, il réalisa qu'il devait appeler chez lui et rassurer sa famille. La veille, il avait disparu sans prévenir personne. À l'heure actuelle, tout le monde avait dû remarquer son absence.

Sa meilleure solution était de téléphoner à Izzie. Avec elle, il n'aurait rien à cacher.

— *Non, mais quel con !* hurla Izzie dès qu'elle décrocha. *Qu'est-ce que tu fous ? Ou es-tu ?*

— Salut, sœurette, répondit-il, étonnamment calme.

— *Tu ferais mieux de me dire que ça valait le coup et que tu as bien baisé la nuit dernière.*

Hunter rit, comprenant qu'elle n'était pas vraiment en colère contre lui.

— Même pas. Pourtant, c'est bien à cause de Grant que je suis parti.

— *Tout va bien, Hunter ?*

Il nota l'inquiétude dans sa voix.

— Oui et non. Grant a eu un accident la nuit dernière. Il est à l'hôpital.

— *Merde ! Qu'est-ce qui s'est passé ?*

Il soupira. Que devrait-il dire à Izzie ? Il lui fallait bien avouer... et il faisait une totale confiance à sa sœur.

— Il m'a encore demandé quelques jours de congé, sans vouloir me donner d'explication. Alors tu comprends, j'ai été jaloux

Il tiqua en s'entendant prononcer ces mots à haute voix.

— Je l'ai suivi, reprit-il. Pendant six heures. C'était épuisant.

— *Bon sang ! Et je sais qu'il conduit sa moto à toute vitesse. Alors, qu'est-ce que tu as trouvé ?*

— Pas grand-chose. Juste qu'il accomplit de longs trajets. Ensuite, il s'est fait renverser par un camion, il a fini dans un fossé dans un sale état. Il a des fractures au bassin et aux côtes, des bleus et des coupures partout sur le corps.

— *Oh la la, pauvre chou !* dit Izzie, manifestement très inquiète. *Mais il va s'en sortir, dis ?*

— Oui, les médecins pensent qu'il pourra rentrer à la maison demain ou après-demain.

Izzie gloussa.

— *Eh bien, tu as manqué une sacrée panique ici aussi.*

— Ah ?

— *Je te raconterai tout ça quand tu reviendras. Et en attendant, ne t'inquiète pas, je garde le fort. Oh, et occupe-toi bien de Grant, d'accord ? Nous avons besoin de lui au ranch. Sans oublier que toi aussi, tu as besoin de lui, pas vrai ?*

— Ouais, absolument.

— *Alors, fais-le soigner et reviens quand tu pourras. Le ranch sera encore là.*

La ligne fut coupée. Hunter se demanda si Izzie l'avait cru. Elle pensait sans doute que lui et Grant étaient ensemble, quelque part, comme la fois précédente où elle avait menti pour eux. Puis il secoua la tête. Non, Izzie n'imaginerait quand même pas qu'il avait élaboré un tel mensonge.

Pourquoi avait-elle parlé d'une 'sacrée panique' à la maison ? Il commença à s'inquiéter. D'un autre côté, Izzie ne paraissait pas trop bouleversée. Par expérience, Hunter savait que dans une maison pleine de femmes, l'hystérie n'était jamais très loin. Sans doute Bernie était-elle en cause... Non, impossible, sa petite sœur n'avait jamais montré le moindre intérêt pour les garçons de son âge. En plus, ces derniers temps, elle se concentrait exclusivement sur sa compétition équestre. Alors quel pouvait être le problème au Blue River Ranch ? Il n'en avait aucune idée. Et il devrait brider sa curiosité jusqu'à ce que Grant soit capable de faire le trajet retour.

Quand il revint dans la chambre, il trouva non seulement Grant éveillé, mais assis dans le fauteuil où lui-même avait dormi. Le blessé n'était pas en grande forme, mais l'enflure de son visage commençait à se résorber, suffisamment pour lui permettre d'ouvrir les yeux.

— L'infirmière m'a prévenu que tu étais parti faire un tour.

Hunter sourit.

— Tu me connais. J'ai du mal à rester enfermé, je me sens vite des fourmis dans les jambes.

— Ils ont dit que si j'arrivais à rester assis un certain temps, ils me transféreraient dans une chambre ordinaire. Dans ce cas, je pourrais sans doute quitter l'hôpital dès demain.

Malgré ses traits meurtris, Grant eut un sourire doux et chaleureux. Hunter se sentit un curieux flottement à l'estomac. Il dut lutter contre son envie irrésistible d'attirer son amant dans ses bras. Ce n'était vraiment pas le moment.

Il se contenta d'affirmer :

— Je serais ravi de te ramener à la maison.

DEUX JOURS plus tard, Grant fut enfin autorisé à sortir. Hunter avait attaché sur la plate-forme de son camion ce qui restait de sa moto. Il avait également prévenu Izzie de leur prochain retour, tout en lui demandant si tout allait bien, au ranch. Elle était restée aussi vague que la première fois, lui annonçant cependant qu'elle aurait quelqu'un à lui présenter à son retour. Ainsi, il rencontrerait enfin l'amoureux secret de sa sœur ? Il n'y accorda qu'un bref moment de réflexion. Toute son attention se focalisait sur Grant, dont le visage avait retrouvé son expression habituelle. Les médecins l'avaient déclaré hors de danger. Son état de santé ne risquait plus de complications et il avait été libéré de l'hôpital. Pourtant, il avait du mal à marcher et manifestement, il souffrait encore beaucoup. Même s'il tentait de le cacher.

— Arrête de me traiter comme un invalide, d'accord ? protesta Grant, au même moment.

Hunter essayait juste de l'aider à sortir du fauteuil roulant que l'hôpital avait exigé pour mener le patient de sa chambre à la voiture. D'après son langage corporel, Grant était très énervé, mais Hunter ne pouvait s'empêcher d'en faire trop. Détestant le voir peiner pour accomplir le moindre geste, il voulait seulement lui faciliter les choses. Bien sûr, il avait oublié que Grant préférait se débrouiller par lui-même. Aucun amant ne pourrait jamais rompre cette habitude.

Même le regard inquiet que Hunter lui jeta au moment de mettre en route son camion provoqua un grognement exaspéré. Le rancher comprit que la route pour rentrer à la maison allait être longue.

Il venait à peine de quitter le parking de l'hôpital lorsque Grant lui demanda de s'arrêter.

— Ça ne va pas ? Tu veux quelque chose pour la douleur ?

Grant secoua la tête.

— Non, mais j'aurais vraiment besoin d'un service.

Hunter sourit.

— Bien sûr. Tout ce que tu veux.

— Tu es d'accord que je vais très bien ? Que si ça ne va pas, je te le dirais ?

Hunter hocha la tête.

— Je suis d'accord, à une condition.

— Laquelle ? demanda Grant en haussant les sourcils.

— Sois franc, n'essaie pas de jouer au grand courageux. Pas avec moi, Grant, pas avec celui que tu as baisé aussi souvent que possible ces derniers temps. Je ne veux pas que tu me caches quelque chose, même ta douleur. Tu ne m'as rien caché de ce que tu ressentais quand je t'ai fourré ma queue dans le cul. Je ne veux pas que tu le fasses si tu as mal.

Cette fois, Grant levait si haut les sourcils qu'ils atteignaient presque la racine des cheveux. Hunter trouva son expression du plus haut comique, d'autant plus que son visage arborait des couleurs à rendre jaloux un Indien sur le sentier de la guerre.

Hunter insista :

— Si tu me promets d'être franc concernant ta douleur et de me prévenir si tu as besoin de quelque chose, je te promets de ne pas te demander tous les kilomètres si tu vas bien.

— Marché conclu, répondit Grant, très amusé.

Puis son expression redevint sérieuse.

— J'ai toujours un service à te demander.

— Je t'écoute.

Hunter se pencha et regarda par sa vitre, pour voir s'il pouvait se remettre en route. Grant lui posa sa main sur le bras.

— Non, attends encore un peu.

Le rancher se retourna pour le regarder.

— Qu'est-ce qu'il y a ?

— J'étais en route pour une destination précise, je voudrais encore m'y rendre, si tu acceptes de m'y conduire.

Hunter sentit une poussée d'adrénaline, mais sans savoir ce qui l'avait déclenchée. Était-ce la peur de ce que Grant allait lui montrer ou bien l'excitation de découvrir enfin son grand secret ?

— Il y a encore cinq heures de route, annonça Grant. Il faudra donc que nous passions la nuit quelque part. Nous ne pourrons pas rentrer au ranch avant demain.

Hunter lui prit la main.

— Je vais appeler Izzie et lui dire que nos plans ont changé, mais c'est d'accord, allons-y.

XXVII

POUR GRANT, demander à Hunter de l'emmener à Portland avait été une décision impulsive, rien de prémédité. Pendant des jours, il s'était inquiété de ce qu'il devait faire. À l'hôpital, pendant que Hunter sortait se dégourdir les jambes, il en avait profité pour passer un coup de fil : tout n'était pas encore perdu. Par contre, c'était maintenant ou jamais. Il avait fait de son mieux pour persuader son médecin qu'il était parfaitement en état de rentrer chez lui. Le toubib n'était pas d'accord, mais il avait fini par céder, en lui remettant une ordonnance pour de nouveaux antalgiques. Grant se sentait tout à fait paré. Il avait connu pire. La dernière fois qu'il s'était trouvé dans cet état, c'était après avoir été sauvagement battu, et personne n'était avec lui pour s'occuper de lui. Il s'était donc débrouillé tout seul.

— Donc, qu'est-ce qu'il y a à Portland ?

Grant haussa les épaules, mais il réalisa vite que ce geste réveillait ses douleurs.

— Tu verras. C'est difficile à expliquer, mais beaucoup plus facile à montrer.

Il espérait que Hunter comprendrait. Très peu de gens étaient au courant de ce qu'il possédait à Portland. Il pensait être prêt à se confier à Hunter, le problème, c'était qu'il n'avait aucune idée de comment s'y prendre. Il n'avait pas menti : il lui serait plus facile de le lui montrer.

Le camion rebondit sur une ornière et Grant grogna quand une vive douleur lui traversa le corps.

Hunter lui jeta un regard furtif qui n'exprimait que l'inquiétude, Grant lui en fut reconnaissant.

— Ça va aller, c'est juste que je ressens chaque bosse sur la route. Je ne peux pas reprendre de médicaments avant midi, alors pas de panique, d'accord ?

Hunter hocha la tête. Son sourire exprimait une telle affection que Grant rougit. Il fut soulagé que son visage, haut en couleur, dissimule son émotion.

Il chercha à changer de sujet :

— Qu'est-il arrivé à ton camion, au fait ? Tu as aussi eu un accident ?

Hunter regardait fixement la route, il mit du temps avant de répondre. Il prit une profonde inspiration et soupira, très lentement, pour se libérer de son air. Enfin, il s'expliqua :

— Je roulais à côté de toi quand le poids lourd t'a heurté. Comme tu me regardais, tu ne l'as pas vu arriver. Il t'a catapulté et tu as rebondi à l'arrière de mon pickup avant de basculer sur le bas-côté.

Grant remarqua que le rancher avait des larmes plein les yeux.

— Arrête-toi ! cria-t-il.

Hunter continua à rouler.

— Arrête-toi tout de suite !

Dans un crissement de pneus, Hunter s'arrêta sur le côté de la route. Quelques voitures, derrière eux, saluèrent la manœuvre de violents coups de klaxon, mais il leur était facile de dépasser le camion, donc Grant ne leur accorda aucune attention.

— Tu es en colère contre moi, murmura Hunter. Je le comprends très bien. Tout est de ma faute. Si tu es blessé, c'est à cause de moi.

Grant chercha à comprendre ce que le rancher lui avouait au juste.

— En clair, il n'y a jamais eu d'autre camion ? C'est le tien qui m'a heurté ?

— Non ! protesta Hunter, immédiatement. Il y avait bien un autre camion. Un de ces énormes poids-lourds à remorque. Mais tu ne savais pas que je te suivais. Quand tu as quitté le bar, tu roulais trop vite, je me suis inquiété. Je ne savais pas combien de bières tu avais bu, je craignais que tu ne réalises pas ta vitesse. Tu faisais au moins du 130 ! J'ai voulu te faire ralentir, j'ai cherché à attirer ton attention, mais du coup, tu n'as pas vu l'autre camion qui arrivait, et alors…

Grant lui serra la main pour arrêter sa logorrhée verbale.

— D'accord, cowboy. C'est bon.

— Non. Sans moi, tu n'aurais pas été blessé

Grant secoua la tête.

— D'après les médecins, je m'en suis sorti parce que je suis arrivé à l'hôpital rapidement. J'aurais pu mourir si j'étais resté trop longtemps dans ce fossé. Tu étais là, tu as appelé une ambulance, tu m'as sauvé.

À de très nombreux points de vue, aurait-il voulu ajouter.

— Je t'ai surtout distrait pendant que tu conduisais.

— D'après ce que tu me dis, j'allais trop vite. La vitesse aurait pu suffire à causer un accident, tu sais. Ce poids-lourd et moi étions destinés à nous croiser au milieu de la nuit. D'ailleurs, je me demande bien ce qu'un mastodonte pareil faisait sur une route à deux voies ? Il n'a probablement même pas réalisé ce qu'il avait provoqué. M'a-t-il seulement heurté ? Il a pu seulement me projeter sur le côté, à cause de l'air qu'il déplaçait, et c'est pourquoi j'ai ricoché sur ton camion.

— Tu ne peux pas savoir.

— Toi non plus. Nous ne le saurons probablement jamais. Tout ce que je sais, c'est que je suis heureux que tu te sois trouvé là. Voilà tout ce qui compte.

Hunter hocha la tête, mais Grant n'était pas certain de l'avoir convaincu. Ils restèrent un moment assis, l'un à côté de l'autre, à se tenir les mains, sans dire un mot.

— Maintenant, je crois que tu peux redémarrer.

Hunter obtempéra en silence. Il quitta le bas-côté avec soin, veillant à ne pas trop secouer son passager, et se remit sur la route. Peu de temps après, il reprenait la voie rapide.

Durant tout le voyage, Grant laissa sa main posée sur sa cuisse. Le silence dura jusqu'à la proximité de Portland. Grant se mit à donner des directions. Ils arrivèrent ainsi dans une banlieue banale, où toutes les maisons se ressemblaient.

Grant demanda à Hunter de s'arrêter près de l'une d'entre elles. Trois enfants jouaient dans le petit jardin arboré. Un garçon plus âgé ratissait les feuilles que ses cadets mettaient dans un grand sac. Les deux petits ne prenaient pas leur tâche très au sérieux, ils en renversaient plus par terre que leur aîné en ramassait. Et manifestement, celui-ci commençait à s'énerver.

Grant se contenta de sourire, même quand il vit Hunter lui jeter un regard interrogateur.

— Ces enfants sont à toi ? demanda Hunter, d'une toute petite voix.

— Oui, répondit calmement Grant. Ni légalement ni émotionnellement, mais biologiquement, oui, les deux derniers sont à moi. Pas l'aîné, mais il pense que je suis son père. C'est compliqué.

Il jeta à Hunter un regard furtif et remarqua que ce dernier paraissait ne rien comprendre. Une femme sortit dans le jardin, elle gronda les enfants du désordre qu'ils avaient provoqué, et renvoya les deux plus jeunes à l'intérieur. Elle prit le râteau des mains de l'aîné et lui donna des instructions. À eux deux, il ne leur fallut pas longtemps pour ramasser les feuilles. Avant de retourner dans la maison, la jeune femme se tourna vers Grant qu'elle regarda fixement.

— C'est ta femme ?

— Non. Je ne suis pas marié, je te l'ai déjà dit, c'est la vérité. Elle n'a jamais été ma femme, mais jadis, nous étions amis.

— Je ne comprends pas. Tu as eu des enfants avec elle, non ?

Grant soupira. Il savait bien que ce ne serait pas facile à expliquer. Il savait également qu'il voulait tenter de le faire. Il fallait qu'il coure le risque de faire confiance à Hunter, pour donner à leur relation une chance de durer.

— J'ai rencontré Christy il y a une dizaine d'années. Je conduisais alors un camion de livraison et elle travaillait en ville, dans un magasin. Mère célibataire, avec un petit garçon à charge, elle avait du mal à joindre les deux bouts. Elle a pris un autre emploi le soir, une fois l'épicerie fermée, et je lui faisais du baby-sitting. À l'époque, je m'intéressais aux femmes, je n'étais pas prêt à admettre mon homosexualité. Pourtant, je n'ai jamais tenté de draguer Christy. C'était juste une amie, je tenais à elle, et je n'avais jamais réussi à rester ami avec une femme après avoir couché avec elle. Plus tard, ça été pareil avec les hommes. Un jour, elle m'a dit qu'elle avait apprécié que je ne la drague pas. Je pense qu'elle est la première à qui j'ai avoué être gay.

Les deux plus jeunes enfants étaient ressortis jouer.

— Alors, comment as-tu fini par engendrer ces deux-là ?

Grant l'examina, s'attendant à voir une condamnation sur son visage, mais ce n'était pas le cas. Hunter exprimait seulement un intérêt authentique, et un peu d'inquiétude.

— Peu de temps après avoir réalisé que je n'étais pas l'homme qu'il lui fallait, Christy a rencontré Frank. Un routier de mon âge qui conduit un multi-tonnes, si tu vois ce que je veux dire ?

Il sourit, Hunter fit la même chose.

— Il est souvent absent, reprit Grant. Il parcourt le pays d'un bout à l'autre. Je n'ai jamais apprécié ce mec. Dès notre première rencontre, il m'a fait des remarques désobligeantes, aussi Christy s'est efforcée de nous séparer autant que possible. Mais elle l'aimait… et ils se sont mariés vraiment très vite. Elle est partie avec lui vivre dans l'ouest, où il possédait une maison.

— Celle-ci ?

— Oui. Le fils de Christy réclamait souvent après moi, donc chaque fois que Frank s'absentait, elle me demandait de passer les voir. Un jour, elle m'a dit que Frank et elle tentaient en vain d'avoir un bébé. Elle m'a demandé de l'aider.

Hunter haussa les sourcils.

— De l'aider ?

— Elle voulait désespérément un bébé, mais Frank refusait de voir un médecin. Quant à elle, elle s'était fait examiner, il n'y avait aucun problème. Elle devait pouvoir concevoir. Elle n'avait pas d'argent à dépenser pour une insémination artificielle, donc nous l'avons fait à l'ancienne.

— Tu l'as baisée ? demanda sèchement Hunter.

Grant ferma les yeux.

— C'est une façon assez affreuse de l'exprimer.

— Bon, d'accord, s'excusa Hunter, d'un ton agacé. Tu as *fait l'amour* avec elle.

Grant soupira. Il avait espéré plus de compréhension.

— Je l'aimais à ma façon, Hunter. C'est une femme formidable. Tout a été très vite, elle est tombée enceinte après trois ou quatre essais la première fois. Et la seconde, seulement deux. Faire l'amour à une femme n'est pas si difficile. Seulement, ce n'est pas ce que je voulais pour le reste de ma vie.

Quand Hunter répondit, sa voix n'exprimait ni mécontentement ni douleur :

— Je sais. Si j'ai bien compris, les enfants ne savent pas que tu es leur père ?

— Non, dit Grant. Ils me connaissent un peu. De temps en temps, je téléphone à Christy. Parfois, elle me dit que Frank s'absentera une semaine, dans ce cas, je viens passer un moment avec elle et les enfants. Ils pensent que je suis un ami. Un ami secret. Ils jouent le jeu plutôt bien. Frank ne l'a découvert qu'une fois.

— Et qu'est-il arrivé ?

— Il a giflé Christy. Elle prétend que c'est la seule fois, mais je ne la crois pas. Souvent, elle se montre très triste et à mon avis, c'est parce qu'il la frappe. Elle refuse d'en parler. Alors, quand elle me téléphone je viens le plus vite possible. J'ai toujours peur qu'elle ait besoin de mon aide pour le quitter. Il est probable que je me fais des illusions. Mais un jour, il l'a laissée couverte de bleus. Je n'avais jamais vu de telles ecchymoses. Peut-être qu'il s'agit d'une erreur et qu'il la traite correctement le reste du temps. Au moins, elle n'a pas besoin de travailler. Il lui donne de l'argent pour elle et les enfants. Ils sont nourris et logés.

— Dis-moi, cette fois où il l'a frappée si fort, est-ce quand tu as quitté Gabe et qu'il a eu son accident ?

Merde, il était perspicace ! Grant ferma les yeux. Il avait déjà presque tout dit de toute façon.

— Oui. Gabe et moi, nous nous étions disputés parce que je voulais partir quelques jours, mais Christy m'avait paru frénétique au téléphone, alors je n'ai pas voulu perdre de temps. D'ailleurs, Gabe ne m'a pas donné une chance de m'expliquer. Il n'a jamais rien su. Il m'aurait fallu quelques heures pour lui dire toute la vérité. Quand j'ai refusé de lui donner le motif de mon absence, il s'est mis en colère. Je suis parti quand même, pensant qu'il serait calmé à mon retour. J'ignorais son accident, je te le jure.

— Je sais. Je sais.

Il se rapprocha et posa le bras autour de lui, avant de passer la main dans ses cheveux, dans un geste à la fois tendre et intime. Grant ne put s'empêcher de se pencher vers lui. Hunter l'embrassa sur la tempe.

— Je suis désolé de t'avoir mal jugé avant de connaître toutes l'histoire, dit-il. Je suis désolé d'avoir cru que tu avais abandonné Gabe, que tu étais froid est indifférent.

— Je sais bien à quoi ressemblait mon départ dans un tel contexte, mais je ne pouvais me défendre sans exposer toute l'histoire. Bien sûr, ils vivent très loin, à Portland, mais je ne veux pour rien au monde que Frank apprenne que je suis le père de ses enfants. Il risquerait de se venger sur eux ou sur Christy.

Hunter hocha la tête.

— Je comprends. Et maintenant, tu ne veux pas aller leur dire bonjour ?

— Non. Christy m'a vu. Elle sait que je suis là. Je lui téléphonerai ce soir pour lui demander si je peux les voir. Et puis, avec la tête que j'ai, ils risquent de s'enfuir en hurlant.

— Idiot !

Hunter l'attira plus près pour le serrer contre lui.

— Tu crois que nous pourrions trouver un endroit pour la nuit, cowboy ? J'ai besoin d'une nouvelle dose d'analgésiques et d'un lit décent pour m'étendre.

— Bien sûr, répondit doucement Hunter.

Il le lâcha et remit son moteur en marche.

XXVIII

HUNTER AVAIT l'esprit bien trop embrouillé pour dormir. Couché à côté de lui, Grant ronflait en sourdine, assommé par ses puissants antidouleurs. Hunter ne pouvait s'empêcher de souvent regarder son visage, encore enflé et marbré par endroits. Le visage de l'homme qu'il aimait.

Le récit de Grant avait effacé ses derniers doutes. Il savait maintenant de façon certaine ce qu'il avait deviné depuis le début : Grant était quelqu'un de bien, digne de son amour. Plus il y pensait, plus son admiration augmentait. Grant avait toujours agi de façon désintéressée, même si, extérieurement, son comportement semblait égoïste. Il avait accepté d'être jugé peu fiable en réclamant régulièrement des jours de congé supplémentaires, alors qu'il visait à protéger des enfants innocents, même si ces derniers ignoraient sa paternité. Il avait généreusement accepté d'offrir à une femme les enfants qu'elle désirait sans rien réclamer en retour. Hunter était sûr que, si la chance lui en était donnée, Grant serait pour ses enfants le plus merveilleux des pères. Pour le moment, il se contentait d'exister dans leur vie comme un ami de leur mère.

Grant remua dans son sommeil, puis se réveilla en sursaut, et roula sur le dos en cherchant son souffle. Hunter posa doucement la main sur sa poitrine.

— Du calme, tout va bien. Je suis là.

Grant tourna vers lui des yeux écarquillés. Il sembla alors réaliser où il était.

— Hunter, souffla-t-il, un peu rasséréné.

Il tenta de déglutir et grimaça.

— Je vais te chercher de l'eau. Tu veux reprendre des antidouleurs ?

Grant secoua la tête.

— Non. Il est trop tôt. Et pourtant, j'aimerais bien.

Quand Hunter revint avec un verre d'eau fraîche, Grant était assis sur le bord du lit et respirait avec prudence. Le rancher lui tendit le verre.

— Tiens, bois.

Grant ne prit qu'une gorgée avant de faire une grande pause pour reprendre son souffle.

— Merci, cowboy.

Hunter réalisait bien que même s'asseoir était difficile pour son amant : il avait vu ses ecchymoses au niveau des hanches et savait que c'était douloureux. Il savait

160

aussi que Grant refuserait de l'admettre. Toutes ces heures passées dans le camion avant d'arriver chez Christy n'avaient pas arrangé les choses.

— Pourquoi est-ce que tu ne te recouches pas ?

— Non. Je n'arrive pas à trouver une position qui soit… *moins pire.*

Hunter ne tenta pas de lui dire que la douleur n'avait rien de honteux. Grant avait sa fierté, inutile de la meurtrir autant que son corps l'était déjà. Il prit les oreillers de l'autre lit et les plaça autour de Grant, qui le regarda faire avec une expression amusée. La chambre était dans la pénombre, mais la salle de bain était allumée, ce qui permettait à Hunter de se repérer.

— Qu'est-ce qui est si drôle ?

Il aida son amant à s'étendre sur les oreillers.

— Tu ferais un bon aide-soignant. Même si je déteste les hôpitaux, je te verrais bien en blouse blanche.

Hunter rit et prit le dernier oreiller.

— Écarte les jambes.

Grant hésita un peu.

— Je suis flatté, mais je ne pense pas pouvoir… commença-t-il.

Hunter lui plaçait déjà l'oreiller entre les jambes, le blessé se sentit instantanément plus à son aise.

— Comment as-tu pensé à cela ? s'étonna-t-il.

Sans répondre, le rancher se contenta de sourire en remontant les couvertures autour de lui. Puis il fit le tour du lit et se recoucha derrière le corps allongé. Il posa le bras autour de ses épaules et le ramena doucement contre sa poitrine. Grant gémit à mi-voix.

— Comment te sens-tu avec ces oreillers ? demanda Hunter, avec un peu d'appréhension.

— Comme si j'étais mort et monté au ciel. Seulement, tu as laissé la lumière dans la salle de bain.

Hunter rit et esquissa le geste de se relever. Son amant l'en empêcha aussitôt.

— Non ! Ne t'avise surtout pas de sortir du lit pour l'éteindre ! protesta-t-il. Je ne me suis pas senti aussi bien depuis mon accident. Tu crois que tu peux dormir comme ça ?

Hunter l'embrassa tendrement dans les cheveux.

— Je pourrais passer le reste de ma vie à dormir comme ça.

Il trouvait sacrément génial d'avoir Grant dans les bras, surtout quand il réalisait qu'il avait bien failli le perdre définitivement.

— Quand nous serons de retour au ranch, je parlerai ma mère et aux filles. Je leur dirai tout.

— Tu es sûr ?

— Oui, certain. Mais si tu préfères attendre, je comprendrais. C'est juste que j'en ai ras-le-bol de la clandestinité.

Grant hocha la tête.

— Tout le monde n'aura pas la compréhension d'Izzie.

— Je sais !

Hunter soupira. La réaction de sa mère l'inquiétait beaucoup. Comme celle de Lisa. Quant à Izzie, elle était déjà au courant, et Bernie prendrait probablement la nouvelle assez bien. Lisa et sa mère, par contre... Elles avaient tendance à être difficiles à décrypter.

— Je veux juste mener ma vie à ma guise, ajouta-t-il. J'en ai marre de passer mon temps à surveiller ma façon de te regarder en public.

— Il faudra aussi penser à la réaction de tes hommes.

— Je signe leurs chèques à la fin du mois. S'ils refusent de travailler pour un patron gay, c'est leur problème.

— Il n'est pas si facile de trouver de bons travailleurs.

— En clair, tu préférerais que je ne dise rien, c'est ça ?

Grant soupira.

— C'est aussi nouveau pour moi que pour toi, cowboy. Quand je travaillais pour Gabe, il y avait pas mal de rumeurs à notre sujet, bien sûr, parce que la plupart des gens du comté sont au courant de son homosexualité.

— Et tu as toujours refusé d'admettre que ces rumeurs étaient vraies.

— Ça me foutait la trouille, Hunter.

Hunter remarqua qu'il n'avait pas utilisé son surnom : 'cowboy'.

— Pourquoi ne pas le dire uniquement à ma famille, sans mettre les hommes dans le secret pour le moment ? De cette façon, nous nous habituerons peu à peu et ça nous donnera un répit. D'ailleurs, je dois encore leur faire admettre que tu seras leur nouveau régisseur. Autant qu'ils ne pensent pas que tu obtiens ce poste parce que tu es mon amant.

— Tu es sûr de ta décision ?

— Concernant ta nomination ? Oui. Tu fais déjà quasiment tout le travail de Hugh. J'ai confiance en toi. Pour moi, c'est le plus important. Je veux quelqu'un sur qui je peux compter implicitement.

Hunter caressait doucement la poitrine de son amant, lui embrassant aussi l'arrière de sa tête, puis la tempe et le côté de la mâchoire.

— D'ailleurs, continua-t-il, Izzie m'a déjà dit qu'elle ne voulait pas de ce poste. Quant à Tim, il préfère continuer son boulot actuel, sans autres responsabilités. Il est célibataire, il n'a pas vraiment besoin d'argent.

— D'accord.

Grant hocha la tête.

Les deux hommes s'endormirent peu après, dans cette position.

QUAND HUNTER se réveilla quelques heures plus tard, il n'avait pas bougé de la nuit. Il avait des crampes, mais il n'osa pas remuer parce que Grant dormait toujours. Ses doux ronflements étaient rassurants : son amant était bien en vie.

— Je t'aime. Tu es beau et je t'aime infiniment. Et pourtant, j'ai du mal à te le dire à haute voix.

Grant sembla se réveiller.

— Mmm ? murmura-t-il. Qu'est-ce que tu disais ?

— Rien. Rendors-toi.

Il en profita pour ôter son bras de sous sa tête. Libéré, il s'assit sur le bord du lit et étira ses muscles endoloris. Il frissonna légèrement en sentant des doigts effleurer son dos nu. Il se retourna pour regarder par-dessus son épaule.

— Ça va ?

— Ouais. J'ai mal partout, mais j'ai dormi comme un bébé. Maintenant, il faut que je me lève pour aller pisser.

Hunter fit le tour du lit pour l'aider. Mais dès que le blessé fut debout, il ne put résister à le prendre dans ses bras pour l'embrasser. L'alchimie qui existait entre eux ne cessait jamais de l'étonner. De plus, ils avaient la même hauteur, la même stature, et même si Grant était légèrement plus large, ils s'emboîtaient parfaitement bien dans les bras l'un de l'autre. Sans rompre le baiser, Hunter sourit en sentant l'érection de son amant pousser contre sa hanche. Conscient que les côtes endolories de Grant les condamnaient à la chasteté, il se contenta de lui caresser doucement les fesses et de l'embrasser plus fort.

Grant s'écarta et déclara dans ton malicieux :

— Il va vraiment falloir que j'y aille, sauf si tu veux recevoir une douche dorée.

Hunter positionna le bras indemne de son amant sur ses épaules pour mieux le soutenir, il le guida ensuite jusqu'à la salle de bain minuscule. Il aida Grant à rester stable devant les toilettes.

Quand Grant chercha à le repousser, Hunter se moqua de lui :

— Trop timide pour pisser en public ?

Par derrière, il glissa les bras autour de sa taille pour étreindre sa large poitrine. Grant laissa retomber sa tête sur son épaule.

— En général, non, cowboy. J'ai juste besoin d'un peu d'intimité pour que mon érection se calme un peu.

Il gémit, exaspéré, quand Hunter l'embrassa langoureusement dans le cou avant de quitter la salle de bain.

Le rancher était revenu dans la chambre quand il entendit crier :

— Tu es diabolique, cowboy !

Suivit le bruit d'une cascade dans la cuvette des toilettes.

Une heure plus tard, ils étaient en route vers un petit restaurant où Christy avait suggéré qu'ils prennent le petit déjeuner ensemble, lorsque Grant lui avait téléphoné. Hunter voyait bien que son amant paraissait nerveux.

— Est-ce qu'elle va amener les enfants ? demanda-t-il.

— Oui. C'est juste en face de leur école. Vu l'heure, nous n'aurons pas beaucoup de temps à passer ensemble, mais au moins je pourrai leur faire un petit coucou. C'est toujours si agréable de les voir !

— Quand tu viens ici, tu passes ton temps à les regarder, chez eux, de l'autre côté de la rue ?

— Ouais, répondit Grant, d'une voix enrouée par l'émotion.

Désireux de lui marquer son soutien silencieux, Hunter lui prit rapidement la main et la serra avant de s'engager dans le parking.

Christy était là, avec ses enfants. Hunter et Grant les repérèrent dès leur arrivée. Le rancher eut la chance de trouver une place où se garer juste à côté de l'endroit où ils attendaient. Le restaurant se trouvait en face. Dès que Grant ouvrit sa portière, les trois enfants accoururent vers lui en bondissant. Christy les suivit plus calmement.

— Faites attention ! Grant a eu un accident. Ne lui faites pas mal.

Les enfants s'étaient arrêtés net en entendant leur mère crier. Hunter fit le tour de son truck. Grant avait les larmes aux yeux en dévisageant une petite fille toute triste qui le regardait, horrifiée. Avec quelques difficultés, le blessé réussit à balancer ses jambes hors du camion, mais il resta sur la banquette en lui faisant signe d'approcher.

— Viens, princesse, dit-il doucement.

Elle hésita et regarda sa mère. Quant à Hunter, il fixait Grant, comme tétanisé.

— Vas-y, dit Christy à sa fille.

Hunter fit un pas et se mit à genoux à côté de la fillette.

— Il a une drôle de tête, c'est vrai, mais il a vraiment très envie de te voir.

Elle leva vers lui de grands yeux, puis s'envola pratiquement sur les genoux de Grant. Au moment de l'impact, Hunter vit son amant grimacer mais déjà, la petite le serrait très fort et l'embrassait partout. Les deux garçons arrivèrent ensuite. Grant avait tout du papa très fier de sa progéniture. Il serra la main du plus âgé et passa les doigts dans les cheveux noirs ébouriffés du plus jeune. Hunter nota la ressemblance entre ces deux-là.

Christy interrompit la réunion de famille.

— Et si nous rentrions vite prendre le petit déjeuner ? Vous n'avez pas longtemps, les enfants, il est presque l'heure de l'école.

À l'intérieur, ils trouvèrent une table libre dans une alcôve. Ils s'installèrent : Grant et les deux garçons serrés d'un côté, Christy, sa fille, et Hunter de l'autre. Tous optèrent pour des pancakes. Hunter vit les deux garçons, d'abord intimidés, se détendre rapidement avec Grant. Ils se mirent à lui parler de leur école et du club de foot dans lequel ils jouaient en juniors. Quant à lui, il buvait des yeux son amant, heureux de le voir aussi souriant et détendu en compagnie de ses enfants. Il ne cessait de leur toucher la main ou de leur ébouriffer les cheveux. Très vite Lindy, sa petite fille, repoussa son assiette et passa sous la table pour grimper sur les genoux de Grant.

Hunter regretta de ne pas avoir apporté un appareil photo pour prendre cette scène de famille. D'un autre côté, il n'était pas certain que Grant tienne à garder un souvenir de ses meurtrissures. Il semblait ne plus du tout penser à ses blessures.

Brusquement, Christy se redressa.

— Désolée de vous interrompre, les enfants, mais il est l'heure d'aller l'école.

— Argh, maman ! gémit Lewis, l'aîné.

— Je ne veux rien entendre, dit-elle, le visage sévère. Je vous ai accordé le droit de voir Grant, pas celui de manquer l'école.

— Tu reviens quand ? demanda le plus jeune d'une petite voix.

Grant le prit dans ses bras.

— Je ne sais pas, Robby. Dans quelques semaines, peut-être ?

Robby hocha la tête.

— D'accord.

— Pourquoi je ne les emmènerai pas à l'école ? suggéra Hunter. Il me suffit de traverser la rue, non ? Cela vous laissera un moment, vous deux, pour convenir d'un rendez-vous.

Hunter regarda Christy, puis Grant. Il vit le regard reconnaissant que ce dernier lui adressait.

— Bien sûr, si cela ne vous dérange pas, répondit Christy, d'un ton un peu hésitant.

Hunter aida les enfants à remettre leurs blousons et à récupérer leurs sacs d'école, étonné de réaliser combien ces simples gestes lui semblaient étrangers. Il n'avait jamais rien fait de la sorte, même à l'époque où sa petite sœur avait le même âge. Pourtant, il afficha une décontraction factice, parce qu'il voulait donner à Grant un moment tranquille avec Christy.

Cela ne devait pas être si difficile, pas vrai ? Les enfants paraissaient bien élevés, ils s'étaient bien tenus à table. Et puis l'entrée de l'école était juste en face du restaurant où ils avaient pris leur petit déjeuner.

XXIX

GRANT REPRIT sa place sur la banquette et sirota une gorgée de son café désormais tiède, dans l'espoir que cela l'aiderait à se détendre et à moins souffrir. Il était reconnaissant à Hunter de lui avoir accordé ce tête-à-tête avec Christy, parce qu'il avait remarqué sur son bras une meurtrissure. Il n'était pas très à l'aise d'aborder avec elle ce sujet délicat, mais il n'avait pas le choix.

Assise en face de lui, elle évitait son regard, contrairement à son habitude.

— Tout va bien, Chris ?

Elle hocha la tête, les yeux fixés sur la table ou sur les pancakes qui restaient dans le plat. La serveuse vint débarrasser, leur proposa du café, et s'en alla. Cette fois, Grant ne pouvait plus se taire.

— C'est lui qui t'a fait ça ?

Elle haussa les épaules sans répondre. Grant soupira.

— Christy. J'ai vraiment la trouille quand je te vois souffrir.

— Ça ne fait pas vraiment mal.

— Chris… Déjà, je regrette d'être si loin et de ne pas pouvoir vous protéger, toi et les enfants.

— Je n'ai pas besoin de toi pour me protéger !

— Arrête de chercher à le défendre !

Grant soupira une fois de plus. Il n'avait pas réalisé qu'il parlait trop fort avant de crier cette dernière phrase. Ce n'est pas comme ça qu'il aiderait Christy et les autres clients se retournaient pour les regarder. Il chercha à se calmer. C'était difficile, parce que ses analgésiques ne faisaient plus d'effet. Il commençait à avoir du mal à respirer.

— Il ne fait jamais rien devant les enfants, chuchota-t-elle. C'est toujours quand il est fatigué et qu'il a conduit plusieurs jours de suite. Il rentre à la maison, tard dans la nuit. Et dans ce cas, les enfants sont au lit.

Grant déglutit péniblement, en tentant de ne pas exprimer la rage qu'il ressentait.

— Tant mieux s'il ne touche pas aux enfants, mais que se passera-t-il si un jour il perd la tête et te blesse au point que tu sois incapable de t'occuper d'eux ?

Il ne pouvait lui dire : *Et s'il te tue, Chris ?*, mais il y pensait, bien entendu.

— Viens avec moi, Chris. Prends les enfants, venez tous avec moi.

Elle secoua la tête.

— Je ne peux pas. Il regrette toujours ce qu'il a fait, après coup. C'est juste quand il est fatigué. Après une bonne nuit de sommeil, il devient vraiment gentil avec moi et avec les enfants. Il nous emmène faire des courses, il leur offre des cadeaux, il joue au ballon avec eux dans le jardin. Je te jure qu'il n'a jamais levé la main sur eux, Grant.

Il fut vaincu par le regard suppliant qu'elle lui jeta. Il ne pouvait rien faire de plus. Christy rabaissa sa manche pour dissimuler sa meurtrissure, puis elle posa la main sur la sienne.

— Dis-moi, c'est ton… ?

Elle fit un geste vague vers la fenêtre.

— Ouais, répondit Grant à mi-voix.

— Je suis heureuse pour toi. Il est mignon.

Il esquissa un sourire. Il n'appréciait pas du tout la situation dans laquelle se trouvaient Christy et les enfants, mais ça lui faisait plaisir de voir réapparaître l'amie d'autrefois.

— Je ne suis pas certain qu'il apprécierait de s'entendre traiter de 'mignon', mais pour moi, il est spécial, Chris.

Elle referma plus fort ses doigts sur sa main.

— Je sais. J'ai bien vu la façon dont vous vous regardiez tous les deux. Il faudrait être aveugle pour le manquer.

— Je ne savais pas que nous étions aussi transparents.

Christy sourit.

— Je suis contente que tu aies trouvé quelqu'un à aimer, Grant. Tu vis avec lui ?

Il haussa les épaules.

— Non. C'est mon patron, en fait. Il possède un ranch énorme en Idaho du Sud.

— Ah, tu as déjà séjourné en Idaho, il y a un certain temps, non ?

— Dans un autre ranch, avec un autre homme, reconnut Grant.

— Donc, il a de l'argent ?

— Je suppose, mais c'est sans importance. Ce ranch appartient à sa famille depuis longtemps.

— Il a une famille ?

— Tout le monde a une famille, Chris, répondit Grant avec un sourire.

— Non, pas toi ni moi.

— C'est faux. Je t'aime, alors tu m'as. Et tu as les enfants.

— Bien sûr. Ils sont tout pour moi, Grant. Tu le sais, pas vrai ?

Il hocha la tête. Il n'en avait jamais douté.

— Protège-les bien, d'accord ? Et si tu as besoin de quelque chose, je suis au Blue River, près de St. Anthony. En ville, tout le monde connaît le ranch et la famille de Hunter.

— En clair, tu envisages de t'y installer définitivement ? demanda-t-elle, avec une pointe d'amusement dans la voix.

— Si ça ne tenait qu'à moi, oui. Hunter est très attaché à ses terres. Elles appartenaient à son père avant lui, et il gère toute l'entreprise avec ses sœurs et sa mère.

— Il me semble que cette maison a bien besoin d'un autre homme !

Grant gloussa, mais ses côtes douloureuses le rappelèrent à la raison.

— Je pense que la famille s'en sort très bien sans moi.

— Et lui, a-t-il besoin de toi ?

Il pencha la tête.

— Je pense que oui. Et j'ai besoin de lui. Surtout en ce moment.

— Il se montre très protecteur envers toi, déclara Christy, avec un sourire entendu.

En levant les yeux, Grant vit Hunter pénétrer dans la salle du restaurant. Il ne put quitter des yeux les longues jambes cachées sous le jean, ni les larges épaules bien mises en valeur par le manteau en mouton retourné.

C'était l'homme qu'il aimait.

— Il a dit qu'il m'aimait, chuchota-t-il, d'une voix à peine audible qui ne s'adressait qu'à lui.

Pourtant, Christy l'entendit. Elle lui adressa un grand sourire alors que Hunter arrivait devant leur table.

— Les enfants sont bien rentrés. Ils étaient juste à l'heure.

Il ne chercha pas à s'asseoir. Grant trouva qu'il n'avait pas l'air très à l'aise.

— Bien, merci beaucoup, dit Christy, avec un hochement de tête.

— Alors, vous avez décidé d'une date pour notre prochain passage ? demanda Hunter.

Grant ne manqua pas le '*notre*'.

— Pas vraiment, répondit-il. À ton avis, quand pourrons-nous revenir ?

Hunter haussa les épaules.

— Si nous sommes prévenus quelques jours à l'avance, ce serait plus facile de prendre un congé. Et faire le trajet en camion est moins fatigant qu'à moto.

— Ma moto est nase, de toute façon, ajouta Grant.

Il tenta de quitter sa banquette en faisant le minimum de mouvement. Il jeta un regard interrogateur à Christy.

— J'aimerais vous le dire à l'avance, les gars, mais ce n'est pas possible. Je te téléphonerai, Grant, ajouta-t-elle.

Ce dernier la serra dans ses bras pour lui faire ses adieux, en veillant à ne pas brutaliser ses côtes. Quant à Hunter, il tendit la main et fut surpris que Christy l'attire dans ses bras.

— Prenez bien soin de lui, Hunter, chuchota-t-elle à son oreille avant de le libérer.

Comme Grant ricanait, elle lui donna une tape.

— Tu me connais, Grant ! Je ne résiste pas à un beau costaud. Ne te fais quand même pas des idées sur mes intentions.

— Bonne chance, Christy, dit Hunter.

Quand il se retourna pour le regarder, Grant sentit son cœur manquer un battement. Ils quittèrent le restaurant. Il remarqua que Hunter restait sur ses talons, et pas seulement parce qu'il s'inquiétait de son état de santé. Grant sentait bien que le rancher avait une tonne de questions à lui poser. Le problème, c'était qu'il ne se sentait pas encore prêt à y répondre. Il fut donc très soulagé que Hunter semble avoir du mal à trouver ses mots.

Une fois les deux hommes remontés dans le camion, Hunter prit la direction de la voie rapide. Il lui fallut presque une demi-heure pour oser aborder le sujet qui le tourmentait.

— Christy et toi… vous semblez très proches.

Grant hocha la tête.

— C'est vrai. Sinon, j'aurais refusé d'avoir des enfants avec elle.

— Pourquoi n'es-tu pas resté dans le coin ?

— C'est une longue histoire, répondit Grant d'un ton vague.

Il réalisa que Hunter espérait sans doute plus de détails. Il méritait une réponse, en toute honnêteté.

— Tout comme moi, Christy n'a aucune famille. Quand je l'ai rencontrée, elle était seule au monde, avec son petit garçon. Elle ne m'a jamais parlé du père de Lewis. Elle semblait par-dessus tout désirer l'oublier, donc je n'ai pas posé de questions. Je lui ai clairement fait comprendre que je ne serais jamais plus qu'un ami, et elle a paru l'accepter. J'ai joué au papa de Lewis pendant un certain temps, Christy semblait d'accord, mais ensuite elle a rencontré Frank et elle m'a mis au placard. Au début, elle avait même peur de continuer à me voir parce que son mari ne croyait pas à l'amitié entre un homme et une femme. Il était jaloux de moi, alors nous nous rencontrions en cachette chaque fois que Frank partait dans son camion.

Hunter soupira et garda les yeux sur la route.

— On dirait que rien n'a beaucoup changé.

— J'ai essayé de trouver du travail par ici, mais Frank pétait les plombs chaque fois qu'il me voyait en ville, alors j'ai préféré mettre une certaine distance entre nous.

— Tu penses qu'il la battait dès que tu t'approchais d'elle ?

— Je ne sais pas, répondit Grant en toute franchise. Je le craignais.

— Donc, tu attends qu'elle te téléphone et tu abandonnes tout pour une nuit sur la route, au péril de ta vie, afin de passer quelques heures avec elle et les enfants ?

Penaud, Grant hocha la tête.

— Raconté comme ça, ça parait vraiment idiot.

Quand Hunter lui posa la main sur le genou. Grant sentit la chaleur de sa paume à travers le tissu de son jean. C'était d'un grand réconfort. La chaleur se répandit peu à peu à travers tout son corps, l'aidant à se relaxer et en quelque sorte, à mieux supporter la douleur.

— Ce n'est pas idiot d'accourir quand elle t'appelle, surtout si tu sens qu'un danger la menace, ou bien les enfants. Par contre, c'est un peu idiot de t'être installé aussi loin d'elle.

Grant plaça sa propre main sur celle de Hunter.

— Oui, mais je vis chez un homme qui compte beaucoup pour moi, annonça-t-il en exagérant son accent sudiste. Et il est très attaché à ses terres, parce que son père y est enterré, ainsi que ses grands-parents, et ainsi de suite. Parfois, un homme doit aussi vivre pour lui.

— Peut-être que ce quidam dont tu parles pourrait déménager ?

— Je ne le lui demanderais jamais. Il n'exerce pas le genre de boulot qui le permet.

Hunter lui caressa les doigts et Grant sentit sa gorge se serrer. Bon sang ! La douleur le rendait émotif. Il ravala ses larmes sans oser regarder son amant, de peur de craquer complètement.

Ils restèrent silencieux pendant un très long moment. Hunter ne lâchant sa main que pour changer de vitesse, ce qui était peu fréquent, vu la fluidité de la circulation. Parfois aussi, il s'arrêtait un moment sur une aire, pour laisser Grant étirer ses muscles douloureux. Rester immobile sur la banquette du camion était pour lui une vraie torture. Plusieurs fois, pendant le trajet, Grant s'interrogea sur sa santé mentale. Peut-être aurait-il dû rester davantage à l'hôpital ? Non, il n'avait pas voulu éloigner Hunter de son ranch plus longtemps que nécessaire. Et jamais le rancher n'aurait accepté de le laisser seul. Donc, Grant était obligé de supporter la douleur en espérant bientôt arriver à la maison.

La maison.

Le ranch de Hunter ?

Serait-ce un jour 'sa' maison ?

Le camion s'arrêta sur le côté de la route. Hunter laissa tourner le moteur et pivota vers Grant.

— Pourquoi t'arrêtes-tu ? Nous sommes presque arrivés. Je peux tenir dix plus minutes, cowboy ! affirma Grant qui se tourna pour regarder Hunter.

Celui-ci le prit par la nuque et l'attira vers lui pour l'embrasser doucement. Quand il s'écarta, il avait l'air triste. Et Grant comprit alors la nature du problème.

— Ne t'inquiète pas pour moi, Hunter. Je serai très bien dans ma chambre dans le bâtiment du personnel. Je ne veux pour rien au monde créer de problème entre ta famille et toi.

Hunter ricana.

— Tu es fou ? La nuit dernière, tu ne pouvais pas même trouver une position confortable pour dormir jusqu'à ce que je t'aide.

Grant ne put retenir son sourire.

— Je dois admettre que tu as été merveilleux. Mais tu ne peux pas revenir après cinq jours d'absence et leur balancer ton petit secret. Laisse-moi au bâtiment du personnel et trouve ensuite le bon moment pour leur en parler discrètement.

Hunter secoua la tête et reprit sa main.

— Je t'avoue que ça me fiche la trouille, Grant, mais si j'attends pour leur parler, je risque de perdre mon courage. Je ne vais plus te cacher. À partir d'aujourd'hui, tu dormiras avec moi. Dans ma chambre !

— À condition que ta mère ne nous flanque pas tous les deux dehors.

— Si elle le fait, je m'installerai avec toi dans les quartiers du personnel.

— Hunter…

— Ne me dis pas que tu ne veux pas de moi. Je ne suis pour toi qu'un cul de plus à consommer et à jeter ?

Il retira sa main avec un froncement de sourcils.

— Allez, cowboy…

Hunter leva un sourcil.

— Ah, j'ai retrouvé mon surnom !

— Tu ne l'aimes pas ?

— Si, mais tu n'as pas répondu à ma question, Grant. J'ai pris ma décision pendant que tu étais à l'hôpital. Je ne vois qu'une seule solution viable : être franc envers ma famille. Je vais expliquer à ma mère et à mes sœurs que je t'aime. Je veux qu'elles te traitent comme mon partenaire, comme si j'avais ramené une fille à la maison.

Grant soupira. Si seulement c'était aussi simple !

— Et pourtant, ce n'est pas pareil, pas vrai ?

— Mais si. Maman n'aime pas Miranda, mais si j'avais annoncé que j'allais l'épouser, elle aurait dû s'y faire et la traiter comme sa belle-fille.

— C'est ça, répondit Grant en étouffant un ricanement. Mais Miranda aurait offert à ta mère quelques compensations très appréciées. Par exemple un mariage en blanc et une portée de petits-enfants.

— Dans ce cas, aurais-tu des photos des enfants de Christy ? Je suis sûr que maman appréciera de savoir que tu nous viens avec une famille.

— Je suis sérieux, Hunter.

— Moi aussi, Grant. Si tu ne veux pas vivre avec moi, il faut que je le sache, parce que je ne peux pas continuer à leur mentir. Je ne peux plus te voir à la va-vite. Je te veux la nuit dans mon lit, pas juste te sauter dans la grange de Gabe ou dans mon camion sous prétexte d'aller réparer les clôtures du ranch. Surtout maintenant que tu es blessé. Je ne te vois pas grimper une échelle de sitôt.

Grant sentit une oppression peser sur sa poitrine. Malgré son amour pour Hunter, il n'était pas certain d'être prêt à exposer sa sexualité.

— Je ne suis pas du genre à clamer ma vie privée sur les toits, Hunter.

— Moi non plus, mais je ne peux plus mentir à celles qui comptent pour moi. C'est pourquoi je te demande d'être honnête envers moi : pour que je puisse l'être avec elles.

— Donc, tu n'en parlerais qu'à ta mère et tes sœurs ?

Le rancher hocha la tête.

— Oui. Je pense qu'avec elles, j'en aurais assez sur les bras ce soir.

— Je suis d'accord.

— Izzie est au courant. Elle sera de notre côté. Bernie ne posera aucun problème. Elle t'aime bien. Lisa et maman ne diront probablement pas grand-chose en ta présence, mais ensuite... je pense qu'elles s'y feront quand elles auront pris le temps d'y réfléchir.

— Elles veulent te voir heureux.

— Eh bien, elles verront bien que je le suis avec toi. Izzie dit que ça se voit, Christy est du même avis.

Hunter lui serra de nouveau les doigts, puis il se pencha pour l'embrasser. Grant savoura le baiser, mais il ne put le rendre, trop anxieux de la scène qui les attendait en arrivant au ranch. Il nota le regard déçu de Hunter quand il reprit sa place et détourna la tête vers sa vitre, regardant le paysage.

— Tu devrais peut-être parler à ta mère en tête-à-tête ? proposa-t-il.

Hunter secoua la tête.

— Non, je te veux avec moi. Je veux qu'elle voie que je suis sérieux. Si tu n'es pas là, elle en profitera pour tout nier. Rien ne sera réel. Mais si tu es là...

Il le regarda.

— ... elle ne sera pas en mesure de...

Il haussa les épaules comme s'il n'avait pas besoin de compléter sa phrase. Grant sourit. Il avait compris.

— D'accord, je serai là.

Il ne pensa pas nécessaire de préciser à quel point il avait peur. Il allait devoir affronter madame Krause et la voir se tourner vers lui après avoir appris sa relation sexuelle – avec son fils !

Après une dernière et ferme pression de la main, Hunter le lâcha et remit le camion en marche, reprenant la route vers son ranch.

XXX

HUNTER TREMBLAIT comme une feuille lorsqu'il gara son camion devant la maison. Il secoua les mains et les sécha sur son jean avant de contourner le véhicule pour aider Grant à descendre. Il valait mieux qu'il s'active pour se sentir mieux. *Il suffit d'avoir l'air naturel*, se dit-il. De prétendre que tout est normal, que ce n'est quand même pas un drame d'emmener un homme dans sa chambre pour l'y installer. Au passage, dès qu'il rencontrerait sa mère, il faudrait qu'il sorte du placard. Qu'il lui annonce que son fils unique ne ramènerait jamais de belle-fille à la maison. Qu'il lui explique qu'il aimait Grant et qu'il comptait bien s'occuper de lui jusqu'à sa guérison. Et qu'il n'avait pas l'intention d'entendre la moindre critique à son sujet. Pas question non plus de laisser sa mère jeter Grant à la porte.

Hunter sortit du camion le petit sac où Grant avait entassé ses affaires. En fait, avant la confrontation, il ferait mieux de se nettoyer et de se changer. Cinq jours plus tôt, il était parti en catastrophe sans rien emporter avec lui. Bien sûr, il s'était douché en cours de route, mais ses vêtements empestaient. Il regarda sa montre et comprit qu'il aurait le temps de faire un brin de toilette avant le dîner.

Plongé dans ses pensées, il veilla par ailleurs à faire sortir du camion un Grant très mal en point. Il avait l'esprit trop occupé pour remarquer la voiture dans l'allée. Les deux hommes étaient presque arrivés à la porte d'entrée quand Lisa sortit précipitamment de la maison, une valise à la main. Elle était suivie de près par un gars encombré d'un gros sac. Il fallut un moment à Hunter pour reconnaître Jack, le frère cadet de Hugh, le dentiste chevalin du ranch et la star du samedi soir au bar de la ville où il jouait pour les clients avec son groupe de musiciens. Jack ne venait jamais au ranch si un cheval n'avait pas besoin de ses soins, donc Hunter fut un peu surpris de le voir courir derrière sa sœur aînée.

— Jack ? Qu'est-ce que… ? Lisa ? Que se passe-t-il ?

Ni Lisa ni Jack ne lui répondirent. Ils se contentèrent de charger leurs bagages dans la voiture étrangère avant de s'en aller. Hunter regarda Grant, qui haussa les épaules, tout aussi perplexe. Les deux hommes continuèrent jusqu'au porche. Dès qu'ils pénétrèrent dans la maison, ils se heurtèrent à Izzie et Danny.

— Je pars quelques jours et quand je reviens, tout le monde est devenu fou ? demanda Hunter à sa sœur, une trace d'amusement dans la voix. Qu'est-ce qui se passe avec Lisa ? On aurait cru qu'elle quittait la maison.

Izzie poussa Danny dans le couloir et Hunter réalisa alors que l'enfant avait pleuré. Il s'affola.

— Danny Boy, qu'est-ce qui ne va pas ?

— Oncle Hunter !

Il se jeta dans ses bras avec tant de force que Hunter dut lâcher Grant. Celui-ci, heureusement, put s'appuyer sur le mur pour garder son équilibre. Le rancher serra étroitement Danny contre lui, avant de jeter un regard interrogateur à sa sœur.

— Bernie ? cria Izzie, en direction de l'étage. Tu peux venir chercher Danny et l'emmener dans sa chambre ?

Presque immédiatement, il y eut une dégringolade dans l'escalier. Bernie apparut, l'air très contente d'elle, comme d'habitude.

— Bien sûr, sœurette. Viens, Danny.

Le regard de l'enfant suppliait qu'on lui permette de rester, mais Hunter lui frotta juste les cheveux.

— Je viens de rentrer, mon garçon. Tu vas monter avec Bernie et moi, je vais discuter avec Nan et Izzie. Je monterai te retrouver très bientôt, d'accord ?

Ceci sembla apaiser Danny. Il lâcha Hunter et, un peu à contrecœur, rejoignit sa tante et monta l'escalier avec elle. Le rancher attendit que tous les deux soient hors de vue.

— Alors qu'est-ce qui se passe ici ?

Izzie ne le regardait pas.

— Bon sang, Grant, que t'est-il arrivé ? Tu t'es fait taper dessus ?

Son visage exprimait son inquiétude. Grant secoua la tête. Il ne protesta pas pendant qu'elle le palpait, plutôt intimement, pour se rassurer.

— Ne t'inquiète pas, Izz, ça va aller. J'ai juste quelques côtes cassées et le bassin endolori. J'ai été renversé par un camion.

— Oui, Hunter m'a parlé de ton accident…

Izzie se tourna vers Hunter.

— …mais tu ne m'avais pas dit qu'il était en aussi mauvais état !

Le rancher haussa les épaules. Pour le moment, il ne comptait pas raconter toute l'histoire à sa sœur. Il voulait en priorité savoir ce qui se passait au ranch.

— Ne t'occupe pas de Grant, Izzie. Qu'est-il arrivé pendant mon absence ?

Elle entraîna Hunter au salon. Il s'assura que Grant les suivait et l'aida aussi à s'installer confortablement sur le canapé tandis qu'Izzie fermait la porte et revenait vers eux avec un sourire complice. Hunter se dit alors que la situation ne devait pas être si catastrophique.

— Jack et son groupe ont signé un contrat avec un gros producteur de musique country dans le Tennessee. Lisa nous a annoncé alors qu'elle fréquentait Jack depuis un certain temps et ils sont partis ensemble.

Hunter en fut sidéré.

— Aux dernières nouvelles, elle était encore mariée à Hugh, non ?

— Et alors ?

Izzie afficha un sourire triomphal.

— Tu sembles très heureuse que Lisa ait débarrassé le plancher ! Est-ce que par hasard… Izzie ! Je te signale qu'elle abandonne son fils pour vagabonder avec le frère de son mari !

Il se sentit coupable quand sa sœur se rembrunit.

— Je sais, souffla-t-elle, et maintenant la tante de Danny couche avec son père. Raconté comme ça, on dirait vraiment le scénario d'un mauvais feuilleton !

Sidéré, Hunter se gratta les cheveux.

— Donc, il y a de nouveaux couples : Lisa et Jack et toi et Hugh ? Quand je suis à la maison, tout est tranquille, mais dès que je m'absente un week-end…

Izzie retrouva toute sa bonne humeur.

— Hunter ! Hugh et moi sommes ensemble depuis presque aussi longtemps que Grant et toi. Même cette écervelée de Bernie le sait, mais elle prétend que tu n'as rien remarqué. Je ne la croyais pas.

— Euh, j'ai toujours su que tu avais un faible pour Hugh, mais tu ne pouvais rien faire, parce qu'il était marié avec Lisa. Un point, c'est tout !

— J'ai essayé de te parler, mais étant un gars, tu n'as rien compris, bien entendu. J'aurais dû être plus directe.

Hunter prit sa sœur dans ses bras, la souleva du sol, et virevolta avec elle. Même lorsqu'il cessa, il ne relâcha pas son étreinte autour d'elle. Au contraire, il la serra plus fort.

— Je suis ravi pour toi, petite sœur. Tu es heureuse ?

— Si j'avais su que tu deviendrais aussi câlin en étant gay, je t'aurais conseillé de le faire depuis des années ! s'exclama-t-elle en riant.

Hunter rougit. En le réalisant, il se dit qu'il se comportait comme une fille, ce qui n'arrangea pas son embarras

— Ce n'est pas *du tout* ce que je voulais dire.

— Je sais, dit-elle, calmement. Oui, je suis très heureuse. Et ne te fais pas de souci concernant Danny. Il a pleuré parce que Lisa est partie plutôt brusquement, mais j'ai téléphoné à Hugh. Il ne va pas tarder. Je suis sûre que revoir son papa aidera Danny à retrouver le moral.

— En clair, Hugh revient s'installer ici ?

Izzie se mordit la lèvre.

— Je n'ai encore rien dit à maman. Je veux que Hugh soit avec moi au moment où je la préviendrai, pour nous deux. Je sens qu'elle va être furieuse, donc j'aurais besoin de soutien. Plus je serais entourée, mieux ce sera. Tu es revenu juste à temps, tant mieux !

Hunter jeta alors un regard en direction de Grant, qui, assis sur le canapé, regardait tranquillement la scène.

— J'ai aussi une nouvelle à annoncer à maman, je pense qu'elle en sera tout aussi furieuse.

— Oh, mon Dieu ! Vous allez faire votre coming-out, tous les deux ?

Elle se couvrit la bouche de la main.

— Grant est blessé. Il a besoin de moi durant les prochains jours, le temps qu'il récupère. Je refuse de le laisser dormir tout seul dans le bâtiment du personnel où personne ne s'occupera de lui. Il me paraît logique d'expliquer à maman pourquoi je vais l'installer dans ma chambre.

— Petit coquin, le taquina Izzie. Je ne sais pas quelle est la meilleure solution : dois-je te demander de me laisser parler la première ? Ou bien, au contraire, vaut-il mieux que tu annonces d'abord ton petit secret, histoire que le mien passe dans la foulée ?

— Au fait, où est maman ?

— Comme d'habitude, je présume. Dans la cuisine.

Ils n'eurent pas le temps de discuter plus avant de leur stratégie : la sonnette retentit, ce qui arrivait rarement.

— C'est Hugh ? s'étonna Hunter.

Izzie secoua la tête.

— Sûrement pas. Il sait très bien que la porte d'entrée n'est jamais fermée.

— Alors qui… ?

Hunter s'interrompit en entendant la voix de la mère dans le couloir. *Miranda, quelle agréable surprise !*

Izzie regarda son frère, qui lui passait alternativement de Grant à sa sœur.

— Oh, merde ! grommela-t-il. Nous avions bien besoin de ça !

Suivez-moi, passons au salon.

— C'est la cata, marmonna Izzie entre ses dents.

Au même moment, la porte s'ouvrit. Leur mère ne cacha pas sa surprise en voyant le salon déjà bien occupé.

— Hunter ? s'étonna-t-elle. Tu es rentré ?

Il hocha la tête, sans répondre ni quitter des yeux Miranda : elle semblait très nerveuse et évitait soigneusement de croiser son regard. Il ignorait le but de sa visite, mais il avait un très mauvais pressentiment.

— Izzie chérie, tu pourrais nous préparer du thé ? demanda Beth. Et n'oublie pas d'apporter aussi les cookies que j'ai préparés hier.

Elle parlait aussi calmement que d'ordinaire et sans en avoir l'air, prenait le contrôle de la réunion. Elle effleura Grant du regard, puis passa à Hunter. Il comprit que sa mère se demandait ce qu'un employé du ranch faisait dans son salon, mais tout allait très vite. Elle reporta, avec un sourire courtois, son attention vers Miranda.

Connaissant sa mère, Hunter savait qu'elle se contentait d'être bonne hôtesse et que son sourire factice n'exprimait pas de véritable affection. Plus d'une fois, au cours d'un dîner familial, Beth avait exprimé une opinion peu flatteuse sur son ex, sans laisser aucun doute sur ce qu'elle pensait. C'était en partie pourquoi il n'avait jamais convié Miranda chez lui. Et aussi parce qu'il n'avait jamais eu la moindre intention de l'épouser.

— Alors, ma chère, enchaîna sa mère. Qu'est-ce qui vous amène ici ?

Avant d'écouter la réponse de Miranda, Hunter, plein d'appréhension, jeta un coup d'œil rapide à Grant. Celui-ci semblait calme. D'un autre côté, il ignorait à quoi s'attendre. Malgré son caractère impulsif, Hunter ne l'avait jamais vu se soucier des situations sur lesquelles il n'avait aucun contrôle.

— En fait, répondit doucement Miranda, je suis venue parler à Hunter, parce que…

Ce dernier remarqua que sa voix tremblotait. Il la vit également poser les deux mains sur son ventre avant de lever les yeux sur lui.

Il sentit sa gorge s'assécher.

— … j'attends son bébé.

Izzie, qui revenait au salon, faillit en lâcher son plateau, ses tasses et la théière. Hunter se releva à la hâte, d'abord pour aider sa sœur, ensuite parce qu'il avait besoin d'une distraction. Il prit le plateau des mains d'Izzie et le déposa sur la table basse, s'occupant de placer une tasse devant chacun des convives. Personne ne disait mot et Hunter n'osait regarder Grant. Quant à sa mère, elle était devenue livide. Elle avait également perdu son sourire, à la grande surprise du rancher.

Miranda baissa la tête sur ses mains jointes. Izzie se laissa tomber sur le canapé, la bouche grande ouverte, ce qui n'avait rien de distingué. Hunter vit sa sœur regarder Grant, mais il ne tenta pas de faire la même chose.

Le silence sembla durer une éternité. Enfin, Izzie se hasarda à le rompre.

— Et c'est pour quand ? Je suis également enceinte et, d'après mes calculs, la naissance aura lieu en mars.

Elle parlait calmement, comme si le sujet était tout à fait conventionnel pour un thé entre de quasi étrangers. Miranda ne cacha pas sa stupéfaction. Après tout, il s'agissait d'une petite ville, où tout le monde savait qu'Izzie avait largué son précédent copain depuis des mois.

— C'est pour février, chuchota Miranda.

Sans lui accorder un coup d'œil, Beth se tourna à sa fille :

— Tu es enceinte ? dit-elle, d'une voix sans timbre.

— Oui, maman.

L'écho de ses paroles résonnait encore lorsque la porte d'entrée claqua. Quelques secondes plus tard, Hugh faisait irruption dans la pièce.

— Comment va Danny ? cria-t-il.

Il regarda de plus près le petit groupe réuni et leva les sourcils. Il tenta de s'excuser, ou du moins de justifier sa présence :

— Izzie m'a téléphoné, elle m'a expliqué que Danny avait besoin de moi. Je ne savais pas que…

Il ne termina pas sa phrase en voyant Beth Krause étouffer un cri et vaciller dans son fauteuil. Izzie se releva et se précipita à ses côtés, manifestement très inquiète.

— Maman, est-ce que ça va ?

Hunter pensa voir sa mère acquiescer d'un mouvement imperceptible. Elle n'était pas de nature émotive. Elle n'avait pas versé une seule larme en apprenant la mort de son mari. Hunter ne l'avait jamais vue se montrer compatissante ou même affectueuse, surtout envers ses enfants, il était donc très surpris qu'elle soit ainsi au bord de l'évanouissement.

Il n'eut pas le temps de se poser trop de questions sur le sujet.

— Je ferais mieux de m'en aller, dit Miranda. Je te téléphonerai plus tard, Hunter. Il faut que nous parlions.

Il n'envisagea même pas de refuser. Bien entendu, il devait lui parler, mais malgré son annonce fracassante, Miranda ne faisait pas partie de la famille. Plus tôt elle partirait, plus vite il pourrait faire son coming-out devant sa mère, plus tôt Izzie parlerait également.

Il raccompagna Miranda à la porte.

— Tu as mon numéro de portable ?

Elle acquiesça en silence. Hunter la suivit jusqu'à sa voiture, où une femme plus âgée attendait à l'intérieur. Il les salua toutes les deux d'un signe de tête et resta immobile le temps qu'elles s'en aillent. Il ne quitta pas le perron avant que la voiture soit hors de vue.

Il venait de recevoir une nouvelle qui était une vraie bombe et la pensée de sa prochaine conversation avec Miranda ne lui plaisait guère, mais pour le moment, il avait d'autres priorités. Il ne tenait pas tellement à retourner au salon, inquiet de ce qu'il allait y trouver. Mais Grant y était toujours, et sa présence attirait Hunter comme un aimant.

La nuit tombait, il était fatigué, affamé, mais surtout très inquiet pour ceux qui se trouvaient dans la maison. Il les aimait tous tendrement.

XXXI

GRANT RESTA tranquillement sur le canapé, à regarder la scène épique se dérouler devant ses yeux. Outre le fait qu'il n'était pas très vaillant actuellement, il ne faisait pas partie de la famille – pas encore. Il s'entendait bien avec Izzie, il appréciait aussi Hugh, qui l'avait naguère engagé en sachant très bien que Hunter en serait furieux. De plus, même si le petit groupe l'ignorait encore, il n'allait pas tarder à aggraver la crise familiale, à moins que Hunter y voie plutôt une opportunité d'annoncer la nouvelle comme un pétard de plus dans le feu d'artifice. Mme Krause sembla se reprendre : elle se redressa dans son siège. Izzie resta cependant auprès d'elle, toujours inquiète. Hugh salua Grant d'un signe de la tête avant de s'asseoir à côté de lui.

— On dirait que vous être passé sous un camion.

Grant gloussa, mais il s'arrêta vite quand une douleur lancinante lui traversa la poitrine.

— Étrange que vous l'ayez remarqué. Je ne suis pas passé loin. J'ai de la chance d'être encore en vie. Si Hunter ne m'avait pas suivi, vendredi soir, je serais probablement mort dans un fossé de l'US-26.

Hugh lui adressa un regard compatissant, puis il se pencha pour chuchoter :

— Izzie m'a prévenu, concernant Hunter et vous. Je dois admettre que j'ai été un peu surpris

Il était inutile de parler à voix basse. Ils se trouvaient suffisamment loin pour qu'Izzie et sa mère n'entendent rien de leur conversation.

— Ah ? dit évasivement Grant.

— Eh bien, en ce qui vous concerne, j'étais au courant. Depuis que Gabe et vous...

Grant acquiesça, ce qui évita à Hugh de finir sa phrase.

— ... mais j'ai toujours pris Hunter pour un coureur de jupons. Je ne parle pas seulement de Miranda, mais de toutes ces filles qui se jetaient à ses pieds, je sais qu'il ne les a pas toujours repoussées.

Grant pinça les lèvres et ne répondit pas. Que pouvait-il dire ? Il ne voulait pour rien au monde qu'on l'accuse d'avoir 'perverti' Hunter.

Hugh lui tapota gentiment le dos.

— Eh bien, du moment que vous êtes heureux tous les deux, et Izzie affirme que c'est le cas, je ne vois pas pourquoi j'aurais à m'en mêler. Après tout, je suis loin d'être un saint, comme vous le savez à présent.

Grant hocha la tête.

— Au fait, mes félicitations. Izzie nous a annoncé que vous alliez être parents.

Hugh sourit, sans cacher sa fierté, même s'il était encore un peu inquiet de l'afficher.

— J'aime Izzie depuis très longtemps. C'est une fille merveilleuse.

Il se racla la gorge et reprit :

— Pas une fille, une femme. Et je suis fier qu'elle accepte de porter mon enfant. Danny mérite un petit frère ou une petite sœur. Et d'après ce que j'ai compris, il aura en plus un petit cousin ou une petite cousine pour jouer avec lui.

— Oui, la nouvelle a été plutôt inattendue, admit Grant.

À nouveau, Hugh lui tapota l'épaule et lui adressa un sourire chargé de sympathie.

— Je suis sûr que tout finira par s'arranger. Parfois, il faut quand même être patient. Rien n'est jamais facile dans cette famille.

— Ça, j'avais remarqué.

Hugh se releva.

— Maintenant, je vais monter voir ce que devient Danny. Belle-maman semble aller mieux.

D'un signe de la tête, il désigna Beth et Izzie. Puis il reprit :

— En vérité, ce soir, je suis venu pour mon fils. Il y a un bout de temps que je ne l'ai pas vu.

Grant ne savait que trop bien ce que devait ressentir Hugh.

— Il était très malheureux quand je l'ai rencontré tout à l'heure. Il est monté avec Bernie.

Hugh esquissa un petit sourire reconnaissant avant de quitter discrètement le salon, juste au moment où Hunter revenait. À sa vue, Grant sentit son souffle s'accélérer, mais au lieu de le rejoindre sur le canapé, le rancher approcha de sa mère.

— Ça va, maman ?

Elle soupira.

— Vraiment, Hunter, pourquoi me ferais-je du souci ? Tu disparais sans même me prévenir et tu reviens cinq jours après sans me donner la moindre explication.

— Je n'ai pas vraiment eu l'opportunité de m'expliquer, maman.

Il répondait calmement, mais son ton trahissait son agacement devant de telles accusations.

— Et maintenant, j'apprends que tu as engrossé cette petite putain…

Hunter et Izzie interrompirent leur mère en même temps :

— Maman !

— Maman !

Hunter enchaîna, avec un certain amusement :

— Si j'avais utilisé des mots pareils, tu m'aurais lavé la bouche avec du savon.

— Je te rappelle qu'elle n'a pas précisément une réputation de chasteté, malgré le fait qu'elle enseigne à de jeunes enfants et qu'elle s'habille en nonne la plupart du temps. D'après ce qu'on dit, elle porte d'autres vêtements quand elle fréquente le bar.

— Maman, je croyais que tu n'aimais pas les ragots, protesta Izzie, avec un sourire. Et maintenant, voilà que tu te mets aussi à être méchante.

— Il faut que je m'habitue à l'idée qu'elle fasse bientôt partie de la famille, voilà tout.

— Elle n'en fera jamais partie, maman, déclara Hunter.

Il vint s'asseoir sur le canapé à côté de Grant. Pourtant, il ne regarda pas son amant. Grant déglutit nerveusement. Était-ce le moment crucial où tout allait être révélé ? Le coming-out dont ils avaient parlé dans le camion sur le chemin du retour ?

— Si elle porte ton enfant, tu dois assumer tes responsabilités.

— Et je le ferai, déclara Hunter.

Grant se sentit fier d'une telle détermination. Mais le rancher n'avait pas terminé :

— Je ne suis pas encore absolument certain que ce bébé soit mien, mais si c'est le cas, je ferai en sorte qu'il ne manque de rien, et sa mère non plus. J'assumerai mes devoirs de père, mais je n'épouserai pas Miranda.

— Pourquoi ?

Hunter prit une profonde inspiration.

— Parce que je ne l'aime pas, maman, je refuse de vivre un mensonge.

— Mais voyons, elle est porte ton enfant, tu ne peux pas nier avoir une relation avec elle.

Hunter se pencha en avant, les coudes sur les genoux. Grant eut beaucoup de mal à se retenir de tendre la main pour le toucher et lui offrir son soutien. Même sans tenir compte de la présence de Mme Krause, il connaissait assez bien Hunter pour réaliser que toute marque de sympathie serait très mal accueillie, même si le rancher mourait probablement d'envie de recevoir un peu de réconfort.

— J'ai *eu* une relation avec elle. Et ce n'était qu'une passade.

— Je suis adulte, Hunter. Tu peux admettre devant moi qu'il s'agissait uniquement de sexe.

En entendant la calme déclaration de sa mère, Izzie ouvrit de grands yeux et se tourna pour regarder Grant.

— Exactement, maman, reconnut Hunter. Et tout est terminé depuis un certain temps, je n'ai pas l'intention de recommencer.

Pas besoin d'être un génie en psychologie pour comprendre que Mme Krause n'appréciait pas du tout la situation.

— Écoute, je n'estime guère cette fille, mais ce n'est pas pour autant que tu devrais lui tourner le dos, Hunter. Je suis sans doute vieux jeu, mais peu importe. À mon avis, vous autres, les jeunes, ne prenez pas le sexe suffisamment au sérieux. Vous croyez juste que…

Elle agita les mains, comme si elle ne pouvait exprimer à voix haute sa position sur la question.

— Je ne compte pas lui tourner le dos, maman. *Si* elle porte bien *mon* enfant – et j'insiste sur le *'si'* – je l'aiderai financièrement, mais je ne te laisserai pas recommencer avec moi ce que tu as déjà fait avec Lisa et Hugh. Lisa s'était entichée de Hugh, elle est tombée enceinte quand il a commis l'erreur de coucher avec elle, une seule fois. Il ne l'a jamais aimée, du moins pas comme elle méritait de l'être, et tu le sais très bien. Ils ont tous les deux été très malheureux, et Danny l'était également.

En entendant le nom de Hugh, Izzie s'était redressée. Elle adressa à Grant un sourire timide pendant que Hunter continuait son plaidoyer :

— Je suis sûr que Hugh aurait accepté ses responsabilités paternelles, même s'il n'avait pas épousé Lisa, parce que c'est un homme très bien. Quant à moi, j'aurais été heureux de l'employer afin qu'il puisse être proche de son fils. Il aurait été beaucoup plus logique de laisser Lisa libre de vivre comme elle l'entendait, sans que tu l'obliges à suivre tes conseils.

— Elle voulait se marier !

— Et Hugh, t'es-tu jamais donné la peine de lui demander son avis ?

Cette fois, sa mère ne répondit pas. Elle semblait ressasser ses options. La tension devenait presque insupportable.

Grant réalisa qu'il ressentait probablement la situation différemment des autres, sauf peut-être Hunter. Grant ignorait si le rancher comptait toujours annoncer à sa mère son homosexualité, mais depuis son entrée dans la maison, ce qui lui paraissait des heures plus tôt, le battement de son cœur ne s'était pas calmé. Il était épuisé. De plus, il avait faim et ressentait le besoin de plus en plus urgent d'un analgésique. Il aurait donné n'importe quoi pour mettre fin à ses tortures.

— Serais-tu en train de prétendre que je ne tiens pas compte de tes sentiments, Hunter ? demanda calmement Beth.

— Je ne le prétends pas, je l'affirme.

Lorsque Grant entendit cette réponse, énoncée du même ton calme que la question de sa mère, il comprit d'où Hunter tirait sa détermination. Il n'avait jamais remarqué à quel point tous deux se ressemblaient. Et quelque part, cela réussit enfin à l'apaiser.

— Je pense toujours que tu esquives tes responsabilités.

Hunter exhala bruyamment.

— Ce n'est pas vrai ! De toute façon, je n'ai des responsabilités que vis-à-vis de la personne que j'aime. Et ce n'est pas Miranda.

Grant sentit son cœur battre dans sa gorge. C'était le moment de vérité.

— Il y a quelqu'un d'autre dans ta vie ?

Beth semblait perplexe. Manifestement, elle n'avait aucune idée de ce que son fils ressentait vraiment.

— Oui, maman, effectivement. Et je ressens pour lui ce que je n'ai jamais ressenti pour personne.

BANG.

La mère de Hunter ne répondit pas tout de suite, mais Grant n'eut pas besoin de fixer Izzie pour remarquer que la conversation générale sur l'amour avait dévié vers un pronom personnel indéniablement masculin.

— Pour *lui* ? dit enfin Beth.

Elle parlait d'une voix très calme et prononça le mot comme si elle le goûtait. Sans tourner la tête, Hunter tendit la main vers Grant, qui la saisit sans hésiter.

— Oui, maman. Pour lui. Grant.

Enfin, Hunter le regarda. Et tout à coup, Grant sut que quoi qu'il arrive, même si Mme Krause réagissait de façon horrible, c'était sans importance, parce que Hunter l'aimait pour de bon. Au cours des dernières semaines, le rancher l'avait regardé avec des expressions différentes, mais Grant espérait bien qu'il n'oublierait jamais celle-ci.

— Vendredi soir, je l'ai suivi sans qu'il le sache, parce que je ne voulais pas le laisser partir. Ce week-end, nous avons enfin trouvé le temps de discuter de ce qui se passait entre nous.

— Tu comptes révolutionner la famille à cause d'un coup de tête ?

— Non, maman. Ce n'est pas une décision de dernière minute, c'est une certitude, et je l'ai ressentie toute ma vie. Jusqu'ici, j'ai juste refusé de l'accepter. Grant et moi cherchons à trouver une solution depuis maintenant plusieurs semaines, mais il y avait trop de secrets entre nous, trop de questions sans réponse. Ce week-end, nous avons enfin aplani ce qui nous séparait.

Mme Krause se releva brusquement.

— Je ne sais pas pour vous, mais je suis affamée. L'heure du dîner est largement dépassée. Il y a au premier étage un petit garçon très triste qui est encore en pleine croissance. Il a besoin d'un bon repas.

Sur ce, elle quitta le salon, les laissant tous derrière elle, silencieux et stupéfaits.

XXXII

IZZIE FUT la première à parler.

— Il s'est passé quoi au juste ?

Son regard passait de son frère à Grant. Celui-ci répondit :

— Au moins, elle ne m'a pas jeté dehors !

Il eut un petit rire qui s'interrompit immédiatement. D'instinct, il mit la main sur ses côtes.

— Oh, elle ne ferait jamais un truc pareil, affirma Hunter. Elle tient beaucoup à son titre d'hôtesse parfaite. Elle ne te connaît pas encore assez pour te jeter dehors. Moi, par contre, j'ai de la chance d'avoir encore un toit sur la tête.

— C'est toi qui diriges ce ranch, Hunter, cela efface quelques-uns de tes péchés, déclara Izzie pince-sans-rire.

— Peut-être était-ce un peu trop pour elle ? proposa Grant. Franchement, il est rare dans une vie d'apprendre le même jour que l'on devient grand-mère, deux fois, que son fils unique est gay, que sa fille aînée s'enfuit avec son beau-frère, en laissant son fils derrière elle, et que sa cadette est amoureuse du futur ex-mari de sa sœur, vous ne croyez pas ?

Plus Grant énumérait les événements, plus Hunter riait. Izzie ne tarda pas à faire pareil. Hunter se plia en deux, incapable de retenir son fou rire. La situation dans son ensemble était tellement absurde qu'il lui était impossible de la prendre au sérieux.

— Je te l'ai déjà dit, Izzie, s'il s'agissait d'un ces feuilletons interminables que maman aime tellement regarder, elle dirait que c'est trop invraisemblable.

Izzie, toujours secouée de rire, réussit à se relever pour venir s'asseoir à côté de Hunter et passer le bras autour de ses larges épaules.

— Je suis contente que tout soit enfin dit, tu sais. C'était difficile de vivre avec le fardeau de tous ces secrets

Il lui posa la main sur le ventre.

— Ma petite sœur est enceinte. Je n'arrive pas à y croire.

Elle retrouva son sérieux.

— Apparemment, nos enfants auront une chance de grandir ensemble.

— Ça dépendra de Miranda, sœurette. Comme je ne compte pas l'épouser, elle peut chercher à se venger, surtout si elle apprend la vérité concernant Grant.

Hunter se tourna pour jeter à son amant un regard enamouré, destiné à lui rappeler qu'il n'avait aucunement l'intention de changer d'avis.

— C'est vrai. Elle n'est pas encore au courant !

Hunter comprit que le cerveau d'Izzie commençait à travailler, tentant de doucher son bel enthousiasme.

— Je la mettrai au courant personnellement. Je lui ai dit que je l'appellerai, je lui parlerai quand nous serons seuls tous les deux dans un endroit discret.

Il sourit à sa sœur avant d'ajouter :

— Ensuite, si tu tiens à faire amie-amie et à parler bébé, aucun problème, mais laisse-moi d'abord discuter avec elle, Izzie.

Il plaça le bras autour des minces épaules pour serrer sa sœur contre lui. Il remarqua ensuite combien Grant avait l'air épuisé. Il posa son autre main sur le genou de son amant, qu'il serra également.

— Maintenant, déclara-t-il, je dois mettre mon blessé au lit, il a besoin de se reposer.

Grant eut un sourire reconnaissant.

— Je t'apporterai un plateau tout à l'heure, Grant, ajouta Izzie.

Elle se releva du canapé et soupira.

— Maintenant que Lisa est partie, je vais devoir aider maman à la cuisine.

Elle fit la moue, montrant ostensiblement que cette perspective ne lui plaisait pas. À son tour, Hunter se releva et dit à sa sœur :

— Je vous rejoins, maman et toi, dans une minute.

Il tendit la main pour aider Grant à quitter le canapé et l'entraîna dans le couloir.

— Tu penses pouvoir monter ? demanda Hunter à mi-voix.

Grant hocha la tête et avança lentement, une marche à la fois. Lorsqu'il arriva enfin à l'étage, il ne rêvait plus que d'une chose : s'étendre sur un lit et ne plus jamais se relever. Hunter le conduisit vers la chambre au bout du couloir. En entrant, ils trouvèrent le lit défait ; des vêtements jetés partout recouvraient la moindre surface.

— Désolé pour le désordre.

Hunter commença à ramasser ses affaires et à les entasser sur un fauteuil. Puis il tira sur les draps, désireux de refaire le lit, mais Grant l'en empêcha en se laissant tomber dessus. Il prit Hunter par le poignet.

— Laisse tomber, cowboy. Je suis bien trop fatigué pour m'en soucier. De plus, même si je ne l'étais pas… eh bien, je n'avais encore jamais vu ta chambre.

Hunter esquissa un sourire timide.

— Si j'avais prévu que tu viendrais…

Il haussa les épaules.

— En clair, tu es désordonné. Ça ne me gêne pas. Par contre, je risque de t'agacer avec ma manie de tout ranger. J'ai l'habitude de vivre à l'étroit, avec toutes mes affaires dans un sac de voyage, je suis obligé d'être méticuleux.

Hunter cessa de s'agiter pour mieux le regarder. Grant était-il en train de faire des projets d'un avenir ensemble ? Le rancher ne voulut pas leur porter la poisse en faisant une réflexion, il se contenta de s'asseoir à côté son amant, leurs épaules se touchant.

— Tu as besoin d'aide pour te coucher ? Je peux t'installer des oreillers comme la nuit dernière.

Grant acquiesça. Hunter sentit qu'il était trop fatigué pour discuter, malgré son indépendance naturelle.

— Je vais te prêter un tee-shirt et un caleçon pour dormir, décida Hunter.

Il se leva et se dirigea vers sa penderie, qui était presque pire que sa chambre, niveau désordre. Il prit un tee-shirt froissé et le porta à son nez.

— Il est propre, ajouta-t-il, dans le but de rassurer Grant.

Son amant sourit et le regarda revenir vers lui. Hunter l'aida à ôter sa veste polaire qu'il lui fit passer par-dessus la tête. Il ne put résister à son désir de caresser doucement les côtes meurtries. La peau était marbrée de meurtrissures noires et bleues. Son visage dut exprimer sa compassion, parce que Grant baissa les mains et tenta de se cacher.

— Tu as mal, non ? Je vais te donner tes analgésiques.

— Ouais, jeta Grant, sèchement. Écoute, ça va aller. Pourquoi ne pas redescendre parler à ta mère, hein ?

Hunter lui tendit ses comprimés et un verre d'eau.

— Je veux d'abord m'assurer que tu as tout ce qu'il te faut. Ensuite, je descendrai nous chercher quelque chose à manger.

Grant secoua la tête.

— Non, Hunter. Va parler à ta mère. Il faut que tu arranges les choses entre vous.

Hunter acquiesça en silence tout en aidant Grant à enlever son tee-shirt, ses bottes et son jean.

— Et n'oublie pas de prendre une douche, ajouta Grant, gentiment taquin. D'après ton odeur, on jurerait que tu as passé cinq jours sur les routes. Ta mère pourrait croire que tu l'as fait pour moi.

— Pourquoi diable aurait-elle… ?

Il s'interrompit en réalisant que Grant se moquait de lui.

— D'accord, concéda-t-il.

Il était secrètement soulagé que son amant et lui soient suffisamment détendus pour plaisanter sur un sujet aussi intime. Il aida Grant à s'allonger et arrangea les oreillers autour de lui pour former un cocon, il alla même en chercher d'autres dans la chambre d'ami, avant de partir prendre une douche.

Quand il revint, moins de dix minutes plus tard, Grant s'était endormi. Même une douce caresse sur ses courtes boucles sombres ne le réveilla pas.

Hunter sentit revenir son anxiété pendant qu'il descendait l'escalier, les cheveux encore humides, vêtu de propre. Dans sa chambre, avec Grant, il s'était trouvé parfaitement calme, mais à présent, il allait devoir refaire face à sa mère. Il était toujours aussi perplexe quant à son étrange réaction, ou plutôt, son absence de réaction à toutes ces nouvelles. Au moment où il entra dans la salle de séjour, Izzie était occupé à mettre la table. Sans dire un mot, elle esquissa un geste en direction de la cuisine.

Hunter hocha la tête et alla ouvrir la porte. Il vit sa mère, avec un tablier devant la cuisinière, qui préparait une sauce. Elle ne réagit pas quand il entra.

— Maman.

Il s'exprima d'une voix très douce et vint se placer à côté d'elle.

— Hunter, répondit-elle, sur le même ton.

— Je peux t'aider ?

— Si tu pouvais découper la viande ?

Il acquiesça. En général, l'homme de la maison était chargé du découpage, aussi fut-il heureux que sa mère lui accorde toujours ce titre. Il commençait à espérer qu'elle ne le jetterait pas dehors une fois le dîner terminé.

— Ne coupe pas tout, chéri, dit-elle. Nous ne serons que sept ce soir.

Hunter compta dans sa tête : *maman et Bernie, Izzie, Hugh et Danny, moi et... Grant.* Il sourit en réalisant que sa mère espérait voir Grant redescendre pour partager leur dîner.

— Il s'est endormi, maman, nous ne serons que six à table.

Elle ne répondit pas immédiatement et fit semblant d'être occupée à repêcher la feuille de laurier au fond de sa cocotte.

— Coupe-lui quand même sa part. Tu la feras réchauffer quand il se réveillera.

Hunter la regarda. Sa mère avait toujours à la même expression, le même visage aussi froid que de la glace. C'était sa façon de cacher ses émotions.

— Il a été grièvement blessé, il souffre beaucoup.

À peine les mots avaient-ils quitté sa bouche, il réalisa qu'il tentait d'excuser Grant. Pourquoi en éprouvait-il le besoin ? Ils étaient tous adultes.

— Tu l'as installé dans la chambre d'ami ? demanda-t-elle, négligemment.

Elle plaçait sa purée de pommes de terre dans un plat.

— Non, maman. Il dort dans ma chambre, répondit Hunter, sans se donner la peine de dissimuler sa contrariété.

— Dans ce cas, tu devras dormir dans la chambre d'ami jusqu'à ce qu'il soit suffisamment remis pour retourner dans les quartiers du personnel.

Ce n'était même pas une question.

— C'est mon...

Il aurait voulu dire '*amant*', mais il connaissait l'opinion de sa mère concernant le sexe avant le mariage, aussi il préféra ne pas la provoquer.

— ...partenaire, maman.

Elle lui adressa un coup d'œil, mais très vite, elle se détourna et s'occupa à nouveau de ses plats. Hunter ne savait pas quoi dire. Il n'arrivait pas à croire qu'il avait aussi facilement cédé sous la pression. Pourtant, il ne comptait pas cesser de lutter. Il aimait sa mère, mais il aimait également Grant. De plus, il était trop âgé pour la laisser choisir avec qui il voulait passer le reste de sa vie.

Avec un grognement, elle souleva la lourde cocotte qui contenait le rôti et la posa au milieu de la table de la cuisine. Hunter se précipita pour l'aider, mais il avait oublié que la cocotte en fonte sortait du feu : il se brûla les doigts. Lâchant le plat, sa mère s'empara de sa main et l'attira jusqu'à l'évier pour placer ses doigts sous un jet d'eau froide. Hunter grogna de douleur.

— Je ne veux pas non plus qu'Izzie et Hugh partagent un lit sous mon toit, Hunter, dit enfin sa mère.

— Elle porte son bébé, maman. Je pense que c'est la preuve que tu n'as pas pu les empêcher de coucher ensemble.

Elle s'écarta pour le fusiller des yeux.

— Je n'ai aucune influence sur ce qu'ils font en dehors de cette maison, mais je refuse d'accepter un comportement indécent sous mon toit. Qu'est-ce que penserait Danny ?

— Je suis certain que Danny est heureux d'avoir récupéré son père. Tu sais bien qu'ils sont très proches.

Elle eut un bref signe de tête. Hunter insista :

— Maman, je ne pense pas que Danny réfléchisse beaucoup à ce genre de choses. Il adore Izzie. Quant à son père, Danny vénère le sol sur lequel il marche, donc je ne vois pas le rapport avec le fait qu'Izzie et Hugh partagent une chambre.

Ou celui que Grant dorme avec moi, aurait-il voulu ajouter. Mais il savait que ce n'était pas *la* conversation qu'il tenait à avoir avec sa mère.

— Hugh est toujours le mari de Lisa !

Il fut très surpris de l'entendre élever la voix.

— Et depuis environ une semaine après leur mariage, ils ont tous les deux étés très malheureux. Tu le sais. Maintenant, Lisa a trouvé quelqu'un d'autre, Hugh aussi. Il est amoureux d'Izzie depuis très longtemps, donc je suis heureux qu'ils aient pu se retrouver. Quant à Izzie, elle aime Hugh depuis son adolescence.

Si la véhémence de sa mère avait surpris Hunter, il fut très mal à l'aise en la voyant les larmes aux yeux après sa déclaration. Il ne comprenait plus rien : elle n'avait même pas pleuré à l'enterrement de son mari !

— Qu'ai-je donc fait à mes enfants ? Pourquoi ne peuvent-ils être heureux ?

Il la prit dans ses bras.

— Izzie est heureuse, maman. Et je le suis également.

— Mais comment peux-tu… ?

Il se pencha légèrement en arrière pour pouvoir scruter son visage.

— Je suis heureux avec Grant, maman. Bien plus qu'avec toutes les filles que j'ai connues avant lui. Il n'y a pour moi aucun retour en arrière possible.

Le visage de sa mère exprima un étrange mélange de dégoût et d'inquiétude. Hunter poursuivit son plaidoyer :

— Je suis tombé amoureux de lui il y a quelques semaines déjà, mais je n'en étais pas certain. Ce week-end, j'ai vu quel genre d'homme il était, et je n'ai plus aucun doute. Même si j'essayais, je ne pourrais cesser de l'aimer.

Pendant un moment, il crut qu'elle allait s'adoucir, mais elle secoua sa tête.

— Je préférerais quand même que tu dormes dans la chambre d'ami, Hunter.

Il comprit qu'il ne gagnerait pas cette bataille, aussi n'insista-t-il pas. Il se contenta de la reprendre dans ses bras pour la serrer très fort. Elle finit par se débattre et se dégagea de son étreinte. Elle s'essuya les yeux et termina les préparatifs de son dîner. Elle sortit deux assiettes d'un placard et les remplit abondamment de viande et de légumes.

— Prépare-toi un plateau et va manger dans ta chambre avec Grant. Et quand tu seras là-haut, dis à Bernie et à Danny de cesser de se cacher. Quant à Hugh, je suis certaine qu'Izzie sait où il se trouve.

Il hocha la tête.

— Hugh est en haut, avec Danny. Je vais leur dire à tous de descendre.

Elle acquiesça, puis redressa l'échine, le menton levé. Elle avait retrouvé sa fierté habituelle.

— Je passerais tout à l'heure te dire bonsoir dans la chambre d'ami.

Il sourit en posant ses assiettes sur un plateau.

— Oh non, maman, pas question ! Je ne suis plus un enfant. Je suis un adulte, responsable et autonome.

Sans attendre sa réponse, il quitta la cuisine, oubliant sa tension dès que la porte se referma dans son dos. Il faillit heurter Izzie, qui embrassait Hugh dans un recoin, entre la table et l'armoire. Dans le salon, Danny était installé sur le canapé, les yeux rivés sur la télévision où il jouait sur sa console Nintendo.

— D'après ce que j'ai entendu dire, tu es également condamné à dormir dans une chambre d'ami ? déclara Hunter à Hugh.

Celui-ci se retourna, avec un sourire penaud.

— Pourquoi ? Toi aussi ?

— Ouais. Alors, soyez plus prudents tous les deux. Elle est sur le sentier de la guerre : elle a une peur mortelle de choquer Danny.

Izzie se tourna vers le petit garçon et haussa les épaules.

— Je suis sûre qu'il survivra.

Elle regarda le plateau et les deux assiettes que tenait Hunter. Elle récupéra des couverts et les ajouta.

— Maintenant, va nourrir ton homme.

Hunter faillit en rougir. Il n'était pas encore habitué à une telle acceptation. Le clin d'œil que lui adressa Hugh ne fit qu'ajouter à sa gêne. Avec un hochement de tête, il se dirigea vers l'escalier. Il monta prudemment, en veillant à maintenir ce qu'il portait en équilibre et pénétra sans bruit dans sa chambre avant de poser le plateau sur la table de chevet.

Grant dormait toujours. Pendant un long moment, Hunter resta à le regarder. D'un côté, il aurait voulu profiter le plus longtemps possible du spectacle : les épaules magnifiques et les bras aux veines apparentes qui ne cessaient jamais de l'exciter. D'un autre côté, sa mère était une excellente cuisinière et il trouvait vraiment dommage de laisser refroidir un aussi délicieux repas, surtout parce qu'il mourait de faim et que Grant devait être dans le même cas.

— Hé, bel étalon, murmura-t-il.

Il lui caressa les cheveux pour le réveiller.

— C'est mon nouveau surnom, cowboy ? demanda Grant, sans ouvrir les yeux.

— Il te va très bien, répliqua Hunter en riant. Je t'ai apporté de quoi manger.

— Mmm.

Grant gémit son appréciation, puis il inspira prudemment avant de tenter de soulever son torse du lit. Quand Hunter voulut l'aider, il repoussa sa main d'une tape. Puis il grogna pour s'excuser :

— Désolé, je ne voulais pas... C'est juste... c'est plus facile si je le fais moi-même.

Hunter était bien trop inquiet pour se vexer.

— Je devrais peut-être faire venir un médecin pour t'examiner.

— Tu devrais peut-être appeler le vétérinaire et me faire piquer.

Le rancher lui lança un regard ulcéré.

— Pourquoi pas ? insista Grant. C'est ce que tu ferais pour ton chien ou pour ton cheval, non ?

— Certainement pas. Si l'un ou l'autre était incapable de marcher, je prendrai soin de lui jusqu'à sa guérison.

Il parlait calmement, mais il commençait à perdre patience. Il aimait Grant, mais il ne supportait pas l'auto-apitoiement. Et le discours de Grant ne correspondait pas du tout à celui que Hunter pensait connaître. Il ressentit le besoin d'intervenir.

— Maintenant, mange, décida-t-il. Ensuite, tu reprendras des analgésiques, et je t'aiderais à te rendormir.

Il plaça avec soin son plateau devant Grant, puis il alla se chercher un fauteuil qu'il installa près du lit.

— Désolé, grommela Grant. Je déteste être malade.

— Vois le bon côté des choses : maintenant, je sais que tu deviens grincheux dès que tu n'es pas bien. J'imagine que tu deviendras comme ça en vieillissant.

Hunter découpa sa viande. Même s'il ne regardait par Grant, il vit que celui-ci avait du mal à utiliser ses couverts avec un bras encore en attelle.

— Tu veux que je te coupe ta viande ?

— Non. Je ne suis pas encore sénile.

— Je sais, mais tu souffres et tu es pas mal handicapé. Ce n'était qu'une proposition. Si tu tiens à rendre les choses compliquées, ne te gêne pas.

Grant soupira et posa son couteau, avant de pousser son assiette vers Hunter. À dire vrai, celui-ci en fut surpris : il ne s'attendait pas à voir son amant céder aussi vite. D'un autre côté, il l'avait déjà suffisamment bousculé pour ce soir. Sans un mot, il découpa la tranche de rôti, avec ses propres couverts. Il aurait voulu taquiner Grant sur son attitude macho, mais il attendrait qu'il soit guéri. Ce serait alors beaucoup plus amusant, le combat étant à armes égales.

Durant le repas, Grant resta silencieux. Hunter se contenta d'une conversation légère, évoquant le couple d'Izzie et Hugh : sa sœur n'avait jamais espéré obtenir un jour celui qu'elle avait toujours aimé.

Étant affamé, il termina son assiette le premier. Grant n'en était qu'à la moitié de la sienne quand il reposa ses couverts et s'excusa :

— C'était absolument délicieux, mais je ne peux plus rien avaler. Peut-être pourrais-tu mettre ce qui reste au frigo ? Je le finirai demain. Si ta mère ressemble à la mienne, elle n'apprécie pas le gâchis.

Hunter resserra ses doigts sur les siens.

— Je m'en occupe. Je descends rapporter le plateau, puis je reviens t'aider à te coucher.

En remontant, il trouva Grant assis dans le lit, comme s'il n'avait pas bougé depuis son départ. Il remit le fauteuil en place, avant de s'accroupir devant son amant.

— Qu'est-ce que tu préfères ? Que je t'accompagne dans la salle de bain pour un bon bain chaud ou bien que t'aide à te recoucher confortablement pour dormir ?

— J'espère que ne m'en voudra pas si je saute le bain, chuchota Grant, d'un ton hésitant.

Hunter lui serra les genoux.

— Pas du tout. J'aime un homme qui sent la sueur.

Quand Grant lui jeta un regard dégoûté, il se mit à rire.

— Je supporterai ton odeur, assura-t-il.

— Ça veut dire que tu restes dormir avec moi ?

— Oui. Je refuse de laisser ma mère décider si j'ai ou non le droit de dormir avec mon amant. De plus, tu pourrais avoir besoin de moi pendant la nuit.

Comme la veille, il leur fallut un certain temps pour trouver une position confortable, mais ils finirent par y réussir comme au motel, avec Hunter positionné derrière Grant, en cuillère.

— C'est vrai que ta mère ne voulait pas que tu dormes dans ta chambre ?

Hunter eut un haussement d'épaules.

— Exactement. Pas plus qu'elle ne voulait laisser Hugh avec Izzie. Mais si tu veux mon avis, je ne pense pas qu'il occupe la chambre d'ami.

— Mais enfin, elle est enceinte de lui, bon sang ! s'exclama Grant, un peu plus fort qu'il l'aurait dû.

Hunter le calma en l'embrassant dans le cou.

— Chut ! Ce n'est pas parce que nous n'avons pas suivi les diktats de ma mère qu'il faut l'annoncer à tout le comté.

— Merde, ça m'excite quand tu me fais ça, déclara Grant, beaucoup plus bas.

— Quand je fais quoi ?

Mais Hunter savait très bien ce qu'il voulait dire.

— Quand tu marmonnes contre ma peau. Embrasse-moi encore, même si nous ne pouvons rien faire de plus.

— C'est ce que tu crois, ricana Hunter.

Il s'empara du sexe de Grant, qui durcissait à vue d'œil, et frotta le sien contre les fesses de son amant. Quelques secondes plus tard, Grant se tordait sous ses attouchements. Plusieurs fois, Hunter lui rappela de rester tranquille, mais sinon, il se

191

montra implacable. D'après lui, après un bain chaud, la meilleure relaxation possible était un orgasme explosif.

Avec un grondement étouffé, Grant jouit dans la main de Hunter en enfouissant son visage dans son oreiller.

L'orgasme du rancher fut plus discret, mais tout aussi satisfaisant, surtout que Grant passa la main derrière lui pour l'aider. Hunter se rendit hâtivement dans la salle de bain pour y chercher une serviette et effectuer un nettoyage rapide, puis les deux hommes, repus, s'endormirent béatement.

XXXIII

À LA grande surprise de Grant, il s'habitua vite à la douleur de ses côtes cassées. Il savait qu'il lui fallait respirer de façon mesurée et éviter de rire, aussi, au bout d'un certain temps, tout se passa à peu près bien, tant qu'il prenait des précautions. Par contre, son bassin meurtri lui posait un problème. Il se déplaçait sans trop de peine, mais, tout à coup, il ressentait des tiraillements dans la hanche et restait bloqué. Hunter prenait soin de ne jamais le traiter comme un invalide, mais quand même, il se montrait un peu mère poule, et Grant commençait à étouffer comme si les murs se resserraient sur lui.

Chaque matin, Hunter se levait tôt pour aller travailler quelques heures aux écuries avant de revenir l'aider à prendre une douche et à s'habiller. La plupart du temps, Grant prenait des analgésiques et se rendormait illico. Mais le samedi, moins d'une semaine après leur retour au ranch, Hunter avait donné rendez-vous à Miranda pour discuter avec elle de leur situation, aussi Grant dut-il se débrouiller seul. Bien sûr, le résultat de cette conversation l'angoissait, mais il avait décidé de rester spectateur et de ne pas interférer. Du coup, il se sentait encore plus inutile que durant toute la semaine écoulée. Il avait vraiment besoin de trouver le moyen de s'occuper l'esprit !

S'il aimait travailler dans un ranch, c'était en partie pour passer du temps au grand air et voilà près de deux semaines qu'il était enfermé dans une chambre, parce que le trajet de l'hôpital au ranch ne comptait pas. Il décida de descendre sur le porche de la maison pour respirer un bol d'air.

Quand il eut terminé de se doucher et d'enfiler maladroitement ses vêtements, il éprouva le besoin de se reposer sur le lit pendant quelques minutes. Ensuite, il s'attaqua à l'escalier. Il avait arrêté les analgésiques, non parce qu'il ne souffrait plus, mais pour se sentir moins sonné. En arrivant au bas des marches, il se rendit compte qu'il n'avait plus la force de traverser la maison, il se glissa donc dans la cuisine et se laissa tomber sur l'une des chaises. Il réalisa trop tard que la mère de Hunter était également dans la pièce, à préparer le dîner. Elle lui jeta un regard intense.

Il la salua poliment :

— Madame.

— Grant.

Elle reconnut sa présence d'une voix neutre et continua à couper ses poireaux. Grant ne sut pas quoi dire. Jusque-là, il avait toujours rencontré Mme Krause en compagnie d'autres personnes, avec Hunter qui faisait office de tampon, mais à présent, il n'avait aucun soutien. Et elle ne semblait pas du genre enclin à bavarder. Il commençait à se demander d'où Izzie et Bernie tenaient leur verbosité, probablement de leur père.

— Est-ce que je peux vous aider ?

C'était ce qu'il avait trouvé de mieux. Elle leva les yeux et le scruta, comme pour s'assurer qu'il ne s'agissait pas d'une plaisanterie.

— Vous êtes un invité dans cette maison.

Elle continua son travail.

— Oui, madame, admit Grant, d'une voix calme.

Il aurait voulu expliquer à cette femme que c'était à cause de son attitude rigide qu'il se sentait un étranger, un indésirable, mais il trouvait inutile d'aggraver l'antagonisme qu'elle éprouvait envers lui. Il avait perdu sa mère bien avant d'atteindre l'âge adulte, il se souvenait cependant qu'elle prônait la politesse et le respect aux personnes âgées. De plus, Mme Krause avait raison : il était un invité. Et si cela obligeait Beth à rester poli vis-à-vis de lui, il avait de quoi être reconnaissant, parce qu'il avait la nette impression que seule la bonne éducation l'empêchait de le jeter dehors.

Il n'avait aucunement l'intention de forcer Hunter à quitter son ranch. Il savait aussi, sans avoir besoin qu'on le lui dise, que Mme Krause vivrait dans cette maison jusqu'à sa mort, si elle le pouvait. Donc, s'il tenait à passer sa vie avec Hunter – et c'était exactement son intention – il devait trouver le moyen d'entrer dans les bonnes grâces de sa mère. Mais, bon sang, parler ouvertement de ses affections lui était bien difficile ! Certain qu'elle n'approuverait jamais le choix de son fils, il désirait seulement qu'elle apprenne à tolérer sa présence au ranch.

— Vos contusions semblent s'atténuer, mais Hunter m'a dit que vous souffriez encore beaucoup.

Surpris, il leva les yeux vers elle. Elle travaillait sur la table devant laquelle il était assis, découpant ses poireaux avec un couteau d'apparence dangereuse.

— Je vais mieux, mais les progrès sont lents. Le médecin m'avait prévenu qu'il me faudrait être patient. J'espère pouvoir bientôt me remettre au travail, parce que l'oisiveté commence à me rendre nerveux.

Ce petit discours sembla l'adoucir. Grant ce faisait peut-être des illusions, mais il crut voir l'esquisse d'un sourire jouer sur ses lèvres.

— Izzie m'a dit que vous étiez l'un des meilleurs cowboys que nous ayons au ranch.

Il haussa les épaules.

— J'aime travailler avec des chevaux. J'aime être en plein air. Et je suis assez bon menuisier.

Elle se retourna pour prendre une cocotte et y jeter ses légumes.

— Bien. J'espère que vous serez des nôtres pour le dîner ce soir ?

Comme elle ne le regardait pas en lui posant sa question, il se permit un sourire. Il avait la sensation d'avoir remporté une petite victoire.

— Oui, madame, bien volontiers. En attendant, j'avais pensé aller prendre l'air sur le porche.

Il se redressait avec difficulté lorsqu'elle lui dit :

— N'oubliez pas de mettre un manteau. Il est plutôt frais dehors. Et emportez également une tasse de café et des sandwiches au cas où vous auriez un petit creux.

Il ne put repousser la sensation qu'elle le maternait. D'après Hunter, sa mère ne se montrait jamais sentimentale, mais elle l'aimait, à sa manière. Peut-être que cet amour maternel commençait à l'inclure, lui aussi.

ENVIRON DEUX heures plus tard, Grant avait bu son café et mangé la moitié de ses sandwiches quand il vit le camion revenir. Il resta à sa place, confortablement emmitouflé dans son épais manteau d'hiver. Malheureusement, il avait les pieds gelés. Il ne quitta pas des yeux Hunter qui garait son véhicule avant de se diriger vers la maison. Il nota les rides profondes que l'inquiétude creusait dans son front et autour de ses yeux et il eut un mauvais pressentiment.

Dès que Hunter le repéra, assis là, ses yeux se mirent à briller.

— Hé, bel étalon !

Grant secoua la tête.

— Chut ! protesta-t-il. Ta mère est dans la maison.

— Je sais.

Il s'installa à côté de Grant, sur le banc qui longeait tout le mur extérieur, posa le bras autour de ses épaules, le visage enfui dans son cou, humant son odeur.

— Je suis heureux d'être rentré à la maison et de te retrouver.

— Donc, ça s'est mal passé, hein ?

Grant s'écarta légèrement de lui pour déchiffrer son expression. Sans le lâcher pour autant, Hunter haussa les épaules. Grant ne savait pas trop s'il devait insister pour tout savoir. Ni l'un ni l'autre n'était très doué pour se confier, en particulier quand il s'agissait d'un contexte émotionnel. Il sentait néanmoins que c'était important, et il tenait à apporter son soutien à son amant. Il frotta le nez sur les sourcils froncés de Hunter et embrassa la ride sur son front.

— Tu veux en parler ?

Hunter haussa les épaules.

— Elle s'est mise vraiment en colère… Elle m'a traité de pervers.

— Eh bien, elle a eu raison, bien sûr, déclara Grant, impassible.

Surpris, Hunter leva les yeux avec un léger sursaut, mais il se reprit très vite.

— À quel sujet ? De se mettre en colère contre moi ou de me traiter de pervers ?

— Les deux.

Il chercha à garder son sérieux. Hunter le frappa à l'épaule.

— Aaah, geignit Grant. Je suis blessé, bon sang !

— Désolé.

— Sinon, qu'est-ce qu'elle t'a dit d'autre ?

— Elle m'a assuré que son bébé était de moi. Qu'elle n'avait fréquenté personne d'autre. Elle croyait vraiment que j'allais l'épouser, mais je suis resté ferme.

— Tu crois qu'elle est intentionnellement tombée enceinte ?

— Qui sait ? soupira Hunter.

— Je ne peux lui en vouloir d'être en colère, cowboy. Elle n'a jamais vu venir un truc pareil.

Hunter rit.

— Bon sang, moi non plus !

— Des regrets ?

— Aucun. J'aurais dû rompre il y a un bail.

Grant trouva la détermination de sa voix très réconfortante. Il aurait voulu être aussi sûr de lui. Bien sûr, il croyait à l'amour de Hunter et savait avec certitude aimer son cowboy, mais c'était pour lui un tel plongeon dans le vide qu'il lui faudrait du temps pour s'y adapter. Il y réfléchissait toujours quand la main de Hunter disparut sous l'ourlet du manteau en mouton retourné qu'il portait. Il sentit la chaleur de sa paume à travers le chandail qu'il avait en dessous. Lentement, il tourna la tête.

— Qu'est-ce que tu fais ?

— J'ai froid aux mains.

— Menteur. Ta main est brûlante, répondit Grant, avec un petit sourire.

— Tu portes mon manteau, déclara Hunter, très satisfait.

— Ne change pas de sujet. Nous sommes sur le porche de ta maison, exposé à la moitié du monde, et tu me tripotes ?

Le rancher tenta de prendre l'air offusqué.

— Si je désirais te tripoter, ce serait très déplacé.

— Ça dépend où tu veux aller.

Il sursauta lorsque la main baladeuse trouva un de ses mamelons.

— Tu ne portes pas grand-chose sous mon manteau.

Grant pencha la tête.

— J'ai pris une douche tout seul, je me suis aussi rhabillé tout seul et c'était difficile. Je n'ai mis que l'essentiel.

— Tu as toujours mal ?

— De temps en temps. Mais là, en ce moment, je n'y pense pas. Grâce à toi.

Ils étaient très proches l'un de l'autre, leurs visages se frôlaient, pourtant, ils ne s'embrassaient pas vraiment. Grant avait le sentiment que ça n'allait pas tarder. Ce qui arrêtait Hunter était probablement ce qui le retenait aussi : le fait que sa mère et ses sœurs soient dans la maison et que n'importe lequel des employés du ranch puisse les surprendre à se bécoter.

Soudain, la porte de la maison s'ouvrit. Hunter s'écarta un peu. Grant fut surpris qu'il n'enlève pas sa main de sous son manteau.

— Hunter ? Il me semblait bien avoir entendu ton camion arriver, dit sa mère. Comment ça s'est passé avec Miranda ?

— J'en parlais justement à Grant, répondit Hunter, avec un grand naturel. J'ai promis à Miranda de l'aider quoi qu'elle décide de faire, mais j'ai aussi été très clair sur le fait que je ne l'épouserai pas. Jamais.

Mme Krause hocha la tête, le regard grave.

— Quels que soient tes projets, Hunter, n'oublie jamais tes responsabilités.

— Oui, maman.

Elle retourna dans la maison, sans avoir accordé un seul regard à Grant.

Celui-ci posa la main sur celle de Hunter, à travers le manteau qui les séparait.

— Je pense que notre proximité a mis ta mère mal à l'aise, cowboy.

— Elle ou toi ? Je me demande lequel de vous deux était le plus coincé.

Il ne cherchait pas à cacher son irritation. Il retira sa main et se releva, mettant une distance entre lui et Grant.

— J'aime t'avoir près de moi, Hunter, mais nous partageons cette maison avec ta mère et la prendre à rebrousse-poil n'est pas la meilleure façon d'améliorer l'ambiance.

Grant se redressa lentement pour poser la main sur le dos de Hunter.

— Dans ce cas, nous allons déménager, décida celui-ci. Nous nous installerons dans ta chambre, dans le bâtiment du personnel. Je veux pouvoir te faire l'amour sans craindre que ma mère nous entende.

Grant haussa les sourcils.

— Nous aurons quand même une audience : tous les hommes du ranch. Les murs sont encore plus minces là-bas.

— Tu te souviens de mon projet pour ce lopin de terre ?

Il désigna le grand terrain entre la maison principale et les écuries. Grant hocha la tête.

— Oui.

— Pourquoi ne pas nous bâtir une maison ?

Grant se mit à rire en se tenant les côtes.

— Cela prendrait au moins un an, Hunter. Que faire en attendant ?

Le rancher se rassit et s'appuya contre Grant.

— Je pensais que ce serait plus facile après mon coming-out et que nous pourrions arrêter de nous cacher pour nous aimer.

— Et moi qui pensais que tu aimais notre aventure secrète.

Hunter sourit.

— Ça devient vite lourd. Merde, Grant, tu es toute l'aventure dont j'ai besoin.

— Je sais, cowboy. C'est pareil pour moi.

Comment lui dire que, pour la première fois de sa vie, il faisait des projets d'avenir ? Comment lui expliquer que sa passion se mêlait à un sentiment plus doux, profond et chaud : qu'il s'épanouissait intérieurement d'un simple contact de sa main ou d'un regard échangé à travers une pièce ? Comment prononcer ces mots sans ressembler à une femme ?

— Donc, c'est non ? demanda Hunter.

— Ai-je dit non ?

197

— Tu secoues la tête.

Grant haussa les épaules.

— C'est parce que je réfléchis trop. Raconte-moi plutôt ce qu'a dit Miranda qui te contrarie tellement.

— Elle prétend avoir toujours su que j'étais gay parce que je ne m'intéressais pas à ses seins.

— Hé, tu t'intéresses aux miens, plaisanta Grant.

Hunter n'hésita pas à l'admettre.

— J'aime tes mamelons, parce que ça te plaît quand je les lèche.

— Devine qui m'a appris ça ?

Il se rapprocha encore de Grant, qui frotta son nez contre sa tempe.

— Miranda cherchait juste à se venger de toi, cowboy. Si je me souviens bien, elle n'a pas beaucoup de poitrine.

— Maintenant, si. Ses seins sont énormes, répondit Hunter, manifestement rasséréné.

— Est-ce que tu redeviendrais hétéro ? demanda Grant, pas trop inquiet.

— Non, le rassura Hunter. Mais tu as été avec des femmes, pas vrai ?

— Oui, répondit Grant, d'un ton prudent.

— Il y en a eu d'autres après Christy ?

Grant sourit. Depuis quand Hunter s'intéressait-il tant à ses anciennes conquêtes ?

— Oui, admit-il, d'une voix traînante.

— Il ne s'agit pas de curiosité mal placée, c'est juste que j'aimerais savoir.

— Juste Calley, en fait.

Hunter s'écarta et se retourna pour le regarder dans les yeux.

— Est-ce que je connais une Calley ? Attends. Tu ne parles pas de la femme de notre vétérinaire, celle qui tient l'épicerie en ville ?

— Si.

— Ben dis donc, sacré Grant ! Une femme mariée ?

Grant haussa les épaules.

— C'est une longue histoire.

— Comme toujours, avec toi.

Avec un petit rire, il s'adossa à nouveau contre Grant, mais il s'écarta vite en réalisant qu'il risquait de lui faire mal. Grant ne broncha pas.

— Non, reste là, c'est le bon côté.

Hunter reprit sa place sans se faire prier.

— Bon, je t'écoute, avoue-moi tout.

Il avait parlé calmement, sans regarder Grant. Celui-ci inspira profondément. Il pouvait le faire à présent, c'était bien moins douloureux que quinze jours plus tôt.

— Elle se sentait très seule et malheureuse, parce que Bill et elle avaient traversé des moments pénibles pendant un traitement contre la fertilité. D'après Calley, devoir faire l'amour à heures fixes avait complètement dégoûté son mari : il ne s'approchait plus d'elle. Il vivait pratiquement dans sa voiture. Très souvent, il ne rentrait pas chez eux en prétendant qu'il assistait une mise à bas, c'était la saison des naissances, il travaillait sans relâche. Quant à moi, je cherchais à éviter Gabe, même si je résidais chez lui à l'époque. J'ai dit à Calley qu'il ne supportait plus mes fréquentes absences. De fil en aiguille, je lui ai raconté ce que j'avais fait pour Christy. Elle a pensé que je pourrais recommencer avec elle. Elle voulait être enceinte et annoncer à Bill ce miracle, mais sans le prévenir qu'il n'était pas le père de l'enfant. Nous sommes allés en ville pour une insémination, mais cela n'a pas marché. Nous n'avons fait que deux tentatives. Elle ne pouvait pas justifier ces dépenses à son mari.

— C'est pourquoi tu as fini par coucher avec elle ?

— Je suis passé chez elle à Noël, avec tous les cadeaux que j'avais achetés pour mes enfants. Je venais de recevoir un message de Christy annulant mon projet de monter à Portland, parce que Frank venait d'obtenir quelques jours de congé inattendu. J'étais très malheureux. De son côté, Calley était plutôt pompette parce que Bill avait officiellement quitté la maison. Je dois avouer, j'ignore celui de nous deux qui a fait le premier pas. Je me souviens d'avoir bu avec elle, je suis donc tout autant à blâmer. Et puis, je pensais sans doute que si je réussissais à l'aider, je me sentirais mieux dans ma peau.

Hunter gloussa, mais ce n'était pas vraiment un rire.

— Et ça n'a pas marché ?

— En fait, si, admit Grant. Il nous a fallu plusieurs fois, si je me souviens bien, mais elle est tombée enceinte au bout d'un an. Elle a fait une fausse couche à environ cinq mois. Je ne sais pas si Bill savait que cet enfant était de moi, parce que, à l'époque, je n'étais plus chez Gabe.

Hunter se redressa avec un sourire.

— Tu vois, j'avais raison ! Tu es un étalon.

Grant rit.

— Ce qui explique sans doute pourquoi j'aime travailler dans un haras.

Hunter se remit contre lui.

— Je veux juste vivre avec toi, partager la même chambre comme n'importe quel autre couple. Est-ce trop demander ?

— Nous partageons déjà une chambre, déclara Grant, statuant l'évidence. J'aime m'endormir à côté de toi, j'aime te sentir quand je me réveille le matin.

Voilà. Il l'avait dit. Pour le moment, c'était ce qu'il pouvait trouver de mieux en guise de déclaration d'amour. Un jour, peut-être, il se sentirait assez en confiance pour prononcer les mots fatidiques.

— Je veux cela pour le reste de nos vies, Grant.

Hunter avait parlé d'une voix si basse que, pendant un moment, Grant se demanda même s'il n'avait pas rêvé.

XXXIV

LES ECCHYMOSES avaient presque entièrement disparu et Grant avait commencé à reprendre son travail sur le ranch. Pourtant, il n'était pas encore apte à remonter à cheval. Hunter le savait. Il voyait souvent Grant tressaillir, en général quand il bougeait trop brusquement, sans précaution, comme s'il n'avait aucun souci au monde. Tout à coup, il se figeait et boitillait vers une clôture pour s'y appuyer ou un tronc d'arbre pour s'asseoir un moment.

— Tu devrais consulter un médecin pour ta hanche, Grant, dit Hunter, un matin.

Les deux hommes étaient partis ensemble en camion, à la frontière de la propriété, près du ranch de Gabe, pour réparer une brèche dans le fil de fer barbelé.

— Bien sûr. Je vais te la confier, tu l'emmèneras demain pendant que je huilerai les selles.

Il fallut au rancher quelques secondes pour réaliser que ses paroles avaient été déformées. Il se mit à rire, avec un temps de retard.

— Je voulais juste dire…

Grant lui coupa la parole, repoussant ses inquiétudes d'un geste négligent.

— Je sais, cowboy, mais je vais de mieux en mieux. J'ai mal bien moins souvent.

Comme pour le prouver, il se leva et fit quelques pas vers lui.

— Tu vois ?

Hunter le regarda avec suspicion. Grant courut le retrouver, impatient d'effacer cette expression de son visage. Dès que le rancher retrouva le sourire, il l'attrapa par la nuque et attira sa tête pour l'embrasser. Il s'attarda un moment sur ses lèvres, puis, comme si de rien était, il ramassa le rouleau de fil barbelé qu'il avait laissé tomber.

Hunter soufflait très fort, son pantalon le serrait tout à coup de façon très inconfortable. Quand son amant se pencha et exhiba son cul sous son jean usé, ça ne l'aida pas vraiment à calmer son excitation. Il le regarda se redresser de toute sa taille et pivoter sur ses talons. C'était comme un film au ralenti. Il ne se rendit même pas compte qu'il se rapprochait avant de sentir la poitrine musclée plaquée contre la sienne. Il posa la main sur la nuque de Grant, sa bouche caressant avec tendresse celle de son homme. Au cours des dernières semaines, les deux hommes s'étaient beaucoup embrassés. D'ailleurs, à de rares exceptions près, ils n'avaient rien fait de plus.

Il murmura contre ses lèvres.

— J'ai envie de toi. Envie de tes mains sur moi. Je te veux en moi.

Grant se mit à rire.

— Tu vas être bruyant, comme d'habitude. Nous n'avons aucun endroit où aller. Sauf peut-être dans le camion ?

— Nous sommes tout près de la grange de Gabe, suggéra Hunter.

Il abandonna ses lèvres juste le temps de terminer sa phrase. Puis à nouveau, il les dévora. Grant n'eut aucune chance de formuler une réponse avant que Hunter s'écarte de lui, le souffle court.

— Le grenier à foin ?

Grant paraissait très amusé.

— Si tu te sens capable de grimper là-haut. Je te rappelle que l'échelle est un peu branlante.

Grant se frotta contre lui. Hunter s'inquiéta de jouir dans son jean s'il n'arrêtait pas très vite.

Son amant gémit contre sa bouche :

— Je ferais n'importe quoi pour toi.

Ils se séparèrent à contrecœur pour retourner au camion. Hunter remonta derrière le volant, démarra et prit la porte de la clôture réparée quelques semaines plus tôt. Peu après, il s'arrêta derrière la grange en question, où une rangée d'arbres lui permit de dissimuler son camion. Ils ne parlaient pas. Ils trouvaient difficile de ne pas se regarder sans arrêt, plus encore de ne pas se caresser. Pourtant, ils devaient rester discrets et marcher furtivement, en veillant à ne pas se faire surprendre.

Grant parut lire dans l'esprit de Hunter.

— Nous pouvons toujours prétendre être venus voir les juments pleines. C'est ton investissement, après tout.

— Ils ne nous verront pas, répondit Hunter

Pourtant, il désigna les auges des chevaux.

— Regarde. Ils ont déjà été nourris et approvisionnés en eau.

— Et puis Bridget ne vaut pas tripette comme chien de garde. Une chance pour nous !

Le rancher hocha la tête, avant de s'approcher pour embrasser rapidement Grant. Il enfouit les doigts dans ses cheveux.

— Ils deviennent de plus en plus longs.

— Je pensais que ça te plaisait, déclara Grant, avec un petit sourire.

Hunter lui caressa la tête.

— C'est le cas. Ça me donne des idées torrides.

— Ah ?

Lesquelles ? La question était sous-entendue.

— Monte, je vais te faire une démonstration.

Il attendit pour s'assurer que Grant n'avait pas de difficulté avec l'échelle, mais il s'en tira très bien. Le grenier à foin était dans le même état qu'ils l'avaient laissé. Apparemment, personne ne s'y était rendu depuis leur dernier passage. Hunter s'empressa d'aider Grant à étendre la couverture qu'ils avaient oubliée la dernière fois dans leur fébrilité. Ils la déposèrent sur le foin, puis Grant fouilla dans sa poche de jean.

— Merde !

— Qu'est-ce qui ne va pas ?

— Il y a des semaines que je trimbale des préservatifs et du lubrifiant. Mais ce matin, en changeant de jean, j'ai oublié de les récupérer.

— Nous nous arrangerons, affirma Hunter, je m'en fiche. Je te veux quand même.

Il se jeta sur Grant et pesa sur lui de tout son poids. Son amant accrocha ses doigts aux passants de la ceinture de Hunter et l'attira plus près encore.

— Tu es certain que ton bras est complètement guéri ?

— Tu sais très bien la partie de mon corps qui souffre, cowboy. Nous partageons un lit depuis des semaines. Et nous sommes bien trop sages, parce que ta maman nous surveille.

— Au moins, elle ne nous regarde plus comme si nous avions deux têtes.

Grant rit.

— Si tu veux mon avis, elle commence à m'apprécier.

Très excité, Hunter écrasa son bas-ventre contre le sien.

— Elle t'adore. À sa manière. Maintenant, pourrions-nous arrêter de parler de ma mère ?

— Bien sûr, cowboy.

Grant l'attira vers lui. Hunter était tellement excité qu'il craignait d'exploser, mais son amant allait lentement : il caressa le dos souple et pétrit les fesses fermes, mais sans chercher à le déshabiller. Ils étaient allés beaucoup plus loin au ranch, dans le lit de Hunter. Ils s'étaient mutuellement masturbés le soir, avant de s'endormir, et même souvent au réveil. Si Grant ouvrait les yeux quand le rancher sortait du lit pour partir au travail, il lui dérobait quelques baisers fébriles. Le problème, c'était que tout devait se passer en silence. Déjà, ils dormaient ensemble contre la volonté de Beth, ils tenaient à ne pas lui fournir d'excuses pour les séparer. Hunter s'était mis à apprécier la sensation de la main de Grant plaquée sur sa bouche, pour étouffer ses gémissements d'extase, mais il était heureux à l'idée qu'aujourd'hui, il n'aurait pas à se retenir. Leur seul public serait une écurie remplie de chevaux. Les humains les plus proches étaient deux gays tout aussi amoureux que lui et Grant.

En plus, l'un d'eux était l'ex-amant de Grant...

À cette idée, il s'écarta et brisa leur baiser intense.

— Qu'est-ce qui ne va pas ?

Hunter secoua la tête.

— Est-ce que tu es déjà venu ici avec...

Grant lui empoigna la mâchoire pour le forcer à le regarder bien en face.

— Ne recommence pas. Je t'ai déjà dit qu'entre Gabe et moi, ce n'était pas du tout ce que toi et moi partageons.

Hunter hocha la tête. Effectivement, Grant le lui avait déjà dit. La relation entre lui et Gabe avait été purement sexuelle. Son amant et lui partageaient plus, sinon *beaucoup* plus. Hunter le savait. Malgré tout, il avait parfois la sensation qu'il ne méritait pas Grant.

— Viens ici, cowboy. Fais-moi encore ce truc que j'adore.

— Quel truc ? s'étonna Hunter.

Grant lui sortit sa chemise de son jean et passa la main à l'intérieur, caressant doucement l'estomac plat et dur. Et Hunter sentit ses muscles se contracter. Avant même que la main baladeuse glisse sous la ceinture de son jean, il bandait si fort qu'il en souffrait. À chaque nouveau baiser brûlant, son sang se ruait au centre de son corps. Plein d'anticipation sur ce qui allait se passer, il se remémora la façon dont il avait perdu sa virginité ici-même, mais alors, il retomba brutalement sur terre en se souvenant qu'ils n'avaient pas le matériel essentiel : ils ne pourraient répéter cette bouleversante expérience.

— Je suis désolé, dit doucement Hunter.

— De quoi ?

Surpris, Grant cessa ses caresses.

— De ne pas avoir pensé à prendre ce qu'il fallait. Merde, j'aurais pu apporter du matériel ici et l'y laisser, puisque c'est notre cachette.

Grant écarquilla les yeux, comme s'il avait une illumination. Il se releva d'un bond. Hunter le suivit des yeux. Son amant se dirigea vers le fond du grenier, à l'endroit où le toit descendait en pente et rejoignait le plancher. Il y avait là un lot de vieilles couvertures de chevaux. Grant fouilla à l'intérieur et, tout triomphant, en sortit un petit paquet.

— Abracadabra !

Tout sourire, Hunter constata qu'il s'agissait d'une petite fiole de lubrifiant. Dans la pauvre lumière du grenier, Grant tentait de lire l'étiquette d'une boîte de préservatifs. Quand il y parvint, il se renfrogna.

— La date d'expiration est dépassée depuis longtemps. Si je me souviens bien, ils n'étaient déjà pas de première fraîcheur quand je les ai mis là.

Il jeta la boîte dans le foin. Hunter lui prit la fiole des mains et la secoua.

— Ceci ne nous servira pas à grand-chose non plus. C'est presque vide et complètement séché.

Avec un petit rire, Grant se rassit à côté de lui.

— Désolé, tout ceci ne nous aide pas beaucoup.

— Je n'ai pas besoin de préservatif, tu sais, déclara Hunter, tranquillement. Je te fais confiance.

Grant secoua la tête.

— Pas question, pas sur un truc aussi grave. Malheureusement, je ne suis pas toujours sorti couvert, il m'est arrivé de ramasser des gars dans les bars après quelques verres de trop.

— Est-ce que toi et Gabe… ?

— Il nous est arrivé d'oublier les préservatifs. Mais avec lui, c'était toujours à l'improviste.

— Mais enfin, quand tu étais avec Calley, tu…

Il ne termina pas sa phrase. Grant lui jeta un regard moqueur avant de ricaner.

— Je me suis fait tester, mais depuis, je n'ai pas mené la vie d'un moine, cowboy !

Il se pencha vers Hunter, le forçant à s'étendre, pour l'embrasser profondément. Quand il releva la tête, il déclara :

— Je vais repasser le test. Ensuite, nous pourrons baiser sans préservatif. En attendant, nous allons devoir nous montrer créatifs. Je ne te ferai jamais courir un risque pour cinq minutes de batifolage dans le foin.

Hunter leva les yeux vers lui et admira la façon dont ses boucles trop longues lui encadraient le visage.

— Pour te dire la vérité, j'espérais plus que cinq minutes.

Grant glissa les mains sur ses flancs et le chatouilla sans pitié. Hunter se débattit, mais son fou rire l'affaiblit au début. Peu après, il pesait sur Grant. Les deux hommes se remirent à s'embrasser et à se frotter l'un contre l'autre.

— Je veux sentir ta peau contre la mienne, marmonna Hunter.

Il tenta de déshabiller Grant, qui se redressa un peu pour l'aider. Le rancher repoussa sa chemise de ses épaules, son amant secoua les bras et libéra ses poignets. Hunter l'attira à nouveau contre lui et déposa sur son corps une nuée de baisers passionnés. Grant remit la main dans son pantalon pour s'emparer de son sexe. Il le caressa, de plus en plus fébrilement, jusqu'à ce que Hunter le repousse.

— Je veux plus, haleta-t-il.

Grant ne comprit pas et son visage réclamait de savoir la raison de ce recul. Hunter chercha à se justifier.

— Tous les soirs, à la maison… je peux obtenir une branlette ou une pipe. Aujourd'hui, je veux plus.

Il se releva et arracha en même temps son jean et son boxer.

— Arrête ! ordonna Grant.

Hunter était en face de lui, ne portant plus qu'une chemise en flanelle déboutonnée. Grant s'assit sur la couverture et attira vers lui les hanches de son amant, le sexe érigé était juste en face de lui. Sans dire un mot, il le prit dans la bouche. Hunter gémit sans pouvoir s'empêcher de pousser vers l'avant. Grant ne protesta pas. Il sourit même, malgré l'intrusion forcée. Les deux hommes trouvèrent vite leur rythme, Grant avait la main gauche arrimée à la hanche de Hunter, la droite s'activait sur sa verge raidie qu'il avait sortie de son pantalon.

— Merde, j'aime bien la vue ! gémit Hunter.

Il regrettait presque d'en perdre une partie chaque fois qu'il donnait un coup de rein pour s'enfoncer dans la bouche de Grant.

— Je vais… ajouta-t-il, d'une voix cassée.

— Non, pas question.

Grant s'écarta et remit les deux mains sur ses hanches pour l'empêcher de s'assoir.

— J'ai d'autres plans à ton sujet, ajouta-t-il.

Hunter déglutit et manqua s'étrangler en regardant Grant se lécher ses doigts, les humectant abondamment de salive.

— Écarte un peu les jambes, ordonna Grant

Sa voix et son sourire rendirent Hunter fou de désir, il ne lui vint même pas à l'idée de refuser. Grant souriait toujours quand il glissa la main entre ses jambes et se mit à fouiller, sans chercher à cacher son objectif. Hunter se tortilla pour le guider, mais Grant ne parut pas en avoir besoin. Ses doigts habiles passèrent derrière ses bourses, jouant avec la peau sensible. Puis Hunter se pencha en avant et Grant trouva l'ouverture de son corps. Le muscle puissant qui la gardait s'ouvrit comme une fleur au premier contact.

Grant le remarqua et plaisanta.

— Apparemment, tu en as très envie, cowboy

— Bon sang ! haleta Hunter. Ça fait un bail.

Il ondula pour tenter de s'empaler sur les doigts fureteurs. Grant ne le fit pas attendre longtemps. Il le pénétra à deux doigts et cela brûla un peu, mais Hunter ne se plaignit pas, loin de là. Quand Grant reprit son sexe dans sa bouche, le rancher craignit de jouir tout de suite, mais il n'avait pas envie que ça se termine trop vite. Il ferma les yeux, espérant que le blocage visuel l'aiderait à tenir le coup. Grant poussa plus profondément en lui. Du coup, Hunter vit des flashs blancs apparaître et clignoter derrière l'écran de ses paupières closes. Par réflexe, il recula et le regretta immédiatement. Il se sentit vide. En plus, il avait bien failli perdre l'équilibre.

Il se pencha pour embrasser la bouche alléchante, profitant de la distraction pour d'abord s'accroupir, puis s'asseoir sur les genoux de Grant.

— Je veux plus, grogna-t-il. Je veux que tu prennes.

Il l'embrassa et ajouta :

— Je suis sérieux.

— Je sais. Couche-toi.

Hunter s'étendit sur la couverture. Sa chemise s'ouvrit, dénudant son torse. Grant la repoussa sur ses épaules mais sans tenter de l'enlever. Il se mit à caresser ses pectoraux avec des yeux émerveillés, effleurant parfois un mamelon ou une zone imberbe. Il commença à descendre. Il se lécha à nouveau les doigts avant les remettre en place. Hunter s'arqua. Il en voulait plus. Il voulait sentir en lui le sexe puissant de Grant, mais il n'était plus en état de penser de façon cohérente. D'ailleurs, il ne serait pas en mesure de le convaincre.

Après avoir continué un moment sa fellation, Grant se redressa pour embrasser Hunter, ses doigts continuant en lui leurs va-et-vient.

— Caresse-toi, exigea-t-il, d'une voix cassée.

— Je préférerais *te* caresser, protesta le rancher.

— Plus tard. Je veux te voir. Montre-moi comment tu te caresses.

Hunter obtempéra, mais il trouvait difficile de se concentrer. Il était sur le point de jouir, de sorte que ses mouvements n'étaient pas vraiment coordonnés. Il avait la sensation d'être au bord de l'orgasme depuis leur arrivée dans ce grenier à foin, mais sa jouissance ne cessait de lui échapper, hors de portée. Avec des mouvements précis, délibérés, Grant lui caressait la prostate, encore et encore. Hunter fit coulisser sa main sur son sexe, plus fort, plus vite. Cependant, il voulait rendre à Grant la pareille : le toucher comme lui-même l'était, mais chaque fois qu'il tendait la main, il recevait une tape de plus en plus sévère et il finit par abandonner.

— Vas-y, insista Grant. Branle-toi. Je veux te voir jouir. Je veux t'entendre hurler. Montre-moi que tu aimes ça.

Ces paroles suffirent pour envoyer Hunter sur orbite. Sa main combinée aux doigts profondément enfouis en lui, appuyant sur cet interrupteur spécial, le firent exploser. Il hurla son plaisir plus fort qu'il n'avait encore jamais osé le faire. Son sexe pulsa à plusieurs reprises dans sa paume, pulvérisant des jets de sperme blanc partout sur sa poitrine et celle de son amant.

Grant se pencha pour l'embrasser dans le cou. Hunter était toujours pantelant et agité de spasmes. Puis il se souvint vouloir rendre le plaisir qu'il venait de recevoir. Il poussa son amant sur le dos, pour bien l'informer que c'était désormais lui qui tenait les rênes, et l'embrassa passionnément.

— À mon tour, grogna Hunter.

Grant rit.

— Je croyais que tu venais de l'avoir !

Le rancher secoua la tête.

— À mon tour de faire jouir si fort que tu en verras des étoiles.

Grant se soumit à ces caresses. Après son puissant orgasme, Hunter avait bien envie de se détendre, mais son amant comptait plus que tout pour lui. D'une main, il s'empara de son sexe, de l'autre il lui prit doucement les bourses, effleurant aussi la chair sensible qui se cachait derrière. Dès que Hunter se pencha, Grant écarta les jambes en grand. Le rancher en profita pour y enfouir son visage, léchant avidement l'entrée du corps de son amant.

— Oh putain ! cria Grant.

Il leva plus haut les genoux. Hunter découvrit son odeur personnelle : forte, musquée et virile. Il sentit son sexe se ranimer, malgré son orgasme récent. Il se demanda ce qu'il préférait avoir d'abord dans la bouche… Devait-il faire à Grant une fellation ou une feuille de rose ? Ni l'une ni l'autre. Il décida de sucer ses bourses tout en le masturbant. Quand il frotta son nez entre ses fesses, la tension de Grant s'aggrava. Il fit une faible tentative pour se détendre, mais en vain. Hunter arrivait à son objectif. Il poussa sa langue contre le muscle serré, qui refusa de s'ouvrir. Sans insister, Hunter rampa le long du corps étalé.

Lorsque Grant ouvrit les yeux, Hunter l'embrassa.

— Tu as le cul aussi serré qu'une vierge.

Son amant eut un sourire timide.

— Pas toujours. Tu le sais bien, tu m'as baisé.

— Une seule fois, déclara Hunter, sans nécessité.

C'était une simple remarque, pas un reproche.

— C'est une fois de plus que la plupart des hommes que j'ai connus.

— La plupart ? Ce n'était pas ta première fois ?

Grant secoua la tête.

— Non. Il y a des années, quand j'étais très jeune, j'ai eu un amant plus âgé qui pour rien au monde n'aurait accepté le rôle passif, mais à part lui...

Hunter lui coupa la parole avec un petit rire.

— Tu as toujours été le mâle alpha, le patron au pieu, le grand macho.

— Je ne suis pas le patron quand nous couchons ensemble, Hunter. Tu ne résistes jamais à ton désir de prendre le contrôle.

Hunter l'embrassa presque violemment.

— Et ça te plaît, pas vrai ?

Grant le regarda droit dans les yeux.

— Oui.

— Donc, tu vas jouir pour moi, d'accord ?

Il se remit à le masturber à une cadence plus rapide et Grant rejeta la tête en arrière. Puis il saisit le visage de Hunter pour l'embrasser, tout en pressant son bas-ventre dans sa main. Peu après, il jouit dans un gémissement torride et se répandit sur le ventre de Hunter.

Quand ce fut terminé, Hunter essuya sa main sur sa cuisse et attira son amant dans ses bras.

— Il faut absolument que nous nous trouvions un endroit bien à nous. Je veux hurler ton nom quand je jouis. Je veux crier et gémir sans devoir me retenir.

Grant, qui n'avait toujours pas retrouvé son souffle, se contenta de hocher la tête.

Ils restèrent longuement collés l'un à l'autre, aussi proches qu'il leur était physiquement possible de l'être.

Leur rythme cardiaque n'était toujours pas calmé quand ils entendirent une voix en bas. *Reste là, Bridget.*

— C'est Flynn ? mima Hunter.

Grant acquiesça.

Tous deux ouvrirent de grands yeux en entendant le bruit caractéristique d'un fusil de chasse venant d'être armé.

XXXV

APRES AVOIR été surpris dans la grange de Gabe, Grant s'était senti mal pendant des semaines. Il pensait être à peu près calmé quand lui et Hunter furent invités à dîner chez Calley et Bill, où Gabe et Flynn seraient également présents.

Il se rappelait parfaitement le visage sévère de Flynn, quand Hunter et lui étaient redescendus du grenier à foin, l'un derrière l'autre. Peu après, Gabe s'était pointé, très amusé. Grant était bien certain que son ex savait exactement ce qui venait de se passer. Il se souvenait de son sens de l'humour tordu, aussi il n'avait aucun mal à l'imaginer rire à l'idée qu'Hunter et lui s'envoyaient en l'air dans sa grange.

Il n'existait plus rien entre Gabe et lui, alors pourquoi était-il aussi nerveux en sa présence ? Se sentait-il à ce point coupable ? S'il avait le pouvoir de revivre ces jours anciens, il ferait exactement la même chose. Il choisirait toujours ses enfants avant son amant. Bien sûr, cette décision lui avait été beaucoup plus facile à prendre autrefois qu'aujourd'hui, avec Hunter. Il espérait ne plus jamais avoir à faire de choix, puisque Hunter était au courant concernant Christy et les enfants. Après que Miranda lui donna un bébé, Hunter serait à même de comprendre le pouvoir qu'un enfant avait sur un homme.

Ce sentiment de responsabilité soutint Grant au cours du dîner, il put converser avec Calley et Bill. C'était un couple agréable, même s'il avait eu une altercation avec le vétérinaire à la naissance des poulains de Brenner : Grant avait défendu Calley et Bill l'avait mal pris. Ils avaient eu l'opportunité de se réconcilier depuis lors. Bien sûr, leur amitié n'était plus exactement la même. Si Grant n'avait aucun problème à se trouver dans la même pièce que Bill, il reconnaissait cependant qu'il restait entre eux une certaine tension. Il ne pouvait effacer le passé ni oublier le fait d'avoir eu une liaison avec Calley. Il considérait comme normal que Bill ne l'apprécie pas trop, mais ils avaient établi une sorte de trêve et réussissaient à se montrer polis l'un envers l'autre.

Calley était restée assez vague sur le motif de ce dîner inattendu. Hunter et Grant n'avaient jamais été invités auparavant, et certainement pas en même temps que Gabe et Flynn. Calley n'étant pas du genre à faire des manières, elle lâcha sa bombe à peine assise à table : elle voulait faire un nouvel essai pour avoir un enfant. Elle avait besoin d'un donneur. Manifestement, Bill était partant, mais il garda le silence. Les quatre autres se regardèrent, éberlués. Il fallut un certain temps pour que l'information leur rentre dans le crâne.

Grant fut le premier à réagir. Il connaissait déjà le principe de donner son sperme, après tout.

— En clair, Calley, vous avez besoin d'un de nous quatre, dit-il doucement.

Il la regarda pousser dans son assiette ses feuilles de salade avec sa fourchette. Puis elle eut un sourire et prit la main de son mari dans la sienne.

— Exactement, répondit-elle, avec un petit sourire. Il m'a fallu beaucoup de temps pour convaincre Bill. Nous avons trouvé un compromis : il ne veut pas savoir qui aura engendré l'enfant.

— Il existe des associations de donneurs de sperme anonymes, intervint Flynn. Je suis sûr qu'elles pourraient vous donner des contacts à l'hôpital.

Calley hocha la tête.

— Oui, nous en avons parlé aussi, mais Bill estime que ce serait mieux si nous étions un jour en mesure d'annoncer à notre fils qui est son vrai père. Quand il sera plus âgé…

— Ce sera peut-être une fille, coupa Hunter.

— Oui, admit Calley. Mais peu importe, on ne sait jamais quand il faut fournir ce genre de renseignements.

Des yeux, Grant fit le tour de la table. Il s'arrêta au seul homme, à part Bill, qui gardait le silence. Gabe regardait dans le vide, il paraissait à des kilomètres de là. Grant savait ce qu'une telle expression signifiait : Gabe réfléchissait, il pesait ses options et prenait son temps. Grant surprit également le regard enamouré que Flynn adressait à son amant, même si celui-ci ne le remarquait pas.

Quand Calley se leva pour débarrasser, Grant l'aida et la suivit dans la cuisine. Dès qu'ils furent hors de portée d'écoute, elle lui prit les assiettes des mains une fois dans la cuisine et chuchota :

— Eh bien, je suppose après une telle annonce, je ne pouvais espérer d'autre réponse.

— Ce n'est pas le genre de choses qu'un homme prend à la légère.

Il posa la main au creux de ses reins, mais il s'écarta vite quand la porte s'ouvrit. Bill entra dans la cuisine et prit une bouteille de vin avant de ressortir sans un mot. Calley attendit qu'il disparaisse pour répondre :

— Je sais. Tu crois pouvoir m'aider une fois encore ?

Grant soupira.

— Je suis désolé, Calley. Tu risques d'avoir peur pendant toute ta grossesse.

— Cette fausse couche a peut-être été de ma faute. Et j'aurai peur de toute façon, que tu sois le père ou pas. Je risque encore de perdre un autre bébé, Grant.

— Je sais.

Pour l'apaiser, il posa la main sur son bras, mais il n'osa pas s'approcher davantage, au cas où Bill reviendrait.

Il reprit cependant :

— Mais je pense avoir suffisamment d'enfants pour le moment. Si aucun des autres n'accepte de t'aider, je le ferai. Je ne te laisserai pas tomber, c'est promis, mais laissons-les d'abord se décider, d'accord ?

Elle hocha la tête.

— Pourquoi pas Hunter ? proposa-t-elle.

Grant inspira profondément.

— Il te faudra lui en parler directement. Pour le moment, il est assez préoccupé à cause de Miranda...

Calley le coupa en terminant sa phrase pour lui :

— ... et un bébé en fabrication lui suffit. D'accord, je comprends.

— Peut-être que Gabe acceptera ?

Elle eut un sourire triste.

— Il a eu des arguments plutôt convaincants la dernière fois. Il voulait élever lui-même son enfant. Ce que je ne peux pas lui promettre.

— Il n'a pas encore dit non. Il réfléchit, Calley.

Elle se tourna vers lui et l'attira dans une étreinte serrée.

— Merci de me redonner espoir !

Quand elle le lâcha, elle lui tourna le dos, prit des maniques de four, et les lui tendit.

— Tu peux apporter le rôti sur la table, s'il te plaît ? Bill se chargera de le découper.

Le reste du dîner fut très agréable, la conversation animée sautait d'un sujet à l'autre : ce qui se passait dans les ranchs voisins ou en ville. On aurait vraiment cru que la soirée n'avait pas commencé par une question piège.

Un peu avant minuit, ils revinrent au ranch, Hunter conduisait. Ils restèrent silencieux pendant l'essentiel du trajet. Le rancher finit par prendre la parole au moment où il tournait dans l'allée qui menait chez lui.

— Elle est aux abois, pas vrai ?

— Oui. Elle veut désespérément cet enfant depuis longtemps. Je suis heureux que Bill ait enfin accepté l'idée d'une aide extérieure.

— Ce doit être très difficile pour lui. Il est au courant pour tes enfants ?

Grant haussa les épaules.

— Probablement. Calley a dû le lui dire pour le faire céder.

— Et ils savent que j'ai mis Miranda en cloque...

— Apparemment, nous avons tous les deux prouvé notre fertilité.

Hunter rit en se garant avant de couper le moteur. Cependant, il ne sortit pas immédiatement de la voiture. Il se tourna dans son siège pour lui faire face.

— J'aimerais pouvoir les aider, vraiment, mais je ne peux pas. Je vais déjà être père, Grant. Je ne pourrais supporter davantage de stress en ce moment.

— Je sais, cowboy. Je l'ai dit à Calley.

Hunter se pencha et posa sa tête contre lui.

— Sans cette histoire avec Miranda, j'aurais peut-être envisagé cette option... Jusqu'ici, j'avais très peu de chances d'avoir un enfant, mais maintenant...

— Elle comprend, cowboy.

Il tourna la tête pour l'embrasser doucement. Hunter répondit à ce baiser comme il s'y attendait : en frottant son nez contre lui, créant une intimité qui n'était pas uniquement sensuelle.

— Et si nous allions dormir dans le bâtiment du personnel ce soir ? suggéra Hunter. Un samedi soir, la plupart des gars sont probablement encore au bar. Tu as des préservatifs dans ta chambre ?

— Est-ce qu'un ours vit dans les bois ? ricana Grant.

Le rancher remit le moteur en route et alla jusqu'à l'autre bâtiment. Comme prévu, il n'y avait aucune lumière aux fenêtres. Le seul résident, probablement déjà endormi, était le vieux Mackenzie, le plus ancien employé du ranch. Il avait beau être aussi vieux que Mathusalem, il se levait toujours à l'aube, même le dimanche. Par chance, sa chambre se trouvait au rez-de-chaussée, à l'opposé de celle de Grant, au premier. Le vieillard ne serait pas dérangé par leurs ébats.

Sans traîner, les deux hommes montèrent rapidement jusqu'à la chambre de Grant. Il leur fallut très peu de temps pour se déshabiller. Ils firent l'amour avec frénésie. Ils s'étaient habitués à étouffer leurs cris et gémissements, mais leur union fut encore plus passionnée que d'habitude.

Dès que Hunter retrouva suffisamment de souffle pour parler, il murmura à l'oreille de Grant :

— Tu accepterais de me bâtir une maison, bel étalon ?

Ils étaient encore enchevêtrés, Hunter plaqué derrière Grant, les deux bras enroulés autour de son corps solide.

— J'en serais ravi, mais il faudra que tu m'aides. Surtout si tu veux des murs épais qui bloquent tous les bruits.

— Je pensais à autre chose, ajouta Hunter, encore plus doucement. Calley nous a demandé de subir des tests pour le don de sperme. Nous avons le prétexte parfait pour le faire en toute discrétion.

Grant hocha la tête.

— Effectivement. Ensuite, nous aurons tous les deux le feu vert.

Il savait le véritable objectif de son amant. Il sentit la chaleur se répandre en lui.

— Tu veux vraiment ne plus mettre de préservatifs ?

— Je ne reviendrai jamais aux femmes, et je ne pense pas trouver un autre gars par ici.

Grant rit.

— Donc, tu es coincé avec moi, c'est ça ?

Quand Hunter l'embrassa dans le cou, Grant se blottit davantage contre lui. S'il avait espéré que sa réflexion le mette en colère ou le fasse s'écarter, il s'était trompé.

— Je suis avec toi parce que je t'aime. Parce que je n'ai jamais ressenti pour personne ce que je ressens pour toi. Parce que je ne voudrais plus jamais quelqu'un d'autre que toi.

Grant déglutit. Sa chaleur intérieure était devenue un incendie – et un grand nœud lui serrait l'estomac. Hunter avait prononcé les mots fatidiques. Jamais un autre avant lui ne les avait offerts à Grant, qui ne savait même pas comment y répondre. D'après lui, se contenter de les renvoyer en écho serait lamentable. Mais garder le silence passerait peut-être pour de la froideur, de la distance. Après quelques instants de réflexion, il se retourna dans les bras de Hunter et prit son visage entre ses deux paumes pour l'embrasser. Il tenta de lui transmettre tout ce qu'il ressentait dans un baiser brûlant.

Ce fut ainsi qu'ils s'endormirent, dans les bras l'un de l'autre. Ils n'auraient pas besoin de se lever le lendemain matin. Le vieux Mac veillerait à ce que les chevaux soient nourris et abreuvés.

Il faisait encore nuit quand ils furent réveillés par des coups frappés à la porte. Il fallut une deuxième salve pour que Grant se dégage de l'étreinte serrée du rancher.

— J'arrive ! cria-t-il. Ne casse pas la porte !

Il enfila le pantalon de velours côtelé qu'il avait laissé traîner par terre la veille, et s'assura que Hunter soit à peu près recouvert avant d'aller entrouvrir sa porte. Légèrement aveuglé par la lumière du couloir, il plissa les yeux et réalisa qu'il s'agissait de Hugh.

— Qu'est-ce qui ne va pas ?

Hugh se mordit la lèvre avant de répondre.

— Tu connais une dénommée Christy ?

— Oui, pourquoi ?

Encore endormi, il n'avait pas exactement les idées claires.

— Dans ce cas, tu ferais mieux de venir à la maison, déclara sèchement Hugh.

Il tourna les talons. Presque immédiatement, il revint jusqu'à la porte.

— Dis à Hunter de t'accompagner. Il faut qu'il soit là lui aussi.

Grant n'eut pas l'opportunité de poser d'autres questions. Avant qu'il ait bougé, Hugh, qui avait remis son chapeau, disparaissait déjà à l'angle du couloir, en direction de l'escalier.

— Qu'est-ce qui ne va pas ? C'était Hugh ? Quelle heure est-il ?

Même si Grant trouvait Hunter tout à fait adorable, les cheveux ébouriffés, assis dans les draps froissés, à se gratter la poitrine, il n'avait pas le temps de l'admirer.

— Christy a un problème.

Cette fois, le rancher était bien réveillé.

— Tu es sûr ?

Grant jeta la chemise de Hunter sur le lit.

— Oui. Habille-toi vite. Hugh paraissait très inquiet. Il nous réclame tous les deux le plus vite possible à la maison.

Moins de dix minutes plus tard, les deux hommes montaient les marches du porche. Il était quatre heures du matin, mais toutes les lampes du rez-de-chaussée étaient allumées. Grant vit Izzie arpenter la salle de séjour et le couloir, ses longs cheveux noirs formant une tresse sur son épaule. Sa robe de chambre ne cachait rien de son ventre distendu. Elle leur ouvrit la porte dès qu'ils approchèrent.

Grant avait du mal à cacher sa nervosité. Si Christy avait un problème, les enfants risquaient d'être en danger. Il espérait que ce n'était pas trop grave. Malheureusement, si elle avait pris contact au milieu de la nuit, à des centaines de kilomètres de distance, ce n'était sans doute pas pour annoncer un bon bulletin scolaire.

— Entrez vite, les gars, s'impatienta Izzie. On gèle dehors.

Il n'avait même pas remarqué le froid. La seule chose qui l'intéressait, c'était l'inquiétude qu'il lisait sur le visage de la jeune femme.

— Elle est au salon, annonça-t-elle.

Sidéré, Grant contourna Izzie et courut jusqu'au salon, abandonnant le frère et la sœur dans le couloir. En voyant Christy assise sur le canapé, ses trois enfants autour elle, il poussa un soupir si bruyant qu'il devait avoir retenu son souffle depuis un bon moment. Trois paires d'yeux effrayés se levèrent sur lui. Il hocha la tête en leur tendant les bras. Il tomba à genoux lorsqu'ils se jetèrent sur lui, et tenta de tous les contenir dans une étreinte serrée.

— Ça va aller. Vous ne risquez plus rien. Vous êtes en sécurité. Vous êtes ici maintenant.

Après un moment, il commença à remarquer que tout le monde le fixait, en particulier la mère de Hunter.

— Et si nous nous asseyons sur le canapé ? proposa-t-il, aux enfants. Nous serons plus à l'aise.

Le trio refusa de le lâcher, mais il réussit à les faire asseoir confortablement entre lui et Christy. Il voyait bien que les petits étaient épuisés, qu'ils avaient du mal à garder les yeux ouverts. Il mit Lindy sur ses genoux et laissa les deux garçons s'appuyer sur lui, de chaque côté. Manifestement, ils n'en demandaient pas davantage : en quelques minutes, ils dormaient à poings fermés.

— Nous devrions les emmener au premier et les coucher dans un bon lit, déclara Beth Krause.

Elle avait un visage sévère, mais Grant entendit dans sa voix un intérêt authentique.

— Donnez-leur une minute, madame, dit-il. Nous les monterons très bientôt.

— Mère, pourquoi ne pas préparer leurs lits en attendant ? suggéra Hugh. Je suis sûr que Christy et Grant ont besoin de parler.

Beth examina tour à tour Christy, Grant, les enfants, et enfin Hunter. Elle s'attarda si longtemps sur lui qu'elle finit par le mettre mal à l'aise.

Donc, Hunter chercha à pousser sa mère à quitter la pièce :

— Je vais aider Grant à monter les enfants dans une minute, maman. Retourne te coucher. Nous reparlerons de tout ceci demain matin.

Hugh passa le bras autour de la taille d'Izzie et l'entraîna, Beth les suivit. Tous trois quittèrent enfin la pièce. Le silence resta total le temps de s'assurer que plus personne n'était à portée d'oreilles. Profitant de ce répit, Grant examina enfin Christy.

Il devina qu'elle avait pleuré. Beaucoup. Elle avait, autour de la bouche et des yeux, des marques qui ressemblaient à d'anciennes ecchymoses.

— Il t'a encore frappée ?

Elle hocha la tête en silence, les yeux mornes.

— Devant les enfants ?

Elle ne répondit pas. Grant se tourna vers Hunter, qui lui répondit par un regard inquiet.

— Les enfants ont peur, Chris, insista Grant. Et d'après ce que je vois, il y a très longtemps qu'ils ont peur.

Christy leva les yeux.

— Je n'ai pas pu m'en aller avant qu'il ait repris le travail. Dès qu'il est parti, j'ai commencé à emballer nos affaires pour venir ici. J'ai besoin de toi, Grant, pour t'occuper d'eux à ma place. Au moins pendant un moment. Le temps que je retombe sur mes pieds. Jusqu'à ce que j'aie quelques économies devant moi pour les récupérer.

— Ou jusqu'à ce qu'il te retrouve et te promette qu'il ne recommencera pas !

Elle secoua la tête.

— Non, cette fois, c'est terminé.

— Tu l'as déjà dit je ne sais combien de fois !

Intérieurement, il bouillonnait de colère, mais il ne pouvait pas hurler. Il ne voulait pour rien au monde réveiller les enfants. Ils en avaient assez enduré. Robby s'agita un peu, mais il se calma très vite.

— Que comptes-tu faire, Chris ?

Il lui fallut un gros effort pour parler calmement.

— J'ai une amie qui travaille dans un grand hôtel à Las Vegas. Elle m'a promis de m'obtenir un emploi comme femme de ménage.

Grant soupira et bougea un peu la main pour effleurer la sienne, en guise de réconfort. Il ne savait trop quoi dire. Christy méritait mieux qu'un poste pareil !

— Elle dit qu'il y a de bons pourboires et que je peux obtenir un logement à un tarif abordable. Malheureusement, je ne peux pas emmener les enfants.

Elle regarda le trio qui s'accrochait à Grant. Elle ajouta, d'une voix presque inaudible :

— Je vais devoir travailler avec des horaires irréguliers, au début. Lindy n'est pas encore à l'école, il faudrait donc que je la mette à la crèche et je ne pense pas en avoir les moyens.

— Je m'occuperai d'eux, Chris, affirma Grant. *Nous* le ferons ensemble.

Il jeta un regard interrogateur à Hunter, qui hocha la tête sans hésitation. Grant eut un petit sourire. À l'heure actuelle, savoir que Hunter était avec lui était inestimable.

— Donne-moi régulièrement de tes nouvelles. Et parle aux enfants, explique-leur ce que tu as l'intention de faire. Ils doivent comprendre que tu ne comptes pas les abandonner.

— Ils savent déjà que je dois partir. Je leur ai expliqué qu'ils allaient rester avec toi. Tu sais, c'est la première fois que je les voyais sourire depuis longtemps.

Elle avait dans les yeux un étrange mélange d'espoir et de désespoir. Grant aurait voulu lui affirmer que tout finirait par s'arranger, mais il était trop soulagé qu'elle ait enfin échappé à la violence de son mari et qu'elle lui ait ramené les enfants. Il espérait qu'ils seraient en sécurité ici, il avait hâte de devenir leur père, de leur démontrer que tous les hommes n'étaient pas des brutes. Il savait qu'il s'emballait un peu, mais il faisait déjà des projets pour leur faire retrouver le sourire et oublier tous leurs soucis.

Quand il sentit une main sur son genou, il leva les yeux.

— Et si nous les mettions au lit à présent ? chuchota Hunter. Nous aurions également besoin d'un peu de sommeil, la journée a été longue, tu ne crois pas ?

Grant hocha la tête.

— Je vais porter celui-ci, d'accord ? suggéra le rancher.

Il montrait Robby, entre Grant et Christy. Sans attendre de réponse, il souleva facilement l'enfant dans ses bras.

— On dirait que vous l'avez déjà fait, chuchota Christy avec amour.

— Une ou deux fois, peut-être, mais c'est plus facile de porter un enfant qu'un chien, répondit Hunter, avec un petit rire. Au moins, celui-ci ne cherche pas à m'échapper.

Robby se réveilla, mais il ne s'affola pas du tout. Il jeta un bref coup d'œil à Hunter et le prit par le cou en laissant retomber la tête sur son épaule.

— Je vais prendre Lindy, déclara Christy.

Avec chacun un enfant dans les bras, les trois adultes montèrent l'escalier. Hugh les attendait sur le palier, deux oreillers dans les bras.

— Belle-maman a donné des instructions très précises. Les deux garçons sont dans la chambre de Danny, Christy et Lindy dans la chambre d'ami, et… ajouta-t-il avec un soupir théâtral en imitant la voix de sa belle-mère : *Je suppose que je vais devoir tolérer que Grant reste dans la chambre de Hunter.*

Grant écarquilla les yeux en regardant à tour de rôle Hugh et Hunter.

— Quelle dure épreuve !

— C'est aussi ce que je me suis dit, répondit Hugh, en riant.

Il désigna d'un signe de la tête la chambre de son fils avant d'ajouter :

— Danny s'est réveillé quand nous avons installé deux lits de camp dans sa chambre. Je lui ai dit de ne pas réveiller les garçons.

Il se tourna vers Christy et lui indiqua la direction de la chambre d'ami :

— Izzie vous y attend, la chambre est prête. Elle vous aidera à coucher Lindy. Nous avons monté les sacs et les valises qu'il y avait dans votre voiture.

— Merci, chuchota-t-elle.

Elle embrassa ses deux garçons sur la tête et puis se dirigea vers la chambre. Il ne fallut pas longtemps à Hunter et Grant pour coucher Robby et Lewis dans leurs lits d'appoint. Après avoir dit bonsoir à Danny, ils se retirèrent dans la chambre de Hunter.

Pendant que Grant se déshabillait, Hunter passa dans la salle de bain. Quand il revint, il trouva son amant couché à plat ventre sur le lit.

215

— Tu ne dors pas encore ?

Grant secoua la tête et se tourna pour voir Hunter se glisser sous la couverture. Il ne portait qu'un caleçon. La nuit, Grant aimait se blottir contre lui et sentir sa peau nue.

— Ça va ? s'inquiéta encore Hunter.

Cette fois, Grant acquiesça, toujours en silence. Une fois de plus, il se trouvait à court de mots. Il aimait éperdument cet homme, mais il portait tout à coup le fardeau d'une nouvelle complication et à ce stade de leur relation, cela ne leur faciliterait pas les choses.

— Je suis désolé, murmura-t-il.

— De quoi ?

— Tu n'avais pas signé pour ça.

Le rancher était sur le côté, aussi près que possible de lui. Pourtant, il se rapprocha encore en mettant son menton sur l'épaule de son amant. Celui-ci sentit la chaleur de sa peau et son souffle lui chatouilla l'oreille.

— Hé, je suis celui qui a fait un gosse à son ex, tu t'en souviens ? Je vais être papa. Tu ne l'avais pas prévu non plus, si tu veux mon avis.

— C'est vrai, admit Grant.

— Viens ici.

Hunter le prit dans ses bras et le serra fort.

— Le matin est presque là. Nous sommes dimanche, mais je ne crois pas que nous aurons la chance de faire une grasse matinée.

Grant se tourna dans son étreinte et lui embrassa la tempe.

— Tu sais que pour une fois, nous dormons ensemble avec la permission de ta mère, hein ?

Hunter ricana.

— Comme si ça changeait quelque chose !

— Si, c'est important pour moi, avoua Grant. Bien sûr, il faudra encore que nous restions discrets, mais maintenant, elle ne peut plus revenir en arrière et prétendre que nous sommes juste des amis.

— Dors, ordonna Hunter

Il conforta son avis d'un bâillement à se décrocher la mâchoire.

XXXVI

HUNTER AVAIT dormi peut-être une heure. L'aube pointait à peine à l'horizon, mais quelque chose l'avait réveillé, et maintenant, il écoutait les sons d'un matin froid sur le ranch. Il adorait être couché auprès de Grant, qui ronflait un peu, mais pas assez pour le gêner. Hunter appréciait surtout la chaleur et la proximité de cet homme grand et bien bâti qu'il tenait dans les bras. Étant du matin, il se réveillait en général le premier, bien que son amant n'ait rien d'un paresseux. Hunter aimait bien ces quelques minutes tranquilles, bien à lui. Il avait ainsi le temps de réfléchir. Parfois trop. Avant Grant, Hunter se levait le matin sans tarder : les yeux à peine ouverts, il quittait son lit pour se diriger vers la salle de bain. Il ne lui fallait que dix minutes pour se préparer à exécuter ses tâches de la matinée. Parfois, faire son lit en faisait partie.

Désormais, il aimait à s'attarder. Il aimait ouvrir les yeux et trouver Grant à côté, l'inciter à un peu de sexe matinal avant de se lever pour aller au travail. Ensemble, ils faisaient leur lit tous les matins, parce qu'ils avaient flippé le jour où, à leur insu, quelqu'un d'autre s'en était chargé. Impossible de dire dans quel état ils l'avaient laissé ! Hunter était sûr que la plupart des résidents de la maison avaient accepté Grant comme étant son amant. Même sa mère finissait par se faire à cette idée. Cependant, il aurait bien aimé avoir un endroit bien à lui.

La nuit dernière, l'arrivée de Christy et des enfants avait bouleversé leur petit univers. Qu'allait-il se passer ? Comptait-elle rester au ranch un certain temps ? Grant allait-il changer avec ses enfants à demeure ? Hunter espérait que leur situation ne ferait que s'améliorer de cette addition familiale, mais il savait bien que le chemin ne serait pas sans ornières. Les enfants ignoraient que Grant était leur père. C'était la brute qui portait ce titre.

Il émergea de sa rêverie en entendant frapper doucement à sa porte. Une voix basse appela : '*Hunter ?*'

C'était sa sœur, Bernice.

— Bernie ? J'arrive.

Il essaya de se détacher de Grant sans le réveiller, mais il n'y réussit qu'en partie.

— Dépêche-toi, insista Bernie. J'entends un bébé pleurer.

Hunter se souvint alors qu'elle avait raté l'agitation de la nuit dernière. Il enfila un jean et se précipita vers la porte.

— Qu'est-ce qui se passe ? demanda-t-il.

Bernie était dans le couloir en chemise de nuit, les cheveux tressés. On aurait dit une enfant, malgré ses dix-sept ans. Elle ne répondit pas, elle examinait la silhouette étendue dans le lit. Hunter fronça les sourcils : il n'avait même pas vérifié que Grant soit décent. Il retourna rapidement le recouvrir du drap.

— Alors, tu me parlais d'un bébé qui pleurait ?

Du doigt, elle désigna la chambre d'ami, sans quitter Grant du regard. Hunter fit claquer ses doigts devant ses yeux pour attirer son attention.

— Le bébé qui pleure ?

Bernie gloussa timidement.

— Il est magnifique, Hunter, même... *surtout* sans vêtements.

Il hocha la tête, certain d'être devenu écarlate. Il ne comptait pas pour autant laisser sa petite sœur lorgner son amant.

Quand Bernie finit par l'accompagner au bout du couloir, Hunter retrouva ses esprits. Lui aussi entendait des pleurs, ce qui l'inquiéta pour de bon. C'était certainement Lindy, mais Christy était censée être avec elle, non ? Pourquoi ne calmait-elle pas la petite fille ? Peut-être était-elle aux toilettes ou sous la douche ?

Il entrouvrit la porte avec prudence et trouva ce qu'il avait prévu : Lindy, assise au milieu du grand lit, sanglotait à chaudes larmes. Peu habitué à consoler un enfant, il s'installa à côté d'elle et tendit la main. Au début, elle ne fit que pleurer davantage.

— Fais quelque chose, Hunter ! exigea Bernie.

Son frère lui lança un regard affolé.

— J'ai la tête de quelqu'un qui sait quoi faire ?

— Pourquoi ne pas la prendre dans tes bras ? C'est ce que tu faisais quand je pleurais. Quand j'étais petite.

Lindy sanglotait toujours, aussi Hunter pensa qu'il ne risquait pas d'aggraver la situation. Il décida d'amener la petite fille à Grant. Lorsqu'il la souleva du lit, il découvrit qu'elle ne pesait rien du tout. À sa grande surprise, elle lui passa les bras autour du cou et le serra si fort qu'il craignit d'étouffer.

— Parle-lui, Hunter, insista Bernie.

— Chut, Lindy, tout va bien.

Il tapota doucement les longs cheveux bouclés. Il remarqua qu'ils avaient le même contact que ceux de Grant, doux et soyeux. Les sanglots de Lindy se calmaient à présent, mais elle avait encore quelques hoquets.

— Chut, répéta Hunter.

— Tu t'en sors bien.

Levant les yeux, Hunter vit Grant à l'embrasure de la chambre.

— Elle pleurait. Je ne sais pas où est Christy.

Son amant alluma la lampe de chevet et s'assit sur le lit, à côté de lui et de Lindy, ignorant de son mieux la façon éhontée dont Bernie examinait son torse nu.

— Elle est partie, déclara Grant, découragé.

218

Il brandit le message qu'il venait de ramasser de la table de nuit et lut :

— *Je soussignée Christy Marshall, mère des enfants Lewis, Robert, et Lindy Marshall, autorise à partir de ce jour M. Grant Jarreau à prendre toutes les décisions nécessaires concernant leur bien-être et leur éducation.*

— Je suis sûr que ce n'est même pas légal ! s'exclama Hunter.

Grant le regarda.

— Je m'en fiche. Je compte l'appliquer à la lettre.

— Si son mari vient chercher les enfants, ceci ne vaudra rien devant les tribunaux.

— Et tu crois que je ne le sais pas ? C'est *son* nom qui figure sur le certificat de naissance de *mes* enfants. Même si j'allais en justice, j'obtiendrais sans doute avec un test de paternité la garde des deux plus jeune, mais jamais ils ne laisseront Lewis. Et il *doit* faire partie du lot.

— Du calme, conseilla Hunter.

Il comprenait que son amant soit bouleversé. Ils avaient déjà discuté de la situation. À présent, Lindy s'était presque rendormie dans ses bras, donc il n'osait pas bouger. Il aurait voulu embrasser Grant, pour le calmer et lui faire comprendre qu'il n'était pas seul.

— Grant, viens t'asseoir ici. Dès lundi, nous irons consulter un avocat. En attendant, il faut prendre soin des enfants et leur montrer qu'ils ne sont pas seuls. Il faut bien leur faire comprendre que leur maman ne les a pas abandonnés. Qu'elle reviendra un jour.

Ce petit discours sembla calmer Grant. Le rancher en fut heureux. Il osa lâcher Lindy d'une main pour la poser sur la nuque de Grant. Il rapprocha celui-ci jusqu'à ce que leurs fronts se touchent.

— Je t'aime, ajouta-t-il. Nous traverserons cela ensemble.

Grant l'embrassa… jusqu'à ce que Bernie éclate de rire, leur rappelant qu'elle se trouvait également dans la chambre.

— Vous êtes vraiment mignons tous les deux, dit-elle, avec un sourire amusé.

Hunter s'écarta de Grant pour jeter à sa sœur regard faussement menaçant.

— Oh, grandis un peu, Bernie !

Elle se dressa sur la pointe des pieds, toute excitée.

— Je suis sérieuse. Vous êtes vraiment mignons ensemble. Je ne sais pas pourquoi maman refuse de voir ça.

Hunter secoua la tête et leva les yeux au ciel. Bernie était irrécupérable. Il voulait l'envoyer à l'université l'année prochaine, pour qu'elle acquière une certaine maturité, mais si elle devait quitter ses chevaux, elle en aurait le cœur brisé. Sans oublier que lui-même perdrait un de ses partisans les plus fervents.

— Descends et commence à préparer le petit déjeuner, Bern. Nous n'allons pas tarder à te rejoindre.

— Soyez sages, tous les deux. Lindy ne dort que d'un œil et elle est encore très jeune. Un peu trop pour assister à vos galipettes, à mon avis.

Hunter étrécit les yeux avec suspicion.

— Et tu préférerais rester et assister au spectacle, je suppose ? Aucune chance, sœurette. Nous sommes capables de nous maîtriser, je t'assure.

Elle éclata de rire et tourna les talons.

— Allons voir si les autres sont levés, suggéra Hunter.

ENVIRON UNE heure plus tard, la plupart des membres de la maisonnée se trouvaient dans l'immense cuisine familiale. Un Grant dûment vêtu, en jean et chemise à carreaux, faisait sauter des pancakes devant le gros fourneau en fonte qui occupait l'essentiel d'un des murs de la pièce. Izzie, assise à table avec Hunter, tentait de faire tenir en place les quatre enfants, tandis que Hugh mettait le couvert du petit déjeuner. Bernie louvoyait près de Grant lorsque Beth Krause arriva.

Elle fut accueillie par un concert de 'Bonjour', mais elle vérifia en priorité ce que Grant fabriquait sur sa cuisinière.

Elle finit par admettre :

— Ça me paraît bien.

Grant aurait pu jurer avoir entendu plusieurs soupirs soulagés retentir dans la pièce.

— Ça sent délicieusement bon en tout cas ! s'écria Bernie, de sa voix habituelle et enthousiaste.

Grant s'adressa à la matriarche :

— J'espère ne pas avoir abusé, madame. Bernie m'a montré où tout se trouvait et j'ai pensé que des pancakes seraient un bon petit déjeuner pour un dimanche matin.

— Vous avez besoin d'un coup de main ? demanda Beth, aussi stoïque que d'ordinaire.

Il ne put retenir son sourire. Il venait de recevoir une approbation tacite. Elle n'avait rien dit, certes, mais elle ne l'avait pas jeté dehors de la cuisine, c'était suffisant à ses yeux.

— Non merci, répondit-il, calmement. J'ai terminé le bacon et les œufs, j'ai aussi une pile de pancakes au chaud, alors, nous sommes prêts à passer à table.

— Bernie, va chercher le sirop d'érable à l'office. Montrons à ces enfants à quoi ressemble un petit déjeuner familial.

Grant regarda autour de lui : il vit le sourire encourageant de Hugh et Izzie, la fierté de Hunter. Manifestement, tous ressentaient la même chose : il était désormais accepté dans la famille.

AU DEBUT, le petit déjeuner idyllique fut un peu tendu, la plupart des convives échangeant des regards à travers la table et les enfants restant silencieux parmi les adultes plus expansifs. Hunter était heureux d'avoir retrouvé Hugh. Avec Grant suffisamment guéri pour rejoindre le groupe, il sentait que la balance des forces penchait à nouveau de son côté.

Une fois les plats vidés, Mme Krause se retira au salon et les enfants furent autorisés à quitter la table pour aller jouer dehors.

Hugh avala sa dernière gorgée de café avant de déclarer :

— Izzie m'a annoncé le départ de Christy.

— Ouais, répondit Grant.

Il n'ajouta rien d'autre. Hunter, qui ne savait pas trop ce qu'il devait partager avec Izzie et Hugh, tenta de croiser son regard, mais en vain. Il finit par répondre :

— Elle reviendra quand elle aura retrouvé ses marques, je pense. Elle nous a parlé d'une opportunité d'emploi à Las Vegas, c'est ça, Grant ?

Ce dernier hocha la tête. Plongé dans ses réflexions, il paraissait à des kilomètres de là.

— En attendant, ajouta Hunter, je tiens à ce que les enfants se sentent ici les bienvenus. Je vais leur attribuer les deux chambres d'ami, afin que Danny retrouve son autonomie. Et puis, une fois ma maison construite, nous les ferons tous déménager de l'autre côté de la cour.

Izzie faillit s'étouffer avec son café.

— Quelle maison ?

À nouveau, le rancher regarda Grant, espérant trouver chez lui approbation et soutien. Il fut déçu, son amant se contentant de fixer les restes du petit déjeuner.

— Nous ignorons combien de temps ils resteront, déclara-t-il, pensif.

Hunter lui serra la cuisse sous la table.

— Même si Christy revient les chercher, nous veillerons qu'ils aient leur chambre à la maison, Grant. Ainsi, ils pourront passer des vacances avec nous.

Celui-ci hocha la tête, en silence.

— Donc, tu vas construire une maison ? demanda Hugh, manifestement poussé par Izzie.

— Ouais. Il y a déjà un moment que j'y pense. J'ai plusieurs fois modifié mes plans. Je n'avais jamais pensé que nous aurions besoin de plusieurs chambres, outre la nôtre, mais si je construis sur le terrain entre cette maison et les écuries, nous aurions notre indépendance sans avoir à bouger très loin. Ce ne serait pas très pratique pour moi de vivre à l'extérieur du ranch.

— Et cette maison devient un peu bondée, je te l'accorde, remarqua Hugh. Eh bien, je ne suis pas charpentier, mais si vous avez besoin d'un coup de main, je serais heureux de vous aider.

Pour jouer, Izzie le frappa du poing.

— Nous ne sommes même pas encore mariés et tu essaies déjà de t'éloigner de moi ?

Il passa le bras autour d'elle, l'attira doucement et caressa son ventre bombé.

Hunter était enchanté du bonheur de sa sœur et de son meilleur ami, mais il se sentait aussi un peu jaloux. Hugh verrait son enfant grandir. Lui ne savait pas s'il aurait cette chance. Ce n'est pas pour autant qu'il comptait épouser Miranda, bien sûr, mais il commençait à réaliser que ses choix de vie avaient des conséquences, non seulement pour lui, mais également pour son enfant à naître. Il regarda Grant, toujours maussade, et comprit alors que le choix ne lui appartenait plus. Il avait toujours la main sur sa cuisse, là où était sa véritable place.

Au moment où il se penchait vers Grant pour lui chuchoter à l'oreille '*je t'aime*', il sentit qu'on lui tirait la manche. Détournant les yeux, il vit Lindy à côté de lui, l'air infiniment timide, comme si elle avait peur de sa réaction en attirant ainsi son attention.

Il lui sourit et se pencha.

— Que veux-tu, ma chérie ?

— Les garçons sont trop brutaux. Je peux rester ici avec vous ?

— Bien sûr, mon chou.

Il l'installa sur ses genoux. Elle semblait tout à fait à l'aise, appuyée contre sa poitrine, blottie dans ses bras. Grant les regarda tous les deux. Pour la première fois depuis le départ de Christy, Hunter le vit sourire.

Grant passa les doigts dans les boucles de Lindy.

— Alors tu t'es trouvé un autre gros nounours à câliner, c'est ça ?

La petite le regarda d'abord, puis Grant, avant de hocher la tête avec ferveur. Elle se pressa contre Hunter autant qu'elle le pouvait, ce qui était difficile puisqu'elle ne pouvait en faire le tour de sa taille avec ses petits bras.

Deux minutes plus tard, elle s'endormait contre lui.

— Je crains que les enfants n'aient pas beaucoup dormi la nuit dernière, déclara Grant. Nous devrions peut-être la remonter dans son lit.

Hunter secoua la tête.

— Pour qu'elle se réveille encore comme ce matin, toute seule dans une pièce inconnue ? Elle ne me gêne pas du tout. Elle peut rester là un peu plus longtemps.

XXXVII

GRANT AURAIT pu les regarder pendant des heures.

Lindy se cramponnait à Hunter comme un chewing-gum à une chaussure. Maintenant que les garçons allaient à l'école avec Danny, elle restait seule au ranch, aussi Hunter l'emmenait à l'écurie, tôt le matin, pendant qu'il travaillait. Il permettait à l'enfant de l'aider à abreuver les chevaux et nettoyer les écuries. Au début, elle fut un peu terrorisée par les grands animaux, mais le rancher lui expliqua avec patience ce qu'il fallait faire auprès d'eux et, plus important encore, ce qu'il fallait *ne pas* faire. Lindy s'adapta comme un caneton découvrant la mare. Grant sentait son cœur rater un battement chaque fois qu'il la voyait se précipiter pour entrer ou sortir de l'écurie. Pourtant, il remarquait également que les chevaux se montraient très doux en présence de la petite fille, et qu'ils suivaient chacun de ses mouvements.

Grant avait scié à moitié le manche d'un râteau pour qu'elle puisse aider sans risquer d'éborgner ses voisins. Même si c'était assez drôle de voir une petite fille de quatre ans nettoyer les écuries, elle le faisait manifestement avec ardeur. Ce qui lui manquait en force, elle le compensait en enthousiasme. En la voyant se pencher sur un crottin de cheval avec le nez plissé de dégoût, il éclatait de rire.

Il avait chaud au cœur en voyant Hunter assumer aussi facilement une charge parentale, mais ce qu'il le surprenait davantage, c'était le plaisir qu'il y prenait. Aucun des enfants n'avait l'habitude de la vie en plein air, pourtant chacun d'eux semblait s'épanouir.

En son for intérieur, Grant appréciait de recevoir peu de nouvelles de Christy. Il était certain que ses enfants manquaient à la jeune femme, mais la nuit, une fois toute la maisonnée au lit, il se sentait parfois désespéré à l'idée qu'elle vienne les lui reprendre.

— Qu'est-ce qui te rend aussi sombre, bel étalon ? demanda Hunter.

Il venait de s'asseoir près de lui sur le lit. Sa main possessive tomba sur sa cuisse, Grant en apprécia la chaleur.

— Je me demandais si ta mère serait en mesure de supporter Christy.

Surpris, Hunter haussa les sourcils, sans répondre. Grant reprit :

— Je sais que je m'avance un peu, mais maintenant que Lisa est partie, c'est ta mère qui fait la cuisine pour tout le personnel, et cela représente beaucoup de travail.

223

Elle n'est plus aussi jeune qu'elle aimerait le croire. Donc, je me suis dit que nous pourrions essayer de retrouver Christy et lui offrir de travailler aux cuisines du ranch. Dans ce cas, elle pourrait vivre ici, avec nous et les enfants.

— Tu t'inquiètes surtout qu'elle revienne pour les récupérer, déclara Hunter, avec empathie.

— Je sais qu'ils te manqueraient aussi !

Le rancher hocha la tête.

— C'est vrai. Ils me manqueraient beaucoup.

— Alors, tu penses que… ?

— Il faudrait d'abord que nous en parlions avec maman. Tu sais bien qu'elle déteste voir des étrangers dans sa cuisine.

Grant soupira.

— Nous pourrions faire passer la cuisine du personnel au vingt-et-unième siècle. Ainsi, Christy aurait un territoire indépendant.

Il posa la main sur celle de Hunter, sur sa cuisse. Son amant lui serra les doigts.

— Nous trouverons une façon de le lui expliquer. Au bon moment. Tu sais où est Christy ?

Grant secoua la tête.

— Non. Mais nous avons la dernière carte postale qu'elle nous a envoyée. Je connais aussi le nom de son amie, donc cela nous donne deux pistes à suivre. Nous devrons peut-être aller passer un week-end ou plus à Las Vegas.

— Et laisser les enfants ici ? Juste toi et moi ?

Grant hocha la tête. Au sourire de Hunter, il devina que celui-ci appréciait autant que lui l'éventualité de cette escapade.

— Laisse-moi d'abord prévenir maman. Si elle refuse cette idée, nous n'avons pas besoin d'aller là-bas.

Grant sut que Hunter pensait pouvoir convaincre sa mère et que l'idée de passer quelques jours dans une chambre d'hôtel, sans famille ni enfants pour les distraire, lui plaisait beaucoup. Il fut donc certains qu'il trouverait, le plus tôt possible, le temps de discuter avec sa mère.

COMME HUNTER l'avait prévu, il lui fallut insister avant que sa mère accepte la proposition. De plus, elle posa ses conditions. En fin de compte, elle comprit surtout que c'était dans l'intérêt des enfants, auxquels elle s'était attachée. Aussi, peu après, Hunter et Grant, chacun muni d'un sac de voyage, montèrent dans le camion en direction de Las Vegas.

Décidés à ne pas lésiner, ils prirent une chambre – modeste – au Bellagio, le palace indiqué sur la carte postale de Christie. Ils espéraient que c'était là qu'elle travaillait. Après avoir reçu leurs clés, ils firent le tour de l'hôtel, interrogeant le personnel qu'ils rencontraient au sujet de Christy ou de son amie, Danielle. Ils n'obtinrent aucun résultat. Après quelques heures de recherches infructueuses, ils se retrouvèrent dans un bar sportif, où ils décidèrent de dîner.

Leur serveur était un jeune homme solide. Grant éprouva un bref élan de jalousie en voyant les yeux de Hunter s'attarder sur ses fesses. Son amant dut le remarquer, parce que dès qu'ils se retrouvèrent seuls, à consulter le menu, Grant sentit une botte lui caresser la jambe, sous la table.

Tout à coup, le mouvement cessa.

— Ne te retourne pas, chuchota Hunter. Il y a Delco derrière toi.

Évidemment, Grant trouva très difficile de ne pas jeter un coup d'œil. Il se pencha en avant pour parler à mi-voix sans être entendu :

— Delco ? L'ex d'Izzie ? La crevette au mauvais caractère ?

— En personne. Il est au bar avec un groupe d'amis. Et d'après ce que je vois, il parle beaucoup.

— Tu entends ce qu'il dit ?

— Non, répondit Hunter, qui secoua la tête.

Grant quitta la banquette.

— Commande-moi un steak, saignant, avec tous les accompagnements.

Le rancher lui saisit le poignet.

— Qu'est-ce que tu fais ? Il te connaît, tu t'en souviens ?

Grant pencha la tête pour chuchoter :

— Je sais. Je ferai attention. Je suis juste curieux.

Il sentait bien que Hunter était nerveux, mais il avait un compte à régler avec cet avorton, même s'il espérait ne pas aller jusqu'à la confrontation. Il serra les poings, prouvant ainsi qu'il ne se laisserait pas bousculer une seconde fois. Peut-être aurait-il sa chance, peut-être pas. Il passa discrètement devant le groupe où Delco cherchait à se faire valoir, se vantant et pavoisant devant ses amis. Grant fit semblant d'étudier un menu pour s'attarder près du bar, à portée de voix de Delco et sa bande.

Il ne lui fallut pas longtemps pour apprendre ce qu'il lui fallait, il retourna donc jusqu'au coin où Hunter était assis, à le surveiller.

— Ne me refais jamais un coup pareil, gronda le rancher.

— Tu as passé commande ?

— Oui, mais je suis sérieux. J'ai failli faire une crise cardiaque en te voyant aussi près de lui. Et s'il avait levé les yeux quand tu passais ?

Grant rit.

— Il se vantait devant ses copains d'être un excellent voleur de chevaux. Il leur expliquait même le mode d'emploi.

Hunter leva si haut les sourcils qu'ils atteignirent presque la racine de ses cheveux.

— Voleur de chevaux ? répéta-t-il.

— Ouais, répondit calmement Grant. Delco prétend que le truc, c'est que ça ressemble à l'attaque d'un cougar, donc il ne faut pas couper la barrière, mais poser une couverture dessus pour l'écraser. Il parlait aussi d'utiliser un camion aux pneus usés qui ne laisse pas de traces révélatrices.

— Il a un certain culot ! Nous réparons nos clôtures depuis le printemps !

Hunter avait du mal à maîtriser sa voix.

— Exactement. Il raconte à ses petits copains que les éleveurs n'arrivent pas à comprendre que ce soient les jeunes poulains sans entraînement qui disparaissent. D'après ce que j'ai compris, Delco a pour eux un acheteur. Et ainsi, il est plus facile de prétendre que les disparitions viennent d'un prédateur et non d'un voleur. Si tu veux mon avis, nous allons le suivre, l'entraîner dans une ruelle sombre, et lui coller la raclée de sa vie.

Hunter le sermonna aussitôt.

— Grant ! Ce n'est pas légal de tabasser les gens !

— Tu as une meilleure idée ?

— Oui. Nous allons le prendre en flagrant délit. Il a parlé de recommencer ?

— Oh, oui, répondit Grant, sûr de lui. D'après lui, c'est si facile qu'il pourrait en vivre, parce que c'est bien moins fatigant que courir le rodéo en circuit.

— Dans ce cas, retrouvons vite Christy, puis rentrons à la maison pour lui préparer un piège.

Dans leur chambre d'hôtel de luxe, les deux hommes ne dormirent pas beaucoup, d'abord parce qu'ils étaient seuls pour la première fois depuis des semaines, ensuite parce qu'ils étaient très excités par leurs projets pour attraper Delco en flagrant délit pendant un vol. Finalement, après des ébats torrides, la première fois de façon urgente, la seconde plus langoureuse, ils s'endormirent, collés l'un à l'autre, comme ils en avaient pris l'habitude au cours du mois écoulé. En dépit de leur courte nuit, ils s'éveillèrent à l'aube, par habitude.

Ils firent une autre tentative pour parler aux femmes de ménage de l'hôtel, mais en vain, aussi décidèrent-ils d'aller voir d'autres établissements sur le Strip. Totalement par hasard, Grant aperçut la photo d'une strip-teaseuse affichée sur la devanture d'un bar miteux et reconnut Danielle. Il appela le numéro indiqué et fut dirigé vers un petit club non loin de là.

Danielle le reconnut dès que les deux hommes entrèrent.

— Grant, quel plaisir de vous voir !

Il hocha poliment la tête, réalisant que Danielle, malgré son sourire accueillant, était mal à l'aise.

— Nous sommes venus pour Christy. Je pensais que vous sauriez où la trouver. Elle m'avait parlé d'un emploi de femme de ménage dans l'un des grands hôtels ?

Il jouait délibérément au naïf, en espérant qu'elle lui fournirait de plus amples renseignements.

— Eh bien, si je la vois, je lui dirai que vous avez demandé après elle.

Elle parlait d'un ton dédaigneux, maintenant qu'elle avait compris que les deux hommes ne s'intéressaient pas à ses services. Grant ne se laissa pas rebuter.

— Nous avons roulé onze heures pour la voir, Danielle. Si vous savez où elle se trouve, dites-le-nous.

Elle prit sur le bar une serviette en papier.

— Écrivez là-dessus le nom de votre hôtel et votre numéro de chambre, je lui demanderai de vous rappeler.

Il s'apprêtait à insister, mais Hunter l'en empêcha.

— Si elle ne nous a pas rappelés ce soir, nous reviendrons, Danielle. Nous sommes venus à Las Vegas pour la voir, nous ne repartirons pas avant de lui avoir parlé.

Danielle hocha la tête, mais sans les regarder dans les yeux. Hunter ne la connaissait pas, il fut pourtant certain qu'elle téléphonerait à Christy dès leur départ, il insista donc pour quitter le club au plus vite.

Grant protesta sur le chemin du retour à l'hôtel :

— J'aurais voulu qu'elle appelle devant nous, cowboy !

— Elle ne l'aurait pas fait. Elles sont amies. Danielle protège manifestement Christy.

— Tu crois qu'elle se déshabille aussi ?

Hunter soupira.

— J'avoue que j'y ai pensé.

Grant secoua la tête.

— Je n'y crois pas. Jamais qu'elle ne vendrait son corps comme ça ! Elle a été élevée dans une petite ville, Hunter.

Celui-ci prit la main de Grant, même s'ils étaient encore au milieu du Strip.

— Les gens désespérés accomplissent des actes désespérés.

— Je sais, chuchota Grant, d'une voix à peine audible.

Il n'arrivait pas à se faire à cette idée, mais le regard de Hunter le rasséréna u peu. Il exprimait de la préoccupation, sans pitié ni jalousie. Grant aimait bien Christy. Autrefois, tous deux avaient été des âmes errantes qui s'étaient réconfortés mutuellement. La certitude qu'ils avaient au moins un ami au monde, toujours là pour les soutenir, leur avait donné la force d'avancer. Aujourd'hui, Grant avait le sentiment d'avoir failli à cette ancienne amitié.

Une fois revenu dans leur chambre, il se laissa tomber sur le lit. Hunter le rejoignit.

— Ça va s'arranger, Grant. Elle va appeler.

Il plaça une main apaisante sur sa cuisse.

— Je l'ai laissée tomber, cowboy. J'aurais dû mieux la protéger.

Hunter secoua la tête.

— C'est une adulte. Tous les adultes décident par eux-mêmes. Parfois, avec le recul, nos choix sont contestables, mais nous devons apprendre à vivre avec eux et avec leurs conséquences.

Grant se retournait dans ses bras lorsqu'on frappa à la porte. Hunter se leva pour aller ouvrir. Par-dessus son épaule, Grant vit qu'il s'agissait de Christy. À son grand soulagement, elle était toujours celle qui avait quitté le ranch, quelques semaines plus tôt, dans ses vêtements simples et discrets. Il avait craint de voir une danseuse de Vegas !

Dès qu'elle entra dans la chambre, Grant se leva pour la prendre dans ses bras et la serrer très fort. Christy se laissa faire pendant un long moment.

— Hé, lâche-moi, grosse brute, déclara-t-elle, enfin. Je vais bien.

Même si les deux hommes avaient convenu de prendre leur temps pour la persuader de revenir avec eux, Grant comprit tout à coup qu'il ne pouvait pas attendre.

— Rentre à la maison avec nous, Chris. Ne reste pas ici. Ce n'est pas bon pour toi d'être loin des enfants. Ils ont besoin de toi.

EN FIN de compte, Christy se laissa très vite convaincre de revenir en Idaho avec eux. Son travail à l'hôtel suffisait à peine à payer le loyer d'une petite chambre. Au début, elle avait tenté le strip-tease, comme Danielle l'y incitait, avant de découvrir qu'elle ne pouvait pas s'y résoudre. La proposition de devenir cuisinière au ranch lui parut une aubaine. Et elle admit volontiers que ses enfants lui manquaient beaucoup.

Le trajet de retour fut long, mais Hunter et Grant passèrent le temps à discuter de leurs projets pour piéger Delco pendant qu'il volait leurs chevaux, conformément à sa technique de pointe.

Le lendemain, à la première heure, les deux passèrent au bureau du shérif pour obtenir sa coopération : ils espéraient encore pouvoir surprendre Delco en flagrant délit et le faire arrêter.

Cependant, craignant que l'ex d'Izzie ait encore des connexions au ranch, ils établirent une surveillance vingt-quatre heures sur vingt-quatre. Seuls quelques rares initiés savaient ce qui se passait réellement : Hugh et Tim, en plus de Hunter et Grant, bien entendu. Hugh avait choisi de cacher la vérité à Izzie qui approchait de la fin de sa grossesse et se montrait facilement irritable.

Malgré une nouvelle chute de neige, ils déplacèrent un petit groupe de jeunes chevaux assez loin de la maison, dans une prairie où se trouvait un solide appentis. C'était l'endroit parfait pour se cacher avec un excellent panorama sur les chevaux. Un lieu aussi isolé et les poulains formaient un appât idéal : un voleur de chevaux, incapable de résister au gain potentiel, se sentirait en sécurité.

Maintenant, il ne restait plus qu'à attendre.

La semaine passa, avec de longues gardes mortellement ennuyeuses dans un froid glacial. Tout le monde devenait de plus en plus nerveux. Pour se couvrir vis-à-vis des autres employés du ranch qui les accompagnaient, les conspirateurs avaient répandu le mythe d'un cougar à l'affût. Cette version leur permettait d'emporter des fusils de chasse, au cas où Delco ne travaillerait pas seul. Les hommes restaient attentifs, chacun connaissant le danger que pouvait représenter un cougar affamé et acculé.

En général, Grant et Hunter prenaient les gardes de nuit, ce qui leur donnait un peu d'intimité et une excuse pour se blottir l'un contre l'autre, afin de rester au chaud. Maintenant que Christy était là pour prendre soin des enfants, ils pouvaient se permettre de quitter la maison. Ils pensaient également que la nuit était leur meilleure chance d'attraper Delco en flagrant délit.

Ils venaient de souhaiter par radio bonne nuit au shérif quand ils entendirent le bruit d'un camion. Entre l'air froid de la nuit et l'obscurité d'une nouvelle lune, les chevaux s'agitaient vite sous l'appentis. Hunter les calma pendant que Grant sortait discrètement la tête pour vérifier s'il apercevait un des intrus. Il lui fallut un certain temps, mais il finit par revenir vers Hunter en soufflant dans ses mains pour les réchauffer. Il souriait d'une oreille à l'autre.

— C'est bien lui, pas de doute. Et il n'est pas seul. Il y a un autre gars avec lui.

— Qui ? chuchota Hunter.

— Tu te souviens de Rory ? Ce vagabond que Hugh avait engagé juste avant moi et qui a disparu au bout de quelques semaines ? On dirait bien que c'est lui.

— Merde ! Delco avait manigancé ça avant même de rompre avec Izzie !

— Tes chevaux disparaissaient avant que Rory commence à travailler au ranch, pas vrai ?

Hunter hocha la tête en maudissant Delco.

— Quelle petite ordure ! cracha-t-il. Il faut que nous le coincions, bel étalon. Je veux envoyer en prison cet avorton de simili cowboy pour très longtemps.

Grant était plus pragmatique.

— Même si nous l'attrapons, il risque d'être libéré très vite, cowboy.

— Je sais, soupira Hunter. Alors, qu'est-ce qu'on fait ?

— Rappelle le shérif. Dis-lui de venir de toute urgence. Toi, tu restes ici. Moi, je vais les contourner et les surprendre par derrière.

— Non ! s'affola Hunter. Je m'en charge !

— Ce n'est vraiment pas le bon moment pour nous disputer, cowboy, chuchota Grant.

Il se pencha vers Hunter et déposa sur sa bouche un baiser rapide avant d'ajouter :

— Préviens ton copain shérif. Ils ont tes chevaux.

Le rancher céda, dans un hochement de tête.

— Très bien.

Grant prit l'un des fusils et se retourna, prêt à partir. Hunter le retint en tirant sur son manteau.

— Pour l'amour de Dieu, sois très prudent, d'accord ?

Grant hocha la tête.

— Oui. Toi aussi. Fais attention qu'ils ne te piègent pas ici.

Il ne s'attarda pas davantage, sachant très bien qu'il aurait préféré ne pas quitter le refuge, sauf pour retourner dans leur lit chaud. Malheureusement, il fallait régler cette affaire pour que Hunter cesse de s'inquiéter concernant son troupeau.

S'écartant de l'endroit où il avait vu les deux hommes quitter le camion, Grant contourna l'appentis et courut vers un bosquet d'arbres, espérant y trouver un abri suffisant pour se rapprocher des hommes au moment où ils tenteraient de revenir auprès des chevaux. Lorsqu'il s'accroupit dans les broussailles, il vit les deux voleurs jeter une lourde couverture sur le fil de fer barbelé, puis l'aplatir. Ensuite, Delco récupéra dans son camion un licol de fortune et quelques cordes avant d'inciter son complice à le suivre vers l'appentis. Grant les vit regarder autour d'eux, sans ralentir leur progression, pour vérifier que personne ne risquait de les repérer.

En attendant, il espérait bien que Hunter avait réussi à persuader le shérif de se déplacer au milieu de la nuit. Même si le rancher et lui avaient une tête de plus que Delco, il ne voulait pas penser à ce qui risquait d'arriver si les voleurs étaient armés et se sentaient acculés.

Grant se déplaça en même temps qu'eux, essayant à la fois de rester hors de leur champ de vision et de garder un œil sur eux. Ils jetèrent un dernier coup d'œil alentour, puis se glissèrent tout à coup dans l'appentis.

Il sentit son cœur s'arrêter. Et s'ils avaient repéré Hunter ? Son cowboy n'avait aucun moyen de s'échapper ! Il resta en arrière, priant pour que Hunter puisse se cacher au milieu de la vingtaine de jeunes chevaux entassés sous l'abri.

Brusquement, il entendit des cris… Les chevaux partirent au galop, aucun homme ne les suivit. Grant se redressa, sans savoir quoi faire. Devait-il abandonner son poste et courir jusqu'à l'appentis ou au contraire attendre en espérant voir les deux voleurs émerger sans Hunter ?

XXXVIII

HUNTER SAVAIT que ce serait juste une question de temps. Le shérif n'allait pas tarder et Grant surveillait ses arrières. Cela dit, il restait coincé. Delco et son complice devraient pénétrer dans l'appentis pour faire sortir les chevaux, et s'ils le repéraient, la situation risquait de déraper. Il espérait que Grant était juste derrière eux.

Il prit quelques profondes respirations, en essayant de calmer sa nervosité. Il devait garder les idées claires. Il s'agissait non seulement de sa peau, mais Grant était lui aussi en danger. De plus, Hunter voulait protéger ses chevaux. Il ne pouvait les condamner en agissant de façon irrationnelle parce qu'il avait peur. Non, il devait rester caché, à l'abri, tant que cela lui était possible.

Grant et lui avaient longuement discuté du meilleur moyen d'attraper Delco en flagrant délit. Il fallait que sa culpabilité soit indéniable. Par exemple, si la bête portait déjà une bride étrangère, ce serait la preuve que Delco cherchait à l'emmener.

Donc, Hunter s'écarta dans un coin sombre où il se dissimula, rassuré par la proximité des chevaux. Il lui fallait attendre son heure. Combien de temps au juste ? Il tenta de percevoir des pas, mais en vain. Pourtant, lorsque Grant s'était éloigné, il avait clairement entendu craquer la neige fraîche sous ses bottes. Actuellement, il n'y avait plus aucun son.

Tout à coup, les chevaux devant la porte de l'appentis s'agitèrent avant de s'enfuir, suivis de près par l'ensemble du troupeau. Le froid extérieur pénétra dans l'abri, Hunter frissonna malgré la décharge d'adrénaline qui se répandait dans ses veines. Il vit un homme courir en agitant frénétiquement les bras et tenta de se fondre dans la mince paroi de bois derrière lui, tout en sachant que c'était impossible. Il ne recommença à respirer qu'en voyant l'homme poursuivre les chevaux, sans paraître remarquer sa présence.

Il haletait sous l'effort de lutter contre son instinct de se précipiter, lui aussi, à l'extérieur. Il devait donner à Delco le temps de rassembler quelques-uns des jeunes et de poser un licol sur un premier poulain pour l'emmener jusqu'à sa remorque. Combien de temps cela lui prendrait-il ? Une minute ? Cinq ? Grant trouverait sûrement un moyen de lui donner un signal, non ? Bon sang ! Il souhaita tout à coup avoir passé les précédentes nuits de garde dans l'appentis à planifier chacun de leurs mouvements au lieu de chercher les plus agréables moyens de se tenir chaud. Ils n'auraient qu'une seule chance de réussir cette opération.

Brusquement, un coup de feu retentit dans la nuit glaciale. Sans plus hésiter, Hunter se rua dehors, si vite que la tête lui tourna. Presque automatiquement, il arma son fusil et le pointa devant lui, à la recherche d'un mouvement suspect, mais c'était le chaos. Les chevaux galopaient en rond dans le petit corral, incapables de trouver une sortie, et trois hommes essayaient de faire la même chose.

Grant cria aux deux autres de ne plus bouger, tout à coup, l'un des voleurs s'effondra. Il faisait trop sombre pour que Hunter sache s'il était ou non blessé, il fit cependant une prière rapide pour qu'il ne soit pas mort. Par chance, il ne s'agissait pas de Grant, qui hurlait toujours le nom de Delco. Un autre coup retentit, affolant encore plus les chevaux. Cette fois, il venait de l'autre côté de la prairie. Tout le monde se figea. Même Delco cessa de s'agiter. Du coin de l'œil, Hunter vit Grant se jeter sur l'avorton, le maîtriser, et s'asseoir dessus, à même le sol. Il réussit à bouger et fit quelques pas pour approcher avec prudence, son fusil à la main, du premier homme à terre.

— Bravo, les gars, vous avez apparemment la situation bien en main, déclara le shérif du comté, avec son calme légendaire.

Il se dirigea vers Grant et son prisonnier.

— Encore vous, Delco ? Ne vous avais-je pas ordonné de dégager de mon comté ? Cette fois, je vous embarque, espèce de voyou.

Grant se redressa, libérant Delco que le shérif empoigna par sa veste.

— Votre compte est bon, continua-t-il. Vous avez été pris en flagrant délit. Et vous n'avez même pas changé votre MO, c'est-à-dire que vous serez également accusé des autres vols commis sur ce ranch. Si vous aviez tenté d'autres méfaits sur d'autres ranchs, cela aurait pu vous aider, mais là, vous écoperez en prime d'une accusation de harcèlement. Vous avez ciblé les Krause par vengeance, c'est ça ?

— Ce n'est pas vrai ! cria Delco. Il y a un autre ranch !

— Vous croyez ? insista le shérif, sceptique. Lequel ?

— Le ranch de l'Espoir, cracha Delco.

— Je n'ai reçu aucune plainte.

— Ils ont tellement de chevaux qu'ils n'ont même pas remarqué qu'il leur en manquait !

Le shérif secoua la tête, écœuré, avant de se tourner vers Hunter.

— Je vais les ramener en prison. J'aurai besoin de votre déclaration, mais cela peut attendre demain, ce qui nous permettra de dormir un peu.

Grant s'était approché de Rory, toujours étendu sur le ventre dans la neige. Il l'aida à se lever. L'homme ne lutta pas et se laissa conduire jusqu'à la voiture du shérif.

LE LENDEMAIN matin, le shérif revint au ranch pour prendre en photo le camion de Delco et sa couverture ayant écrasé les barbelés. Il recueillit également les témoignages de Hunter et de Grant devant une tasse de café, dans la grande maison.

Izzie croisa le trio dans le couloir, Hunter et Grant raccompagnant le shérif à la porte. Elle commençait à marcher avec difficulté. On aurait vraiment cru qu'elle portait des jumeaux.

— Pourquoi est-il venu ? demanda Izzie, dès la porte refermée.

— Viens par ici, je vais t'expliquer.

Hunter passa le bras autour des épaules de sa sœur et l'accompagna au salon. Il l'aida à s'installer sur le canapé, lui apporta un coussin pour son dos, et plaça une tasse de thé à côté d'elle. Malheureusement, elle s'énervait de plus en plus.

— Cela ne concerne pas Hugh, j'espère ? Ne me dis pas que Lisa cherche à nous créer des ennuis ? Je ne pourrais pas le supporter. Elle avait promis de signer les papiers du divorce avant la naissance du bébé !

Hunter lui caressa la cuisse.

— Du calme, sœurette. Il ne s'agit pas de toi. Nous avons arrêté notre voleur de chevaux.

— Vraiment ?

La nouvelle parut la rasséréner.

— Oui, et c'est quelqu'un que nous connaissons bien.

— Qui c'est ? Un employé du ranch ?

— Eh bien, Rory, son complice, a effectivement travaillé chez nous, mais ce n'est pas lui qui a mis au point cette opération.

— Allez, les gars, ce n'est pas le jeu de la vérité, s'impatienta Izzie. Qui est-ce ?

— C'est Delco, Izzie, répondit calmement Hunter.

— Del… ? Le salaud !

Dans un mouvement rapide, elle bondit sur ses pieds et serra les poings.

— Non, mais quel enfoiré ! Comment a-t-il osé nous faire ça ? Je n'aurais jamais cru qu'il en avait les couilles.

Hunter chercha à la ramener sur le canapé, mais elle refusa de s'asseoir.

— Du calme, sœurette. Delco et Rory sont actuellement en prison. Le shérif cherche à retrouver leur acheteur pour l'accuser de complicité et de recel. Apparemment, Delco nous avait choisis comme cible privilégiée, mais s'il n'a pas menti par vantardise, il a également volé des chevaux au ranch de l'Espoir. Ils n'ont jamais porté plainte.

Hugh fit éruption au salon et se précipita vers Izzie.

— Tu n'as rien, chérie ? Je t'ai entendu crier. Tu vas bien ?

Elle le repoussa d'une tape.

— Oui, très bien. Je suis juste furieuse contre cette ordure de Delco. Quel dommage que je l'aie rencontré ! Je n'arrive pas à croire que je l'avais accepté dans ma vie.

Elle sembla se calmer lorsque Hugh la prit dans ses bras.

— Je suis tellement heureuse de t'avoir, chuchota-t-elle.

Grant avait du mal à retenir son fou rire devant le maelström émotionnel de la pauvre Izzie. Quant à Hunter, il était heureux que sa sœur pleure, pour changer, sur l'épaule d'Hugh et non la sienne. Mais alors, Grant s'assit près de lui et posa la main sur son genou. Hunter réalisa le bonheur d'avoir son homme ses côtés pour traverser aussi les moments difficiles. Le problème de la disparition des chevaux était enfin réglé, le coupable découvert. Tant mieux qu'il ne s'agisse pas d'un cougar ! Hunter détestait devoir les abattre, mais pour protéger son ranch, il aurait dû s'y résoudre.

Avec un bâillement, il s'appuya contre Grant. Ensemble, les deux hommes regardèrent Hugh réconforter Izzie.

— Hé, ne t'endors pas, murmura Grant.

— Je n'ai pas beaucoup dormi la nuit dernière, entre notre guet et l'arrestation des voleurs…

Il parlait avec un lourd accent du Far West, Grant se mit à rire.

— Et une fois au lit, tu étais très excité par toutes ces aventures.

Le rancher hocha la tête. La veille, de retour dans leur chambre, il n'avait pas été capable de trouver le sommeil, aussi Grant avait-il fini par déclarer que le sexe était une excellente façon de se détendre. Très vite, Hunter s'était retrouvé à genoux, le visage enfoui dans l'oreiller parce qu'il ne pouvait pas s'empêcher de gémir son plaisir.

— Il faut vraiment que nous déménagions, déclara-t-il, à mi-voix.

— Pourquoi ne pas aller chercher du bois et jalonner le périmètre ? Tu as déjà tes plans, non ?

— Il y a plusieurs centimètres de neige, répondit le rancher, statuant l'évidence.

— Peu importe, ça nous donnerait de quoi espérer.

Hunter dut admettre que la proposition le tentait. Maintenant que ses chevaux ne risquaient plus rien, il avait le temps de faire des projets, et sa future maison devenait sa priorité.

— Je vais devoir commander du bois si nous voulons commencer à bâtir dès la fonte des neiges.

— Nous aurons aussi besoin de main d'œuvre. Nous ne pouvons pas tout accomplir seuls, cowboy.

Hunter hocha la tête.

— Ouais, je sais, mais Flynn et Gabe ont déjà proposé de nous aider. Nous aurons également Tim et Hugh. À mon avis, Hugh sera enchanté d'avoir une excuse pour quitter la maison au lieu de jouer à l'aide-soignant d'Izzie.

Grant rit.

— Elle commence à ressembler à une baleine échouée.

— Ouais, c'est probablement comme ça qu'elle se sent aussi.

Son amant dut remarquer son changement de ton.

— Tu penses à Miranda ?

Hunter haussa les épaules. Il détestait l'admettre devant Grant, mais, c'était à elle qu'il pensait, effectivement, parce qu'il se sentait coupable de ne pas davantage s'occuper d'elle.

— Elle va avoir mon bébé, Grant. Et elle n'a personne sur qui s'appuyer.

D'un hochement de tête, il désigna Izzie, qui s'était finalement assise sur le canapé, près de Hugh.

— Dans ce cas, tu devrais aller la voir, déclara Grant, sans hésitation.

Hunter se redressa pour scruter son visage, il comprit très vite que son amant ne plaisantait pas.

— Je suis sérieux, cowboy, insista Grant. Je ne veux pas te voir tout morose et irascible. Vas-y, va lui parler. Mieux tu t'entendras avec elle, mieux ce sera pour l'enfant. Sauf si tu préfères ne pas faire partie de la vie de ton gosse.

Hunter s'empressa de répondre.

— Oh si, j'y tiens. J'y tiens plus que tout. J'aimerais tant que nous puissions l'élever ici, au ranch, avec les tiens. Une grande et heureuse famille. Miranda ne veut même pas me parler au téléphone.

À la surprise de Hunter, Grant se leva et sortit dans le couloir. Il revint peu après avec leurs manteaux.

— Allons-y.

— Où… ?

— Je t'emmène en ville voir Miranda.

— Grant, je ne pense pas…

— Tais-toi, cowboy. Si la montagne ne vient pas à Mahomet, Mahomet doit aller à la montagne. Ou quelque chose comme ça.

Hunter ne protesta pas davantage. Par contre, il devint extrêmement nerveux. Serait-il capable de le faire ? Toujours assis, il leva les yeux vers Grant qui lui indiqua d'un geste péremptoire de mettre son manteau.

— Je préférerais aller jalonner la maison, tenta Hunter, mi-figue, mi-raisin.

En voyant Grant lever les yeux au ciel et secouer la tête, il décida de céder. Grant avait raison : il ne pouvait pas éternellement retarder cette rencontre.

Durant tout le trajet, Hunter fut heureux que Grant ait pris le volant, parce qu'il avait du mal à aligner deux pensées cohérentes, alors ne parlons même pas d'aller de A à B sans accident.

Il eut le cœur serré en voyant la maison de Miranda. Les rideaux étaient tirés et la boîte aux lettres archipleine.

Grant poussa un juron et le regarda avec compassion.

— Merde ! Elle est partie !

En même temps, les deux hommes venaient de comprendre pourquoi Miranda ne répondait pas au téléphone : elle n'était pas chez elle, et ce depuis longtemps.

— Sa mère vit à l'autre bout de la ville, se souvint Hunter.

Il lui semblait que Miranda l'avait un jour mentionné.

IL LEUR fallut deux heures et beaucoup de questions aux passants avant de trouver la maison où vivait la mère de Miranda. À peine descendus de leur camion, ils furent reçus par une femme au visage renfrogné.

— Vous êtes Hunter ? demanda-t-elle.

Le rancher hocha la tête.

— Oui.

— Elle ne veut pas vous voir.

Hunter en resta muet. Ce fut Grant qui s'enquit :

— Est-ce qu'elle va bien ?

— Aussi bien que possible avec c'qui arrive, je suppose.

— Qu'est-il arrivé ?

— Vous êtes qui, vous ?

— Grant, un… ami de Hunter.

La femme ne lui répondit pas. Elle se tourna vers Hunter :

— Vous pouvez entrer.

Puis elle jeta à Grant :

— Vous, restez ici.

Avant de pénétrer dans la maison, Hunter lui jeta un regard qui réclamait son aide. En retour, Grant n'osa qu'un clin d'œil complice.

XXXIX

L'ATTENTE DEVANT la maison parut à Grant sans fin. Il arpenta le trottoir près du camion, puis remonta dans l'habitacle et tapota nerveusement sur le tableau de bord avant de ressortir. Il resta figé à fixer la porte où le rancher avait disparu. Bon sang ! Il aurait voulu se trouver aux côtés de Hunter, son amant. Il détestait le fait qu'il ne serait jamais reconnu comme étant son partenaire. Il resterait un ami, rien de plus.

Frustré, il envoya un coup de pied dans le pneu avant du camion au moment où Hunter émergea enfin. Grant ne put déchiffrer son expression, le rancher paraissait excité, mais contrarié. Ce qui n'était pas bon signe.

Une fois les deux hommes remontés dans le camion, Grant demanda :

— Alors ?

— Démarre.

— Non. Pas avant que tu me racontes ce qui s'est passé.

Il se sentait de plus en plus mal à l'aise.

— Tu pourrais m'emmener à l'hôpital de la Miséricorde, s'il te plaît ?

Cette fois, Grant mit en marche le moteur.

— Ce n'est pas la porte à côté, remarqua-t-il.

— Vas-y, Grant.

Ce dernier quitta donc le quartier, en direction de l'autoroute. Au dernier feu rouge avant la bretelle d'accès, Hunter se décida enfin à parler.

— Je suis père. J'ai un fils.

Grant sourit et regarda son amant.

— Mes félicitations, cowboy. Mais il y a un problème, pas vrai ?

Avant que Hunter puisse lui répondre, des coups de klaxon retentirent derrière eux.

— C'est bon, j'y vais, grogna Grant.

Il accéléra, dépassa le feu, et avant d'emprunter l'autoroute, il trouva un endroit où se garer. Puis il se tourna vers Hunter.

— Je veux savoir ce qui se passe avant de continuer. Si tu as d'autres surprises à m'annoncer, je ne serai pas responsable des conséquences.

Hunter lui prit la main et la serra sur la banquette, entre eux.

— Miranda était dans la maison, chez sa mère. Elle m'a dit qu'elle ne voulait pas de cet enfant.

Grant en resta bouche bée.

— Elle ne veut pas de son fils ?

— Elle refuse de s'occuper d'un bébé malade. Grant, il faut que tu m'emmènes à l'hôpital, il faut que je le voie !

— Qu'est-ce qu'il a au juste ?

— Grant ! hurla Hunter.

— D'accord, d'accord.

Il démarra et se mêla au flot des voitures. Il allait avoir besoin de toute sa concentration pour conduire sans risques, mais il tenait absolument à savoir ce que Miranda avait dit à Hunter. Que signifiait 'un bébé malade' ? Il était né prématuré, certes. Était-il en danger ? S'agissait-il d'une maladie grave ?

Hunter resta silencieux durant tout le trajet jusqu'à l'hôpital, et même pendant qu'ils se garaient au parking. Grant craignait le pire. Pourtant, le rancher semblait savoir quoi faire. Il avait le nom du médecin à réclamer, ils furent dirigés vers le service pédiatrie des soins intensifs.

— M. Krause ? Mlle Bocanovic m'avait informé que vous *finiriez* par venir.

Grant aurait voulu défendre Hunter contre le dédain de cette femme, mais il préféra se mordre la langue. Hunter était assez grand pour se débrouiller seul. Il se montra étonnamment calme.

— Je viens d'apprendre que j'avais un fils. Je tiens à le voir.

Cela sembla adoucir le médecin.

— Très bien. Mlle Bocanovic vous a-t-elle prévenu du problème ?

— Elle m'a parlé d'une anomalie en m'informant que l'enfant aurait besoin d'une opération chirurgicale ?

Le médecin hocha la tête.

— Elle a signé son acceptation pour les opérations nécessaires, mais elle n'a laissé aucun fonds.

— Il y en aura plusieurs ?

Doucement, Grant posa la main au creux de son dos, il espérait le soutenir sans que cela se voie trop. Hunter ne réagit pas à son contact.

— Votre fils souffre de *spina-bifida*[5].

Le médecin parlait d'un ton professionnel et détaché.

— Qu'est-ce que cela veut dire ? demanda Hunter.

— Qu'il a une malformation congénitale au bas de la colonne vertébrale, une fissure. Nous devons l'opérer pour la fermer et réduire les dommages. En plus de cela, il nous faudra lui poser un drain au cerveau pour un excès de liquide.

Grant réalisa que l'explication n'avait fait qu'inquiéter davantage Hunter. Il se sentit tenu d'intervenir :

---

[5] Locution latine signifiant 'épine fendue en deux'.

— Concrètement, qu'est-ce que cela signifie pour le bébé ? Va-t-il rester handicapé ?

— Très probablement, répondit le docteur, toujours aussi calme. Il est difficile de prévoir l'importance du handicap, mais la plupart des enfants atteints de *spina-bifida* ont des difficultés à marcher et à contrôler leur vessie et /ou leurs intestins. Il y a également certains ralentissements du développement.

Sans leur donner la possibilité de poser d'autres questions, elle enchaîna rapidement :

— Je vais voir si l'enfant est assez stable pour que vous puissiez lui rendre visite, M. Krause.

— Nous aimerions le voir tous les deux, rétorqua Hunter.

Grant tenta de cacher sa surprise. Le médecin le regarda et hocha la tête. Manifestement, la situation ne l'enthousiasmait guère, mais elle ne vit aucune raison de refuser. Après son départ, Hunter et Grant restèrent seuls dans la salle d'attente.

Le rancher se tourna dans les bras de Grant, qui le serra étroitement.

— Tout finira par s'arranger, cowboy, dit-il, à mi-voix. Tu verras.

En général, Grant détestait les mots vides et les fausses promesses impossibles à tenir, mais ce soir, il voulait désespérément consoler son amant.

— Je sais, répondit Hunter.

Il s'écarta et se passa la main sur le visage. Grant savait que la tension de son expression ne disparaîtrait pas avant très longtemps. Il remercia sa bonne étoile d'avoir eu des enfants en parfaite santé, mais il comprenait parfaitement l'inquiétude paternelle de Hunter. Après tout, lui-même avait passé des années à se cacher pour apercevoir furtivement ses enfants. Ce souvenir n'était encore que trop frais dans sa mémoire.

Une infirmière apparut à l'embrasure de la porte. Contrairement au médecin, elle avait un sourire chaleureux lorsqu'elle leur demanda de la suivre. Elle les fit se laver les mains avec un produit antiseptique et enfiler sur leurs vêtements des blouses stériles avant de les conduire devant un incubateur. À l'intérieur, il y avait un minuscule bébé qui portait sur la tête un casque bien trop grand pour lui. Tout son petit corps était planté de tuyaux minuscules.

— Il est né avec un mois d'avance, chuchota l'infirmière, d'une voix inquiète. C'est pour ça qu'il est tout petit, mais il réagit étonnamment bien. Vous pouvez mettre la main dans cette poche en plastique et le toucher. Il apprécie beaucoup le contact. Ne vous inquiétez pas trop de ces *bip-bip*. Nous le surveillons, c'est tout. Si vous avez besoin de moi, je suis à votre disposition.

Elle quitta la pièce pour leur laisser un moment d'intimité. Ensemble, les deux hommes regardèrent le nouveau-né.

Au bout d'un moment, Grant suggéra :

— Assieds-toi. Et fais ce qu'elle a dit, mets la main dans l'incubateur pour toucher ton fils.

Avec une certaine appréhension, Hunter s'assit et suivit la suggestion de Grant. Celui-ci lui posa la main sur l'épaule. Peu à peu, le rancher commença à se détendre.

— Il est si petit !

Grant lui serra l'épaule.

— Ils le sont tous à la naissance. Il va grandir. Tu verras à peine le temps passer et déjà, tu devras lui apprendre à monter à cheval.

— Je n'en suis pas sûr, chuchota Hunter. Tu as entendu le médecin ? Peut-être qu'il ne pourra même pas marcher.

En regardant autour de lui, Grant repéra un tabouret. Il l'attira plus près de l'incubateur pour s'asseoir à côté de Hunter.

— Nous gérerons le problème quand il arrivera – *s'il arrive*, d'accord ? Nous trouverons la meilleure solution.

— Je n'arrive pas à croire que Miranda refuse de le voir !

Hunter caressait doucement les doigts du bébé, qui se mit à bâiller, l'air plutôt satisfait.

— Elle doit sans doute se sentir coupable, suggéra Grant.

— C'est sa mère, cracha Hunter, en colère. Il a besoin d'elle.

Grant chercha à détourner son attention.

— Je pense que tu devrais lui donner un nom.

— Qui te dit qu'il n'en a pas déjà un ?

Avec un haussement d'épaules, Grant désigna une petite carte collée à l'incubateur. À côté d'une représentation d'ours en peluche, il y avait les mots '*Bébé Bocanovic*' suivis du signe ♂ indiquant qu'il s'agissait d'un garçon.

— Est-ce que Miranda t'a parlé d'un nom ? insista-t-il.

Hunter secoua la tête sans répondre.

— Alors, je suppose que tu peux le choisir.

Le rancher resta silencieux pendant un long moment. Ensuite, il prit soudain une profonde inspiration.

— Tu crois qu'elle accepterait que je donne à mon fils le nom de mon père ?

Grant lui répondit par un grand sourire.

— Je ne vois pas pourquoi elle s'y opposerait. Je pense que ton père en aurait été très heureux.

— Ce bébé n'est pas son premier petit-fils. Il y a déjà Danny.

Grant hocha la tête et lui caressa doucement la nuque.

— Oui, mais celui-ci est le fils de son fils, le premier qui porte son nom. Même si ton père avait été très fier de Danny, il le serait encore plus de Matthew parce que c'est un Krause.

— Matthew Krause. Cela me plaît beaucoup.

Après deux opérations et un temps de récupération, les deux hommes purent un beau jour de printemps récupérer Matthew et lui faire quitter l'hôpital. Ils firent un détour pour se rendre chez la mère de Miranda, la jeune femme ayant fini par accepter de voir son fils. Elle refusa cependant de le tenir dans ses bras.

Hunter et Grant étaient fiers et heureux de ramener au ranch le bébé dûment emmitouflé qui dormait, très satisfait de son sort, dans le berceau-auto flambant neuf.

À son arrivée, Hunter présenta Matthew à sa grand-mère, ses tantes et son cousin, et puis il l'emmena en promenade. Grant les regarda traverser la terrasse, derrière la maison et ne put résister à l'envie de les suivre. Sous un grand chêne, se trouvait une petite parcelle dédiée au cimetière familial. Grant savait que le père de Hunter y était enterré, parmi les autres membres de la famille dont il ignorait tout. Il sourit en réalisant l'objectif de Hunter et resta à distance, pour lui laisser un peu d'intimité.

Cependant, il entendit sa voix.

— Hé, papa. Regarde un peu qui je viens te présenter. Je n'aurais jamais pensé avoir un petit Krause sur ce ranch, et pourtant le voici. Voilà Matthew. Il porte ton nom, j'espère que ça te plaît. Tu penses sans doute que c'est inutile, mais quand il m'a fallu choisir un nom pour mon fils, je n'ai pu en trouver de meilleur. Je suis tellement fier de lui, papa. C'est un vrai battant, je t'assure, tout comme tu l'étais. Et comme il sera probablement mon seul héritier, je ferais mieux de m'appliquer. Je ferai de mon mieux, papa, comme tu me l'as appris. Tu disais toujours qu'on ne peut pas demander plus à un homme.

Ensuite, il resta silencieux. Au bout d'un certain temps, Grant se rapprocha pour s'asseoir sur le banc, à côté de son amant.

— Ton père aurait été très fier de vous deux.

— Oh, je sais, dit Hunter avec un sourire absent. Je regrette qu'il ne soit pas là pour profiter de son petit-fils.

— Il a la plus belle vue qui soit.

D'un hochement de tête, il désignait les champs majestueux qui s'étendaient devant eux. De chaque côté, des arbres les bordaient ; à distance, les chevaux paissaient, mais le plus incroyable, c'était que la vue paraissait infinie.

— On voit la terre jusqu'au moment où elle rejoint le ciel, murmura Grant.

— Il n'y a pas de meilleur endroit au monde, décida Hunter.

XL

LES FEUILLES des arbres rougeoyaient déjà lorsque Hunter et Grant organisèrent leur pendaison de crémaillère. Malgré les changements de dernière minute concernant les plans originaux de leur maison – classique, en bois, et plus petite que la demeure principale où vivaient tous les autres membres de la tribu Krause – le résultat demeurait majestueux. La mère de Hunter habitait toujours dans l'autre maison avec Izzie, Hugh, leur petite fille, et Danny. Bernie séjournait parfois avec eux, du moins quand elle ne se trouvait pas à l'autre bout de l'État, pour participer à une compétition de saut. Christy avait également choisi de s'y installer, avec ses enfants. C'était plus facile pour elle, car elle travaillait dans la grande cuisine du ranch et les enfants voyaient Grant tous les jours. Christy surveillait également Matthew pendant que les hommes travaillaient, mais la nuit, le bébé retrouvait sa chambre dans la maison de son père.

Ils avaient ajouté une rampe d'accès à la véranda et la plupart des chambres étaient de plain-pied, au cas où Matthew en ait besoin plus tard. À part cela, la maison ressemblait à tous les autres ranchs du comté.

Maintenant qu'elle était enfin terminée, Hunter rayonnait de fierté.

Les premiers invités arrivèrent vers midi, chacun apportant un plat pour le buffet, et des chaises supplémentaires. Calley vint avec ses jumeaux, annonçant que Bill avait trop de travail pour pouvoir l'accompagner. Les deux bébés passèrent plus de temps sur les genoux de Flynn que dans leurs berceaux. Avec eux, Joy, la fille d'Izzie, et Matthew, la petite classe comptait quatre membres. Danny jouait avec les trois enfants de Christy. Quant à Beth, elle surveillait le groupe avec la fierté d'une grand-mère.

Tous ceux qui avaient aidé à la construction étaient présents en ce beau jour où le couple emménageait enfin. Hunter sentait l'amour rayonner dans leur petite assemblée. Il n'avait jamais imaginé que ceux qui comptaient le plus pour lui accepteraient aussi facilement l'homme de sa vie.

En particulier Gabe, son meilleur ami depuis des années. Il avait toujours été là pour Hunter qui, en retour, avait toujours veillé à l'aider quand il en avait besoin. Mais après avoir été amants, Grant et Gabe ne s'étaient pas quittés dans de bonnes conditions. Pendant très longtemps, Hunter avait craint de voir son amour pour Grant lui coûter une amitié.

Au contraire, Gabe et Grant avaient trouvé un terrain d'entente : ils s'étaient mutuellement pardonnés. Et Hunter trouvait chez Gabe la compréhension silencieuse qu'il avait toujours voulu. Gabe n'était pas homme à beaucoup s'exprimer, mais il avait aidé efficacement durant la construction de leur maison. Plusieurs fois, Hunter avait même vu Gabe et Grant rire ensemble, ce qui était bien plus que ce qu'il avait osé espérer.

Pendant la construction, Hunter s'était également mis à apprécier Flynn de plus en plus. C'était un homme habile et travailleur. Comme il ne souffrait pas du vertige, lui et Grant s'étaient souvent retrouvés ensemble sur le toit. Pour sa part, Hunter préférait rester au niveau du sol, le dos d'un cheval étant à peu près la seule hauteur où il se sentait à l'aise. Quant à Gabe, la seule séquelle qu'il lui restait de sa jambe blessée, c'était qu'il ne pouvait plus monter sur une échelle, aussi les deux amis s'occupaient du matériel dont les deux couvreurs avaient besoin.

À force de voir Flynn et Gabe ensemble en public, Hunter comprit qu'il était possible de montrer son amour pour l'homme de sa vie sans pour autant être indécent et embarrasser sa mère. Ce fut pour lui une autre grande étape. Sa mère s'était peu à peu accoutumée à Grant. Désormais, elle le traitait comme son autre gendre, Hugh. Elle attendait des deux hommes la même chose : travailler dur et traiter leur meilleure moitié de façon royale. Hunter n'aurait pas voulu qu'il en soit autrement.

La surprise du jour fut de voir Lisa revenir au ranch. Hunter avait passé plusieurs coups de fil pour savoir où était sa sœur et l'inviter à sa crémaillère, mais il n'avait pas reçu de confirmation, aussi son arrivée prit-elle tout le monde au dépourvu. Elle revint avec Jack, dans le vieux camion du musicien. Hunter s'était inquiété à l'idée que la vie itinérante dans le Tennessee avec un groupe de musique country ne corresponde pas aux rêves idéalisés de sa sœur. Pourtant, elle semblait heureuse.

Il y eut un moment délicat lorsqu'elle accosta Hugh, mais ensuite, ses retrouvailles avec Danny ne furent que câlins et baisers. Lisa exhibait fièrement son ventre rond. Rassuré, Hugh félicita d'un ton moqueur son frère d'avoir engrossé son ex-femme.

Tout le monde s'attarda jusqu'au coucher du soleil, puis il fut l'heure de mettre les enfants au lit.

Sans que Grant et Hunter l'aient prévu, leur première nuit dans leur nouveau foyer fut celle de la pendaison de crémaillère, à cause de quelques travaux de dernière minute. L'intérieur sentait le neuf, bien que la maison ait été aérée pour se débarrasser des relents de peinture. Et puis, il leur faudrait du temps pour établir une routine.

Pendant que Hunter se penchait sur le berceau de son fils endormi, Grant verrouilla la lourde porte d'entrée, se cloisonnant ainsi du monde extérieur. Le rancher le retrouva caressant les boiseries complexes qu'il avait commencé à sculpter la première nuit où ils avaient jalonné la maison, quand il y avait encore de la neige sur le sol.

— C'est de très loin la plus belle porte qui existe de ce côté des Rocheuses, plaisanta Hunter.

— Et toi, tu es le plus bel homme de ce côté des Rocheuses, répondit Grant.

Il se retourna pour le prendre dans ses bras.

— Est-ce que ça veut dire qu'il y a un homme plus beau de l'autre côté ?

Grant le frappa dans les côtes.

— Il y a beaucoup d'hommes plus beaux, mais je ne veux que celui-ci.

Hunter l'embrassa sur l'oreille.

— Je suis heureux d'entendre ça.

— Mattie dort ?

— Comme un agneau, répondit Hunter, avec un sourire.

Grant rit.

— Il tient de son père. Pour qu'il soit heureux, il faut bien le nourrir et le garder au chaud, ensuite, il s'endort sans même dire bonsoir.

Cette fois, ce fut Hunter qui frappa son amant dans les côtes, une tâche difficile parce que celui-ci le serrait de près.

— Nous avons travaillé dur. Je ne t'ai pas vu non plus rester très longtemps réveillé !

Grant retrouva son sérieux.

— Dis-moi, tu crois que tu peux rester éveillé assez longtemps pour baptiser cette maison ?

Hunter le plaqua contre la porte délicatement ouvragée et l'embrassa avec violence. Puis il s'écarta.

— Oui, à condition que ce soit en position horizontale.

Hunter avait déjà traversé le couloir pour aller dans la chambre de son fils, mais il n'était pas passé dans celle que Grant et lui partageraient désormais. Le matin même, les deux hommes avaient rapidement fait le lit, sachant qu'ils n'auraient probablement pas l'énergie de le faire plus tard, mais depuis, le rancher n'avait pas eu l'occasion d'y retourner.

Pour le moment, la pièce n'avait pas encore de rideaux. Une grande bannière se trouvait attachée à la tringle à rideaux. Il était écrit dessus :

Profitez bien du reste de votre vie ensemble.

En petites lettres, une autre phrase :

Nous, en tout cas, nous allons profiter du calme retrouvé.

Grant et Hunter parlèrent à peu près en même temps :

— C'est Christy, déclara le premier.

— Izzie ! protesta le second.

Il y avait une énorme corbeille de fruits posée au milieu du lit et des pétales de roses éparpillés tout autour. Hunter ricana.

— Je me demande s'il y a là-dedans un message caché ? Les fruits du péché ?

Grant éclata de rire, puis il s'interrompit brusquement et empoigna Hunter par derrière pour lui embrasser la nuque. Bouleversé par cette agression inattendue, le rancher renversa la tête pour mieux s'offrir et sentit son amant planter ses dents dans son cou.

— Merde, tu deviens vampire ?

Grant le serra plus fort.

— Non. Tu es le seul fruit dans lequel je veux croquer. Tu me sembles si savoureux que je veux te mordre.

Serrés l'un contre l'autre, ils se dirigèrent vers le lit. Une fois arrivés là, Hunter se retourna et s'assit, attirant Grant entre ses jambes.

— Je vais te montrer que tu es également savoureux.

Il leva les yeux sur lui en déboutonnant d'abord son jean, puis le sien. Grant suivait des yeux le moindre de ses gestes, avec un sourire de plus en plus heureux. Hunter sortit le sexe en érection qu'il prit dans sa bouche.

— Merde, je ne m'habituerai jamais à l'effet que tu as sur moi, grogna Grant d'une voix rauque.

De sa main libre, Hunter cherchait à le débarrasser de son pantalon, mais ce n'était pas facile, parce que Grant préférait les vêtements moulants.

— Laisse-moi me déshabiller, décida tout à coup Grant. Et fais pareil de ton côté.

À contrecœur, Hunter le lâcha pour se dévêtir, chacun contemplant avidement le spectacle de l'autre se dénudant. Le rancher posa par terre la corbeille de fruits, puis il ôta la couette du lit et fit voler une pluie de pétales autour d'eux.

Nus, ils s'allongèrent et s'étreignirent. Hunter regarda Grant, faisant courir ses doigts dans ses boucles sombres.

— Merde, Je t'aime.

Au début, ce dernier ne répondit pas. Puis il esquissa un sourire timide et chuchota :

— Tu sais si bien dire ces paroles, et moi, je ne sais pas comment réagir. Si je te réponds la même chose, 'Je t'aime', cela semble un écho, cela ne fait pas le même effet. Si je ne dis rien, tu risques de croire que je ne t'aime pas. Alors que tu sais bien la vérité. Tu sais que je n'ai jamais ressenti pour personne ce que je ressens pour toi.

— Sauf peut-être pour tes enfants ?

Tout d'un coup, il avait le cœur qui tambourinait et il ne savait même pas pourquoi. Au cours des dix-huit mois précédents, leur relation n'avait pas été facile, surtout parce que Grant et lui n'étaient pas très à l'aise avec les sujets vraiment importants, en particulier les émotions. Pourtant, tous deux avaient évolué, progressé. Et les voilà aujourd'hui, ensemble, couchés sur leur lit, dans leur propre maison. Tous ceux qui comptaient étaient au courant de leur relation. Ils se trouvaient nus, ce qui provoquait toujours des ébats torrides. Urgents, passionnés, brutaux et explosifs.

Alors, pourquoi Grant avait-il choisi ce moment particulier pour entamer une conversation sérieuse ?

— Ce que je ressens pour mes enfants est différent. Je suis responsable d'eux. Je dois m'assurer qu'ils soient bien élevés et heureux, qu'ils grandissent sans avoir à se soucier des dures réalités de la vie avant d'être capables de les assumer.

— Et moi, tu n'as pas envie de me voir heureux ? demanda Hunter.

À peine avait-il prononcé ces paroles qu'il les regretta : il les trouvait geignardes et... eh bien, franchement, c'était tout à fait le ton qu'avait Miranda quand elle se plaignait.

Grant lui sourit et secoua la tête.

— Voilà justement la différence. Tu n'as pas besoin de moi pour être heureux.

— Là, tu te trompes, répondit Hunter, très sérieusement. Avant de te connaître, j'étais un salaud exigeant et acariâtre.

Il se blottit dans les bras de Grant. Celui-ci le reprit :

— Même après mon arrivée, tu te montrais plutôt revêche.

— Grâce à toi, j'ai changé et j'en suis ravi. J'ignorais à quel point j'étais malheureux avant que tu me démontres que la vie pouvait être différente

Grant lui caressa doucement la mâchoire avant de lui faire renverser la tête pour mieux le regarder.

— C'est plutôt impressionnant, quand on y réfléchit, puisque je n'arrivais pas à admettre que je préférais les hommes.

Hunter bougea et roula sur Grant pour l'embrasser doucement. Il lui caressa les flancs, joua avec la douce toison de sa poitrine, aussi bouclée que ses cheveux. Les deux hommes étaient peau à peau, aucune épaisseur de tissu ne les séparait, c'était une sensation plus intime que sexuelle, même si Hunter était certain qu'ils finiraient par faire l'amour. Il avait un peu honte de tant apprécier cette découverte languide, du bout des doigts, de l'homme avec qui il couchait depuis plus d'un an. Il se souvint que Miranda se plaignait toujours de son attitude au lit : elle affirmait qu'il la baisait et s'en allait, sans une caresse ni un mot doux, mais il n'avait jamais compris exactement ce qu'elle lui reprochait. Jusqu'à aujourd'hui. Au cours des dix-huit derniers mois, il avait appris à dormir à côté de Grant, à savourer ce corps chaud et ferme dans son lit. Quand il se levait parfois après son amant, leurs petites caresses intimes du réveil lui manquaient. Il était même surpris d'éprouver encore un si fort désir pour cet homme avec lequel il passait l'essentiel de ces journées depuis si longtemps. Et il espérait bien que cela perdurerait pendant une longue période à venir.

Pendant qu'ils s'embrassaient langoureusement, la passion monta lentement entre eux. C'était comme s'ils venaient de réaliser qu'ils avaient désormais le temps – et l'espace – de profiter l'un de l'autre. Comme s'ils étaient arrivés ensemble à la conclusion que faire l'amour n'était pas un sprint, mais un marathon. Il ne s'agissait pas uniquement de jouir, mais également de partager, de recevoir et d'offrir le plaisir. Ce qui importait le plus, c'était la satisfaction de l'amant, avant la sienne. De plus, plaire à l'autre assurait automatiquement sa propre jouissance.

Plus d'une fois, Hunter surprit Grant qui le fixait, essayant de capter son regard. Ce qui commençait à le mettre mal à l'aise. D'abord, parce qu'il ne comprenait pas pourquoi tout était différent ce soir, ensuite parce qu'il commençait à craindre que Grant ne revienne sur sa décision, maintenant que leur relation était aussi exposée que possible.

Grant fini par le lâcher et se laissa tomber sur le dos avec un grognement frustré, ce qui ajouta à l'inquiétude de Hunter. Pourtant, il garda le silence, craignant d'ouvrir la boîte de Pandore. Il détourna seulement les yeux vers la fenêtre. La pleine lune brillait à travers la bannière toujours accrochée à la tringle des rideaux et y avait assez de luminosité pour voir clairement à l'intérieur de la chambre.

Grant se rassit sur le lit.

— Qu'est-ce que tu as ? demanda-t-il.

— Rien. Tout va bien.

Son amant ricana, sceptique.

— Oui, je vois ça.

— C'est juste que je...

Hunter soupira sans terminer sa phrase. Comment pouvait-il exposer ses insécurités ? Comment pouvait-il risquer que Grant les lui confirme ? Et s'il avouait avoir effectivement des doutes ? Et si les craintes de Hunter devenaient réalité ? Et si ce petit nuage rose sur lequel ils avaient vécu pendant la construction de la maison devenait tout à coup sombre et menaçant ? Et si Grant décidait de reprendre sa vie errante ?

— Si nous voulons que ça marche, nous deux, il faut que nous apprenions à communiquer, cowboy, déclara Grant à mi-voix.

Hunter n'osa pas le regarder. Depuis quand était-il devenu si peureux ? Il n'avait pas réfléchi à deux fois avant d'accepter la responsabilité de son fils et de le ramener avec lui, au ranch, quand Miranda l'avait repoussé. Et pourtant, aujourd'hui, il était terrorisé. Et de quoi ?

Il quitta le lit et se dirigea vers la fenêtre. Il écarta la bannière et s'assit sur le rebord de la fenêtre. De là, il avait une vue ouverte sur les arbres qui bordent les lointaines prairies de sa propriété. Au bout d'un moment, il sentit une main hésitante sur son épaule.

— Je t'en prie, parle-moi, cowboy. Ne te renferme pas sur toi-même, en me laissant à l'extérieur.

Hunter posa la main sur celle de Grant. Il déglutit et prit une profonde inspiration avant de se lancer :

— Je veux... j'ai besoin de savoir si tu comptes rester avec moi.

Grant prit quelques instants pour répondre. Hunter se rendit compte qu'il retenait son souffle.

— Tu crois vraiment que je viens de construire une maison de mes propres mains pour ensuite repartir ? À moins que tu le veuilles...

— Non ! s'écria violemment Hunter.

Se tournant vers lui, il l'attira dans ses bras. Il posa l'oreille contre sa poitrine et inhala son odeur familière, pendant que les poils de son torse lui chatouillaient la joue. Après quelques instants de silence, passés à serrer contre lui le corps solide, Hunter s'écarta pour mieux le regarder.

— J'espère de tout mon cœur que nous soyons ensemble, heureux, et pour toujours. Mais je sais que tu es une âme errante. Tu m'as toujours dit que tu ne pouvais jamais rester au même endroit pendant très longtemps avant de devenir impatient. J'espère que tu feras une exception. Grant, j'ai besoin de toi. Mais je suis plutôt traditionnel…

Grant sourit. Hunter aima le regard espiègle de ses yeux. Son amant se dégagea de son étreinte et tomba à genoux. Il se mit à rire en entendant ces articulations craquer. Il souriait toujours quand il prit ses mains dans les siennes.

— Alors qu'est-ce que ça signifie au juste ? Que tu veux faire de moi un honnête homme maintenant que tu m'as séduit ?

Hunter haussa les épaules.

— Je sais que nous ne pouvons pas légalement nous marier, mais j'aimerais un engagement.

— Et moi qui croyais que te construire une maison te prouverait le sérieux de mes intentions à ton égard, cowboy.

Hunter passa les doigts dans ses boucles serrées, tout en cherchant à évaluer si Grant plaisantait ou non. Bien sûr, il souriait, mais Hunter commençait à réaliser que son amant pensait réellement ce qu'il disait.

— Tu veux vraiment t'installer ici ? Avec moi ?

Grant hocha la tête. À nouveau, il avait un sourire taquin.

— De préférence avec toi, oui. Aucune de tes sœurs n'est tout à fait mon type et ta mère me semble un peu âgée, même si elle cuisine bien mieux que toi. J'ai essayé de me caser chez le voisin, mais ça n'a pas marché. En plus, il s'est trouvé maintenant un bel employé et je ne veux pas me battre avec lui pour Gabe.

Hunter lui frappa l'épaule avec son poing.

— Arrête, idiot !

Grant retrouva son sérieux.

— Je parle sérieusement, cowboy. J'aime travailler ici, mais ton ranch n'est pas le seul qui existe dans le coin. Si je reste, c'est parce que j'apprécie le propriétaire. Si je ne me trompe pas, je crois que je lui plais aussi.

— Enfoiré ! grogna Hunter.

Il prit le visage de Grant dans sa paume pour l'embrasser. Quand les deux hommes se séparèrent, ils étaient très échauffés. Grant posa ses deux mains sur les cuisses de Hunter pour se redresser.

— Ce plancher est sacrément dur.

— Hé, c'est toi qui l'as bâti !

Grant tendit la main pour l'aider à quitter la fenêtre. Puis il se remit à l'embrasser.

— Maintenant, au lit, dit-il ensuite, parce que Mattie se réveillera dans quelques heures.

Hunter regarda son amant s'étendre sur leur lit flambant neuf, mais il ne le rejoignit par instantanément. Il se dirigea d'abord vers la salle de bain, dont il revint quelques instants plus tard pour se mettre à genoux près du lit.

Grant lui jeta un coup d'œil inquiet.

— Donne-moi ta main.

Grant lui tendit sa main droite, sans trop comprendre. Hunter glissa à son annulaire une chevalière en or, manifestement déjà portée. La taille était parfaite.

— Qu'est-ce que c'est ?

— Cette bague appartenait mon père, répondit Hunter. Quand j'étais petit, je montais souvent sur ses genoux pour jouer avec. Un jour, je lui ai demandé pourquoi il la portait toujours, parce que je n'avais jamais vu d'autres hommes le faire. Il m'a dit que cela plaisait à ma mère, donc, que c'était important. Que cela montrait au monde entier qu'il lui appartenait. Il ne l'a jamais enlevée, pas même pour se laver les mains ou pour travailler. Après sa mort, nous avons eu du mal à la retirer de son doigt. Ensuite, ma mère me l'a donnée.

— Hunter, je ne pense pas qu'elle envisageait que tu la donnes. Je pense qu'elle voulait que tu la portes, toi.

Hunter secoua la tête.

— Non. C'est à moi, j'en fais ce que je veux. Je voudrais que tu la portes.

— Pour montrer au monde que je t'appartiens ?

Le rancher pencha la tête.

— Eh bien, pas comme si tu étais un esclave, c'est plutôt… Je suis fier de ce que nous partageons, je suis fier de nous. Si tu veux, je m'en ferai faire une, comme ça, nous nous appartiendrons mutuellement.

Grant caressa la chevalière du doigt.

— La taille parfaite.

Hunter hocha la tête.

— Oui. Tu as les mêmes mains que mon père. C'est un des premiers détails que j'ai remarqué chez toi. J'adore tes mains. Elles sont grandes et fortes, mais aussi élégantes.

Grant le saisit par la main pour le rapprocher du lit.

— Viens vite te recoucher, tu deviens trop émotif.

Hunter se glissa sous les couvertures à ses côtés.

— Merde, tu es glacé, cowboy.

Blottis l'un contre l'autre, ils recommencèrent à s'embrasser. Hunter était beaucoup plus calme à présent, après cette petite conversation. Grant avait l'intention de rester. Et lui avait réalisé son rêve : il avait donné à Grant sa chevalière. C'était presque comme s'ils étaient mariés, selon lui. Et maintenant qu'ils avaient emménagé ensemble, dans leur propre maison, une nouvelle vie allait commencer pour eux.

LE LENDEMAIN matin, après le petit déjeuner, Grant entra dans la cuisine de la maison principale. Hunter le suivait de près, avec Matthew dans ses bras. Hugh assis à table avec sa belle-mère, prenait son petit déjeuner, sa fille sur ses genoux. Izzie était aux fourneaux, occupée à faire frire des œufs.

Grant se dirigea vers le comptoir avec l'intention de leur servir deux tasses de café. Izzie lui jeta un coup d'œil.

— Tu portes la chevalière de papa ! s'exclama-t-elle.

Hunter remarqua que sa mère cessait de manger, mais il ne sut déchiffrer son expression.

— C'est Hunter qui me l'a donnée la nuit dernière, répondit Grant, à mi-voix.

Izzie lui sourit.

— Elle te va très bien. Je suis heureuse qu'elle soit à nouveau portée.

Hunter aurait voulu obtenir de sa mère une réaction, n'importe laquelle, mais elle se remit à manger sans accorder un regard, ni à lui ni à Grant. Par contre, Hugh lui adressa un sourire encourageant, même s'il avait bien remarqué la tension.

Pour tenter d'alléger l'ambiance, il demanda :

— Alors, tu comptes organiser une fête pour ton mariage, Hunter ?

— Vraiment ? Comme ce que tu as fait avec Izzie ? rétorqua Hunter. Juste un repas et un fût de bière ?

— Hé ! protesta sa sœur, toujours devant son fourneau. Je ressemblais à une baleine échouée. J'avais peur d'accoucher le jour du mariage.

Elle passa derrière Hunter et lui posa une main sur l'épaule pour déposer sur la table un plat d'œufs au bacon.

— Oublie Hugh, mon chou. Nous avons déjà fait la fête hier soir. D'ailleurs, si vous voulez un jour légaliser votre union, nous aurons alors une autre occasion à célébrer.

Matthew commençant à s'agiter, Hunter se leva pour l'amener au salon où se trouvaient deux berceaux. C'est là que les deux bébés dormaient pendant la journée. Il venait juste d'emmitoufler l'enfant dans sa couverture quand il entendit la porte s'ouvrir juste derrière lui.

— Tu as donné à Grant la bague de mariage de ton père.

Hunter se tourna vers elle.

— Oui.

— J'espère qu'il en prendra bien soin.

— J'en suis certain.

— J'espère qu'il prendra aussi soin de toi.

— J'en suis certain aussi. Nous prendrons tous soin les uns des autres, comme nous élèverons ensemble Mattie.

Contrarié du visage figé de sa mère, Hunter regretta qu'elle n'ait jamais été plus chaleureuse. Il se souvenait vaguement qu'elle était différente avant la mort son père. Elle n'avait jamais été du genre affectueux, mais elle souriait davantage au temps de sa jeunesse.

— Comme une vraie famille ?

Hunter hocha la tête, essayant de ne pas montrer la colère qu'il ressentait devant cette déclaration.

— Nous *sommes* une vraie famille, mère. Ce n'est pas parce que je ne suis pas marié avec une femme que nous sommes incapables d'élever Mattie ensemble. Tu aurais vraiment préféré que j'épouse Miranda ? Au moins, j'ai désormais un partenaire qui m'aime qui m'aide à m'occuper de mon garçon. *Elle* a refusé d'accepter notre fils !

— Elle a tenté de reprendre contact, mais je lui ai dit de ne pas venir ici.

Hunter n'en crut pas ses oreilles.

— Tu as parlé à Miranda ?

— Cette femme a abandonné mon petit-fils. Elle ne mérite pas d'être sa mère.

Hunter oublia Beth et son regard dédaigneux, il se tourna vers Matthew, qui s'agitait toujours dans son berceau. Il n'avait pas du tout aimé que Miranda se détourne ainsi de leur fils malade, le jour de sa naissance, mais il ne voulait pas avoir plus tard à expliquer à Mattie qu'il n'avait pas tenté, par tous les moyens, de lui garantir une relation avec sa mère.

Hunter enveloppa son fils dans une couverture et le prit dans ses bras, il quitta le salon pour retourner dans la cuisine.

— Grant, tu peux nous conduire chez la mère de Miranda ?

Ce dernier tourna vers lui un regard interrogateur. De plus, Hunter avait bien remarqué la stupéfaction de Hugh et Izzie en entendant sa requête. Pourtant, Grant ne lui posa aucune question. Il prit les clés du camion sur le comptoir de la cuisine et ouvrit la voie.

Ils étaient en route vers la ville quand il se décida enfin à demander :

— Alors, qu'est-ce qui se passe ?

— Apparemment, ma mère a refusé à Miranda l'accès à la maison.

— Miranda voulait voir Mattie ?

Grant tourna la tête pour regarder Hunter.

— Regarde la route ! dit sévèrement Hunter.

Il soupira et reprit :

— Je méprise profondément Miranda, surtout après l'avoir vue abandonner Mattie à l'hôpital. Ce n'est pas pour elle que j'agis ainsi. C'est pour lui. C'est sans doute important de connaître sa mère. Je ne veux pas avoir à lui dire un jour qu'elle vit juste à côté, mais nous ne voulions pas qu'il sache. Si elle est prête à le rencontrer, il faudra que je trouve un moyen d'expliquer à mon fils pourquoi il est élevé par deux hommes et pas sa mère.

Grant arrêta le camion sur le bas-côté et coupa le moteur. Il posa la main sur la cuisse de Hunter.

— Et si elle veut le reprendre, cowboy ?

Hunter renversa la tête contre le siège du camion. Il serrait toujours son fils dans ses bras, il entendait le souffle régulier du bébé, son rythme cardiaque rapide. Il se souvint des innombrables nuits blanches à essayer de l'endormir et ses yeux s'emplirent de larmes. Quand il baissa la tête pour regarder le petit garçon, une larme tomba sur les cheveux duveteux. Hunter l'essuya aussitôt.

— C'est elle qui l'a porté, Grant, c'est elle qui me l'a donné. Sans elle, je n'aurais pas de fils. Je suis le tuteur légal de Mattie et j'ai bien l'intention de l'élever. Miranda n'a pas repris son travail depuis plus d'un an, elle vit avec sa mère. Elle n'a pas les moyens financiers de l'entretenir.

Grant pencha la tête.

— Je crains que les tribunaux n'en tiennent pas compte. Si Miranda réclame la garde de son fils, un juge peut très bien la lui accorder, tout simplement parce qu'elle est sa mère.

— Et moi, je suis son père. J'ai autant de droits qu'elle, sinon plus. C'est moi qui ai ramené le bébé à la maison lorsqu'il est sorti de l'hôpital. S'il n'avait compté que sur sa mère, il y serait toujours.

Grant hocha la tête et redémarra, pour se remettre en route. Pourtant, Hunter savait bien que Grant avait raison. Dans son cœur, il sentait nécessaire de donner à Matthew une chance d'apprendre à mieux connaître sa mère, mais il savait également qu'il courait un véritable risque. Miranda ne tarderait pas à réaliser que Mattie était un enfant facile et heureux, malgré son handicap, et que prendre soin de lui n'était pas aussi difficile qu'elle avait imaginé. Que faire si elle décidait vouloir davantage que quelques visites occasionnelles ? Hunter ne pouvait pas supporter l'idée de perdre son fils.

Le camion se gara et s'arrêta. Lorsque Grant plaça une main sur son genou, Hunter regarda son amant.

— Tu es sûr de toi ?

Hunter hocha la tête.

— Oui, mais reste avec moi, d'accord ? Je veux qu'elle nous voie tous les deux en même temps que Mattie.

Grant accepta à contrecœur.

Hunter reconnaissait que cette visite tombait totalement à l'improviste, aussi s'était-il préparé à un rejet. À sa grande surprise, ce fut Miranda qui leur ouvrit la porte. Elle paraissait encore plus petite que dans le souvenir que Hunter gardait d'elle. Pourtant, elle portait une robe d'été de couleur vive et semblait en meilleure santé que lors de leur dernière rencontre, à la sortie de l'hôpital, quand ils étaient brièvement passés la voir avec Mattie.

— Salut, Mir, dit gentiment Hunter.

Elle lui adressa un sourire timide et assorti d'un hochement de tête.

— Hunter, Grant. Vous voulez entrer ? Qu'est-ce qui vous amène ici ?

Mais déjà, elle avait remarqué l'enfant emmitouflé dans les bras de Hunter. Elle ne le quitta plus des yeux, même après avoir installé Grant et Hunter au salon, tous les deux assis côte à côte sur le canapé.

— J'ai pensé qu'il était temps que tu connaisses Matthew, dit Hunter avec un grand calme.

Miranda lui répondit, les yeux toujours braqués sur Matthew.

— Tu ne veux plus le garder ? demanda-t-elle.

Grant intervint.

— Pour l'amour du ciel, ce n'est pas un chiot !

Hunter lui jeta un regard sévère, avant de répondre à la jeune femme.

— Oh si, Miranda, je le garde. Je le garderai toujours. Je serai toujours là pour l'élever, et Grant avec moi.

À nouveau, il se tourna vers Grant, qui arborait le même regard inquiet. Hunter reprit avec fermeté.

— Mais il m'est apparu que Mattie devait avoir la chance d'apprendre à connaître sa mère, surtout si elle vit à proximité. J'ai décidé de venir te le présenter, et te dire en personne que tu es libre de venir au ranch pour le voir, quand tu veux.

— Ta mère ne veut pas de moi, chuchota Miranda, d'une voix à peine audible.

— Elle est libre d'interdire l'accès de la maison à qui elle veut, mais c'est moi qui gère le ranch et j'accueille qui je veux sur ma propriété. En outre, Grant et moi serions heureux de te recevoir chez nous, dans *notre* maison.

Hunter jeta à Grant un coup d'œil, espérant qu'il appuie ses dires, mais celui-ci garda le silence, les lèvres serrées. Hunter comprit que son amant ne le contredirait pas, mais rien de plus. Il avait espéré plus de soutien.

— Oui, j'ai entendu dire que tu t'étais construit une nouvelle maison, déclara Miranda.

À ce moment-là, Matthew s'agita dans les bras de son père. Hunter écarta un peu la couverture qui recouvrait le bébé.

— Tu as trop chaud, bonhomme ?

Grant se pencha pour le débarrasser entièrement de la couverture, Hunter souleva Mattie à bout de bras. Le bébé sourit gaiment, à son père d'abord, puis à Grant qui lui caressait la joue. En voyant le regard de Grant posé sur l'enfant, Hunter eut chaud au cœur. Il était absolument certain que tous les deux, ils seraient parfaits pour élever son fils.

Pourtant, il n'oubliait pas le but de leur visite, alors il se leva et s'approcha de Miranda. Il s'installa à côté d'elle.

— Mattie, voici ta mère. Miranda, je te présente Matthew. Tu veux le prendre ?

Miranda refusa aussitôt d'un signe de tête. Hunter tenta de l'encourager.

— Tu sais, il n'a pas peur des étrangers. À la maison, il passe souvent de bras en bras quand nous recevons des amis. Il est habitué. Tout le monde l'adore.

À nouveau, Matthew sourit quand Hunter le souleva pour le remettre à Miranda. Mais dès qu'il fut dans les bras de sa mère, le bébé perdit son sourire. Hunter vit la petite lèvre commencer à trembler. Inquiet à l'idée qu'il se mette à pleurer, il caressa les cheveux de son fils.

— Tu vois, il est content.

Miranda hocha la tête, mais Hunter devina sans peine qu'elle était terrifiée. Au bout d'un moment, elle se détendit enfin, et Matthew se calma également.

— Dès qu'il te fera un sourire, il te volera le cœur.

À peine avait-il prononcé ses mots qu'il sentait peser sur lui le regard de Grant, aussi se retourna-t-il vers lui. Grant lui adressa une grimace exaspérée, avant de fermer les yeux. Hunter l'entendit presque lui reprocher de forcer Miranda à lui voler l'enfant.

À la surprise de Hunter, Miranda lui déposa très vite Matthew dans les bras.

— Je suis désolée, Hunter, je ne peux pas. Je ne me sentais pas mère à sa naissance, je ne le suis toujours pas aujourd'hui.

D'instinct, Hunter reprit son fils et resserra les bras sur lui. Bien sûr, Matthew n'était actuellement qu'un bébé, il ne se rappellerait jamais de ce qu'il entendait, mais si un jour le sujet revenait, Hunter pourrait en toute sincérité répondre à son fils qu'il avait essayé.

— Nous ferions mieux de rentrer, Hunter, déclara Grant.

Il se leva et tendit à Hunter la couverture de Mattie. Hunter se tourna vers Miranda, qui s'était également redressée.

— Mon offre tient toujours. Tu resteras la bienvenue si tu veux rendre visite à Matthew au ranch. Et si tu préfères ne pas venir, il te suffit de nous téléphoner, nous reviendrons te l'amener.

Miranda les raccompagna jusqu'à la porte, elle tira alors Hunter en arrière pour lui demander :

— Pourquoi, Hunter ?

— Pourquoi quoi ? Mir, je n'ai jamais voulu être père. Je n'ai jamais eu la sensation qu'il me manquait quelque chose, mais maintenant qu'il est là, je ne peux plus imaginer ma vie sans lui. Et Mattie mérite également d'avoir une maman.

— Il a Grant, déclara Miranda d'un ton catégorique.

— C'est *moi* qui ai Grant, corrigea Hunter. Et oui, Grant est aussi le second papa de Mattie, mais un jour, il me demandera qui est sa mère, et je ne veux pas avoir à lui dire qu'il ne la connaît pas à cause de moi.

Quand Hunter remonta dans le camion avec Matthew, il vit Miranda pleurer. Il savait pourtant inutile de retourner sur ses pas pour tenter de la réconforter. Elle refuserait de le laisser faire.

Dans le camion, l'atmosphère était lourde de tension. Grant roulait trop vite, comme s'il poursuivait chaque voiture qui se trouvait devant lui. Lorsqu'ils atteignirent enfin la tranquillité des routes de campagne, Hunter décida qu'il en avait assez.

— Arrête le camion !

— Nous sommes presque arrivés à la maison, déclara Grant d'un ton lugubre.

— Je m'en fiche. Arrête-toi !

Hunter faisaient de gros efforts pour ne pas élever la voix. Peu après, Grant se gara sur le bas-côté, à peu près en face de l'endroit où ils s'étaient déjà arrêtés à l'aller.

— Je sais que tu n'approuves pas ma décision, mais je devais le faire, Grant.

— Tu parlais comme si tu étais prêt à laisser Mattie avec elle si elle te l'avait demandé !

Hunter secoua la tête et soupira tristement.

— C'est mon fils, je veux ce qu'il y a de mieux pour lui. Et si pour cela je dois inclure sa mère dans son éducation, je suis d'accord. J'avais pensé que tu serais le mieux placé pour comprendre.

— C'est exactement que j'ai fait. Je le considère également comme mon fils, Hunter. Aurais-tu oublié que c'est ce que tu m'as dit depuis le premier jour, quand nous l'avons ramené à la maison ? Je n'ai pas eu la chance d'éduquer mes enfants. Je ne veux pas rater l'enfance de Mattie. Je ne supporterais pas qu'elle nous l'enlève, cowboy. Ça me tuerait.

Hunter se rapprocha de Grant en glissant sur la banquette du camion. Il murmura à son oreille :

— Je suis désolé. Je savais que tu refuserais mon idée, je craignais que tu essaies de m'en empêcher.

Il embrassa son amant sur la joue, dans l'espoir de le séduire et de le faire céder. En général, Grant n'était pas du genre à bouder. Il le prouva aujourd'hui encore, mais il fallut à Hunter plus de temps que d'habitude. Les deux hommes s'embrassaient quand Hunter entendit le moteur se remettre en marche.

— Qu'est-ce que tu fais ? s'étonna-t-il.

— Je te ramène à la maison. Nous allons laisser Mattie à Christy, puis nous irons nous coucher.

Hunter leva si haut les sourcils qu'ils atteignirent presque la racine de ses cheveux.

— Nous coucher ? Il n'est même pas à midi.

Grant se contenta de lui sourire avant d'accélérer.

XLI

GRANT AIMAIT le sexe qui suivait une réconciliation. Il se demandait souvent pourquoi Hunter et lui ne se disputaient pas davantage, parce que se laisser séduire par Hunter valait toujours la peine de ravaler un peu de sa fierté.

Ils avaient rapidement confié Matthew à Christy, avec l'excuse d'être déjà en retard pour leurs tâches quotidiennes, mais au lieu de se rendre à l'écurie, ils se précipitèrent chez eux, à peine capables de patienter jusqu'à ce que la porte d'entrée se ferme derrière eux. Dès qu'ils furent seuls, la bouche de Hunter fut partout sur Grant tandis que sa main se faufilait dans son pantalon.

— Tu vas me laisser te baiser ? demanda Hunter, à bout de souffle.

— Seulement si nous pouvons faire du bruit : gémir jurer, et crier.

— C'est pour ça que tu refuses que je te baise depuis cette nuit à l'hôtel à Idaho Falls ?

Hunter bougea la main et Grant craignit d'exploser.

— Merde, cowboy. Je ne peux pas mordre mon oreiller comme tu le fais. Quand je me fais baiser par un mandrin de la taille du tien, je ne veux pas me retenir.

Hunter grogna dans la bouche son amant et lui mordit la lèvre.

— Bon sang, dit comme ça, c'est torride.

— Et rappelle-toi, je veux t'entendre aussi.

— Oh, ce sera le cas, promit Hunter.

Il ôta sa main et s'éloigna, abandonnant à la porte d'entrée un Grant hyper excité. Celui-ci décida qu'il s'agissait d'un gant jeté. Bien sûr, il allait devoir se plier à la volonté de Hunter, mais il ne comptait pas le faire en se soumettant trop facilement, parce qu'il savait que Hunter appréciait le défi. En dépit de ses vêtements débraillés et du poids entre ses jambes, Grant réussi à monter l'escalier devant Hunter et il se précipita pour barrer la route de leur chambre à coucher.

— Quoi ? demanda Hunter, joueur. Ai-je besoin d'un mot de passe pour entrer dans ma chambre ?

Taquin, Grant hocha la tête. Hunter se rapprocha de lui pour effleurer du bout des doigts la peau du ventre. Grant essaya de résister le plus longtemps possible, mais il était chatouilleux, et sa réaction le trahit. Quand en plus Hunter se mit à l'embrasser, il lâcha le montant de la porte et les deux hommes basculèrent dans leur chambre,

Grant accroché à Hunter pour garder l'équilibre. Ils tombèrent ensemble sur le lit, Hunter pesant à moitié sur Grant.

Puis Hunter s'arrêta pour le regarder fixement. Celui-ci fut surpris par cette réticence soudaine.

— Quoi ?

— Je trouve tout à fait dépravé de baiser en pleine journée alors que nous avons du travail, déclara Hunter.

Grant leva un sourcil.

— Si tu préfères, nous pouvons retourner travailler.

— Sûrement pas ! Tu m'as fait une promesse, je tiens à recevoir mon dû.

Il frotta ses hanches contre l'érection de Grant avant d'ajouter :

— Je veux t'entendre me supplier d'ici trois minutes chrono.

— Moi, te supplier ? ricana Grant, très sûr de lui. Ce n'est pas mon genre. Surtout quand le résultat est d'ores et déjà acquis.

— Nous verrons ça !

Hunter le regarda d'un air tout aussi arrogant. Il quitta le lit et commença à se déshabiller. Grant le regardait faire, toujours couché, la tête appuyée sur la main, admirant le spectacle. Hunter avait un corps magnifique, grand et solide, qui résultait d'une vie passée au grand air à travailler dur. Il possédait aussi le cul ferme et les cuisses musclées d'un cavalier. Grant était de plus en plus excité. Très vite, il enleva son jean. Quand il voulut également ôter sa chemise, Hunter l'en empêcha.

— Laisse-moi faire.

Hunter se mit à califourchon sur lui, passant les mains sous sa chemise ouverte pour caresser ses pectoraux. Grant sentit tous ses muscles se contracter sous ses caresses et décida que son dernier recours était de provoquer son amant.

— Aurais-tu changé d'avis ? Tu ne veux plus d'une chevauchée fantastique, cowboy ?

Hunter secoua lentement la tête, le bout de sa langue apparaissant à peine entre ses lèvres. Il ondula des hanches en cadence, ce qui rendit Grant de plus en plus dingue, aussi passa-t-il les mains sur les cuisses velues qui l'enfourchaient.

— Si quelqu'un va subir une chevauchée, ce sera toi, bel étalon, mais pour le moment, j'ai d'autres projets.

Grant se redressa pour embrasser Hunter, mais celui-ci lui donna du fil à retordre. Encore une fois, il quitta le lit et plia le doigt, un geste péremptoire pour ordonner à Grant de se relever également. Les deux hommes avaient à peu près la même taille, Grant n'eut qu'à se plaquer contre Hunter pour lui voler un baiser.

— Arrête de repousser l'inévitable, dit celui-ci, avec un grand sourire. Montre-moi ton joli cul.

Grant sut qu'il ne pouvait résister davantage. Il savait ce qui l'attendait, il le désirait désespérément, donc plus il protesterait, plus il attendrait. Et pourtant, c'était plus fort que lui. En général, Hunter était le plus avide des deux, le premier à céder quand Grant se montrait macho envers lui, mais parfois, il y avait un changement de rôle, et Grant appréciait de voir son amant devenir autoritaire.

— Et si je ne veux pas ? dit-il, en faisant semblant de protester.

— Je te traiterai de menteur.

Hunter le poussa fermement vers le lit. Grant s'y laissa retomber, même s'il avait encore envie de se débattre. Il sourit en voyant la passion flamber dans les yeux de Hunter, encore plus sombres que d'habitude. Mais alors, son amant rampa sur lui, repoussa sa chemise, et s'attaqua à ses mamelons. Grant déglutit et retint un gémissement satisfait.

Grant réalisa qu'en général, tous deux avaient rarement le temps de s'accorder des préliminaires. Ils avaient mutuellement exploré leurs deux corps, bien sûr, mais jamais centimètre par centimètre, comme Hunter le faisait en ce moment précis, parce qu'ils gardaient toujours l'arrière-pensée de devoir rester le plus discrets possible pour ne déranger ni la mère de Hunter ni ses sœurs qui dormaient plus loin dans le couloir. Les enfants, quant à eux, avaient le sommeil profond, heureusement, mais les deux hommes ne pouvaient cependant laisser libre cours à leur passion.

Désormais, ils n'avaient plus aucune contrainte, Grant libera ses gémissements – et mêmes ses jurons – quand la bouche de Hunter descendit le long de son corps et commença à explorer sa toison pubienne et la zone douloureusement érogène autour de son sexe rigide. D'instinct, Grant écarta un peu les jambes, ce qui donna à Hunter meilleur accès. Celui-ci en profita. Du bout des doigts, il explora ses bourses, puis passa derrière, plus loin… et Grant eut du mal à respirer.

— Je veux t'entendre, murmura Hunter.

Grant ouvrit les yeux et regarda le visage de son amant, juste au-dessus de son propre sexe plaqué sur son ventre. Il aurait voulu effacer le sourire satisfait de Hunter et lui ordonner de le sucer, mais il ne le fit pas. Au contraire, il décida d'explorer cette facette inconnue que son amant n'exprimait que rarement : son côté dominant. Après tout, il correspondait bien à un homme propriétaire d'un ranch florissant qui n'avait jamais accepté un refus. Était-il le seul à connaître la douceur cachée de Hunter ? Oui, probablement, mais dans ce cas, combien d'autres savaient que Hunter était tellement dominateur au lit ?

— Que comptes-tu me faire ? demanda Grant.

Il espérait que Hunter avait déjà des projets bien arrêtés.

— Je ne te le dirais pas, répondit Hunter, avec un sourire espiègle. Tu te sens capable de te soumettre, bel étalon ? Sans même savoir ce qui va se passer ?

Bon sang, son cowboy le connaissait trop bien.

— Tu sais ce que j'aime.

Grant trouva que sa voix n'était pas aussi confiante ou assurée qu'il l'aurait voulu, mais il trouvait le sourire de Hunter bien trop arrogant. D'un autre côté, il se dit que jamais Hunter n'abuserait de sa confiance. Et puis, il n'y avait pas grand-chose qu'il aurait refusé de faire, en y réfléchissant.

Hunter pressa le doigt à l'entrée de son corps sans le quitter des yeux. Grant recommença à suffoquer.

— Je veux t'entendre, répéta Hunter.

Malgré lui, Grant laissa échapper un gémissement bruyant avant de pincer les lèvres et de se mordre l'intérieur de sa joue.

— Oh, allez, protesta Hunter. Si tu ne dis rien, je vais vraiment avoir la sensation que je ne te fais aucun effet.

— Tu connais très bien l'effet que tu as sur moi, haleta Grant, d'une voix qui frémissait de l'effort qu'il faisait pour se contrôler.

— J'ai besoin de t'entendre, insista Hunter.

— Quoi, tu veux que je te dise des 'trucs cochons' ?

Grant tenta de parler d'une voix plus assurée, mais il échoua lorsque Hunter retira ses doigts. Grant retomba sur le lit, les yeux au ciel. Pourquoi son amant s'écartait-il de lui ? En quoi l'avait-il contrarié ? Il décida de tenter une nouvelle tactique.

— Ne t'arrête pas, cowboy ! Reviens ! Euh... s'il te plaît ? ajouta-t-il, en hésitant.

Que voulait entendre Hunter au juste ? Tout à l'heure, il avait prétendu vouloir que Grant le supplie. Hunter revenait déjà vers lui, il secoua la tête avec un sourire.

— Je récupérai juste du lubrifiant. J'ai pensé que ce serait mieux pour toi avec une petite préparation préalable.

Grant eut un rire nerveux en réalisant qu'il avait encore quelques insécurités. Manifestement, Hunter ne comprenait pas son pouvoir sur lui. Il prit son sexe dans la main, le pompa plusieurs fois, puis il soupesa ses bourses. Mais c'était insuffisant, il avait besoin de plus. Pendant un moment, le gel lui parut froid, mais dès que Hunter glissa ses doigts en lui, son corps se réchauffa très vite. Grant écarta davantage les jambes.

— Je ne t'entends toujours pas me parler d'amour ici, chuchota Hunter.

Il avait un sourcil levé et un sourire charmeur jouait sur ses lèvres.

— Peuh ! répondit Grant. Moi, je sens tout l'amour qu'il me faut.

Il accentua ses paroles d'un gémissement extatique. Hunter poussa ses doigts plus loin, trouvant presque immédiatement la prostate de Grant.

— Oh putain, ouais...

Grant geignit doucement en sentant le plaisir jaillir de son aine. À nouveau, il caressa son érection, répandant le fluide qui l'humectait déjà. Il se sentait trop bien pour avoir besoin de davantage de stimulation.

— Non, ne te touche pas, exigea Hunter.

Cette fois, Grant se plaignit.

— Merde, cowboy, alors vas-y, vas-y à fond. Nous n'avons pas de temps à perdre, nous sommes en milieu de journée, ils vont finir par remarquer notre absence.

— Ouais, admit Hunter. Mais personne n'osera venir nous déranger ici. Ils se demanderont juste ce que nous fabriquons.

— Arrête de papoter et baise-moi, merde !

Hunter éclata de rire.

— C'est bien mon intention, si tu es sage.

— Non, mais je rêve ! cria Grant.

Ignorant les instructions de Hunter, il referma la main sur son sexe parce qu'il en avait trop envie. Il remua aussi les fesses, cherchant à mieux s'empaler sur la main immobile de Hunter. Celui-ci lui caressa à nouveau la prostate. Puis il se pencha pour chuchoter :

— Maintenant, arrête de te toucher, sinon je ne te fais plus rien.

— Cesse de me torturer, protesta Grant.

Pourtant, il céda, levant les deux mains au-dessus de la tête et jetant à son sexe engorgé un regard désespéré.

— Allez, cowboy, haleta-t-il, à bout de souffle. Fais quelque chose… ce que tu veux… baise-moi avec tes doigts ou baise-moi avec ta queue.

Hunter commença de lents va-et-vient, veillant bien à heurter le point sensible de Grant.

— Putain, ouais. Oh, que c'est bon, cowboy ! Oui. Juste là.

Grant ouvrit les jambes et leva les genoux. Il avait fermé les yeux, il ne vit donc pas Hunter plonger en avant. Pourtant, il sentit la langue brûlante qui stimulait le muscle distendu où les doigts impitoyables plongeaient toujours. Grant hurla sans retenue, sa voix résonnant étonnamment fort dans la chambre silencieuse. Peu importe, personne ne pouvait les entendre, de toute façon.

— Ah… oh merde !

Hunter avait changé de cible, sa bouche dévorait le sexe de Grant, l'engloutissait complètement, suçait, léchait, ses doigts continuant leur cadence frénétique. Grant sentit sa colonne vertébrale se dissoudre, il avait du mal à former une pensée cohérente, encore moins prononcer un mot ou une phrase sensée. Il laissa une de ses jambes retomber et tenta de regarder Hunter penché sur lui. Il nota alors que son amant avait refermé son autre main sur lui-même. Savoir que Hunter était aussi excité que lui ne fit que pousser davantage Grant vers l'orgasme.

— Si tu ne comptes pas… pas me baiser… je te signale que je vais…

Grant n'eut pas le temps de finir sa phrase, tout son corps se contracta et convulsa, jouissant et se vidant dans la gorge de Hunter.

Quand Hunter releva la tête, Grant était encore agité de spasmes. Il frissonna à chaque caresse que Hunter lui accorda en se redressant pour s'étendre à côté de lui.

Il réussit à retrouver sa voix pour dire :

— Baise-moi, cowboy.

Hunter secoua la tête et l'embrassa doucement.

— J'ai peur que tu deviennes poussière si je tente de te toucher.

Malgré lui, Grant tressaillit quand Hunter posa la main sur sa poitrine.

— Tu vois ? murmura tendrement son amant.

Il se blottit contre lui.

— Je m'en fiche. Je te veux quand même. Je veux te sentir jouir en moi.

Mais Hunter secoua la tête.

— La jouissance n'est pas tout, Grant. Le plus important, c'est cela, la proximité. Être ensemble, dans les bras l'un de l'autre. J'ai adoré t'entendre gémir en sachant que c'était grâce à moi que tu éprouvais un tel plaisir, mais ce qui m'enchante encore plus, c'est de pouvoir m'endormir à côté de toi avec la certitude que tu seras toujours là à mon réveil.

Il y avait plus d'un an que Grant et Hunter faisaient exactement cela : s'endormir et se réveiller côte à côte, comme tout autre couple. Et pourtant, Grant dut admettre qu'entendre Hunter l'énoncer à haute voix rendait cet état de fait plus réel, et presque effrayant.

Il chercha à alléger l'atmosphère.

— Allez, cowboy ! Je ne te crois pas si tu me dis que tu n'as pas envie de jouir, maintenant, tout de suite.

Il se tourna vers Hunter et lui passa le bras sur l'épaule pour l'attirer plus près de lui.

Hunter ne chercha pas à lutter quand Grant se mit à califourchon pour lui écarter les jambes. Grant était très détendu et il réussit très facilement à s'empaler sur le sexe érigé de Hunter. Il prit les deux mains de son amant et les plaqua sur ses fesses, l'incitant à bouger. Peu après, Hunter se mit à le marteler avec frénésie. Ainsi que Grant l'avait prévu, au bout de quelques minutes, Hunter poussa un cri en atteignant l'orgasme. Il enfouit le visage dans le cou de Grant, qui le serra un moment dans ses bras

Grant pensa que Hunter s'était assoupi, comme c'était souvent le cas après des ébats passionnés, mais en général, les deux hommes échangeaient quelques mots avant de dormir. Puis il réalisa que Hunter se cachait plutôt pour ne pas avoir à l'affronter.

— Merde, chuchota-t-il à mi-voix. J'ai encore tout foiré, c'est ça ?

Pour s'excuser, il embrassa les cheveux de Hunter.

— Non, bien sûr que non, répondit Hunter, d'un ton catégorique.

— Mais si, bien sûr. Tu t'es montré romantique, alors comme d'habitude, j'ai paniqué.

Grant soupira. Il était nul quand il s'agissait de parler de ses sentiments, mais aujourd'hui était peut-être le bon moment de vider son sac.

— Je t'aime, Hunter. Tu es mon homme. Je ne me suis jamais senti aussi bien avec quelqu'un d'autre, et parfois, rien que cette idée me terrorise. J'ai peur de tout perdre. Je n'ai jamais rien eu auparavant dans ma vie, donc jusqu'ici je n'avais rien à perdre.

— Tu ne perdras rien du tout, déclara Hunter.

Il releva la tête pour regarder Grant avec une expression si triste et pleine de compassion que c'était presque à lever les yeux au ciel. *Presque.*

— Tu nous as construit une maison. *Notre* maison. Pour toi, moi et Mattie.

— Hé, tu as beaucoup participé, toi aussi ! déclara Grant, avec un sourire.

— Ouais, ainsi que Gabe, Flynn, Hugh, Izzie, Tim et tous les autres employés du ranch, mais c'est quand même toi qui as construit cette maison de tes propres mains. Tu as parlé avec l'architecte, tu as modifié ses plans, tu savais exactement ce que tu voulais. C'est notre maison, c'est celle que tu as construite pour nous.

Grant embrassa Hunter sur la tempe.

— Je suis content que cette maison te plaise.

— Et moi, j'espère que tu n'auras jamais envie de la quitter.

— Bien sûr que non, cowboy. Nous en avons déjà parlé, pas vrai ? Comment pourrais-je te laisser élever Mattie tout seul ?

Les deux hommes restèrent ensemble aussi longtemps qu'ils l'osèrent. Ils finirent par quitter le lit pour prendre une douche avant de retourner au travail. Ils avaient manqué l'heure du déjeuner, ce qui poussa Izzie à les charrier sans pitié. Pourtant, ce fut le regard que Grant jeta à Hunter qui le fit rougir, et secrètement, il en fut fier.

Je pourrais m'y habituer, pensa-t-il. Avoir une grande famille pouvait parfois être ennuyeux, mais aucun des deux hommes ne voulait s'en passer.

ÉPILOGUE

— C'EST LA plus belle vue de tout l'État, affirma Flynn.

Il était assis sur le banc à côté de Hunter. Dans l'herbe, à côté d'eux, Grant jouait avec Matthew et tentait de lui apprendre à faire des cabrioles. Le bébé ne cessait de rire et de glousser.

— C'est l'endroit où la terre rejoint le ciel, déclara Gabe.

Installé de l'autre côté de Hunter, il regardait la belle pierre tombale qui marquait la tombe de Matthew Krause.

— Qu'est-ce qui vous amène, tous les deux ? demanda Hunter à ses visiteurs.

Il regardait Flynn, mais celui-ci désigna son amant d'un geste, aussi ce fut vers Gabe qu'il tourna la tête.

— Voilà, nous sommes allés en ville ce matin, commença Gabe. Nous avons pris la route de l'Ouest.

Flynn s'empressa d'ajouter, comme s'il tenait également à participer au récit :

— C'est-à-dire que nous sommes passés devant la maison de Miranda.

— La maison a été vidée, les volets sont fermés, enchaîna Gabe.

Hunter hocha la tête.

— Je sais. Miranda s'est installée chez sa mère peu avant la naissance de Mattie.

Hunter remarqua les regards que Gabe et Flynn échangeaient.

— Nous sommes également passés devant chez sa mère, reprit Gabe, avec un soupir.

— La maison est également vide, ajouta Flynn. Il y a un panneau 'à vendre' planté dans le jardin.

Sidéré, Hunter déglutit. Quant à Grant, il cessa de jouer avec Mattie. Le bébé, très mécontent d'être abandonné, commença à pleurer.

— D'après Calley, elles sont parties, déclara Gabe, à mi-voix.

Hunter se redressa pour prendre son fils dans ses bras, il le berça jusqu'à ce qu'il se calme. Après un moment de silence tendu, il finit par demander à Gabe :

— Est-ce que Calley en sait davantage ?

À nouveau, Gabe consulta Flynn du regard avant de répondre :

— Elle a entendu dire que Miranda avait trouvé un poste d'enseignante au Montana.

Quittant l'ombre du grand chêne, Hunter emporta son fils en plein soleil.

— Regarde, Mattie. Un jour, tout ceci sera à toi. Tu posséderas notre ranch jusqu'à l'endroit où la terre touche le ciel.

ZAHRA OWENS est née en Europe juste avant Woodstock et le premier homme sur la lune. Ses parents, qui ne parlaient pas anglais, lui donnèrent un nom bien plus difficile à prononcer. Du signe Verseau, elle n'a jamais été très conformiste et son entourage prit vite l'habitude de s'attendre à tout de sa part.

Elle commença à écrire des contes de fées au CP. Cette même année, elle rencontra son premier groupe d'amis anglophones, un groupe qui finirait par inclure des gens du monde entier. Extérieurement, elle était une enfant unique comme bien d'autres, habituée à passer beaucoup de temps avec des adultes. Intérieurement, elle cherchait le moyen de canaliser son imagination débordante.

Actuellement, elle gagne sa vie en tant que spécialiste informatique, mais c'est son ancienne carrière d'infirmière aux soins intensifs qui a tendance à se glisser dans ses fictions. Peut-être en raison de son faible pour les êtres et les corps imparfaits, ou bien simplement parce que son côté sadique ressort.

Jugez-en par vous-même.

Visitez son site web sur http://www.zahraowens.com/

Et son blog sur http://zahra-owens.livejournal.com/

Ne manquez pas l'histoire de Gabe et Flynn dans :
Sous les nuages du ranch

ZAHRA OWENS

Sous les
nuages
du ranch

http://www.dreamspinnerpress.com

Pour les meilleures
histoires d'amour
entre hommes, visitez

Dreamspinner Press

www.dreamspinner-fr.com

www.ingramcontent.com/pod-product-compliance
Lightning Source LLC
Chambersburg PA
CBHW021005260626
47169CB00006B/1958